Hanne Hippe

Die Geschichte einer unerhörten Frau

GOLDMANN
Lesen erleben

Hanne Hippe

Die Geschichte einer unerhörten Frau

Roman

GOLDMANN

Originalausgabe

Dieses Buch ist auch als E-Book erhältlich.

MIX
Papier aus verantwortungsvollen Quellen
FSC® C014496

Penguin Random House Verlagsgruppe FSC® N001967

2. Auflage
Originalausgabe März 2021

Dieses Werk wurde vermittelt durch die
Literarische Agentur Michael Gaeb
Umschlaggestaltung: UNO Werbeagentur, München
Umschlagmotiv: akg images / Paul Almasy
George Marks / Retrofiles RF / getty images
CN · Herstellung: Han
Satz: Buch-Werkstatt GmbH, Bad Aibling
Druck und Bindung: GGP Media GmbH, Pößneck
Printed in Germany
ISBN: 978-3-442-31563-5
www.goldmann-verlag.de

Besuchen Sie den Goldmann Verlag im Netz

Für meine Mutter Selma
und meinen Bruder Walter

Köln, 10. April 1960

Gussy atmete tief aus und überprüfte mit einer geübten kleinen Verrenkung von Kopf und Oberkörper den Sitz der neuen Nylonstrümpfe an ihren Waden. Die Nähte saßen tadellos. Dann griff sie sich an den Hinterkopf. Keine Nadel ragte hervor. Der falsche Dutt, der die Form und Farbe einer dicken Blutwurst hatte, saß genau an der Stelle an ihrem Hinterkopf, wo sie ihn vor einer halben Stunde mithilfe der zwei Kippspiegel ihrer Frisierkommode angeheftet hatte. Sie hatte ihre feinen schwarzen Haare darübergezogen.

Gussy trug ihr gutes graumeliertes Schneiderkostüm, das noch aus der Zeit vor der Scheidung stammte, und merkte, dass sie beim Betreten des Schulgebäudes nun doch ein wenig nervös wurde.

Vor vier Tagen war sie mit ihren beiden Kindern von Frankfurt am Main hierher an den westlichen Rand von Köln gezogen, in eins der zahlreichen Neubaugebiete, die statt Zuckerrüben auf den Äckern wie Pilze aus dem Boden schossen.

Heute wollte sie ihre achtjährige Tochter Eva in der zweiten Volksschulklasse anmelden. Die dafür erforderlichen Papiere hatte sie in ihre schicke Handtasche gesteckt, die Evchen »das falsche Krokodil« nannte. Vorher hatte sie sich bei der Nachbarin mit dem Säugling erkundigt, ob sie wisse, wo die zuständige Schule für das Kind liege. Das sei die Friedensschule in der Ringstraße, hatte die erklärt und ihr die genaue Lage beschrieben.

»Es sind nur knapp zehn Minuten zu Fuß«, hatte sie ihr noch hinterhergerufen.

Das Kind würde es nicht sehr weit haben. Das fand Gussy beruhigend. Sie kannte Köln nicht, und der Gedanke, dass Evchen in der fremden Stadt einen weiten Schulweg allein zurücklegen müsse, war ihr unangenehm.

Die Frau, der sie am Morgen auf der Treppe begegnet war und die einen polnischen Nachnamen trug, war bis jetzt ihre einzige Nachbarin in dem unverputzten Zwölfparteienhaus. Die anderen Wohnungen standen leer. Aber noch waren ja auch nicht alle Handwerker verschwunden, und man musste über eine schmale Holzlatte balancieren, um trockenen und sauberen Fußes zur Eingangstür des dreistöckigen Gebäudes zu gelangen. Gussys Kinder fanden das lustig. Sie nicht.

Wenn sie abends zu Bett ging, machte sie der Gedanke nervös, dass sie und die Kinder mit der jungen Nachbarin in dem großen Haus ganz allein waren. Deren Ehemann war fast immer auf Montage, wie sie erfahren hatte, und jeden Monat nur wenige Tage zu Hause.

Gussy wurde immer schnell nervös und trug vorsichtshalber, wie sie Eva einmal erklärt hatte, als die das blau-weiße Metallröhrchen im Badezimmer gefunden hatte, einige von diesen Tabletten in der Handtasche mit sich. »Nur für alle Fälle, Evchen. Gegen meine Kopfschmerzen.«

Eva hatte zweifelnd geblinzelt.

Gussy wusste, dass sie zu viele von diesen Tabletten nahm.

Sie hatte in der Neubausiedlung eine Dachgeschosswohnung mit zwei Zimmern gefunden. Erstbezug für sechzig Mark im Monat, dritter Stock, schräge Wände, aber sehr gemütlich, wenn es einmal fertig eingerichtet sein würde. Das war eine ganze Menge Geld, wie sie fand. Die Möbel und

Kartons würden Ende der Woche kommen. Nun schliefen sie alle drei auf geliehenen Campingliegen, was die Kinder spannend fanden. Sie nicht.

Es gab ein Bad mit weißem Kohleofen aus schimmernder Emaille und eine gemütliche Wohnküche, und man hatte seinen eigenen abschließbaren Keller, wo man Vorräte an Eingemachtem und die Kohlen aufbewahren konnte. Alle zwei Wochen war man für das Waschhaus eingeteilt, wo man die Wäsche in beheizbaren Zubern waschen und dann mangeln konnte. Direkt daneben lag der Trockenraum.

»Aber bei Sonne kann man die Wäsche ja auch draußen auf der Wiese bleichen!« Gussy klang enthusiastisch.

Zu jedem Mietshaus gehörte eine stattliche Wiese mit einbetonierten Halterungen für die Wäscheleinen und eine Teppichstange.

Die junge Frau Kaminski stemmte ihre Hände in die Hüften. »Sie sind nicht von hier, hab ich recht, Frau Fink?«

Die Rothaarige lachte über das ganze sommersprossige Gesicht.

Gussy schüttelte zaghaft den Kopf.

»Sonst wüssten Sie, dass man hier auch im Sommer die Wäsche besser drinlässt.«

»Warum?«

»Na, wegen der speckigen Rußflocken, die hier überall herumschwirren. Die warten geradezu auf Ihre weiße Wäsche!« Frau Kaminski lachte wieder.

»Speckige Rußflocken?«

Gussy schluckte. Keine zwei Jahre würde sie hier mit den Kindern bleiben, schwor sie sich in diesem Moment. Sie hatte den Umzug an den Rhein längst bereut. Warum hatte sie sich Bange machen lassen? Sie musste endlich aufhören, sich

Bange machen zu lassen. Ihre ganze Kindheit über hatte ihre Mutter Erna sie Bange gemacht.

»Was sollen denn die Nachbarn denken?«, war die größte aller Bangemachfragen gewesen, die ihre Kindheit mit den zwei Schwestern und ohne Vater durchzogen hatte. Der Vater August, nach dem sie, Augusta, als Jüngste benannt worden war, war schon gestorben, da war sie noch keine zehn Jahre alt gewesen. Woran er letzten Endes starb, hatte sie nie ganz herausbekommen. Mal sagte die strenge Mutter, er habe eine Lungenkrankheit gehabt, und sie solle nur aufpassen, dass sie nicht auch so ende. Das betete Gussy nach jedem Asthmaanfall, den sie als Kind ausgehustet hatte, herunter.

Dann hatte ihr die älteste Schwester Maria einmal heimlich zugeflüstert, dass der Vater auf der Straße erschossen worden sei. Ob von der Polizei oder von Hitlerleuten wusste Maria nicht. Aber als Roter war ja beides möglich. Dabei hatte Maria ihr zugezwinkert.

Maria hieß auch nur Maria, weil sie nicht getauft war. Keines der drei Mädchen, die von acht Geschwistern übrig geblieben waren, war getauft. Das hatte August, ein sanfter, leiser Mann mit buschigem Schnauzer, nicht zugelassen. Seiner Frau Erna, einer Erzkatholikin, konnte und wollte der Erzkommunist den regelmäßigen Kirchgang mit dem Brimborium, wie er es nannte, nicht verbieten. Das war ihre Angelegenheit, bitte schön. Aber die Kinder hielt er fern davon. Die sollten diesen Humbug erst gar nicht kennenlernen.

Erna war zornig, wusste aber, dass er darin hart bleiben würde, und so handelte sie als Trostpflaster, oder man konnte es auch als einen Vergleich bezeichnen, den Namen Maria für die erste Tochter aus.

Später, nach ein paar Buben, die alle schnell kamen und starben, kam Alma zur Welt und im Jahr darauf dann Augusta. Diesen Namen hatte nun ihr geschiedener Mann Hermann unpassend gefunden und sie in Gussy umgetauft. Mit einem Ypsilon hinten. Das klang mondäner und eine Spur ausländisch. Es gefiel Hermann und auch der nagelneuen Gussy. Erna, die Mutter, nannte sie selbstverständlich nie Gussy. Aber die mochte ja auch Hermann nicht.

Diese wichtigste aller Bangemachfragen – »Was denken wohl die Nachbarn?« – war, wie sie leider zugeben musste, immer noch ihr ständiger Begleiter.

»Rußflocken?« Gussy musste sofort husten.

»Ja, von der Braunkohle. Verbrennt jeder hier. Klütten.«

»Klütten?«

Das kleine Mädchen auf Frau Kaminskis Arm juchzte und warf seine Arme in die Luft. Die junge Frau nickte.

»So nennen wir hier die Briketts.«

»Briketts auch im Sommer?«

Wo um Gottes willen war sie gelandet? So weit entfernt von Frankfurt war Köln nun auch wieder nicht. Begann hier etwa schon das Ruhrgebiet?

»Nein.« Die sommersprossige Frau mit der durchscheinenden Haut musste wieder lachen. »Aber die Betriebe befeuern damit das ganze Jahr über, und wir haben nicht weit von hier den Tagebau. Da kann man sehen, wie sie die Braunkohle aus der Erde kratzen. Sieht nicht schön aus, das will ich Ihnen gleich sagen. Ihren Sonntagsspaziergang mit den Kindern machen Sie besser woanders.«

»Also Friedensschule. Das ist ein sehr guter Name für eine Schule, finde ich. Danke.«

Dann hatte Gussy vorsichtshalber das Weite gesucht.

Nun suchte sie das Büro des Direktors.

»Anmeldung« stand auf dem Schild neben der Tür, von Hand geschrieben. Eine spitze Hand, die als Kind noch Sütterlin geschrieben hatte. Das sah man gleich.

»Herein!«, erscholl eine Frauenstimme, die die zweite Silbe des Wortes eigentümlich nach oben zog und sie dort mit einem Fragezeichen ausklingen ließ. In ihrer alten Heimat Breslau hätte jeder nach dem »Herein« einen harten Punkt gesetzt. An die rheinländische Aussprache musste Gussy sich noch gewöhnen.

Behutsam schloss sie die Tür hinter sich und trat lächelnd ein. »Guten Morgen.«

Die Frau mit der grauen Dauerwelle, die ihren Kopf wie ein Helm zu schützen schien, trug eine weiße Bluse und ein adrettes Strickjäckchen darüber. Sie hatte sich zu Gussy gedreht.

»Ich möchte meine Tochter anmelden. Wir sind neu zugezogen.«

Die Frau musterte sie für einen Moment, ohne zu reagieren.

»Gut, haben Sie die notwendigen Papiere dabei?«

Gussy nickte und zog aus der Handtasche das Stammbuch mit der Geburtsurkunde ihrer Tochter hervor, das sie auf den Tisch legte.

»Brauchen Sie auch das letzte Zeugnis aus der Volksschule in Frankfurt am Main?«

Sie wedelte mit einem hellblauen Hefter, doch die Sekretärin schüttelte den Kopf.

»Frankfurt, soso. Das ist ja ein anderes Bundesland. Mit Hessen hatten wir noch nie zu tun.«

Gussy fand, dass sie sich jetzt so anhörte, als wäre es besser gewesen, wenn sie erst einmal eine bestimmte Zeit in Quarantäne verbracht hätten.

»Wir sind im Grunde auch keine Hessen«, verriet Gussy und versuchte dabei, munter zu lächeln. »Ich bin aus Breslau«, fügte sie schnell hinzu.

Die Sekretärin hob kurz den Kopf und musterte sie nun doch genauer.

»Ach, Vertriebene?«

Gussy zuckte kaum merkbar zusammen. Die Sekretärin blätterte im Stammbuch.

»Ich hatte eigentlich das hessische Schulwesen gemeint. Dort sind die Regeln ganz anders als bei uns.« Sie dehnte das »ganz«.

Gussy war neugierig geworden. »Ach? Was denn zum Beispiel?«

Sie war einen Schritt näher getreten, denn sie hatte nach den ersten zwei Minuten der Befangenheit etwas Mut gefasst. Sie brauchte immer mindestens zwei Minuten dafür, meist noch etwas länger.

»Vieles, Frau …«

»Fink.«

»Gut.«

Die Sekretärin zog die Schreibmaschine zu sich und begann zu tippen.

»Name der Tochter: Eva Hildegard Gundi Fink. Rufname Eva. Geboren am 7. August 1951 in Frankfurt am Main, wenn ich das richtig lese.«

Gussy nickte.

»Vater: Hermann Gustav Fink …« Sie setzte seine Geburtsdaten ein. »Was ist Ihr Mann von Beruf?«

Gussy war verwirrt. »Mein Mann?«

Die Sekretärin schaute auf. »Wer sonst?«

Gussy schluckte tapfer. »Das ist nicht wichtig.«

Die Augen der Frau mit dem grauen Helm weiteten sich.

»Nicht wichtig? Vielleicht in Hessen! Aber hier ist es wichtig. Ich höre.«

Sie hatte sich nun weit zu den Tasten hinuntergebeugt.

»Betriebswirt, Steuerberater«, flüsterte Gussy, als verrate sie ein Geheimnis.

»Wie bitte?«

»Steuerberater.«

Gussy räusperte sich und wollte etwas erklären, doch die Frau hatte schon wieder das Wort ergriffen.

»Wohnhaft?«

Sie legte die Meldebescheinigung vor.

»Hier.«

Es wurde getippt.

»Interessiert es Sie gar nicht, was ich beruflich mache?«

Gussy fand ihren Auftritt mittlerweile kühn. Tollkühn. Aber sie hatte sich durch die Scheidung für ein tollkühnes Leben entschieden.

»Nein, warum sollte es? Für uns ist nur der Vater entscheidend.« Die Frau hielt beim Tippen inne und schaute Gussy fest in die Augen. »Und nur er.«

»Aber wenn er nicht mehr …« Sie musste überlegen, wie sie es ausdrücken sollte.

»Wenn er tot ist?«, unterbrach sie die andere.

Die Stimme der grauen Frau hörte sich auf der Stelle mitleidig an. Sie schlug sich die Hand vor den Mund.

»Oh, Frau Fink, Entschuldigung – wie dumm von mir!«

Ihre Stimme klang nun auch noch sauer belegt. Gussy versuchte, tapfer zu lächeln, und schüttelte den Kopf. Sie brachte kein weiteres Wort mehr heraus.

In dem Moment sprang die Tür auf, und ein älterer Herr in dunklem Anzug, mit Uhrkette und Schmiss auf der linken Wange betrat federnden Schrittes den Raum. Er hielt abrupt an und runzelte die Stirn.

»Wen haben wir denn hier?«

Dann lächelte er wie ein gütiger Großvater in schlechten Kinderbüchern und ließ seinen Blick gefällig auf Gussy ruhen.

»Einen Neuzugang, Herr Doktor. Frau Fink aus Frankfurt am Main. Ursprünglich aus Schlesien, wenn Sie verstehen. Sie kommt, um ihre Tochter Eva bei uns in der Schule anzumelden.«

Der Direktor, denn um ihn handelte es sich offenbar, trat immer noch freundlich lächelnd auf Gussy zu und nahm ihre Hand in seine.

»Frau Fink ist Witwe.«

Er hielt ihre Hand fest. Gussy zog sie nach ein paar Sekunden aus seinem feuchten Griff heraus. Sie musste dabei fast ein wenig Kraft aufwenden.

»Ich bin nicht verwitwet, ich bin geschieden.«

Sie hatte es ausgesprochen. Es fiel ihr schwer, und selbst nach über einem Jahr schämte sie sich noch dafür. Die Strafe folgte umgehend.

»Oh! Sie hatten behauptet, Sie seien verwitwet!«

Die Sekretärin schüttelte empört den Kopf.

Gussy drehte sich zu ihr. Röte war ihr ins Gesicht geschossen.

»Oh nein, das habe ich nicht. Das haben Sie sich zusammengereimt, als ich fragte, ob es denn unwichtig sei, was ich selbst beruflich mache.«

Der Direktor warf seiner Untergebenen einen spöttischen Blick zu und wandte sich dann wieder an Gussy.

»Das ist doch kein Beinbruch, verehrte Frau. Das kommt immer wieder einmal vor. Heutzutage ist das gar nicht mehr selten. Bedauerlich, aber so ist es halt. Die Zeiten haben sich geändert. Und ich bin sicher, dass Frau Fink schuldlos geschieden wurde. Habe ich recht?«

Er tätschelte ihr die Wange, und Gussy wich instinktiv zurück. Sie merkte, wie Tränen in ihr hochstiegen, und schluckte mehrmals hintereinander.

»Selbstverständlich.«

Hermann hatte alle Schuld auf sich genommen, nachdem sie ihm gedroht hatte, den eigentlichen Grund für die Scheidung vor Gericht zur Sprache zu bringen.

Eine Klingel schepperte auf dem Flur, und der Direktor verabschiedete sich hastig und erleichtert.

Als er verschwunden war, überprüfte Gussy rasch ihren falschen Dutt, der immer noch tadellos saß. Sie versuchte, die Sekretärin weitgehend zu ignorieren, die nun in Höchstgeschwindigkeit tippte. Es vergingen ein paar Sekunden. Plötzlich hob die Sekretärin wieder den Kopf.

»Waren Sie schon in St. Maria Königin?«

Es klang nach einer ganz normalen Frage.

»Nein, warum?«

Die Frau stand nun langsam von ihrem hölzernen Drehstuhl auf und steuerte auf Gussy zu.

»Warum?« Sie klang belustigt. »Das liegt ja wohl auf der Hand. Wenn man an einen neuen Ort zieht, begibt man sich doch sofort zu der Gemeinde, der man in Zukunft angehören wird. Zu Gott am neuen Lebensmittelpunkt, oder etwa nicht?«

Gussy nickte verwirrt, erwiderte aber nichts.

»Und das ist in Ihrem Fall St. Maria Königin. Die für Sie

zuständige Kirchengemeinde. Pater Koch ist ein überaus sympathischer Priester, sehr modern und tolerant eingestellt. Er wird mit der Scheidung sicher kaum ein Problem haben, da haben Sie wirklich Glück gehabt. Da gibt es ganz andere …«

Gussy reichte es. »Wir sind nicht katholisch.«

»Oh!«

Die Sekretärin zuckte zurück, als hätte ihr Gussy gerade eine bis dato geheim gehaltene Cholerainfektion offenbart.

»Was sagen Sie da? Warum sind Sie dann überhaupt hier und stehlen mir meine Zeit?«

Gussy schaute wieder verwirrt. »Ich stehle Ihre Zeit?« Sie begriff gar nichts.

»Jawohl!«

Die graue Frau riss den Bogen aus der Schreibmaschine, auf den sie getippt hatte, und zerriss ihn in kleine Teile, die sie theatralisch in den geflochtenen Papierkorb beförderte.

»Ich bin hier, um meine Tochter in der Schule anzumelden!«

Gussy versuchte, nicht verzweifelt zu klingen. Sie musste das Missverständnis in Ruhe aufklären. Ohne Anspannung, ohne Wut, ohne das Gefühl, gedemütigt zu werden.

»Frau Fink, dies ist eine rein katholische Volksschule. Haben Sie gehört? Katholisch. Römisch-katholisch, genau genommen. Und was sind Sie?«

»Evangelisch.«

Gussy war ruhig geblieben. Alles kam ihr wie ein Traum vor. Ein hässlicher Traum.

»Da müssen Sie zur Schule an der Buchenstraße. Die nimmt solche Kinder.«

Jetzt schaute Gussy sie fragend an. In Frankfurt waren evangelische mit katholischen Kindern in ein und dieselbe

Schule, ja sogar in dieselbe Klasse gegangen. Es waren sogar ein paar Ungetaufte in Evas Klasse gewesen.

»Wir haben auch zwei Heidenkinder«, hatte sie stolz am ersten Tag berichtet. »Die sehen aber aus wie wir.«

»Und wo ist die Buchenstraße?«

Die Sekretärin legte den Kopf schief und erklärte ihr widerwillig den Weg dorthin.

»Wie weit von hier ist das?«

»Ungefähr zwanzig Minuten zu Fuß. Für Kinder möglicherweise etwas mehr.«

Gussy erblasste. »Aber dann müsste meine Eva ja jeden Tag mehr als eine halbe Stunde zur Schule laufen! Und eine halbe Stunde zurück. Nur weil sie evangelisch ist!«

»Es gibt nur eine Schule für Evangelische, und an Ihrer Stelle würde ich mich dankbar zeigen, denn bis vor zwei Jahren gab es in diesem Stadtteil überhaupt keine Schule für die. Die mussten mit dem Bus in den nächsten Stadtteil fahren. Und der kostet, wie Sie wissen. Aber wegen der vielen Flüchtlinge aus dem Osten haben sie dann auch hier bei uns eine aufgemacht. Die Kleinen können ja schließlich nichts dafür. Aber so sind die Regeln. Viel Glück.«

Als Gussy wenig später auf die Straße trat, spürte sie, wie ihr übel wurde. Blitzschnell rannte sie zu ein paar Sträuchern, die sie an der Ecke erspäht hatte, und hinter dem knospenden Rhododendron gab sie ihr Frühstück von sich.

Köln, 19. November 1960

»Kann ich helfen?«

Gussy schloss vorsichtig die Tür der kleinen Küche und lächelte ihren Schwager Hubert fröhlich an. Der baumlange Mann mit dem akkurat gezogenen Scheitel schaute kurz auf, schüttelte den Kopf, bedeutete ihr aber zu bleiben. Er rührte mit einem Holzlöffel in einer Porzellanschüssel, in der bleiche Heringe in Milch schwammen. Vielleicht lagen sie auch auf der Lauer.

»Hat Alma die etwa eingelegt?«

Gussy beugte sich nun ebenfalls über die Fische und sog den leicht säuerlichen Geruch der Tunke genussvoll ein. Gussy liebte Süßsaures.

»Alma? Machst du Witze?«

Hubert schluckte das, was er auf der Zunge hatte, offenbar hinunter. Gussy nickte mit einem frechen Grinsen.

»Nein, das war Oma. Eure Mutter macht wunderbare Heringe nach schlesischer Hausfrauenart. Das weißt du doch.«

Ja, das wusste sie, und sie wusste natürlich auch, dass ihre Schwester Alma keine Heringe einlegte. Manchmal ritt sie, wie schon in ihrer Kindheit, der Teufel.

Alma buk nicht, briet nicht, kochte nicht und weckte nicht ein.

Die Versorgung der siebenköpfigen Familie, die in dem kleinen schmucken Reihenhaus mit dem handtuchgroßen Gemüsegarten im Norden Kölns lebte, hatte Gussys Schwester komplett in die Hände ihrer drei Töchter und ihrer Mutter

Erna gelegt. Der Sohn musste im Haushalt nicht mit anpacken, das war nur für die älteren Mädchen Pflicht, selbst nach einem anstrengenden Arbeitstag bei ihrer Lehrstelle.

Am Wochenende, so wie heute, half auch Almas Mann Hubert mit. Er überprüfte die Würzung der Mahlzeiten und schmeckte gern noch einmal ab.

Gussy mochte ihren Schwager. Er schenkte ihr wenigstens manchmal ein aufmunterndes Wort und versicherte ihr, dass es für sie nach der Scheidung bald wieder aufwärtsgehen würde, was ihrer Schwester und der Mutter nie über die Lippen gekommen wäre.

Hubert tunkte den Löffel in die Heringsmilch und reichte ihn ihr. »Habt ihr euch schon eingelebt?«

Gussy schluckte, und ihre rehbraunen Augen strahlten. »Lecker! Wie zu Hause!«

Hubert nahm den Löffel zurück und leckte ihn ab. »Hier ist doch zu Hause.«

Hubert und Alma waren mit ihren zwei Kleinsten gleich nach dem Krieg aus Breslau vertrieben worden. Auf dem großen Treck mit hunderttausend anderen hatte der gelernte Schweißer gehört, dass die amerikanische Autofirma am Rhein dringend Fachleute suchte, und er hatte sich zielorientiert mit seiner Familie nach Köln durchgeschlagen.

Vom einfachen Schweißer hatte er sich in den Fünfzigerjahren zum Vorarbeiter hochgearbeitet und war schließlich von der Firma mit einem günstigen Kredit für ein Eigenheim für kinderreiche Angestellte belohnt worden.

Zu dieser Zeit lebte Gussys Mutter Erna schon bei ihnen, nachdem Hermann sie nach einem heftigen Krach in Frankfurt vor die Tür gesetzt hatte. Gussy war damals erleichtert gewesen, obwohl ihr die Art, wie Hermann ihre Mutter behandelte, nicht gefiel. Aber in dem Streit hatte sie auf seiner Seite gestanden. Sie schob den Gedanken weg.

»Ja, Gott sei Dank sind jetzt alle Wohnungen bei uns im Haus belegt, und es ist nicht mehr so leer und unheimlich wie am Anfang«, beantwortete sie Huberts Frage. »Und nach dem Fiasko bei Evas Einschulung hat mich Volkers Kindergarten total überrascht.«

»Wie meinst du das?«

Gussy erzählte empört von der strikten Glaubenstrennung zwischen Katholiken und Protestanten an den Kölner Volksschulen.

»So etwas gab es in Frankfurt nicht«, schloss sie.

Hubert grinste.

Seine ganze Familie ging jeden Sonntagmorgen vollzählig zur katholischen Messe. Selbst Gussys Schwester, die einst ungetaufte Alma, hatte in den Schoß der »wahren« Kirche, wie sie es gern nannte, gefunden und war in Gussys Augen fast obszön fromm geworden.

Oma Erna dagegen war in einem skandalösen Akt der Rebellion nach dem Tod ihres gottlosen Ehemanns zum evangelischen Glauben übergetreten. Als Begründung hatte sie damals angegeben, der Teufel sei hinter ihren Kindern her gewesen.

Der Teufel war nämlich in Gestalt des zuständigen katholischen Pfarrers in den Wochen der Weltwirtschaftskrise in Ernas ärmliche Behausung getreten und hatte der verzweifelten Witwe in Aussicht gestellt, dass ihr die Kirche für jedes katholisch getaufte Kind eine ordentliche Summe zukommen lassen würde. Das würde den Verlust der Einkünfte des nun bedauerlicherweise verstorbenen Familienvaters etwas abfedern.

»Ich verkaufe doch nicht die Seelen meiner Kinder!«, hatte

Erna damals empört geschrien und den verstörten Priester an die frische Luft gesetzt.

Hubert nahm seine Schwägerin jetzt bei den Schultern.

»So sind die Kölner, Gussy. Etwas bigott, aber letztlich harmlos und fröhlich. Das ist ganz anders als in Breslau. Mir gefällt es hier. Und was ist mit Volkers Kindergarten?«

Der kleine Volker würde erst im kommenden Jahr eingeschult werden. Nachdem Gussy endlich drei Putzstellen gefunden hatte, die sie dringend zum Überleben brauchte, hatte sie zaghaft im nahe gelegenen Kindergarten bei St. Maria Königin angefragt, obwohl sie fest davon überzeugt war, dass die römisch-katholische Einrichtung ihren evangelischen Jungen ablehnen würde.

»Und?«

Gussy strahlte ihren Schwager an. »Sie haben ihn genommen!«

Hubert ließ sie los und lachte.

»Na siehste! Wir Katholen sind doch nicht so schrecklich, wie ihr Evangelen immer sagt. Aber hör mal, schickt Hermann dir denn immer noch nichts für die Kinder?«

Er war dicht bei ihr stehen geblieben.

In dem Moment wurde die Küchentür aufgerissen, und Alma schob ihre massige Gestalt in den Türrahmen. Um ihren gespitzten Mund spielte ein aufgesetztes Lächeln. Hubert trat an den Tisch zurück und rührte in der Schüssel.

»Ach, hier seid ihr?«

Alma warf ihrem Mann einen strafenden Blick zu und näherte sich dann ihrer jüngeren Schwester. Gussy errötete leicht, als hätte Alma sie bei etwas Verbotenem erwischt.

»Wir haben Mamas eingelegten Hering probiert. Und uns verquatscht.«

Almas Äuglein huschten vom einen zur anderen.

»Das sehe ich«, knurrte sie. »Wir warten auf euch. Mama ist extra aus ihrem Zimmer heruntergekommen, Augusta. Ihr geht es heute nicht so gut. Aber das braucht dich ja nicht zu kümmern. Das ist ja unsere Aufgabe …«

»Aber …«

Gussy wollte einwenden, dass sie sich auch für die Mutter verantwortlich fühle. Schließlich kam sie jeden zweiten Sonntag mit ihren beiden Kindern hierher, um sich um Erna zu kümmern. Dafür brauchten sie jedes Mal fast zwei Stunden hin und zwei Stunden zurück. Zuerst mussten sie eine halbe Stunde lang zu Fuß durch ein unwirtliches Gewerbegebiet im Westen der Stadt, weit hinter Lövenich. Dabei hinkte der kleine Volker meist schon nach der Hälfte des Wegs und klagte über Schmerzen im Bein. Dann fuhren sie fast eine halbe Stunde mit der Straßenbahn ins Stadtzentrum bis zum Rudolfplatz. Dort mussten sie umsteigen und vierzig Minuten bis zur Endstation fahren, wo sie noch einen Fußweg von zwanzig Minuten durch die neue Siedlung zurücklegen mussten. Und das Ganze kostete knapp vier Mark hin und zurück, da es über die Stadtgrenze ging. Dabei verdiente Gussy nur eine Mark fünfzig die Stunde bei ihren Putzstellen.

»Ich komme doch jedes zweite Wochenende wegen Mama. Deshalb bin ich ja nach Köln gezogen. Um in der Nähe zu sein.«

Gussys Stimme klang schwach. Alma grinste sie spöttisch an.

»So viel Rücksichtnahme wäre wirklich nicht nötig gewesen, Augusta. Und komm uns nicht mit deiner Sehnsucht nach Mama. Du hast sie ja schon vor Jahren vor die Tür gesetzt. Die eigene Mutter!«

»Alma, bitte …«

Huberts Stimme hatte einen drohenden Unterton angenommen. Alma ignorierte ihn. Stattdessen wandte sie sich der Schwester zu und grinste schief.

»Du hast dich ja schon immer für etwas Besseres gehalten. Nun siehst du, wie weit man damit kommt. Nachdem du deine Ehe mit diesem Windhund in den Sand gesetzt hast, kommst du jetzt angekrochen, um zu schauen, was du bei uns noch abstauben kannst. Sonst hättest du ja bequem in Frankfurt bleiben können. Wer zieht schon freiwillig um in diesen Zeiten, noch dazu mit zwei kleinen Kindern? Mir machst du nichts vor.«

Alma schnaubte wütend wie ein bockiges Pferd und tunkte ihren Zeigefinger in die Heringsschüssel. Dann zog sie ihn wieder heraus und leckte ihn ab.

Gussy schwieg. Sie hatte den Kopf auf die Brust gesenkt und zitterte. Es war ihr unmöglich zu antworten. Alma ging zur Tür.

»Wir warten auf euch. Hast du gehört, Hubert?«

Ihr Mann wich ihrem Blick aus und starrte auf das hellgrüne Linoleum mit den blauen Punkten, das seine zweitälteste Tochter in dem Betrieb, in dem sie lernte, zum Einkaufspreis erstanden hatte. Er schloss die Tür, und sein Blick fiel auf die Schwägerin, die mit versteinertem Gesicht mitten in der Küche stand.

Dann nestelte er in seiner Tasche und zog ein Fünfmarkstück hervor. Er reichte es Gussy, die nicht reagierte.

»Das ist für euch, Gussy. Bahngeld. Weil du nicht so viel hast. Aber behalt's für dich. Du weißt ja, wie deine Mutter und deine Schwester sind.«

»Danke, Hubert. Er schickt nichts. Kann er ja auch nicht.«

Hubert runzelte fragend die Stirn.

»Ich meine Hermann.« Sie schien wie aus einer Trance erwacht und ließ das Geldstück in ihre Tasche gleiten. »Er hat den Kindern vor ein paar Tagen aus Berlin geschrieben. Aus Ostberlin. Hermann ist in die DDR abgehauen.«

Ihre Stimme klang hohl, ohne Substanz.

»In die DDR? Wie zum Teufel kam er denn darauf?«

Hubert hatte die Schüssel mit einem Teller abgedeckt und stellte sie vorsichtig auf das Büfett.

»Was weiß ich, Neuanfang oder so. Hermann hatte schon immer etwas für die da drüben übrig und behauptet, dass nicht alles dort Mist ist.«

»Hermann? Ein Kommunist?«

Hubert machte ein Gesicht, als traute er seinen Ohren nicht. Die Familie hatte Gussys Ex-Mann immer für einen sympathischen Hallodri gehalten, der das Leben in vollen Zügen genoss und manchmal auch über die Stränge schlug. Hermann und die DDR passten nicht zusammen.

Gussy lächelte tapfer. Nie würde sie jemandem den wahren Grund für Hermanns Flucht in die DDR offenbaren. Sie schämte sich abgrundtief für seinen Betrug. Obwohl sie keine Verantwortung für den Fehltritt trug, den Hermann begangen hatte.

»Wir sollten zu den anderen gehen«, sagte sie und schob sich an Hubert vorbei.

An der Tür drehte sie sich noch einmal um. Jetzt lächelte sie wieder.

»Weißt du, Hubert, wenn ich ganz viel Glück habe, könnte es mit einer Stelle bei der Stadt klappen.«

»Bei der Stadt? Wirklich? Erzähl.« Er klang ungläubig.

Gussy lachte. »Da gibt es nicht viel zu erzählen. Du weißt

vielleicht noch, dass ich das letzte halbe Jahr in Frankfurt in der Stadtteilbücherei gearbeitet habe. In der Buchpflege. Sie haben mich angelernt. Ich durfte nach der Volksschule ja nie etwas lernen und bin nach meinem Haushaltsjahr bei den Holländern direkt in die Rüstungsfabrik gegangen. Vor ein paar Tagen war ich in unserer Stadtbücherei hier in Köln, um mir ein Buch auszuleihen. Und da habe ich gesehen, wie traurig die Bücher dort ausschauen, und hab die nette Frau am Empfang gefragt, ob sie denn niemanden haben, der sich um diese Bücher kümmert. Ich habe ihr erzählt, was ich kann, und sie sagte, sie wolle gern beim Oberbibliothekar nachfragen, ob sie mich stundenweise beschäftigen können. Sie hat sich meine Adresse notiert, und ich glaube, Hubert … das könnte was werden.«

Die Vogelhochzeit

Meine Mutter fing kurz vor Weihnachten in der Stadtbücherei an. Zunächst nur donnerstags. Mich und meinen Bruder durfte sie nachmittags zur Arbeit mitnehmen. Mutti lehnte Schlüsselkinder ab.

Ich durfte fast alles lesen und stürzte mich schon als Achtjährige bedenkenlos auf die Jugendbücher. Kindergeschichten fand ich blöd. Fix und Foxi erst recht. Der Oberbibliothekar Herr Nothenbaum bestätigte meine Einschätzung, was den literarischen Wert dieser Bildergeschichten betraf, und Mutti freute sich darüber, denn für Comichefte hatten wir sowieso kein Geld. Wenn sie in der Schule in den Pausen herumgezeigt wurden, strafte ich sie mit hochnäsiger Verachtung.

Stattdessen ritt ich hocherhobenen Hauptes und mit durchgedrücktem Rücken in die Welt von Winnetou und Old Shatterhand – mal auf Iltschi, mal auf Hatatitla. Fast jeden regennassen Nachmittag verbrachte ich in der Obhut von Büchern. Sie passten auf mich auf. Sie waren meine Freunde, die nie stumm blieben, aber auch nicht so viel plapperten wie meine Freundinnen, die ich dennoch schätzte.

Ich vertraute mich, ohne zu zögern, Papier und Gedrucktem an und schnupperte gern daran. Am Schatz im Silbersee habe ich sogar kurz einmal geleckt.

Irgendwann hörte ich, wie der Oberbibliothekar zu meiner Mutter sagte: »Ihr Evchen liest aber wirklich gern.«

Mutti nickte stolz und zog die durchsichtige Klebefolie

glatt. Damit band sie alle neuen Bücher ein, um ihnen, wie sie es ausdrückte, ein Schutzmäntelchen anzuziehen und sie für ihr Leben in der Ausleihgesellschaft robust zu machen.

»Sie darf in der Schulpause immer den anderen vorlesen und schreibt beste Noten im Deutschaufsatz. Nächstes Jahr soll sie die Aufnahmeprüfung fürs Gymnasium machen«, sprudelte es aus ihr hervor.

Darauf entgegnete der Oberbibliothekar nichts. Er verzog seinen Mund nur zu einem nachsichtigen Lächeln.

Das mit der Schulpause stimmte. Bevor wir auf den Schulhof durften, mussten wir bei einer Flasche Milch oder Kakao unser Pausenbrot essen. Währenddessen durfte ein Kind vorn auf dem Lehrersessel Platz nehmen und aus einem Märchenbuch vorlesen. Als man mich zum ersten Mal nach vorn holte, wusste ich schon ziemlich genau, was passieren würde. Niemand würde mehr von seinem Brot abbeißen oder Milch durch den goldgelben Strohhalm saugen wollen. Stattdessen würden alle an meinen Lippen hängen und danach fiebern, dass ich mit tiefer Stimme auf Rotkäppchens zittrige Frage antwortete:

»Damit ich dich besser fressen kann!«

Ein wundervoller, ein unerreichter Satz.

Und so kam es, dass mich der Lehrer erst einmal pro Woche, dann jeden zweiten Tag nach vorn holte.

Ich genoss jedes einzelne »Ruckedigu, Blut ist im Schuh« und jedes »Wer hat von meinem Tellerchen gegessen?« und startete damit meinen unaufhaltsamen Aufstieg zum Star des Westkölner Volksschulpausenvorleserhimmels.

Bald darauf wechselte ich in das aufregende Fach des Schultheaters und spielte fortan jede Rolle, die fies und böse war: die heimtückische Stiefmutter, die rachsüchtige dreizehnte Fee, die sadistische Hexe und den gnadenlos gierigen Wolf. Aber meine absolute Lieblings- und Paraderolle war und blieb das Rumpelstilzchen.

Und dann kam die Vogelhochzeit.

»Sie trägt schon Kniestrümpfe. Ich hab's genau gesehen! Dabei sind es noch zwei Wochen bis Ostern!«

Dieser Satz fiel in der engen Umkleidekabine während der Generalprobe zur Schulaufführung der Vogelhochzeit in meiner zweiten Saison am Rhein.

In meiner Kindheit gab es noch keine Markenklamotten. Wir Mädchen, egal aus welchem Elternhaus, sahen alle irgendwie ähnlich angezogen aus.

Meine Mutter hätte sowieso kaum Geld für neue Kleidung ausgeben können, obwohl mein Bruder und ich immer »wie aus dem Ei gepellt« aussehen sollten, damit man uns nichts nachsagen konnte, weil Mutti geschieden war und man uns besonders genau beobachtete, wie sie felsenfest behauptete.

Wir trugen also die Sachen unserer Cousinen auf. Es gab noch keine Strumpfhosen, und mein kleiner Bruder und ich mussten im Winter mit Leibchen am Körper kämpfen. Das waren meist verwaschen rosa oder fahlweißfarbige ausgeleierte Baumwolldinger, in die man mit beiden Armen schlüpfte und die dann am Rücken zugeknöpft wurden. An ihren Strumpfhaltern wurden unsere wollenen Winterstrümpfe befestigt.

Zwischen Strumpf (kratzig, gestrickt, gestopft) und Leibchen (formlos, freudlos, ein eher verhuschtes Kleidungsstück) klaffte je nach Alter des Kindes und des Strumpfes ein zum Teil beträchtliches Stück nackter Oberschenkel, an dem man erbärmlich fror.

Die Jungen konnten lange Hosen darüberziehen, was uns Mädchen in der Schule nicht erlaubt war. Nur an ganz kalten

Wintertagen durften wir über die Strümpfe eine lange Turnhose aus einem immer leicht müffelnden Trikotstoff streifen, die wie ein ausgebeulter Kartoffelsack aussah.

Es ist leicht nachzuvollziehen, wie unbeliebt dieser Dresscode für Kinder im Winter war, und alle fieberten dem magischen Datum »Ostersonntag« entgegen, denn der Kirchenkalender im Rheinland besagte: »Am Ostersonntag, egal auf welches Datum Ostern gerade fällt, werden die ersten Kniestrümpfe angezogen.«

Und das wurde eingehalten, auch wenn es draußen gerade noch einmal heftig schneite und das Thermometer frostig unter null gefallen war.

Söckchen waren ab dem 1. Mai erlaubt. Wer sie davor überstreifte, brach nicht nur ein Tabu und musste mit den Konsequenzen leben, sondern stellte sich bewusst gegen den Konsens der Gemeinschaft.

Ich spielte in der Vogelhochzeit die Eule als Brautmutter, die die Braut mit viel Geheule verabschieden durfte.

»Brautmutter war die Eu-eu-le, nahm Abschied mit Geheu-eu-le. Fiderallala, fiderallala, fiderallalalala!«

Die Rolle der Braut interessierte mich selbstverständlich nicht.

Mir lagen ja eher die Charakterrollen. Und meine Mutter hatte mir ein wundervolles Kostüm aus braunem und schwarzem Krepppapier geschneidert. Mit einem dicken, krummen Schnabel, der sich sehen lassen konnte.

»Du hast wirklich schon Kniestrümpfe angezogen?« Meine beste Freundin Beate hatte mich in die Ecke der Umkleide gedrängt und flüsterte mir durch ihren Taubenschnabel eindringlich zu.

Ich merkte, wie ich unsicher wurde. Beates Loyalität war mir wichtig. Aber alle kalten Vogelaugen waren nun auf mich gerichtet: Amsel, Drossel, Spatz, Schnepfe. Selbst die Gänse und Anten, die Musikanten, schauten böse, ja zornig aus ihrem Entenkleid hervor und lauerten mit ihren Schnäbeln. Zwanzig Vögel standen bereit, um auf mich einzuhacken.

Plötzlich fühlte ich mich matt und schwach, und ich fröstelte in dem Raum hinter der Bühne, der mit wütendem Geflügel vollgestopft war.

»Quatsch!«, rief ich und flatterte beherzt aus der düsteren Ecke mit den Spinden hervor. Ich hätte behaupten können, ich hätte das ungeschriebene Gesetz gar nicht gekannt, und damit den ignoranten Flüchtling gespielt.

Beate, deren Eltern aus Ostpreußen stammten, schaute mich flehentlich an. Bitte nicht wieder den Flüchtling!, las ich in ihren friedlichen Taubenaugen.

Ich stülpte mir den krummen Schnabel über die Nase und plusterte mich, so gut es ging, auf. »Wer hat das behauptet?«

Es war der Pfau. Ich hätte es mir denken können. Ulrike, der Pfau.

»Ich habe dich mit eigenen Augen gesehen. Vor zwei Tagen auf dem Weg zum Turnverein. Kurz vor fünf. Du hattest den Turnbeutel über die Schulter geworfen und hast Kniestrümpfe getragen. Zwei Wochen zu früh!«

»Hab ich nicht!«

Die Vögel im Raum zogen den Kreis um uns nun bedrohlich enger. Mir brach der Schweiß aus.

»Ich habe keine Kniestrümpfe getragen, wirklich nicht. Es ist doch noch viel zu kalt dafür.«

Ich hatte den Datumterror tatsächlich nicht ernst genommen, mich frech darüber hinweggesetzt, doch ich stand nicht dazu. Ich war feige. Ein bisschen feige. So wie es mein Vater manchmal gewesen war, solange er noch da war.

Der Pfau gackerte dümmlich und schüttelte sich dabei. »Darum geht es nicht.«

»So, und worum geht es dann, bitte?« Ich hatte beide Hände in die Hüften gestemmt und knisterte gefährlich in meinem Krepppapier.

»Es geht darum, ob etwas geht oder nicht. Und Kniestrümpfe vor Ostern gehen einfach nicht. Das war schon immer so.«

Es herrschte atemlose und einvernehmliche Stille.

Da meldete sich zaghaft die kleine Meise. Ute, die Kleinste aus der Klasse, hatte sich erfolgreich für diese Rolle beworben.

»Das weiß doch jeder«, piepste Ute.

»Der von hier ist.« Das Letzte hatte der Auerhahn gesprochen. Es klang gewichtig und schwer, und alle wussten, dass er recht hatte.

Beate und ich tauschten stumme Blicke.

In dem Moment wurde die Tür aufgerissen, und unsere Musiklehrerin betrat gut gelaunt den Raum.

»Ach, wie schön! Ihr seid alle schon im Kostüm. Dann marsch, marsch, auf die Bühne! In zwei Minuten geht es los!«

Die bunte Vogelschar löste sich aus der bedrohlichen Erstarrung und stürmte ins Rampenlicht. Wir nahmen unsere Plätze ein, als wäre nichts gewesen.

Die Aufführung der Vogelhochzeit zwei Tage später fand nicht statt. Sie wurde abgesagt. Es stellte sich heraus, dass ich die Windpocken hatte und alle Vögel im engen Umkleideraum angesteckt hatte. Am schlimmsten hatte es den Pfau getroffen.

Fiderallala.

Frankfurt am Main, 15. Oktober 1957

Das Telefon schrillte durch die Wohnung.

Gussy stand in der Küche und steckte geputzte grüne Bohnen in den Häcksler, den sie am Küchentisch angeschraubt hatte. Dabei drehte sie an einer kleinen Kurbel, sodass geschredderte Bohnenschnipsel aus dem gusseisernen Wunderwerk in eine Schüssel fielen, die genau die richtige Größe für ihre berühmte grüne Bohnensuppe hatten. Alle in der Familie liebten diese Suppe mit viel frischem Bohnenkraut und einer Beinscheibe, die später in winzige Stücke zerteilt wurde.

Das Telefon schepperte immer noch.

Sie seufzte und wischte sich die Hände am Küchenhandtuch ab, bevor sie ins Wohnzimmer ging. Im Aquarium stob ein Guppyschwarm auseinander, als hätte man die Fischchen bei etwas Unartigem ertappt.

Die Finks besaßen schon seit ihren ersten Tagen in Frankfurt ein Telefon, was ein ungewöhnlicher Luxus war. Doch Hermann hatte aufgrund seiner Tätigkeit bei der Polizei in den ersten Nachkriegsjahren ein Telefon benötigt, um gegebenenfalls erreichbar zu sein. Auch seine Umtriebigkeit in Sachen Sechstagerennen wurde durch das Telefon erleichtert. Gussy selbst benutzte den schweren Apparat aus schwarzem Bakelit so gut wie nie.

»Augusta Fink. Guten Tag.«

Am Telefon war sie immer so korrekt, dass sie sich sogar das »Gussy« verkniff.

»Guten Tag, Frau Fink. Hier spricht Braun von der Haus und Boden. Könnte ich bitte Ihren Mann sprechen?«

»Mein Mann ist im Dienst. Das tut mir leid. Sie könnten ihn heute Abend erreichen, so ab sechs Uhr wäre es am besten. Kann ich ihm etwas ausrichten?«

Es entstand eine Pause. Dann meldete sich die sonore Stimme wieder.

»Darum geht es. Leider ist Ihr werter Gatte nicht im Dienst, sonst würden wir nicht besorgt bei Ihnen nachfragen. Er ist seit letzten Mittwoch nicht bei uns erschienen.«

Gussy runzelte die Stirn. »Das muss sich um ein Missverständnis handeln. Was heißt das, er ist nicht im Dienst?«

Gussy merkte, wie Wärme in ihr Gesicht strömte und ihr Herz spürbar zu pochen begann.

»Moment, heißt das, Sie sind in diesem Moment in seiner Dienststelle? Und Sie sagen mir, dass mein Mann ohne Entschuldigung seit fünf Tagen nicht mehr zur Arbeit erschienen ist?«

Gussy zog den Sessel neben dem Telefontischchen näher heran und ließ sich auf das Polster sinken.

»Seit die Prüfung im Haus war. Das war letzten Mittwoch.«

Sie fuhr sich flüchtig über den Mund und ließ ihre Finger für einen Moment auf den Lippen liegen.

»Welche Prüfung? Und was hat das eine mit dem anderen zu tun?«

Gussy merkte, wie langsam etwas in ihr hochkroch, das sie nicht eingeladen hatte. Sie fühlte, wie eine eisige Kälte sich in ihrem Körper ausbreitete.

Der Mann am anderen Ende hüstelte. »Bitte richten Sie ihm aus, dass wir auf ihn warten und sicher sind, gemeinsam die Ungereimtheiten aufklären zu können. Aber das geht wirklich nur mit ihm, nicht ohne ihn. Bitte sagen Sie ihm das, Frau Fink.«

Da spürte sie, dass etwas in ihrem Inneren bröselte, dass etwas, das sie nicht benennen konnte, genau jetzt im Begriff war, sich aufzulösen. Es verschwand, als wäre es nie vorhanden gewesen. Waren das die Gefühle, die sie für Hermann empfand? Gussy riss sich zusammen.

»Es muss sich sicherlich um ein Missverständnis handeln. Könnte ich bitte Herrn Doktor Krautberger sprechen? Seinen Chef? Wir kennen uns persönlich.«

Gussy zog eine Haarnadel aus ihrer Hochsteckfrisur und spielte nervös damit.

Wieder gab es eine längere Pause.

»Sind Sie noch da, Herr Braun?«

Der Mann antwortete schließlich.

»Ich bedaure, Ihnen mitteilen zu müssen, dass Direktor Krautberger sich zurzeit wohl nicht in Frankfurt aufhält. Er wurde bis zur Klärung der Ungereimtheiten freigestellt, und wir haben Grund zu der Annahme, dass er sich auf sein Anwesen in der Schweiz zurückgezogen hat. Hat Ihr Mann Ihnen nichts davon erzählt?«

»Oh.«

Die Haarnadel rutschte ab und bohrte sich unter Gussys Daumennagel, sodass es sofort blutete. Sie führte ihren Daumen zum Mund und leckte das Blut ab.

»Nein, das wusste ich nicht.«

Gussy schnappte nach Luft wie eine Ertrinkende.

»Hat Ihr Mann das nicht erwähnt?«

»Mein Mann? Mein Mann, falls Sie das immer noch nicht begriffen haben, erzählt mir nichts von seiner Arbeit. Und ich glaube, es ist auch nicht üblich, dass Ehefrauen über alles Bescheid wissen.«

Gussy wusste noch nicht einmal, wie viel Hermann bei der Immobilienfirma, für die er seit gut zwei Jahren als Steuerberater tätig war, verdiente. Sie bekam wöchentlich ihr Haushaltsgeld, von dem sie alle nötigen Ausgaben bestritt.

Die Mietkosten sowie größere Anschaffungen für die Wohnung und für die Kinder wurden von Hermann direkt beglichen. Und Hermann war nicht knickrig, noch fragte er groß nach, wenn das Haushaltsgeld einmal nicht gereicht hatte.

Ein Haushaltsbuch, wie Bekannte, Nachbarinnen und all ihre weiblichen Verwandten es führen mussten, gab es bei ihnen nicht. Genau wie es auch kein Bankkonto gab, in das man von Zeit zu Zeit schauen konnte. Niemand in ihrem Bekanntenkreis besaß ein Bankkonto. Alles wurde in bar abgewickelt, und es existierte nur ein Familiensparbuch, auf das Gussy und die Kinder einmal im Jahr den Inhalt eines blauen Porzellanschweines einzahlten. Danach gingen sie immer ins Café Schneider in der Kaiserstraße und gönnten sich mit Champignons und Kalbfleischragout gefüllte Königinnenpastetchen statt Kuchen.

Vertrauen gegen Vertrauen. Über Geld wurde nicht geredet, das war ein ungeschriebenes Gesetz im Hause Fink. Man war sparsam, ohne zu geizen, aber man leistete sich ab und zu kleine Genüsse, die häufig kulinarischer Natur waren. Zu Geburtstagen wurde Gussy in ein Restaurant ausgeführt und bekam ein hübsches Geschenk wie eine Brosche oder die neuen weißen hauchdünnen Handschuhe, von denen sie so oft geschwärmt hatte, dass es Hermann nicht entgangen war.

Auch die beiden Kinder waren bescheiden, doch durften

Wünsche immer geäußert werden, und selbst wenn es dann bis Weihnachten dauerte, wurden sie schließlich meistens erfüllt. Das Christkind vergaß nichts so leicht.

Und man konnte von einem eigenen Häuschen träumen, wie Gussy es sehr oft tat. Im Geiste hatte sie es bereits unzählige Male eingerichtet. Eines Tages würden sie so viel von Hermanns Einkommen gespart haben, dass es endlich wahr werden würde, da war sie sich sicher, denn Hermann verdiente, wie Gussy vermutete, nicht schlecht.

Hin und wieder gab es Engpässe, wie den mit dem Fernsehapparat, den sie vor Kurzem wieder abgeholt hatten. Aber Gussy hatte sich nichts dabei gedacht. So etwas passiert doch allen einmal, oder?

»Frau Fink? Sind Sie noch am Apparat?«

»Wie bitte? Ja, ich bin noch dran. Ich werde es meinem Mann ausrichten, selbstverständlich. Darf ich Sie noch etwas fragen?«

Gussy biss sich auf die Unterlippe. Sie wusste nicht, ob sie wirklich eine Antwort auf die Frage haben wollte, die ihr im Herzen brannte.

»Ja, also …«

Dann setzte sie sich auf, nahm den Hörer in die andere Hand und legte ihn wieder an ihr Ohr.

»Wissen Sie, ob mein Mann und Herr Doktor Krautberger etwas Unrechtes getan haben? Ich meine, etwas, das sie nicht hätten tun sollen, ein Fehler, der ihnen unterlaufen ist?«

Wieder herrschte Stille, nur ein leises Kratzen ertönte aus der Muschel.

Sie hielt den Atem an, als die Antwort kam. Der Mann, dieser Herr Braun, dem sie nie begegnet war, klang auf einmal fast fürsorglich.

»Liebe Frau Fink, das sollten Sie Ihren Gatten fragen. Ich wünsche Ihnen und Ihren Kindern wirklich alles Gute. Auf Wiederhören.«

»Ja, das werde ich tun. Danke.«

Es dauerte ein paar Sekunden, bis Gussy merkte, dass sie den Hörer nicht aufgelegt hatte, sondern immer noch am Ohr hielt. Dann legte sie ihn vorsichtig zurück auf die Gabel, als müsste sie aufpassen, ihn nicht fallen zu lassen, als könnte er ganz leicht wie ein Eiszapfen zerbrechen.

Was hatte das alles zu bedeuten?

Hermann war die letzten fünf Arbeitstage, am Samstag bis Mittag selbstverständlich eingeschlossen, wie jeden Morgen pünktlich mit seiner alten verbeulten Aktentasche, die er so liebte, und einem von ihr geschmierten Butterbrot morgens aus dem Haus gegangen und, wie immer seit er bei »Haus und Boden« arbeitete, abends um halb sechs wieder zurückgekehrt. Als käme er direkt vom Dienst, wie er ihr versichert hatte.

Die Zeiten, wo er zwischendurch nach Hause gekommen war und mit der Familie gemütlich zu Mittag gegessen hatte, um sich danach noch eine halbe Stunde für ein Nickerchen auf das Wohnzimmersofa zu legen, waren endgültig vorbei, wie er ihr mit Bedauern in der Stimme erklärt hatte.

Es waren eben neue Zeiten angebrochen. Alles wurde schneller und effizienter.

Die Mittagspause wurde nun im Büro abgehalten, größere Firmen besaßen gar eine Kantine, und man war keine zwei Stunden, sondern höchstens eine Stunde vom Arbeitsplatz entfernt.

Als Hermann noch bei der Polizei gearbeitet hatte, war es sowieso anders gewesen. Da hatte es gar keine festen Arbeitszeiten gegeben, sondern man machte seine Pausen nach Belieben. Und der Spielraum für Belieben war bei der Polizei beliebig.

Aber vor fast vier Jahren, kurz nach der Geburt von Volker, hatte er von heute auf morgen den Dienst bei der Sitte quittiert, und sie waren in den nahen Taunus gezogen. Ganz plötzlich, wie Gussy sich erinnerte, und auf ihr zaghaftes Nachfragen nach dem Grund dafür hatte er nur lapidar erklärt, dass in der freien Wirtschaft mehr zu verdienen sei als im öffentlichen Dienst. Das hatte ihr sofort eingeleuchtet, und sie hatte nicht weiter nachgefragt.

Zeit war Geld. Hermann hatte gelacht und sogar erwähnt, dass in Heusenstamm eine neue Siedlung mit Familienreihenhäusern und Gärten entstand. Das muss doch einen Grund gehabt haben, dass er das erwähnte, oder?

Sonst war alles wie immer.

Gussy grübelte. Sie hatte an ihrem Mann in den letzten Wochen keine Veränderung feststellen können. Der Alltag war wie immer verlaufen, nachdem sie schon nach wenigen Monaten wieder in die Großstadt zurückgekehrt waren und Hermann bei einer anderen Firma anheuerte, die mit Grundstücken handelte. Dann plötzlich »Haus und Boden«.

War ihr Mann wirklich wie immer gewesen?

Nicht ganz, da hatte es die Grippe oder was es war gegeben, die Hermann über eine Woche ans Bett gefesselt hatte.

Das war vor ungefähr vier Wochen gewesen. Er hatte sich nachts hundeelend gefühlt, Schmerzen in der Brust gehabt, und Gussy hatte ohne sein Wissen den Hausarzt gerufen. Der hatte Hermann dann untersucht, und Hermann war zu schwach gewesen, um sich auch nur mit Worten dagegen zu wehren.

Der Arzt hatte Medizin verschrieben und gemeint, es sei eine vorübergehende Schwäche, wahrscheinlich durch einen grippalen Infekt hervorgerufen. Hermann brauche Ruhe und Schonung und auf keinen Fall irgendwelche »Stimulantien«.

Gussy reagierte verwirrt. Stimulantien? Was meinte er damit? Der Mediziner hatte schief gegrinst.

»Na, Ihr Mann zwitschert doch gern mal einen, nicht wahr? Und Zigaretten sind ebenfalls tabu. Achten Sie darauf, Frau Fink. Sonst fliegt Ihr Vogel eines Tages ganz schnell in die ewigen Jagdgründe. Witwe zu sein ist heutzutage ja nicht gerade nett, bei den vielen, die wir haben.«

Gussy konnte sich bis zu dem Zeitpunkt, an dem sie Hermann zurückerwartete, kaum auf ihre Hausarbeit konzentrieren. Sie hasste jetzt schon ihre Fragen und noch mehr seine Antworten. Das Einfachste wäre gewesen, ihn gar nicht zu fragen. Doch ihr war bewusst, dass sie das schon viel zu lange getan hatte.

Die Zeiten, in denen sie ihrem Mann ernsthaft Fragen gestellt hatte, waren lange vorbei. Das war in den ersten Jahren ihrer Ehe gewesen, und selbst da hatte sie sein charmantes »Ihr-über-den-Mund-Fahren« zum sofortigen Schweigen gebracht.

Das war, als sie nach dem Krieg und nach ihrer Flucht eines Tages im gelobten Frankfurt am Main gelandet waren.

Gussy hatte enttäuscht auf dem wiedererbauten Eisernen Steg gestanden und in den grauen Fluss gestarrt.

Warum es ausgerechnet Frankfurt hatte sein sollen, hatte sie Hermann gefragt. Sie konnte den Charme der Stadt am Main nicht erkennen.

Geld, hatte Hermann gesagt und ihr zugezwinkert. Frankfurt war schon immer eine Finanzstadt gewesen, hatte er ihr erklärt. Da fiel, wenn man es richtig anstellte, immer was ab.

Was sollte man denn richtig anstellen?, hatte Gussy naiv gefragt. Als Antwort hatte Hermann nur ein Lied gepfiffen.

Beim Empfang anlässlich des ersten Sechstagerennens nach dem Krieg hatte der stellvertretende Chef der Polizei ihr mit einer angedeuteten Verbeugung ein Glas Sekt gebracht und sich zu ihr gesellt. Eva war damals erst wenige Monate alt, und da Gussys Mutter Erna auf die Kleine aufpasste, genoss Gussy diese Abendveranstaltung in vollen Zügen. Hermann hatte nach dem Oberbürgermeister Kolb die Eröffnungsrede gehalten – launig und mit halbversteckten Witzen gegen die Nazis, die in den Dreißigerjahren die Sechstagerennen verboten hatten.

Hermanns Witze waren nur mäßig angekommen, wie Gussy bemerkt hatte, aber ihr Mann sonnte sich trotzdem im Glanz seiner neuen Berühmtheit als einer, der dem Radsport hier in der Stadt nach dem Krieg wieder zu internationalem Ansehen verholfen hatte. Nun stieß er mit den Honoratioren an.

Hoffentlich verkneift er sich den Balanceakt mit dem Sektglas auf seiner Glatze, dachte Gussy, während sie ihn aufmerksam beobachtete. Diese Varieténummer präsentierte er gern, wenn er leicht angeheitert im Mittelpunkt der Aufmerksamkeit stand.

Gussy trank einen Schluck aus ihrem Sektglas und nickte dem stellvertretenden Polizeipräsidenten zu.

»Na, das hat Ihr Mann ja prächtig hingekriegt.«

Sie spielte an ihrer Perlenkette, die einst Hermanns Mutter

gehört hatte und die ihr Schwiegervater auf der Flucht gerettet hatte.

»Was meinen Sie damit?«

Gussy lächelte den stellvertretenden Polizeipräsidenten an.

»Na, dass er den Posten bei uns bekommen hat – mittlerweile leitet er ja praktisch die Sitte. Da lernt man schnell alle wichtigen Leute in der Stadt kennen, die keinen Wert darauf legen, dass man sie kennt. Und dann das Sechstagerennen … Bei dem begegnet man allen anderen wichtigen Leuten, die wiederum sehr viel Wert darauf legen, dass man sie kennt. Mehr geht nicht. Da fällt doch immer was ab.«

Gussy hatte die Stirn gerunzelt. Wieder diese merkwürdige Formulierung.

»Was hat er damit gemeint, Hermann?«, fragte sie ihren Mann später am Abend im Badezimmer, als er sich gerade die Zähne putzen wollte.

»Ich nehme an, er hat auf den ehemaligen Polizeichef Klapproth angespielt. Der steht nächste Woche vor Gericht wegen Meineids und anderer Verfehlungen. Ich hab dir ja erzählt, dass der ganze Laden korrupt war.«

»Und der Stellvertreter war nicht darin verwickelt?«, hakte sie nach.

Hermann hielt beim Zähneputzen inne und spuckte dann ins Waschbecken.

»Der hat sich nicht erwischen lassen. Oder er hat tatsächlich eine weiße Weste und seinen Vorgesetzten ins offene Messer laufen lassen. Was weiß man?«

Hermann tupfte sich die wohlgeformten Lippen mit einem Waschlappen ab. Er war auch spät am Abend noch fast glatt rasiert.

»Aber er hat nicht von Klapproth, sondern eindeutig von dir gesprochen, Hermann.«

»Hat er?«

Hermann nahm mit einer geschmeidigen Bewegung das bunt gestreifte, dünne Frotteetuch vom Haken und ließ sein Gesicht wie ein Zirkuszauberer dahinter verschwinden.

»Dass du alles sehr gut organisiert hast. Bist du in irgendwas verwickelt?«

Hermann Fink lugte hinter dem Handtuch hervor.

»Quatsch, Gussy. Wie kommst du darauf?«

Unschlüssig schüttelte sie den Kopf.

»Er sagte das nur so komisch, deshalb.«

Gussy schaute ihren Mann an, der ihrem Blick auswich.

»Hermann, du musst es mir sagen, wenn irgendetwas nicht in Ordnung ist. Ich bin schließlich deine Ehefrau. Und wir haben ein Kind.«

Er lächelte und tätschelte ihre rechte Wange. »Was du dir immer für Sorgen machst, Gussy.«

Das war sechs Jahre her.

Um kurz nach halb sechs hörte sie den Schlüssel in der Tür. Die Kinder waren bei den Nachbarskindern spielen. Gussy schluckte, sie wollte nicht nachgeben, bis sie wusste, was los war.

»Ist etwas passiert, Gussy?«

Hermann zog den Schlüssel ab, schloss die Haustür und küsste Gussy auf die Wange. Als sie nicht antwortete, streifte er seine Straßenschuhe ab, schlüpfte in die wollenen Pantoffeln und schlurfte in die Küche.

»Hmm! Das riecht ja köstlich! Nach deiner grünen Bohnensuppe!«

Er hob mit einem Topflappen den Deckel ab und tauchte in den Geruch der frischen Bohnen ein.

»Wo kommst du her, Hermann?«

»Ein Gedicht!«

Er hatte sich zu ihr umgedreht und lächelte das Hermann-Fink-Grübchen-Lächeln.

»Aus dem Dienst, woher sonst? Eigentlich sollte ich noch mal kurz in der Jahrhunderthalle vorbeischauen wegen des nächsten Sechstagerennens, aber ich hab denen abgesagt, es war heute ein langer und harter Arbeitstag, und da dachte ich …«

»Du warst nicht in der Arbeit. Du lügst.«

Gussy war überrascht, dass kein Ruck durch Hermanns Körper ging und dass sich nicht die leiseste Regung des Ertapptseins auf seinem Gesicht einstellte. War das wirklich ihr Ehemann? Der perfekte Lügner? Oder hatte heute Mittag jemand am Telefon ein grausames Spiel mit ihr gespielt?

Sie senkte den Kopf und überlegte. Niemand sagte ein Wort. Der typische Duft der Bohnen hatte sich in der Küche ausgebreitet und würzte angenehm die Luft.

Als Gussy nach einigen Augenblicken wieder den Kopf hob und Hermann ansah, wusste sie, dass es stimmte: Er war der perfekte Lügner.

»Was ist mit Doktor Krautberger? Hat der sich aus dem Staub gemacht?«

Ihre Stimme klang sachlich, als würde sie den Stand des Stromzählers aufsagen. Das verwirrte sie.

Hermann nickte und wirkte mit einem Mal völlig erschöpft.

»Und du sollst jetzt was auch immer allein ausbaden?«

Wieder nickte Hermann, ohne ein Wort zu sagen.

»Um wie viel geht es?«

»Um fünfzehntausend Mark.« Er antwortete, ohne zu zögern.

Gussy schluckte. Dafür musste man drei Jahre lang hart arbeiten. Dafür konnte man sich schon ein nettes Reihenhäuschen leisten, mit einem Garten für die Kinder. Gussy schluckte noch einmal.

»Ist das die Summe, die du bekommen hast? Oder zur Seite geschafft hast? Die du wem auch immer schuldest?«

Hermann starrte auf das farbenfrohe Küchenlinoleum.

»Fünfzehntausend Mark, die du gestohlen hast?«

Gussy wusste nicht, wo sie diese Worte plötzlich hernahm. Sie strahlten eine Klarheit aus, von der sie sich weit entfernt fühlte.

Hermann schnappte kurz nach Luft, doch er brachte keinen Ton heraus.

»Und wo ist das Geld jetzt?«

Fast erwartete sie, dass er seine alte Aktentasche öffnen und ihr ein paar Geldbündel auf den Küchentisch legen würde. Die Anzahlung für das Reihenhaus in Heusenstamm.

»Weg.«

Seine Stimme klang auf einmal alt und verbraucht.

»Das Geld ist weg, Gussy, es nicht mehr da.«

Gussy merkte, wie sich nach und nach jeder noch so kleine Muskel in ihrem Inneren verkrampfte und hart wurde. Sie hatte keine Ahnung, wie so etwas vonstattenging. Eine Hand konnte man durch schieren Willen zur Faust ballen, aber wer steuerte diese Kraft, die sich ihrer jetzt bemächtigt hatte und ihren ganzen Körper zur Faust werden ließ?

Gussy wusste keine Antwort darauf, denn sie hatte dieses Gefühl noch nie zuvor empfunden. Aber sie ahnte in dem Moment, dass es sie nicht mehr so rasch verlassen würde. Sie musste diese Kraft und diese neue Härte zulassen und sie in ihrem Leben endlich nutzen.

Frankfurt am Main, 21. Oktober 1957

Es war eine knappe Woche her, dass sie von Hermanns Vergehen erfahren hatte.

Für Gussy war es keine bilanzbuchhalterische Bagatelle, keine kleine und entschuldbare steuertechnische Unregelmäßigkeit, wie Hermann es ihr versuchte zu erklären, nein, Veruntreuung oder Steuerhinterziehung, es blieb ein Verbrechen, für das sie sich schämte, obwohl sie weder davon gewusst hatte noch in irgendeiner Weise damit verbunden war.

Aber das stimmte nicht ganz nach ihrem Ermessen. Sie durfte die Augen nicht mehr verschließen. Sie war sehr wohl mit dem Verbrechen verbunden, weil sie mit dem Täter verbunden war. Der Täter war Hermann, ihr Ehemann.

Auch wenn sie selbst unschuldig war, so traf sie trotzdem die Schmach, die Schande, ja, und eigentlich auch eine Schuld. Sie hatte es nicht verhindern können. Sie hätte es verhindern müssen.

So würde es zumindest ihre Mutter Erna sehen. Sie hatte recht gehabt, was den Charakter des ungeliebten Schwiegersohns betraf. Nun würde sie darauf pochen, es schon immer gewusst zu haben, und ihrer jüngsten Tochter grenzenlose Naivität und Großmannssucht unterstellen und sie mehr denn je demütigen.

Gussy ahnte jedes einzelne Wort, das aus Ernas verkniffenem Mund kommen würde: Das habe man davon, wenn man sich für etwas Besseres hielt. Das sei die gerechte Strafe. Und sie, Augusta Hauptmann, sie habe sich wohl für etwas

Besseres gehalten. Sie habe vergessen, wo ihr Platz sei, und jede Warnung, die sie und die Schwestern, die schlauer waren als sie, ihr gegeben hatten, in den Wind geschlagen. Hermann Fink sei ein verantwortungsloser Blender gewesen, der selbstsüchtig seinen Vergnügungen nachgegangen sei, ohne Rücksicht auf seine Familie zu nehmen. Ja, genau genommen habe er es sogar auf Kosten seiner kleinen Familie getan.

Hatte sie es nicht selbst miterlebt, kurz nach Evas Geburt, als sie ein paar Monate bei ihnen in Frankfurt gelebt hatte? Als er tagelang in Frankfurts halbseidener Welt abgetaucht war und seine Frau mit dem Säugling Eva und der Mutter allein gelassen hatte?

Gussy hatte ihn damals immer noch in Schutz genommen und hatte alles erklären und entschuldigen können.

Bis zu dem großen Streit, bei dem beide Erna schließlich gebeten hatten, lieber zu Gussys Schwester Alma und ihrem Mann Hubert nach Köln zu ziehen. Die hätten jetzt bald ein schönes Häuschen und bei ihren vielen Kindern wäre sie dort sicher von großem Wert.

Erna hatte recht behalten. Sie durfte von Hermanns Fehltritt, von seinem Verbrechen nie erfahren. Dafür würde Gussy sorgen.

»Mutti, warum müssen wir ausgerechnet heute einen Ausflug zum Goetheturm machen? Es regnet doch.«

Eva sah ihre Mutter skeptisch an und hielt den Regenmantel mit ausgestrecktem Arm weit von sich, als würde sie sich davor ekeln.

»Es ist kalt.«

Auch der kleine Volker sah nicht glücklich aus.

Der Goetheturm war das Lieblingsausflugsziel vieler

Frankfurter, besonders vieler Familien im Süden der Stadt. Der knapp fünfzig Meter hohe Holzturm, der kurz vor dem Goethejahr 1932 eingeweiht worden war und die höchste Holzkonstruktion Deutschlands darstellte, stand im Stadtwald in Sachsenhausen und zog mit seiner Gartengaststätte und einem großen Spielplatz bis in den Oktober die Frankfurter Bevölkerung an.

»Ich dachte mir, da oben sind heute nicht so viele Menschen wie beim letzten Mal, als wir dort waren – es wimmelte nur so, wisst ihr noch? Wir hatten kaum die Chance, auf der Plattform gemütlich die Aussicht zu genießen. Da haben wir gesagt, hier müssen wir bald wieder hin. Kommt, wir ziehen uns einfach warm an.«

Eva runzelte die Stirn, sagte aber nichts.

»Wir fahren erst mit der Straßenbahn und steigen am Südbahnhof in den 48er-Bus. Das wird schön.«

Gussys Stimme klang eher zaghaft als unternehmungslustig.

Der jährliche Lehrerausflug hatte Eva einen freien Schultag beschert, den Gussy nun nutzen wollte, nachdem sie die letzten Nächte, statt zu schlafen, nur gegrübelt hatte.

Sie hatte Hermann nach dem großen Krach gebeten, vorübergehend bei ihren Freunden Lizzy und Erwin zu übernachten, bis sie sich wieder gefangen habe und wisse, was zu tun sei.

»Aber Gussy«, hatte er noch gemeint, war ihrem Wunsch jedoch grummelnd nachgekommen und hatte seinen Koffer mit der undefinierbaren Farbe vom Dachboden geholt. Lustlos hatte er ein paar Sachen hineingeworfen und war mit einem knappen Gruß und einem flüchtigen Kuss für die Kinder verschwunden.

Gussy stellte sich vor, dass Hermanns Gesicht während der Abendnachrichten über den Fernsehbildschirm flimmern würde, der nun in immer mehr Wohnungen stand. Gleich danach das Gesicht von Doktor Krautberger. Dazu hörte man strenge Worte des Ansagers, der von einem riesigen Betrug sprach, auf den selbstverständlich harte Strafen folgen würden.

Das war meist gegen halb vier Uhr morgens gewesen, wenn sie sich schwitzend im Ehebett aufrichtete und die kleine Nachttischlampe anknipste.

»Was sollen wir denn auf dem Goetheturm, wenn es regnet? Da sieht man doch nichts.«

Gussy versuchte ein Lächeln, das ihr nicht ganz gelang.

»Ach, das wird wie im Zauberwald, ihr werdet schon sehen, wenn da niemand außer uns ist.«

Eva knöpfte widerwillig den Mantel zu. Gussy reichte ihr ihre karierte Mütze.

»Das ist nicht wie im Zauberwald, das ist einfach nur gruselig.«

Sie stapfte trotzig zur Wohnungstür.

Gussy atmete tief durch und nahm den Schlüssel. Die Kinder warteten vor der Tür, als sie noch einen letzten Blick ins Entrée warf, wie sie und Hermann ihren Hausflur immer genannt hatten.

Es sah aus wie sonst auch, fand Gussy. Eine Spur trostloser vielleicht.

Gussy schloss ab und drehte den Schlüssel mit einer Entschiedenheit herum, die sie schon Jahre früher im Umgang mit ihrem Ehemann hätte an den Tag legen müssen. Das wusste sie nun. Aber jetzt war alles zu spät.

Gussy nahm Volker bei der Hand, Eva trabte neben ihnen

her, und bald kam die Straßenbahn, sodass sie in dem feinen Nieselregen nicht lange warten mussten. Gussy spannte ihren Regenschirm über die beiden Kinder, um sie vor der Nässe zu schützen, und wurde selbst dabei nass.

Am Südbahnhof stiegen sie in den Bus. Eva hatte den Platz am Fenster ergattert und spähte durch die beschlagene Scheibe angestrengt auf die Straße. Volker saß auf Gussys Schoß daneben. Sie hatte die Arme um seinen zierlichen Kinderkörper geschlungen, als wäre er eine Rettungsboje, an die sie sich klammern musste.

Sie hätte zu Hermann gestanden, ging es ihr durch den Kopf. Auch wenn es ein Verbrechen und ein Unrecht blieb. Und sie hätte, egal was auf sie zugekommen wäre, mit den Kindern auf ihn gewartet.

Wenn er das viele unrechtmäßige Geld für sie, für seine Familie verwendet hätte. Für ein Reihenhäuschen in Heusenstamm, zum Beispiel. Sie hatten so oft darüber geredet. Hermann wusste, wie wichtig ihr ein Häuschen gewesen wäre.

»Die Fahrkarten, bitte.«

Der Schaffner zwängte sich zwischen den dampfenden feuchten Mänteln hindurch und blieb vor ihnen stehen.

»Junge Frau, die Fahrkarten, bitte.«

Er hatte sich über seine Ledertasche mit dem Münzwechsler gebeugt. Dann zog er an der Schnur über ihm, sodass es bimmelte, um dem Fahrer die Bereitschaft zur Weiterfahrt zu signalisieren.

Gussy ließ das »falsche Krokodil« aufschnappen und tastete, ohne einen Blick hineinzuwerfen, nach dem Umschlag mit dem Brief, den sie vor einer Stunde geschrieben und dann in die Tasche gestopft hatte. Als ihre Hände ihn fanden, hielt sie ihn fest.

Gussy merkte, wie Eva ihren Bewegungen mit den Augen gefolgt war.

»Wer hat denn geschrieben?«, fragte sie.

Gussy zuckte leicht zusammen.

»Tante Maria«, antwortete sie ihrer Tochter schnell.

»Tante Maria? Die schreibt doch nie.«

»Die Fahrkarten, bitte.«

Gussy zog die Karten aus ihrer Handtasche und hielt sie dem Schaffner hin, der sie abknipste, bevor er sich der nächsten Bankreihe zuwandte. Sie rumpelten auf dem Kopfsteinpflaster am Affentorplatz vorbei durch Sachsenhausen.

Die Schande, die Scham. Sie wären unerträglich. Sie würden sie und die Kinder vernichten.

Ihr Leben lang hatte Gussy versucht, der Enge des Elternhauses zu entkommen. Ihr Elternhaus war nach dem Tod des Vaters für sie zu einer lieblosen Hülle geworden. Es lag in einem miefigen Dunst, dessen klebrige Schwaden die wenigen Zimmer, die die Mutter mit den drei Töchtern bewohnte, durchdrungen hatten und bis in jede Schrank- und Matratzenritze krochen. Die Augen und Ohren der Nachbarn lauerten überall und vergaben nichts. Ihnen wurde Rechenschaft abgelegt, sie führten das kleinliche Regime, dem sich die Mutter bereitwillig unterwarf. Sie wies ihre Töchter von klein auf an, es ihr gleichzutun.

Erna fütterte Maria, Alma und Augusta bedingungslose ölige Anpassung, bitteren Gehorsam und uneingeschränkte Redlichkeit, von der sie versprechen mussten, sie stets heilig zu halten.

Die hatte Gussy nun verloren. Durch Hermanns Schuld.

Gussy bedeckte kurz mit der linken Hand ihre Augen und schloss sie erschöpft.

Durch ihre Mitschuld.

»Nächster Halt Goetheturm!«

Es gab keinen Ausweg.

»Mutti?«

Eva hatte nach dem Arm ihrer Mutter gegriffen und rüttelte sie sanft, als wäre sie eingeschlafen. Gussy hob Volker von ihrem Schoß, und gemeinsam verließen sie den Bus.

Es nieselte immer noch. Feine Tröpfchen perlten auf ihrer Haut. Volker hüpfte in alle Pfützen, die sich auf dem Trottoir gebildet hatten, und Gussy ließ ihn gewähren.

Sie überquerten ein paar Straßen und bogen dann in den Stadtwald mit den hohen Bäumen ein, der den Goetheturm verbarg, bis man dicht vor ihm stand.

Es war eine mittelalterlich anmutende Fachwerkkonstruktion aus dunklem rotbraunem Holz. 196 Stufen führten zu einer kleinen Aussichtsplattform, von dort aus hatte man einen atemberaubenden Blick auf die Stadt und den Fluss.

Gussy war hier sonntags oft mit den Kindern gewesen, selbstverständlich in Begleitung von Hermann, mit den leichten Aluminiumrädern, die Hermann von Radsportlern aus Schweden organisiert hatte.

»Es ist abgesperrt, Mutti!«

Eva zeigte mit ausgestrecktem Arm auf das Band, das abgerissen unten am Aufgang zum Treppenhaus im Wind baumelte.

Einen Moment lang war Gussy irritiert. Das konnte nicht sein! Doch dann entdeckte sie in der Ecke ein handgemaltes Schild: »Achtung, Bauarbeiten«.

Gussy beschloss, es zu ignorieren, und nahm beide Kinder an ihre Hand, um mit dem Aufstieg zu beginnen.

»Mutti, wir dürfen da nicht rauf, da sind doch Bauarbeiten!« Eva schaute ihre Mutter zweifelnd an und riss sich los.

»Das ist bestimmt ein altes Schild, das sie vergessen haben. Und das Band ist ja auch zerrissen. Kommt, Kinder!«

Sie hatte mit Volker schon das erste Zwischenpodest erreicht und schaute sich nach Eva um, die drei Stufen unter ihnen ausharrte.

»Komm, Evchen, worauf wartest du?«

Murrend schloss Eva zu ihnen auf und versuchte, sie zu überholen.

»He, das ist nicht fair!«, rief Volker seine Schwester zurück.

Daraufhin stiegen sie wieder zusammen und schweigend die Treppen hoch.

Als sie die dritte Plattform erreicht hatten, griff Gussy auf einmal ganz fest die Hände der Kinder und riss sie mit sich. Sie stürmte die Holztreppe hinauf, sodass die beiden, besonders Volker, ihr kaum zu folgen vermochten.

»Mutti, was ist denn?« Eva erhielt von ihrer Mutter keine Antwort.

»Mutti, das tut weh, ich kann nicht mehr.« Volker humpelte, als Gussy ihn weiter nach oben ziehen wollte. Er zog das Bein nach, wenn er sich anstrengte.

Auf der vierten Plattform setzten sie sich atemlos auf die Bank, um einen Moment zu verschnaufen.

»Geht es, Volker?«, fragte Gussy ihren Sohn besorgt.

Volker nickte. »Ich war doch schon oft hier oben, Mutti. Ich muss mich nur mal ausruhen. So schnell wie eben kann ich nicht.«

Es gab keinen Ausweg. Die Kinder hatten keine Zukunft vor sich. Sie allein hätte nicht gezählt, aber die Kinder, sie zählten.

Ihr Vater hatte ihnen mit seiner Tat die Zukunft geraubt.

Er hatte nicht nur das Geld gestohlen, sondern auch die Zukunft seiner Kinder vernichtet. Sie würden in der Schule mit Fingern auf Eva zeigen. Auf Gussy sowieso. Die Frau eines Diebes. Sie war eine Kriminelle.

Als Frau eines Verbrechers war man ebenfalls eine Verbrecherin.

Wofür hatte er das Geld gestohlen? Um ein Heim für seine Familie zu schaffen? Um seinen Sohn, der körperlich nicht belastbar war, endlich anständig untersuchen zu lassen? Das hätte sie alles noch verstanden, das Unrecht zwar nicht gebilligt, aber verstanden.

Nein, er hatte das ganze Geld in Bars getragen, in Schnaps und Bier umgesetzt. Er hatte halb Frankfurt freigehalten und sich dabei aufgespielt. Das hatte sie inzwischen von Hermanns Kollegen und seinen Freunden erfahren. Von seinen ehemaligen Kollegen, seinen verflossenen Freunden, die immer geschwiegen hatten.

Er hatte die Zukunft, das Leben seiner Kinder verprasst, versoffen und verraten. Sie musste ihre Kinder schützen. Es ging nicht anders. Es gab keinen anderen Weg.

»Kannst du weiter, Volker? Schaffst du das?«

Der kleine Junge nickte. Sie standen auf und stiegen weiter hoch. Diesmal weniger gehetzt, etwas gemächlicher. Doch unerbittlich.

Als sie das siebte Zwischenpodest erreichten, sahen sie wieder ein Absperrband, das vor dem Zaun flatterte und eine offene Stelle markierte, die komplett ungeschützt war. Der durch Holzkreuze gesicherte, aber recht niedrige Zaun klaffte wie das offene Maul eines wunden wilden Tieres vor ihnen. Wieder ein handgemaltes Schild: »Achtung, Bauarbeiten. Gefahr! Betreten verboten!«

Gussy starrte wie gebannt auf die Absperrung und hielt den Atem an.

Sie hatte ganz nach oben klettern wollen. Von dort sprangen viele, von der kleinen Aussichtsplattform mit dem niedrigen Geländer, hatte sie in der Zeitung gelesen. Es sei ganz einfach. Der Goetheturm sei ein sehr beliebter Ort dafür. Demnächst wolle die Stadt daher ein gutes Sicherheitsnetz anbringen. In sechsundzwanzig Metern Höhe. Vielleicht waren das schon die Vorbereitungsarbeiten dafür?

Sie trat einen Schritt nach vorn, um hinunterzuschauen. Sofort wurde ihr leicht schwindelig von der Höhe.

»Mutti! Pass auf!«

Eva hatte das gerufen. Sie nahm ihre Mutter fester an die Hand und zog an ihr. Volker hing an der anderen Hand und zog ebenfalls.

»Mutti passt schon auf«, versuchte der Knirps, die große Schwester zu beruhigen.

Eva schaute verängstigt, entgegnete aber nichts.

»Mutti weiß doch, dass sie auf uns aufpassen muss. Damit uns nichts passiert. Niemand passt so gut auf uns auf wie Mutti, Eva.«

Er schaute seine Mutter bewundernd an. »Stimmt doch, Mutti?«

Gussy erbleichte. Sie brachte kein Wort über die Lippen. Sie musste an den winzigen Säugling denken, mit den schwarzen Haaren. Auf ihn hatte sie nicht aufgepasst.

Was um Gottes willen machte sie hier?

»Mutti? Mutti, ist dir schlecht? Du siehst so komisch aus.« Eva klang besorgt.

Nach ein paar Sekunden, die ihr wie eine Ewigkeit erschienen, griff sie die Hände ihrer beiden Kinder noch fester und wich zwei Schritte zurück.

»Ja, Volker. Du hast recht. Ich passe auf euch auf. Dafür bin ich da. Und das tue ich, so gut ich kann.«

Und mit einem Blick auf Eva, die gar nichts mehr sagte, zog sie die beiden Kinder nun in Richtung Treppe.

Sehr langsam, fast als müsste sie selbst gestützt werden, stieg Gussy mit einem Kind an jeder Hand behutsam die Stufen hinab und nahm den nächsten Bus nach Hause.

In der Hölle

An die gläserne Glocke mit den geschälten Erdnüssen kann ich mich noch genau erinnern. Sie stand ganz links auf der Theke der Gaststätte. An der rechten Seite der Kugel gab es eine schwarze Bakelit-Flügelschraube, die man einmal um sich selbst drehen musste, damit sie eine Handvoll Nüsschen freigab. Die andere Hand musste man blitzschnell unter die Öffnung schieben, aus der die Nüsse dann herausschossen. Ich war noch zu klein, um beides gleichzeitig und gut koordiniert bewerkstelligen zu können. Tante Hilde half mir dabei.

Tante Hilde hatte gelbes Haar, das sie in einem wunderschönen Knoten am Kopf versteckte, wie es Mutti ein paar Jahre später auch machte. Sie schminkte ihre Lippen wie in »Schneewittchen« – so rot wie Blut –, und in ihren Augenwinkeln waren kleine Striche angebracht wie Minuszeichen. Wozu die dienten, blieb mir schleierhaft. An ihren Ohren prangten runde Perlenohrringe, die etwas fettig wirkten, und sie trug ein Kleid aus hellblauem, fast durchscheinendem glänzendem Stoff.

Später erfuhr ich, dass das hauchfeine Gewebe Perlon genannt wurde und sehr beliebt war, besonders bei Herren als Hemd bis zum Bauch und bei Damen manchmal sogar bis zu den Fußspitzen.

Auch ich bekam später, zu meinem sechsten Geburtstag, ein hellblaues Perlonkleid mit winzigen weißen Spitzen und einen Petticoat für darunter, damit das hellblaue Kleid auch richtig schön abstand. Ich fühlte mich durch und durch wie eine Perlonprinzessin.

Dass Perlon, genau wie sein amerikanischer Vetter Nylon, eigentlich aus Steinkohleteer mit einer Prise Schwefel bestand, sah man dem schönen Kleid überhaupt nicht an. Perlonkleider schienen also direkt aus der Hölle zu stammen.

Aber das störte niemanden, auch Tante Hilde nicht, die hinter der Theke stand und Getränke verteilte und mir bei den Nüsschen behilflich war. Tante Hilde sah ich an diesem Abend, als ich an der Hand von Vati aus dem Museum kam, zum ersten und letzten Mal.

Ich fand sie wunderschön. Nicht ganz so schön wie Mutti, aber doch ziemlich schön. Das fand Vati auch.

»Das ist meine Tochter Eva!«, rief er laut und deutlich, nicht nur zu Tante Hilde, sondern zu allen Menschen, die sich in der Gaststätte aufhielten. Wir strahlten beide vor Stolz.

An diesem Abend fand mein erster Besuch in einer Gaststätte statt, in die man wirklich hineingehen musste, weil sie über keinen Außenbereich verfügte.

In die Gerbermühle, ein großes Gartenlokal zwischen Frankfurt und Offenbach, war ich mit den Eltern dagegen schon öfters geradelt. Immer am Sonntagnachmittag und selbstverständlich im Kindersitz hinten auf dem Gepäckträger von Vati.

Dort bestellten wir dann im Garten Handkäse mit Musik, weil niemand bei uns Kuchen mochte. Am meisten freute ich mich immer auf die sogenannte Musik. Das waren wohl die rohen Zwiebelstückchen, die in einer öligen Essigtunke herumlümmelten. Später erfuhr ich, dass die Musik hinterher von uns selber stammen sollte, wenn wir genug Zwiebeln zu uns genommen hätten. Das traute sich aber niemand in meiner Familie.

Bei uns verließen immer alle, die mal pupsen mussten, auf der Stelle das Zimmer mit der knappen Ankündigung »Ich muss mal kurz!«. Was, wurde eisern verschwiegen.

»Eva ist meine Stammhalterin!«, fügte mein Vater noch hinzu und gab die kleine Flasche Apfelsaft, die ihm Tante Hilde gereicht hatte, an mich weiter. Tante Hilde legte noch einen Strohhalm aus Stroh dazu.

Ich wusste nicht genau, was eine Stammhalterin so machte, beeilte mich jedoch zu nicken, um Vatis Aussage zu bekräftigen.

»Ich dachte, du hast jetzt endlich einen Sohn bekommen!«, rief ein Herr in einem dunklen Anzug aus der Ecke, der mir schon wegen seiner knolligen Nase aufgefallen war.

Er hatte vor sich auf dem Tresen drei Münzen aufgestapelt, wie ich verwundert bemerkte. War das der Preis für sein Glas Bier, das er bereits zur Hälfte ausgetrunken hatte? Oder was hatte er mit dem Geld vor? Vor ihm lagen noch ein schmales Heft und ein Bleistift.

Ich warf ihm einen bösen Blick zu, der ihn aber nicht zu interessieren schien.

An dem Tag waren mein Vater und ich im Senckenberg Museum gewesen.

Meine Mutter wollte lieber bei meinem kleinen Bruder bleiben, der noch ziemlich neu war und nicht mit ins Museum kommen konnte. Meinen Bruder hätte das Museum sowieso nicht interessiert, denn er war noch viel zu klein und hätte von seinem Korbwagen aus absolut nichts sehen können. Nicht einmal den großen Dinosaurier in der Halle, obwohl der so groß war, dass man gar nicht an ihm vorbeischauen konnte.

Vati wollte mir, wie er angekündigt hatte, die Welt zeigen und sie mir auch ein bisschen erklären. Aus irgendeinem Grund hielten wir uns nicht bei dem riesigen Diplodokus auf, um den fast alle Besucher sehr lange und etwas unschlüssig herumstanden, sondern wir gingen gleich in den ersten Stock zu den ausgestopften Vögeln. Vermutlich fand Vati genau wie ich Skelette unattraktiv.

Die Vogelbälger waren eindeutig spannender und machten mit ihrem schillernden bunten Gefieder etwas her.

Das Quagga dort wies ein interessantes Muster auf. Kopf und Hals waren schwarzweiß gestreift wie bei einem Zebra im Zoo, doch der Bauch war braun wie bei einem Pferd, und dann war Schluss, als wäre ihm die Farbe für seine Bemalung ausgegangen.

Vati erklärte mir, dass es keine Quaggas mehr gebe, weil sie ausgestorben seien.

Was gestorben bedeutete, hatte ich ungefähr erfasst, nachdem wir im Park einmal ein totes Vögelchen gefunden und begraben hatten. Das war so ähnlich wie bei der netten Frau Bunnendörfer aus der Wohnung nebenan. Die hatte mal auf mich aufgepasst, als Vati und Mutti auf den Lumpenball in den Palmengarten gingen. Sie war ganz plötzlich gestorben und von einem Tag auf den anderen einfach nicht mehr da gewesen.

Das heißt, gestorben war eigentlich so etwas wie verschwunden, nur dass Frau Bunnendörfer sich auch sonst nirgendwo mehr aufhielt, in Offenbach zum Beispiel. Das hatte ich verstanden.

Aber was war ausgestorben?

Mein Vater überlegte einen Moment und meinte, es gäbe überhaupt keine Quaggas mehr. Nirgendwo. Auch nicht in Südafrika, wo sie bis dahin gelebt hatten. Das letzte sei vor siebzig Jahren gestorben. Er zeigte auf das ausgestopfte Quagga vor uns.

Aber Frau Bunnendörfer gab es auch nicht mehr, nirgendwo, auch in Westhausen nicht, wo sie einmal gelebt hatte, gab ich zu bedenken. War sie etwa auch ausgestorben?

Vati verzog keine Miene und dachte gründlich nach.

Dann versuchte er, mir zu erklären, was eine Gattung war, doch das fand ich langweilig, und ich riss mich los und steuerte auf einige Glasbehälter zu, in denen kleine weiße Wesen schwebten, mit großem Kopf und einem winzigen gekrümmten Schwanz.

»Vati, was ist das?«

Meine glockenreine Kinderstimme schallte durch den ganzen Raum, und alle Erwachsenen, die sich schweigsam und fast geräuschlos vor den Ausstellungsstücken hin und her bewegten, blickten sofort auf mich. Ich spürte im selben Moment, dass ich etwas Verbotenes gefragt hatte, und freute mich.

Mein Vater durchquerte federnden Schrittes den großen Raum und trat zu mir. Jetzt konzentrierten sich alle Besucher auf uns beide.

»Das sind kleine Menschen, Eva.«

»Das glaub ich nicht.«

Ich hatte mein Kinn vorgereckt.

Der Mann und die Frau, die sich gerade die gepunkteten Vogeleier neben uns angeschaut hatten, tuschelten aufgeregt miteinander. Andere begafften uns, als wären wir selbst Präparate des Museums und zum Bestaunen freigegeben.

»Doch, aber sie sind noch nicht fertig. Die brauchen noch ein paar Monate, bis sie so groß sind, dass sie an der frischen Luft leben können.«

Von irgendwoher hörte ich das Geräusch, das Mutti gern mit der Zunge hinter den Zähnen machte, wenn sie sich über etwas aufregte und nicht den Mut hatte, sich laut zu beschweren. Ich legte meinen Zeigefinger an die Glasscheibe.

»Sah Volker auch so aus, bevor Mutti und du ihn im Krankenhaus abgeholt habt?«

Entsetzt drehte ich mich zu Vati um.

»Er schwamm vorher in so einer Glaskugel?« Meine Stimme kippte fast.

Nun lächelte mein Vater und legte mir seinen Arm um die Schultern. Es schien, als hätten alle im Raum den Atem angehalten, aber wahrscheinlich bildete ich mir das nur ein.

Dann nickte mein Vater und nahm mich bei der Hand. Gemeinsam verließen wir den Raum mit dem Quagga und den Vögeln und den unfertigen Menschlein in den Glaskugeln.

Ich schaute noch einmal zurück und erkannte dic blanke Enttäuschung in den Gesichtern der Erwachsenen. Ich konnte es mir nicht verkneifen und winkte ihnen aufmunternd zu. Sie drehten sich schnell und verstört weg, als hätten sie etwas Peinliches beobachtet.

»Wir haben ganz kleine Menschen gesehen, die ein bisschen wie große Raupen aussahen und noch nicht reif genug waren«, rief ich jetzt stolz durch die Gaststätte.

Tante Hilde schaute erst mich, dann meinen Vater zweifelnd an. Ihre großen Brüste waren nur zur Hälfte eingepackt, fiel mir in dem Moment auf. »Wovon spricht sie?«

Ich hasse es, wenn man über mich redet, wenn ich dabei bin, und so tut, als wäre ich ganz woanders.

Vati strich sich das nicht vorhandene Haar von der Glatze.

»Wir waren im Senckenberg Museum«, erklärte er, schnappte sich sein Bierglas und nahm einen großen Schluck.

»Bei den Föten?«

Das Wort kannte ich nicht. Ich beschloss, später darauf zurückzukommen.

Vati nickte bedeutsam. »Irgendwann muss sie das alles kennenlernen. Außerdem hat sie es selbst entdeckt.«

»Und du glaubst nicht, dass das etwas früh für deine Tochter ist?«

Tante Hilde schaute mich jetzt an, als wollte sie mich mit ihrem Blick in eine warme Decke hüllen, um mich so zu beschützen.

Ich überlegte, wieso Tante Hilde zu Vati Du sagte. Ich hatte gelernt, dass man das bei Kindern machte und bei allen Verwandten, aber das war es auch schon fast.

Man duzte höchstens noch ein paar enge Freunde oder Bekannte, die man schon als Kind gekannt hatte – auch wenn sie inzwischen Erwachsene waren. Einmal Du, immer Du, sagten meine Eltern, und dieses Du konnte man nur ganz schwer zurücknehmen. Wie ein Geschenk, das man auch nicht so leicht zurückverlangen konnte. Nicht einmal zu normalen oder guten Bekannten sagten meine Eltern Du. Zu Nachbarn niemals und zu Kollegen nie im Leben, das hatte Vati mir einmal anvertraut, als ihn drei Kollegen zu Hause besuchten, weil er nicht zur Arbeit gehen konnte. Damals hatte Mutti ganz verweinte Augen gehabt.

Aber Tante Hilde? Ich rätselte. Sie fiel unter keine mir bekannte Du-Kategorie.

»Muss Ihr Kind nicht ins Bett?«

Diese in meinen Augen blöde Frage kam von einem der drei Männer, die am Tisch ganz in der Nähe Karten spielten.

»Karte oder 'n Stück Holz!«

Der, der das gerade meinen Vater gefragt hatte, haute eine Karte auf den Tisch mit der kleinen gehäkelten Decke in der Mitte.

»Die Tauben scheißen grün!«, antwortete ein anderer, der ihm gegenübersaß.

Er warf mir einen verächtlichen Blick zu, als würde ich ihn mit meinen Nüsschen und dem Apfelsaft ernsthaft stören.

Ich überlegte, was das wohl für ein Spiel sein könnte, wo grüne Taubenkacke und Holz eine Rolle spielten, obwohl die Männer nur Papierkarten in den Händen hielten.

Mein Vater flüsterte Tante Hilde etwas ins Ohr und schaute dabei auf ihre halb eingepackte Brust.

»Ham' Se nicht gehört, Fink? Muss Ihre Tochter nicht ins Bett? Es ist schon nach neun!«

Mein Vater und ich hatten keine Eile. Es war schon dunkel gewesen, als wir aus der dritten Gaststätte gekommen waren. Die hier, bei Tante Hilde, war die vierte, und Vati sagte, wir näherten uns mit jeder Gaststätte unserem Zuhause. Ich fragte mich, ob Mutti das auch wusste.

»Das lassen Sie mal meine Sorge sein«, erwiderte er und genehmigte sich ein frisch gezapftes Bier. »Ich pass schon auf mein Evchen auf!«

Das stimmte. Sobald wir ein Lokal betreten hatten, setzte er mich immer genau neben sich und bestellte etwas für mich.

Zuerst wurde ich mit einer heißen Bockwurst mit Brot versorgt. Aus einem grauen Tiegel holte ich mir Mostrich dazu und strich einen feinen Streifen davon auf die heiße Wurst.

Im zweiten Lokal wollte mir jemand, als Vati mal austreten musste, einen Riegel Schokolade kaufen, eine Pralette mit den sechs Nummern drauf, die gestapelt hinter der Theke lagen. Ich lehnte die Schokolade entschieden ab. Zum einen weil ich keine Schokolade mochte, zum anderen weil ich grundsätzlich nichts von Fremden annahm. Das hatten meine Eltern mir ausdrücklich verboten. Es galt sowohl für Männer als auch für Frauen. Allerdings durfte man Frauen, wenn man sich verlaufen hatte, durchaus ansprechen. Nur Essensgeschenke waren auch bei Frauen nicht erlaubt.

»Man weiß nie, warum sie einem etwas schenken wollen, und man weiß nicht, was drin ist, wenn es sich um etwas Ess- oder Trinkbares handelt. Also gilt immer: Nein danke, Eva.«

Im dritten Lokal wurde sogar getanzt. Es hieß »Zum Teufel« oder »Zur Hölle«, ich weiß es nicht mehr genau.

Zwei nette Damen winkten mir sofort zu. Die eine verkaufte in einem rosa Bauchladen mit Schleifen, den sie sich umgehängt hatte, Zigaretten und Konfekt. Die andere stand in einer Art Schrank mit Vorhang, hängte Mäntel auf und steckte Schirme in einem Eimer zu einem bunten Strauß zusammen. Diese beiden netten Damen nahmen mich in ihre Obhut, während mein Vater an die Bar, wie er es nannte, ging und dann mit einer dritten Dame tanzte. Es waren noch nicht viele Gäste außer uns da. Vati sagte, es sei zu früh, obwohl es schon ganz dunkel war. Vati kannte sich hier anscheinend sehr gut aus, und alle in der Hölle lachten und winkten ihm zu.

In der Ecke stand eine Maschine, in die man Geldmünzen einwerfen musste. Dann konnte man wie auf einem Klavier Tasten drücken. Ein kleiner Greifarm aus Draht schnellte hervor, zögerte kurz, als müsste er überlegen, und griff schließlich mit bemerkenswerter Sicherheit nach einer der kleinen Schallplatten, die aufgereiht darauf warteten, dass man sie auswählte.

Die schwarze Scheibe wurde auf einen Teller gelegt wie ein Pfannkuchen, und eine Nadel senkte sich langsam auf die äußerste Rille. Ich hatte genau das Gleiche auch bei unserem Plattenspieler zu Hause schon oft verfolgt. Diese Maschine funktionierte ganz ähnlich. Nur dass der Greifarm die Schallplatte hervorzog und nicht Mutti oder Vati, die das immer ganz vorsichtig mit Daumen und Zeigefinger machten.

Mein Vater gab mir einen Groschen für die Maschine, und da ich noch nicht lesen konnte, half mir die nette Dame mit dem Konfekt-Regal vor der Brust, eine Schallplatte auszuwählen. Ich wünschte mir etwas von Ted Herold. Aber das konnte die nette Dame leider nicht finden. Die im Mantelschrank meinte, das sei zu modern, und schlug »Oh mein Papa« von Lys Assia vor.

Das wollte ich aber nicht hören, weil Mutti immer weinen musste, wenn Vati es zu Hause auflegte. Es war eins ihrer Lieblingslieder, und ich fand es komisch, dass man bei seinem Lieblingslied weinen muss.

»Vielleicht möchtest du ›Mein liebes Peterle‹ von Mimi Thoma hören?«

Ich schüttelte noch heftiger den Kopf, weil Mutti einmal gesagt hatte, das wäre ein ganz furchtbares Lied, das sie nie mehr hören wollte. Das hatten wir nicht in der Schallplattensammlung.

Wir einigten uns schließlich auf »Grüß mir die Damen aus der Bar von Johnny Miller« von Vico Torriani.

Das gefiel mir, weil ich ja nun auch in einer Bar mit Damen war und irgendwie dazugehörte. Ich war etwas enttäuscht, als mein Vater bald darauf unsere Mäntel holte und wir uns aus der Hölle verabschieden mussten.

Vati kaufte noch eine grüne Schachtel seiner Zigaretten,

und die Konfekt-Dame gab ihm einen Kuss und sagte: »Mach es gut, Hermann, und schau mal wieder vorbei. Du hast eine niedliche Tochter.«

Ich winkte und dachte noch, dass es mir lieber gewesen wäre, wenn die Dame gesagt hätte: »Du hast eine anmutige Tochter.« Oder: »Du hast eine mutige Tochter.«

»Niedlich« waren Vatis klitzekleine Guppys in unserem großen Aquarium.

Aber ich war ihr nicht böse. Sie hat es nur gut gemeint.

Wenig später waren wir schon in dem Lokal mit dem Holz, den Scheißtauben, Tante Hilde und den Nüsschen angekommen. Das war unsere letzte Station, aber das wussten wir da noch nicht.

Ich hatte nun von Tante Hilde auch noch eine Handvoll Salzstangen bekommen, die ich genüsslich knabberte. Vati saß bei einem Mann in der Ecke, für den er, wie er mir vorher erklärt hatte, immer die Bilanzen machte, und hatte sich einen Bleistift hinters Ohr geklemmt. Dabei wackelte er ein bisschen hin und her, aber das sah man nur, wenn man ganz genau hinschaute.

Plötzlich flog die Tür auf, und meine Mutter stürmte ins Lokal. Nachdem sie sich aus dem dicken Vorhang geschält hatte, der den Eingang verdeckte, blieb sie wie angewurzelt stehen, als hätte sie nicht damit gerechnet, von allen Gasthausbesuchern gleichzeitig angestarrt zu werden. Sogar die Männer mit den Spielkarten legten keine Karte mehr auf den Tisch, sondern ließen Holz und Tauben einfach in der Luft schweben.

»Mutti!«

Ich schlug vor Freude beide Hände zusammen.

»Eva!«

Meine Mutter hob mich sofort aus dem Stuhl neben der Nüsschenkugel und hielt mich fest an sich gedrückt, sodass ich kaum atmen konnte.

Obwohl ich mich sehr freute, sie zu sehen, war mir ihr Auftritt doch ein wenig peinlich, und ich witterte sofort ihren Ärger, der eindeutig gegen meinen Vater gerichtet war.

Alle schauten auf sie, auch Vati, der sich nun langsam erhob und auf uns zukam, während er sich das rechte Ohrläppchen rieb. Ein eindeutiges Zeichen dafür, dass er ein schlechtes Gewissen hatte.

Mutti drängte mich in Richtung Tür. Tante Hilde, die Vati wütende Blicke zuwarf, hatte meinen Mantel und meine Bommelmütze ergriffen und kam hinter dem Tresen hervor, um mich anzuziehen. Meine Mutter nahm ihr wortlos die Wintersachen ab und knöpfte mir den Mantel zu. Die Mütze hatte ich schon selbst übergezogen.

»Wo ist dein Schal?«, flüsterte sie.

Ich zuckte die Schultern. Hatte ich den in der Hölle vergessen?

Doch Mutti ließ mir keine Zeit zum Nachdenken. Gerade als wir, von allen Augen begleitet, durch die Eingangstür entwischen wollten, hatte uns Vati erreicht.

»Gussy, lass mich es dir doch bitte erklären!«

Mutti zog mich mit sich nach draußen und antwortete ihm nicht. Er folgte uns. Wir standen auf der düsteren Straße, und es hatte angefangen zu schneien. Flocken wirbelten durch die Luft, und ich fühlte mich wie in einer Schneekugel gefangen. Mein Atem dampfte wie bei einem Drachen aus dem Märchen, und ich schaute an Mutti hoch.

»Nicht weinen, Mutti. Bitte, nicht weinen!«

Mein Atem dampfte noch stärker.

»Ich bin fast gestorben vor Sorge um Eva. Warum machst du das, Hermann?«

Vati schaute betreten auf das Häufchen frischen Schneematsch zu seinen Füßen.

»Wir waren doch im Museum«, murmelte er.

»Das hat vor vier Stunden geschlossen! Ich habe dort angerufen. Außerdem im Elisabethen.«

»Im Krankenhaus? Warum das denn, Gussy? Uns geht's doch gut.«

Er beugte sich zu ihr, behielt aber seine Hände bei sich. Sie zitterten.

»Von euch keine Spur! Glaubst du, ich sitze in Ruhe zu Hause oder gehe ins Bett und denke, die werden schon noch eintrudeln? Es ist fast zehn!«

»Schläft Volker?«

Ich dachte, es sei hilfreich, mich nach meinem kleinen Bruder zu erkundigen. Mein Vater griff diese Ablenkung sofort auf.

»Hast du den Kleinen etwa allein gelassen, um uns zu suchen?«

Mutti schnaubte wütend und griff hastig nach meiner Hand. Sie hatte sich die Tränen mit ihrem Taschentuch mit dem gehäkelten Rand abgewischt.

»Die Nachbarin ist bei ihm. Verantwortungslos bin nicht ich, sondern du, Hermann!«

Damit verschwanden wir in der weißflockigen Düsternis von Frankfurt-Westhausen. Wir tauchten einfach Hand in Hand in eine Stille ein, die zu dem Zeitpunkt und bei dem Wetter von keinem Fahrzeug zerstört wurde.

Wir waren schon ein ganzes Stück die Ludwig-Landmann-Straße entlanggestapft, als Mutti das Schweigen durchbrach, indem sie sagte, dass ich sicher sehr hungrig sein müsse.

»Nein, ich habe ein Würstchen mit Brot und Mostrich gegessen, Salzstangen und zwei Handvoll Erdnüsschen aus der Kugel. Die Pralette, die man mir angeboten hat, habe ich selbstverständlich abgelehnt, obwohl ich weiß, wie gern du die Nummer drei isst.«

Ich wusste, dass Mutti, die keine Süßigkeiten mochte, bei Praletten eine Ausnahme machte und die Nummer drei schätzte, die immer mit Eierlikör gefüllt war. Ich wollte meine Unbestechlichkeit zur Schau stellen, um gute Stimmung bemüht. Aber Mutti ging nicht darauf ein und schaute mich prüfend von schräg oben an.

»Wo seid ihr gewesen, Evchen? Ich bin vor Angst fast gestorben«, wiederholte sie.

Ich drückte die kalte Hand meiner Mutter, die vor Aufregung keine Handschuhe trug, fester.

Das »Evchen« signalisierte mir, dass sie nur auf meinen Vater wütend war. Obwohl ich ihre Todesangst nicht ganz verstand. Vati war doch die ganze Zeit dabei gewesen und hatte mich nie aus den Augen gelassen. Und wenn mal kurz, dann hatte Tante Hilde auf mich aufgepasst oder die nette Dame aus dem Wandschrank. Ich überlegte einen Moment.

»Wir waren in der Hölle, glaube ich, und an ähnlichen Orten. Oder war es in der Bar von Johnny Miller?«

Ich schaute sie mit Unschuldsaugen an und versuchte, mich an einem rätselhaften Lächeln wie Caterina Valente. Davon hatte sie in einem Schlager gesungen, und es hatte mich nachhaltig beeindruckt, sodass ich es schon lange einmal ausprobieren wollte.

Frankfurt am Main und Wartha, 20. Oktober 1959

Gussy hatte sich für die Scheidung entschieden, was Hermann völlig verblüfft hatte. Nie hatte er damit gerechnet, dass seine Gussy – treusorgend und so reizend unselbstständig – tatsächlich den Mut aufbringen würde, sich von ihm zu trennen.

Ja, es war ein Fehltritt gewesen, ja, es war dumm und selbstsüchtig gewesen, aber nun war es passiert, und man hatte reinen Tisch gemacht für einen gemeinsamen Neuanfang. Doch Gussy hatte sich geziert und wollte partout ein Leben mit den Kindern ohne ihn.

Sollte sie doch, sie würde schon sehen, wie es war, ganz allein dazustehen, ohne Ehemann und Versorger. Was hatte sie denn gelernt? Nichts.

Hermann würde sie gewähren lassen, aber nun musste er erst einmal selbst sehen, wo er blieb.

Den Prozess jedenfalls würde er nicht abwarten. Das wäre, als würde eine Weihnachtsgans brav auf das Weihnachtsessen warten und ihr Schicksal als gegeben akzeptieren. Nein, und er hatte da auch schon eine Idee. Die Brüder und Schwestern drüben in der DDR würden seine milde Sabotage am kapitalistischen System sicherlich anders bewerten. Er hatte schon immer, auch wenn die Versorgungslage dort zu wünschen ließ, eine klitzekleine Schwäche für die da drüben gehegt.

Als er seine nächsten Schritte plante, fragte Hermann zunächst seinen alten Kumpel Herbert, den er noch aus seinen

Frankfurter Tagen bei der »Sitte« kannte. Hermann wusste, dass es manchmal Polizeitransporte in die Zonen gab, die schon seit Längerem Bundesrepublik Deutschland und Deutsche Demokratische Republik hießen. Wo er denn hinwolle, fragte der Kumpel mit einem Augenzwinkern. Nach Westberlin natürlich.

Was er denn ausgerechnet in der geteilten Stadt wolle, bei den »Insulanern«, wie der Ex-Kollege die Bewohner der ehemaligen deutschen Hauptstadt bezeichnete – in Anlehnung an den Titel einer beliebten wöchentlichen Rundfunksendung.

»Es ist immer noch ein trostloser Trümmerhaufen, so hört man. Gefällt es dir denn nicht mehr bei uns in Frankfott bei Ebbelwoi und Handkäs?«

Hermann rieb statt einer Antwort sein rechtes Ohrläppchen.

»Aber du bist ja damals selbst aus dem Osten gekommen«, fuhr der ehemalige Kollege fort.

Hermann nickte.

»Ja, Gussy und ich sind in den letzten Kriegstagen aus Breslau geflüchtet, über Dresden, dann nach Bayern und schließlich nach Fulda.«

Das entsprach zwar nicht ganz der Wahrheit, aber die Wahrheit, so fand Hermann, besaß ein anschmiegsames Wesen und war gern zu Diensten.

Herbert sah den alten Kollegen nachdenklich an.

»Du hast doch immer erzählt, dass du während des Kriegs im Norden stationiert warst, ganz oben am Polarkreis. Bei den Polarlichtern. Wie bist du dann von Breslau über Dresden nach Bayern gekommen? In der Uniform eines deutschen Wehrmachtsoffiziers? Versteh ich nicht.«

Hermann grinste.

»Und was willst du jetzt in Westberlin?«

Es gab auf den Transitstraßen an der innerdeutschen Zonengrenze jede Menge Kontrollen. Das war bekannt. Allerdings wusste Hermann nicht, wie gründlich die westliche Seite die »eigenen Leute«, wie sie es immer nannten, kontrollierten, und beim ehemaligen Kollegen nachfragen wollte Hermann auch nicht. Der kam womöglich noch auf dumme Gedanken. Er hatte sowieso schon so komisch geguckt.

»Wie geht's denn Gussy und den Kindern?«

Hermann lächelte zufrieden. Es hatte sich also in Frankfurt noch nicht herumgesprochen, dass sie jetzt getrennt waren.

»Gut, danke der Nachfrage. Volker wächst und gedeiht, und unser Evchen kommt sowieso nach dem Vati.«

Der Polizist verzog scherzhaft den Mund. »Das arme Kind!«

Hermann Fink stimmte in sein Lachen ein.

»Hast recht, Herbert, rein äußerlich betrachtet ist sie natürlich viel hübscher als ich, eher wie Gussy. Obwohl Eva nicht so dunkel ist, sondern eher hell wie ich.«

»Gussy ist eine Schönheit, Hermann! Und sie hat ein gutes Herz«, fügte Herbert noch hinzu.

Als Hermann nicht reagierte, trat der Polizist einen Schritt näher zu ihm.

»Schönheit vergeht, aber das Herz am richtigen Fleck, das bleibt, Hermann.« Dabei trommelte er mit den Fingern dorthin, wo er sein Herz vermutete, irgendwo auf die linke Brusthälfte. »So jemanden wie deine Gussy hast du gar nicht verdient, pass nur auf sie auf und behandle sie gut!«

Dieser Ratschlag kam nun wirklich zu spät. Aber das wollte Hermann ihm nicht auf die Nase binden.

In manchen Minuten vor dem Schlaf, wenn er wach lag, gestand er sich ein, dass er Mist gebaut hatte, dass er seine Gussy und die Kinder nicht nur enttäuscht, sondern, wenn er ganz ehrlich war, und das war er nur ungern sich selbst gegenüber, verraten hatte. Vielleicht hatte er eine Frau wie Gussy wirklich nicht verdient.

Sie hatte sich vor ein paar Monaten scheiden lassen und war mit Eva und Volker in eine kleinere Wohnung in einen anderen Stadtteil Frankfurts gezogen, wo sie niemand kannte. Das war ihr wichtig gewesen. Hermann ließ seinen Kopf hängen.

Eva ging immer noch in dieselbe Volksschule, in die sie auch eingeschult worden war. Gussy brachte sie jeden Morgen umständlich mit der Straßenbahn dorthin, lieferte Volker im Kindergarten direkt neben der Schule ab, und danach, so hatte Hermann von einem ehemaligen Nachbarn erfahren, begann sie ihre neue Arbeit in der Stadtbücherei.

Sie brauchte ihn also nicht mehr, war ihm da aufgegangen, auch deshalb war der Entschluss in ihm gereift, der zu seiner Anfrage bei Herbert geführt hatte, ihn auf einen der regelmäßigen Transporte nach Westberlin mitzunehmen.

»Dann bis nächsten Mittwoch«, sagte Herbert. »Und bring um Gottes willen nicht viel Gepäck mit, wir haben kaum Platz!«

Hermann nickte erleichtert. Einen Koffer, den tschitscheringrünen in der undefinierbaren Farbe, und die Aktentasche, das würde genügen.

Viel mehr war ihm nicht geblieben. Er seufzte und stieg in die nächste Straßenbahn.

Gegen Mittag hatten sie nach sechs Stunden Fahrt über marode Landstraßen die Grenze zu Ostdeutschland erreicht. Herbert stieg aus dem kompakten grünen Polizeitransporter und schaute sich um. Kurz vor Wartha war er direkt an die Grenzstelle gefahren und hatte in der Nähe des Häuschens geparkt.

Hermann steckte seinen Kopf aus dem Beifahrerfenster und schnupperte die Luft. Er hatte sich Herberts Polizeimütze aufgesetzt. Zum Spaß, wie er sagte, wie in alten Zeiten. Herbert hatte darüber geschmunzelt.

»Riecht wie bei uns. Nach Langeweile.«

Hermann öffnete die Tür und sprang hinaus.

»Sind wir schon drüben?«

Er warf einen aufmerksamen Blick auf die Straße, die jedoch leer war. Herbert schüttelte den Kopf.

»Drüben beginnt offiziell genau da drüben, am Häuschen. Hier vorn stehen manchmal die Kollegen aus Herleshausen und kontrollieren, wer Deutschland verlassen will.«

»Ach? Und warum?«

Hermann versuchte, nicht unsicher zu klingen.

Herbert zuckte die Schultern.

»Keine Ahnung. Man will ja nicht, dass es so aussieht, als wäre das hier ein anderes Land. Das wollen nur die von drüben. Bei denen hängt auch die neue Fahne mit dem Werkzeug und dem Getreide. Denen ist das wichtig.«

»Gibt's hier irgendwo 'nen Kaffee?«

Herbert schüttelte den Kopf und zeigte auf die Thermoskanne vorn in der Ablage.

»Selbstverpflegung, was dachtest du denn? Glaubst du, die Brüder und Schwestern begrüßen uns mit Kaffee und Kuchen?«

Sein lautes Lachen klang fast wie ein Bellen. Dann schaute er in den Himmel, der verhangen war, und packte sein Brot aus. Er hielt Hermann eine Wurstschnitte hin, die der gern annahm.

»Danke!«

Beide bissen gleichzeitig in die Stulle.

»Was sagt denn Gussy zu deinem Ausflug in die Zone? Oder besser, nach Westberlin?«

Hermann kaute bedächtig und sah nun auch in den Himmel.

»Da kommt bald was runter.«

»Hmm.« Herbert kaute. »Ich habe dich was gefragt.«

In dem Moment bog ein Uniformierter um die Ecke des Häuschens und hielt auf die beiden zu.

»Was passiert jetzt?«, fragte Hermann, wollte jedoch nicht nervös klingen.

Herbert hob die Schultern. »Keine Ahnung. Warten wir's ab.«

»Ist der von uns oder von denen?«

»Das kann man von Weitem nicht erkennen. Nun sei doch nicht so fickerig, was ist denn los, Hermann?«

Der Uniformierte hatte die beiden an ihrem Transporter erreicht.

»Morgen. Transit?«

Herbert nickte mit vollem Mund. Hermann hatte sich leicht weggedreht.

»Was habt ihr dabei?«

Der Uniformierte musterte die beiden Männer kurz, warf einen Blick auf den Wagen und fragte dann nach den Papieren.

Herbert holte sie aus dem Handschuhfach und ging mit

dem Mann in das Häuschen. Er winkte seinem Kumpel, ihnen zu folgen.

»Nichts Aufregendes. Kommst du auch, Hermann? Personalausweis reicht.«

Hermann wischte sich mit dem Handrücken den Mund ab.

»Ich komme gleich nach. Muss erst austreten.«

Der Uniformierte zeigte mit ausgestrecktem Arm auf ein unscheinbares Holzbüdchen direkt neben dem Haus.

»Danke!«

Zehn Minuten später trat Herbert wieder nach draußen und sah sich nach Hermann um. Er ging auf das Häuschen zu und klopfte vorsichtig.

Doch Hermann Fink war verschwunden, zusammen mit seinem Koffer, seiner Aktentasche und, wie Herbert später feststellte, auch der Thermoskanne. Seiner Thermoskanne.

Hermann hastete mit Koffer und Aktentasche, so gut es ging, durch den kleinen ländlichen Ort Wartha im Werratal. Er besaß keine Landkarte, obwohl er sich bemüht hatte, vor seiner Abfahrt in Frankfurt noch eine zu ergattern. Aber genaue Karten der Deutschen Demokratischen Republik gab es nirgendwo zu kaufen. Auch keine von der sowjetisch besetzten Zone, was aufs Gleiche hinauslief. Im Geschäft hatte man ihn misstrauisch und mitleidig zugleich angeschaut, als er danach gefragt hatte.

Gegen Mittag fing es tatsächlich an zu regnen, und nun wurde er mitsamt Gepäck auch noch nass.

Was trieb er hier? Warum hatte Gussy ihn dazu gebracht, hier im sowjetisch besetzten Niemandsland im Regen herumzuirren? Nun ja, wenn er ehrlich war, hatte ihn nicht

Gussy dazu gebracht, sondern die bundesdeutsche Justiz. Die würde ihn wegen der Veruntreuung verurteilen. Ein befreundeter Anwalt hatte mal auf knapp zwei Jahre im Kittchen getippt, einen Teil davon sicher auf Bewährung. Jeder Monat wäre zu viel, fand Hermann. Da war ein Wechsel zu den Brüdern und Schwestern das geringere Übel.

Und wer weiß, vielleicht war es drüben ja gar nicht so übel, wie sie im Westen immer behaupteten?

Er hatte die Landstraße direkt hinter dem Ortsteil Göringen verlassen, da er nicht wusste, welchen Weg Herbert nehmen würde, und er wollte nicht riskieren, ihm noch einmal zu begegnen.

Dass Herbert durch seine, Hermanns Flucht nicht mehr nach Berlin hatte weiterreisen dürfen, kam ihm gar nicht in den Sinn.

Etwas verloren saß Hermann nun an einem Feldweg unter zwei Bäumen, die ihm ein wenig Schutz bieten konnten. Auf seinem Koffer, mit seiner verbeulten Aktentasche auf den Oberschenkeln, schenkte er sich lauwarmen Kaffee in den Thermosbecher ein und sinnierte.

Das letzte Mal, dass er sich in der Nähe der Roten Armee für eine kurze Rast niedergelassen hatte, war im Februar 1945 gewesen, ein ganzes Stück weiter östlich von hier, kurz vor Dresden.

War die Flucht damals, in genau die entgegengesetzte Richtung nach Westen, wirklich schon vierzehn Jahre her?

Er erinnerte sich noch gut daran. In der Behelfsversorgungsstation im abgestützten Keller eines zerstörten Dresdner Hauses war er auf einen alten Mann gestoßen.

»Nun setzen Sie sich doch erst mal«, der Mann hatte ihm und seiner Uniform einen prüfenden Blick zugeworfen, »… Herr Oberst!«

»Ich habe keine Zeit, ich suche meine Frau und meinen Vater. Die müssen hier irgendwo sein. Das ist doch die Stelle für Vermisste, oder?«

»Die sollen hier in Dresden sein?« Der Mann klang nun eindeutig traurig.

Hermann nickte verstört. »Wir haben in Radebeul Verwandte.«

Er war tatsächlich niemandem mehr in der Stadt begegnet, die bis vor Kurzem eine der schönsten Städte Europas gewesen war. Er war auch keiner Stadt mehr begegnet. Dresden lag in Schutt und Asche, und als er durch die Poststraße gegangen war, hatte er nicht nur dampfenden Staub gehustet, sondern auch die Leichen gesehen, die auf jeder Seite aufgeschichtet lagen – so hoch wie das dritte Stockwerk der edlen Bürgerhäuser, die bis vor wenigen Nächten noch hier gestanden hatten.

Es war niemand mehr da, der die Toten hätte bestatten können.

Hermann hielt einen schmutzigen Zettel in der Hand, den er von der Straße aufgehoben hatte, und reichte ihn dem Mann. »Was hat das zu bedeuten?«

Der andere warf einen kurzen Blick darauf.

»Das haben die Tommys gestern Nacht abgeworfen.«

Hermann las laut vor: *»Das war das Bild, nun kommt der Rahmen dran.«*

Der andere grinste. »Shakespeare, schätze ich. Der ist doch Engländer.«

Hermann starrte auf das Flugblatt. »Spricht aber gut Deutsch, finde ich.«

»Alles Dichter, die Tommys. Wenn sie nicht grad Städte ausradieren. Sie suchen Ihren Vater und die Frau?«, fragte der Mann. »Hier sind sie nicht mehr. Und wenn sie hier waren, sind sie selbst auch nicht mehr, wenn Sie verstehen, was ich meine. Und nach dem Wisch da …«, er deutete mit dem Kopf auf den Zettel, »ist der Rest von hier getürmt. Denn das bedeutet, dass als Nächstes die Umgebung von Dresden zerbombt wird. Der Rahmen, verstehen Sie … alles Dichter …«

Hermann war auf die mit Trümmern übersäte Straße zurückgetreten und hatte überlegt.

Er hatte bei seinem letzten Heimaturlaub in Breslau mit Gussy eine Strecke für ihre Flucht und mögliche Treffpunkte festgelegt. Sie sollte mit ihrem Schwiegervater Gustav in Richtung Westen gehen.

»Immer nach Westen, auf keinen Fall nach Osten«, hatte Hermann den beiden eingeschärft.

Dresden, beziehungsweise Radebeul, wo sie Verwandte hatten, war einer der ersten möglichen Treffpunkte hinter Breslau gewesen.

Hermann war im Krieg lange Jahre in Norwegen stationiert gewesen und wurde dann im Oktober 1944 nach Finnland geschickt, wo der Lapplandkrieg in vollem Gange war. Rovaniemi, die Hauptstadt Lapplands, war kurz vor seiner Ankunft durch verbissene Kämpfe zwischen deutschen und finnischen Truppen in Asche gelegt worden. Ein Munitionszug sei explodiert, hieß es lakonisch. Ein Teil der deutschen Truppen wurde sofort nach Nordnorwegen zurückbeordert, das immer noch unter deutscher Besetzung stand.

Aufgrund seiner exzellenten Norwegischkenntnisse wurde auch Hermann dorthin zurückgeholt. Der größte Teil der über 200 000 Mann starken Truppen wurde von Finnland aus direkt an die Ostfront geschickt. Hermann hatte Glück gehabt. Sein ganz persönliches »Kriegsglück«, wie er es nannte.

Als mehrsprachiger Funker wurde er in Narvik und Bergen im Dechiffrierbereich eingesetzt. Das war ein Gebiet, das ihm lag, weil es mathematisch und unblutig war.

Etwas für Tüftler mit Eingebungen statt für Schützen ohne Fantasie.

Im Februar 45 wurde für einige Offiziere und Unteroffiziere, die »im sensiblen Bereich« eingesetzt waren, an einem geheimen Ort in der Nähe von Cottbus kurzfristig eine Konferenz einberufen. Das nutzte Hermann, um in Dresden nach Gussy und seinem Vater zu fahnden, denn in Breslau, so hatte er schnell erfahren können, hielten sie sich nicht mehr auf.

Endlose Prozessionen von Pferdewagen hatten sich bereits auf der Flucht vor der Roten Armee auf den Weg gen Westen gemacht. Traurige Kavalkaden, die mit Verzweiflung und Angst hoffnungslos überladen waren und eine Ankunft genauso fürchteten wie eine Rückkehr.

»Kann ich Sie ein Stück mitnehmen?«

Hermann wurde aus seinen Erinnerungen gerissen und schaute überrascht auf. Da stand tatsächlich ein Pferdewagen vor ihm auf dem Feldweg, und ein älterer Mann, der auf dem Bock saß, hatte sich zu ihm gebeugt. Der Mann lächelte und tippte sich an die Kappe.

Hermann sprang erfreut auf.

»Ja, sehr gern!« Er deutete auf seinen Koffer und die Aktentasche.

Der Mann, der wohl ein Bauer war, nickte.

»Kein Problem. Werfen Sie sie hinten drauf. Ich muss in die Stadt und nehme Sie mit!«

Hermann kletterte zu ihm auf den Bock.

»Gestatten, Fink. Hermann.«

Hermann vergaß nie seine Manieren. Er verbeugte sich leicht, ergriff die Hand des Bauern und schüttelte sie. Der Mann schien amüsiert. Er stellte sich ebenfalls vor. Hermann zog ein grünes Päckchen Zigaretten aus der Tasche und hielt es ihm hin.

»In welche Stadt sind Sie denn unterwegs?«

Der Mann nahm dankend eine an, steckte sie sich in die Brusttasche seines groben Hemds, zog die Zügel an, schnalzte mit der Zunge, und das hölzerne Gefährt ruckelte leicht schwankend an. Es wurde von einem ruhigen, altersschwachen Gaul gezogen.

»Nach Eisenach, wohin sonst? Glauben Sie etwa, nach Bebra?«

Der Bauer kicherte zunächst, dann lachte er schallend laut. Und Hermann Fink fiel bald in sein Lachen ein.

Leipzig, 22. Oktober 1959

»Die Wächterstraße?«

Der Mann mit dem dunklen Hut überlegte und legte einen Finger an den Nasenrücken. Er zögerte einen Moment mit seiner Antwort.

»Hab ich schon mal gehört. Wo soll das sein?«

Hermann Fink hatte seinen eigenen hellbraunen Hut kurz gelüpft und den Koffer neben sich auf den Bürgersteig gestellt. Er stand schräg gegenüber vom Hauptbahnhof und rauchte. Von Eisenach über Erfurt war er schließlich hier in Leipzig gelandet. Es hatte sich herausgestellt, dass es viel mühseliger war, im neuen deutschen Staat voranzukommen, als er es sich ausgemalt hatte.

Von Eisenach an, wohin der Bauer ihn mitgenommen hatte, war es sehr umständlich geworden. Verkehr, wie Hermann ihn von der Bundesrepublik kannte, existierte hier in seiner eigenen Form.

Mal tuckerte ein klappriger Lastwagen vorbei, mal ein sowjetischer PS-Schlitten, ein paar knatternde Mopeds, eine Handvoll Busse und Fahrräder, und das war es auch schon.

Eigentlich hatte er, wenn er es genau überlegte, keine Ahnung, wie ein sozialistischer Staat funktionierte – oder eben auch nicht funktionierte. Straßenverkehr war offenbar kein tragender Pfeiler im Sozialismus. Dafür ging es hier viel gemächlicher zu als im Westen, was ihm wiederum gefiel. Es war ein bisschen wie früher zu Hause.

Für die Bahn hatte Hermann kein Geld, und das DDR-Geld, das er kurz einmal gesehen hatte, kam ihm so leicht wie Spielgeld vor.

Das letzte Stück bis kurz vor Leipzig hatte er als Schwarzfahrer in einem uralten Dampflokzug – Vorkriegsware – zurückgelegt, ohne erwischt zu werden. Dabei hatte er sich schon eine gute Geschichte zurechtgelegt, die er zum Besten hätte geben können. Hermann war sicher, dass die Menschen im neuen deutschen Staat einer guten Geschichte durchaus zugetan wären.

Die Menschen waren die gleichen, hüben wie drüben, davon war er überzeugt. Die gewaltsame Besetzung eines Gebiets konnte doch in so kurzer Zeit nicht mal eben einen neuen Menschenschlag hervorbringen. Schließlich lag die Hitlerzeit mit dem scheußlichen Krieg gerade erst vierzehn Jahre zurück.

Hermann musste grinsen.

Die Dummheit der Menschen war unerschöpflich und starb nie aus. Auch nach Kriegen nicht. Da duckte sie sich bestenfalls kurz mal weg.

»Wieso lachen Sie?«

Hermann schaute wie ertappt auf.

»Ich musste gerade an etwas denken«, gestand er dem Fremden, den er nach der Wächterstraße gefragt hatte.

Der Mann zog die Stirn in Falten. Hermann hatte das Gefühl, sich erklären zu müssen.

»Ich dachte an die neuen Menschen in dieser neuen …«, hier zögerte er einen Augenblick, »… in dieser neuen Republik.«

Nun lachte der Fremde und zeigte mit ausholender Geste auf den Bahnhofsvorplatz.

»Hier laufen sie alle herum, diese neuen Menschen. Erkennen Sie sie nicht? Wo sind Sie denn her?«

Es hörte sich an, als wollte er wissen, aus welcher Anstalt Hermann wohl entkommen sei, und in seinem Tonfall schwang mit, dass er ihn aber nicht verpfeifen würde.

»Frankfurt«, entgegnete Hermann knapp.

»Mit Sicherheit nicht das an der Oder, oder?« Der Mann lachte fast unverschämt.

Hermann nickte verschmitzt. Der Fremde rückte seinen Hut zurecht.

»Für die Messe sind Sie zu spät dran – oder zu früh, wie man's nimmt.«

»Ich wollte auch nicht zur Messe, sondern zum Polizeipräsidium.«

Der Fremde trat einen Schritt zurück und schaute ihn nun interessiert an.

»Klar, jetzt kapiere ich, warum Sie nach der Wächterstraße fragten. Das ist heute die Dimitroffstraße. Selbe Straße, neuer Name. So wie bei allem hier.«

Er beschrieb mit seinem rechten Arm eine ausgreifende Bewegung. »Eine Art Verwandlung der magischen Art, die das ganze Land erfasst hat.«

Hermann grinste immer noch, der Mann gefiel ihm.

»Und das Interessante ist – es hat noch keiner bemerkt!«

Jetzt zündete sich Hermann eine seiner halben Zigaretten an. »Wovon reden Sie? Das versteh ich nicht. Ich bin erst seit vorgestern in diesem neuen Land.«

Der Mann musterte ihn und setzte sich dann in Bewegung. Er winkte Hermann, ihm zu folgen.

»Aber Sie haben vor, noch eine Zeitlang hierzubleiben, wenn ich Sie richtig deute?«

Hermann machte einen einzigen Zug und warf die Zigarette dann in die Gosse.

»Es sieht so aus.«

»Ich bringe Sie zum Präsidium.«

Sie überquerten hastig die Straßenbahngleise, hinter ihnen bimmelte die Tram, als wollte sie ihnen drohen und sie lautstark verscheuchen.

Hermann fühlte sich auf einmal so leicht, als wäre er wieder ein kleiner Junge auf dem Weg zum Friseursalon, den sein Vater vor dem Krieg im Zentrum Breslaus geführt hatte.

Seine Mutter Berta hatte Hermann für den Vater ein Stück Mohnkuchen eingewickelt, den ihre Schwester Gundi vorbeigebracht hatte. Und da ihr Mann Gustav schlesischen Mohnkuchen über alles liebte, hatte Berta den Jungen gebeten, dem Vater das süße Geschenk vorbeizubringen. Danach könne er ja mit seiner Botanisiertrommel durch die Felder um Rosenthal streifen und Schmetterlinge jagen.

Hermann hatte gestrahlt, den Kuchen in den ledernen Tornister gesteckt und sich die Trommel umgehängt.

Die Mutter hatte mit Tante Gundi an der Tür gestanden, und sie hatten ihm gewinkt, bis er um die Ecke verschwunden war.

Tante Gundi konnte märchenhaften Mohnkuchen backen. Ihren allerletzten Mohnkuchen hatte Hermann im März 1942, eine Woche bevor man sie mit ihrem Mann Max nach Theresienstadt brachte, gegessen.

Sie galten als »prominente Juden«, da Gundi als ehemalige Erbin des Kaufhauses Stein einst zu der schillernden Prominenz der schlesischen Hauptstadt Breslau gehört hatte.

Hermann war nur kurz auf Heimaturlaub gewesen und hatte den Vater besucht. Tante Gundi war gleichzeitig bei ihrem Schwager Gustav zu Gast, weil sie gehört hatte, dass Hermann auf Urlaub sei, und sie hatte ihren berühmten Mohnkuchen für beide mitgebracht.

Warum sie immer noch hier seien, hatte Hermann sie sofort besorgt gefragt. Da hatte sie den Mohnkuchen noch nicht einmal ausgepackt.

Die beiden Kinder von Gundi und Max Wachsmann, die etwas jünger als Hermann waren, lebten schon seit einiger Zeit in England und hatten ihre Eltern über die Schweiz nachholen wollen.

Tante Gundi hatte auf Hermanns Frage hin nur gelacht und mit der linken Hand gewedelt.

»Uns zwei Alten werden sie sicher nichts tun. Die Firma haben sie uns schon lange genommen, das Haus ebenfalls, und unser bisschen Atem kostet sie doch nichts. Im Gegenteil, wir würden ihnen nur auf der Tasche liegen, wenn sie sich näher mit uns befassten. Der Transport, die Unterbringung und die magere Verpflegung kosten, und genau genommen kostet sie auch unser Tod. Die Bilanz stimmt einfach nicht, Jungchen. Und daran misst sich letztendlich alles auf der Welt.«

Hermann sah seine Tante, die einst so erfolgreiche und knallharte Geschäftsfrau, skeptisch an.

»Du hättest recht, wenn es denen wirklich nur um Geld und Gewinn ginge. Das tut es aber nicht.«

Tante Gundi schnitt ein Stück Mohnkuchen mit dem seidenweichen schwarzen Mittelstück ab und legte es ihrem Schwager auf den Teller, der sofort begeistert zur Kuchengabel griff.

»Danke, Gundi!«

»So? Um was geht es ihnen dann? Wenn nicht um Geld?«

Gundi hatte den Tortenheber und das lange Messer beiseitegelegt und stützte sich mit beiden Händen auf dem Küchentisch auf. Sie war im fortgeschrittenen Alter etwas kurzatmig geworden. Überhaupt, das fiel Hermann auf, wirkte sie seit dem letzten Besuch viel älter und hatte ihre rundliche Statur verloren. Ja, Tante Gundi, eine begnadete Köchin, schien über Nacht ihren Schneid, ihre Zielstrebigkeit verloren zu haben. Die hatte er immer an ihr bewundert.

Hermann war aufgestanden und ans Fenster getreten. Unten auf der Straße spielten Kinder mit Kreide und einem flachen Stein Hüpfekästchen. Es war still in der Küche.

Alles war wie immer, und doch war es das nicht.

Es war Krieg, Tante Gundi und ihr Mann waren seiner Meinung nach in Lebensgefahr, und er trug eine Wehrmachtsuniform – während sein Vater seelenruhig Mohnkuchen aß.

»Du weißt, ich interessiere mich nicht für Politik und habe auch keine Ahnung davon«, wandte er sich an seine Tante, »aber mir scheint, dass es den Nazis vorrangig um ihr eigenes Bild von der Welt geht. Das haben sie sich geformt, wie es ihnen passt, und sich dabei selbstverständlich die zentrale Rolle der Guten und gleichzeitig der Herrschenden genommen. Die Nazis haben grundsätzlich und immer recht, und sie haben die Macht an sich gerissen, die sie unter allen Umständen behalten wollen. Recht zu behalten ist der größte Trost in einer Welt, die nur noch schwer zu durchschauen ist. In der die Moral inmitten von spektakulären wissenschaftlichen Entwicklungen und wirtschaftlichen Selbstläufern wie ein verknitterter Beutel in der Ecke vergessen wurde, in den man menschliche Größe, Verantwortung und Verpflichtungen gestopft hat.«

»Hermann, du hättest Philosoph werden sollen und nicht Steuerberater, nicht wahr, Gustav?« Tante Gundi hörte sich einen Deut zu schrill an.

Hermanns Vater nickte mit vollem Mund und versuchte gleichzeitig, mit der Zunge Mohnsamen unter der Zahnprothese herauszuschieben.

»Und in dieses Weltbild passen die Juden nicht hinein.«

Tante Gundi hatte die Augen prüfend zusammengekniffen.

»Deshalb müssen sie weg, auch wenn sie sich ihren Wohlstand schon längst einverleibt haben. Und wie wir wissen, sind auch unter den Juden nur die wenigsten wirklich reich.«

»Reiche Juden, das ist wie …« Gustav überlegte laut, welcher Vergleich am treffendsten sei.

»Wie schwatzhafte Norddeutsche«, warf Gundi ein.

»Davon gibt es etliche, sie bilden aber beileibe nicht die Mehrheit.«

»Was ich sagen will, Tante Gundi, ist …« Hermann hatte sich umgedreht und sah seiner Tante jetzt in die wachen blauen Augen.

»Heute sind es bei den Nazis die Juden, morgen ist es jeder, der kein Deutscher ist. Mit den Fingern auf jemanden zeigen, den man sich als Sündenbock ausgesucht hat, dann ausgrenzen und weg damit. So erklärt man die Welt. So regiert man die Welt. Sie werden keine Ruhe geben, deshalb solltet ihr so schnell wie möglich in die Schweiz gehen.«

»Aber viele Juden sind doch Deutsche, ich verstehe das nicht«, erwiderte Gustav. »Ich selbst bin doch für den deutschen Kaiser in den Krieg gezogen.«

Seine Stimme klang jetzt trotzig.

Gundi hatte sich vor Hermann aufgebaut und ignorierte ihren Schwager.

»Und was ist mit ihm, mit Gustav? Mit deinem Vater? Soll er deiner Meinung nach auch in die Schweiz? Ab wann muss man deiner Meinung nach in die Schweiz? Und was ist mit dir? Musst du auch in die Schweiz? Du trägst eine Wehrmachtsuniform. Du kämpfst für sie. Auch noch als Unteroffizier. Die ahnen ja nicht, dass du ein Mampe bist.«

Hermann schaute schuldbewusst an sich herab.

Ein »Mampe« war ein halber Jude. So bezeichneten sich Menschen mit einem jüdischen und einem nicht jüdischen Elternteil selbstironisch nach dem beliebten Berliner Magenbitter »Mampe Halb & Halb«.

»Nein, ich kämpfe nicht für die Nazis, ich kämpfe, wenn überhaupt, für Deutschland, und auch da habe ich keine Wahl. Das weißt du genau, Tante Gundi.«

Gundi schnaufte ein wenig. Sie war ein Stück näher getreten und hatte mit ihrem Zeigefinger Hermanns Kinn gehoben. Die hochgewachsene ältere Dame mit dem kantigen Gesicht war genauso groß wie der kleine Hermann Fink mit dem rundlichen Gesicht in seiner Offiziersuniform, die wie ein etwas zu groß geratener Konfirmandenanzug an ihm hing.

»Dann sage ich dir mal was – als deine Tante. Deine jüdische Tante, um ganz genau zu sein. Du kannst gern zuhören, Gustav.«

Ihr Schwager hüstelte.

»Ich weiß, dass ihr euch, als ihr damals zum Protestantismus übergetreten seid, für alle Fälle noch drei Generationen evangelische Vorfahren zugelegt habt. Das hat mir meine Schwester, deine verstorbene Mutter, noch erzählt. Deine Geburtsurkunde, Hermann, die kann man im Register des Standesamts in Breslau gar nicht mehr finden. Komisch, nicht? Da wäre unter der Rubrik ›Religion‹ der Eintrag ›evangelisch‹ nämlich gar nicht vermerkt gewesen. Euer Übertritt hat schließlich erst 1916 stattgefunden, also vier Jahre nach deiner Geburt.«

»Gundi, das hast du nicht ganz verstanden«, meldete sich an dieser Stelle Gustav.

»Du bist ruhig, Gustav. Ich rede.« Gundi ignorierte ihren Schwager, ließ Hermanns Kinn los und lief nun aufgeregt im Zimmer hin und her.

»Und ich frage mich tatsächlich manchmal, wenn ich nachts nicht schlafen kann – was wusstet ihr, was wir nicht wussten?«

Hermann schwieg und starrte geradeaus. Diese Frage hatte er sich selbst oft gestellt, und schließlich auch dem Vater, nur hatte er nie eine Antwort darauf bekommen. Es war die Frage in seinem Leben, an der er fast verzweifelt war.

»Aber das ist nicht alles, Hermann«, fuhr Gundi fort. »Denn diese Frage kannst du eigentlich gar nicht beantworten, weil du damals ein kleines Kind warst. Aber die zweite Frage, die kannst du mir sehr wohl beantworten: Warum kämpfst du für sie? Du hast außer deinem Vater keine Familie, der du dich verpflichtet fühlen müsstest. Du sitzt oben in Norwegen. In Narvik, wenn ich es richtig in Erinnerung habe. Ich habe mir das einmal auf der Karte angesehen. Man kann von dort aus sogar im dicksten Winter zu Fuß ins neutrale Schweden hinüberlaufen, wenn man will. Wenn man es mit seinem Gewissen tatsächlich nicht vereinbaren kann, für dieses menschenverachtende Gesocks, das sich deutsche

Regierung schimpft, in einem ungerechten Krieg zu kämpfen, der nur das Ziel hat, Menschen, die uns nichts getan haben, zu vernichten. Es gibt also keinen Grund für dich, in dieser entwürdigenden Uniform zu stecken und auf das Ende des Krieges zu warten. Und jetzt gib du mir keine guten Ratschläge mehr!«

Gundi hatte sich erschöpft an die Wand gelehnt und rang nach Atem.

»Aber Gundi!«, krächzte Gustav. Der Teller mit dem Mohnkuchen war bis auf den letzten Krümel leer gegessen.

Auf der Straße ertönte lautes Bimmeln, und Hermann zuckte am Fenster zusammen. Ein Pferdefuhrwerk hatte sich quer auf die Schienen gestellt.

Und jetzt bimmelte die Straßenbahn wieder bedrohlich nahe und holte Hermann Fink in die Gegenwart zurück.

»Ist es noch weit?« Hermann war außer Atem und musste den Koffer abstellen.

Der Mann mit dem dunklen Hut lachte.

»Na, noch knapp fünf Minuten.« Dann fügte er mit einem Blick auf Hermanns Gepäck hinzu: »Ohne Koffer. Mit Koffer, zehn.«

Sie waren beide stehen geblieben und steckten sich eine Zigarette an. Hermann hatte dem Fremden eine seiner letzten Salems angeboten, und der andere hatte freudig zugegriffen.

»Was meinten Sie vorhin mit ›Und das Interessante ist – es hat noch keiner bemerkt?‹ Wer hat was nicht bemerkt?«

Der Mann musterte ihn einen Moment, als wollte er abwägen, inwieweit er dem Westler trauen könne. Er zog genüsslich an der Zigarette mit der orientalischen Mischung.

»Die Menschen haben nicht bemerkt, dass sich hier in

diesem Land im Grunde genommen nichts geändert hat. Sie haben nur neue Etikette auf alten Murks geklebt, wie bei der Dimitroffstraße. Diejenigen, die nach dem Tod des bulgarischen Antifaschisten eine Leipziger Straße nach ihm benannten, haben nicht bemerkt, dass sich die Straße dadurch nicht geändert hat. Auch nicht die Menschen, die darauf entlangspazieren. Manche sind klammheimlich der Meinung, sie wären tatsächlich auf der Wächterstraße, behalten das aber lieber für sich, um nicht aufzufallen. Aufzufallen kann den Tod bedeuten, das wissen hier noch viele.«

Hermann Finks Lippen zuckten nun leicht. Er räusperte sich.

»Es gibt noch eine weitere Möglichkeit, die man nicht außer Acht lassen sollte.«

»Und die wäre?«

»Dass es den Menschen völlig egal ist, ob sie auf der Wächterstraße oder der Dimitroffstraße marschieren. Piepegal. Hauptsache, sie kommen dorthin, wohin sie wollen. Alles andere interessiert sie nicht. Hakenkreuz oder Hammer und Zirkel sind Beigaben. Wie nennt man das hier noch?« Finks Gesicht hellte sich auf. »Sättigungsbeilage, genau. Habe ich gestern auf der Speisekarte in einer Gaststätte gelesen. Fand ich köstlich, dieses Wort. Hakenkreuz, Hammer und Zirkel, das sind doch alles Sättigungsbeilagen für die Seele.«

Der Fremde zog ein letztes Mal an der Zigarette und trat sie dann im Rinnstein aus. »Kreuz, Halbmond und Davidstern auch?«

»Möglicherweise.«

Die Männer wechselten einen Blick.

Hermann nahm den Koffer wieder auf. »Und wo ist jetzt das Polizeipräsidium?«

Der Fremde mit dem Hut grinste breit und streckte den Arm aus. Er zeigte auf ein imposantes dreieckiges Gebäude aus der Gründerzeit in einiger Entfernung.

»Heißt jetzt aber Bezirksbehörde der deutschen Volkspolizei.«

Ostberlin, 24. Oktober 1959

Der Mann stand mit dem Rücken zum Raum am Fenster, rauchte und starrte auf das halbhohe Gebäude gegenüber, das vor wenigen Tagen erst mit einem Richtkranz geschmückt worden war. Davon hatte Hermann Fink natürlich nichts gewusst, er war noch keine vierundzwanzig Stunden in der Hauptstadt der DDR.

Doch der Mann hatte es ihm sofort ungefragt erzählt, als sie vor ein paar Minuten den kahlen Raum betreten hatten, und er hatte begeistert auf die Baustelle gedeutet.

Er schien stolz auf das Gebäude zu sein, das in der Nachbarschaft entstand. Es würde eine Behörde für Auslandsbeziehungen beheimaten. Dass alles außer der DDR eben als Ausland zu betrachten sei, fügte er mit einem prüfenden Blick auf Hermann hinzu.

Selbstverständlich gab es auch noch die sozialistischen Bruderstaaten.

Hermann schien es, als verwende der Mann ab und zu eine leicht sonderbare Satzstellung, ähnlich wie im Englischen, aber er sprach akzentfrei Deutsch. Hochdeutsch.

Er musste sich täuschen.

Man hatte nur einen Tisch, einen kleinen Aktenschrank und zwei Stühle in diesen hohen Raum gestellt. Er war kalt, hässlich und schmucklos.

Aber was hatte Hermann erwartet? Ein buntes Empfangskomitee mit Fähnchen, das ihm, Hermann Fink, mit einem Schnäpschen und einem dankbaren Schulterklopfen einen sozialistischen Bruderkuss auf die Backe geschmatzt hätte?

Nur an den Wänden hatten sie einen gewissen Aufwand betrieben, wie er fand. Gleich drei Bilder schmückten den Raum. An der Wand hinter dem Schreibtisch hing eine etwas unscharfe Fotografie von Walter Ulbricht. Das war zu erwarten gewesen und sicher ein Teil der Pflicht, dachte Hermann.

Die Kür bestand aus den zwei Plakaten ihm gegenüber. Eins davon war fast genauso groß wie der Ulbricht und ebenfalls gerahmt. Es zeigte einen strahlenden Mann unter einer verwegenen Haartolle, der sich offenbar über zehn Jahre DDR freute, denn eine »10« prangte unter ihm.

Das dritte Bild, rechts daneben, war etwas kleiner als das andere Plakat, und in seiner unteren Hälfte und in der Mitte dominierten die Farben Rot und Gelb. Hermann trat neugierig einen Schritt näher.

»Frohe Menschen schaffen durch Kulturarbeit in den Betrieben«, stand am unteren Rand des Bildes. Auf der oberen grauschwarzen Hälfte rauchten und rußten fleißige Schornsteine emsiger Betriebe vor sich hin.

Frohe Menschen? Wie sahen frohe Menschen in der Ostzone aus? Was genau taten sie, was ihnen den Frohsinn bescherte?

Hermann trat noch näher, nachdem er sich kurz mit einem Blick in Richtung Fenster vergewissert hatte, dass der Mann dort weiterhin schweigend stand, hinaussah und rauchte.

Hermann beugte sich zu dem Plakat und merkte, wie ein unbezwingbares Lachen in ihm aufstieg. Es war fehl am Platz, das wusste er. Er versuchte, das Lachen hinunterzuschlucken. Hermann musste husten. Er war mittlerweile beinahe fassungslos geworden.

Da saßen doch tatsächlich eine Handvoll Menschen zusammen und spielten, weil sie endlich »frohe Menschen« sein konnten, »Mensch ärgere dich nicht« im Schatten der Schlote – als Ausdruck größtmöglicher Ausgelassenheit.

»Gefällt Ihnen das Plakat?«

Hermann drehte sich zu der Stimme um.

»Originell. Das muss man zugeben.«

Er kehrte zum Stuhl zurück und versuchte, seine Verwirrung und seine Ungläubigkeit zu verbergen. Stattdessen lächelte er den Rücken des Mannes an. Der drehte sich endlich zu ihm um und musterte ihn.

»Wie meinen Sie das?«

Hermann überlegte einen Moment und wog seine Worte sorgfältig ab.

»Wäre ich nicht so schnell draufgekommen.« Er schaute in das glatt rasierte Gesicht des anderen und zwinkerte andeutungsweise.

»Wie meinen Sie das?«, wiederholte der Mann.

»Auf die Verbindung zwischen Kulturarbeit in den Betrieben, die frohe Menschen schafft, und das Spiel ›Mensch ärgere dich nicht‹, das sie in heiterem Frohsinn miteinander spielen. Vermutlich nicht während der Produktion.«

Hermann Fink lächelte.

Nun herrschte endgültig Stille.

»Sie haben vor vier Tagen Zuflucht in der Deutschen Demokratischen Republik gesucht. Warum?«

Der schweigsame Raucher hatte sich nun gesetzt und blätterte in einem Schnellhefter, der vor ihm auf dem Schreibtisch lag. Er hatte Hermann die Frage gestellt, ohne ihn dabei anzusehen.

»Ich habe das kapitalistische System geschädigt und

brauche Schutz. Was läge näher, als den von Ihnen hier zu erbitten?«

Hermann hatte sich seine Worte vorher genau überlegt. Er wollte nicht übertreiben und zu dick auftragen, aber signalisieren, dass er auch auf dieser Seite politisch richtig stände. Immerhin stammte er aus einem fortschrittlich-liberalen und zwangsläufig antifaschistischen Elternhaus.

Der Mann hob den Kopf. Er war ungefähr in Hermanns Alter, vielleicht etwas jünger, Mitte vierzig.

»Und warum sollten wir Ihnen diesen Schutz gewähren?«

Er klang weder angriffslustig noch gelangweilt.

»Herr …« Hermann überlegte blitzschnell, welche Strategie er einschlagen sollte, falls die, die er vorbereitet hatte, nicht verfing.

»Oberst Wachsmann«, entgegnete der andere.

Beide Männer tauschten einen kurzen Blick.

»Entschuldigung, ich war der Ansicht, ich hätte mich vorgestellt.«

Der Oberst lehnte sich in dem harten Stuhl zurück und beobachtete Finks Reaktion.

»Wir könnten Sie auch auffordern, noch heute, mit unserer unterstützenden Begleitung, bis zum Grenzübergang Friedrichstraße nach Westberlin zu gehen, um sich dort den bundesdeutschen Behörden zu stellen.«

Hermann schluckte. Sie wussten über seine Vergangenheit Bescheid. Wie hätte er annehmen können, sie wären hier so blauäugig und würden jeden Überläufer dankbar und mit Handkuss aufnehmen?

Er atmete tief durch.

»Das wäre sicher eine Möglichkeit. Nur bitte ich Sie zu

bedenken, dass ich Ihnen auch nützlich sein kann. Eine Hand wäscht die andere, sozusagen.«

Oberst Wachsmann schaute kurz auf und schob den grauen Schnellhefter beiseite.

»Sie machen mich neugierig.«

Er faltete die Hände auf der Schreibtischplatte.

Hermanns Blick fiel auf den leicht unscharfen Ulbricht. Er kam ihm zutiefst unsympathisch vor, seine alte gespannte Haut strahlte eine biedere Verknöcherung aus.

War er hier wirklich richtig? Er, der lebenslustige Fink? Die Menschen beim »Mensch ärgere dich nicht«-Spiel auf dem Bild, die Ausgelassenheit ausdrücken sollten, gaben ihm ernsthaft zu denken. Wie hatte er bis vor nicht allzu langer Zeit noch die Nächte in Frankfurt durchgetanzt. Nicht unbedingt mit seiner Ehefrau, aber mit großem Eifer und Eleganz.

»Ich bin Finanzexperte, wie Sie den Prozessunterlagen entnehmen konnten, die Sie ja offenbar kennen.«

Wachsmann nickte, sagte jedoch nichts.

»Auch im Sozialismus müssen die Finanzen stimmen, und so viele Experten, vermute ich, haben Sie nicht zur Hand.«

Der Oberst lächelte dünn. »Ihre Finanzen haben nicht gestimmt, Fink. Sonst müssten Sie jetzt nicht zwei Jahre hinter bundesdeutsche Gitter.«

Nun lächelte Hermann. »Aber es ist lange gut gegangen. Und wenn ich nicht am Tag der Buchprüfung krank gewesen wäre, dann wäre auch nichts ans Licht gekommen. Nein, ich stelle mich ganz in den Dienst des neuen deutschen Staats und bin sicher, dass wir beide davon profitieren werden.«

»Profitieren?«

Hermann schlug sich wie zum Spaß die Hand vor den Mund. »Das böse Wort. Pardon. Ich meine natürlich, dass beide Seiten zufrieden sein werden. Fröhliche Menschen und so weiter, das Plakat sagt ja alles. Das ist es, was Sie wollen. Und ich kann meinen bescheidenen Teil dazu beitragen und würde das sehr gern tun. Geben Sie mir die Möglichkeit.«

Das hatte er gut formuliert, fand Hermann. Das sagte alles und nichts.

Der Oberst schien zu überlegen.

»Was war mit Ihnen während der Nazizeit?«

»Ich war selbstverständlich Antifaschist. Ich gehörte zur Mampe-Fraktion.«

Wachsmann verzog fragend das Gesicht.

»Mampe?«

Hermann lachte und setzte sich gerade hin.

»Ja, wie der Kräuterlikör aus Berlin: ›Mampe Halb & Halb‹. Das war doch der gängige Spitzname der Assimilierten – halbe und viertel. Müssten Sie doch auch kennen.«

Hermann war sich sicher, dass der andere ebenfalls ein Mampe war. Möglicherweise sogar mehr. Mit dem Namen. Doch Wachsmann reagierte nicht.

»Den Rest meiner Familie haben sie in Theresienstadt ermordet.«

Hermann hatte seine Stimme gesenkt.

Oberst Wachsmann nickte vorsichtig und mied seinen Blick.

»Und Ihre jetzige Familie?«

»Die ist in Frankfurt geblieben. Das müsste doch auch in Ihrer Akte vermerkt sein.«

»Ich habe gelesen, dass Sie schuldig geschieden sind seit letztem Jahr. Es gibt zwei Kinder aus dieser Ehe.«

Hermann seufzte und nickte. Dass er die Schuld übernahm, darauf hatte Gussy bestanden. Nun ja, ihm machte das nicht so viel aus. Schuld oder nicht Schuld. Das war für ihn keine Frage. Obwohl, fiel ihm zum ersten Mal ein, falls er wieder heiraten wollte, würde eine Neue sich wohl daran stören?

»Haben Sie noch Kontakt zu Ihrer Ex-Frau?«

Hermann schüttelte den Kopf. »Ich schreibe manchmal den Kindern und lasse sie grüßen. Sie hat das Sorgerecht.«

Plötzlich erinnerte er sich an etwas. Er richtete seinen Blick auf den Oberst der Deutschen Demokratischen Republik und kniff dann die Augen zusammen, als müsste er sich auf etwas konzentrieren.

»Mein angeheirateter Onkel hieß auch Wachsmann.«

Tante Gundis Mann hatte tatsächlich Max Wachsmann geheißen. Wie sein Sohn, Hermanns Vetter.

»Seine Kinder haben es noch nach England geschafft. Was für ein Zufall!«

Der Oberst nickte, stand auf und sprach nun recht schnell, als wäre er plötzlich in Eile. Das Gespräch schien ihm mit einem Mal unangenehm zu sein, und er wollte es möglichst rasch beenden.

»Ich denke, wir können Ihnen etwas anbieten, das Ihren Qualifikationen entspricht. Betriebswirte sind uns immer willkommen, Herr Fink. Vorher möchte ich Sie jedoch etwas fragen. Sie sollten es sich einen Moment lang durch den Kopf gehen lassen, bevor Sie antworten.«

Was würde jetzt wohl kommen, dachte Hermann und wurde ein wenig nervös.

»Ja?«

»Ich habe gelesen, dass Sie mehrere Fremdsprachen beherrschen, das stimmt doch?«

Hermann nickte.

»Englisch und Russisch.« Seine Stimme klang belegt.

»Hmm.« Der Oberst schien zu überlegen. »Das ist alles?« Er wirkte etwas enttäuscht.

Hermann nickte wieder. Die Norwegisch- und Finnischkenntnisse wollte er lieber für sich behalten. Seine Laufbahn als Unteroffizier bei der Wehrmacht würde nur ein falsches Licht auf ihn werfen. Offenbar hatten sie das noch nicht entdeckt, und so sollte es auch bleiben.

Oberst Wachsmann kam um den Tisch herum und blieb vor ihm stehen. Er war deutlich größer und schaute Fink von oben her an.

»Wenn Sie nicht Steuerexperte und Betriebswirt geworden wären, welchen Beruf hätten Sie dann ergriffen? Überlegen Sie einen Moment, Herr Fink.«

»Raumfahrer. Die Russen haben doch vor zwei Wochen die Rückseite des Mondes fotografiert. Tolle Leistung!«

Hermann hatte auf der Stelle geantwortet und klang vollauf begeistert.

Er hatte die Mondmission der russischen Kosmonauten mit Interesse verfolgt.

Der Oberst lächelte.

»Ja, das war eine große Aufgabe. Aber sind wir mal realistischer. Etwas, was im Rahmen des Möglichen liegen könnte. Was wären Sie gern geworden?«

Hermann Fink brauchte auch da nicht lange zu überlegen, so sicher war er sich.

»Zoologe, Herr Oberst. Das wäre mein Traumberuf gewesen. Zoologe.«

Oberst Wachsmann schien einen kurzen Moment lang verblüfft, schließlich nickte er.

»Dann schauen wir mal, ob wir nicht noch einen Zoologen aus Ihnen machen können. Es ist nie zu spät.«

Ostberlin, 9. November 1959

Hermann Fink hatte seine Zigarette zwischen die Lippen geklemmt und drängte sich mit einem großen Bier in der Hand durch das überfüllte Lokal am Prenzlauer Berg.

»Für eine freie sozialistische Republik Deutschland!«, verkündete ein Banner, das man über der Eingangstür angebracht hatte.

Hermann las es und wunderte sich einen Augenblick lang. Er war doch schon in einer sozialistischen Republik, oder etwa nicht? Aber ob man sie als *frei* bezeichnen konnte … Er suchte mit den Augen die übervolle Gaststätte nach einem freien Platz ab – umsonst.

»Nun hat der alte Liebknecht endlich seine Republik gekriegt. Nur – hätte sie ihm wirklich gefallen?«

Der Mann, der sich neben ihn geschoben hatte, grinste frech und zwinkerte ihm zu.

»Schöle, Axel. Sie sind nicht von hier.«

Hermann musterte ihn und schaute dann an sich herunter. »So, und woran sieht man das?«

Der andere, der etwa zehn Jahre jünger war als Hermann, zwinkerte wieder, als wäre ihm etwas ins Auge geraten.

»Das sieht man eben. Anderer Schnitt, würde ich mal sagen. Englisch, anderes Tuch …« Hier griff er wie selbstverständlich nach dem Revers des hellbraunen Wintermantels, den Hermann trug, und rieb den Stoff sanft zwischen den Fingerspitzen.

»So was gibt es nicht in der ersten sozialistischen Republik auf deutschem Boden. Ob sie frei ist, jemals so geplant war, oder ob der jetzige Zustand ein Versehen war, lassen wir mal dahingestellt.«

Hermann Fink drehte sich nun zu Schöle um und taxierte ihn. Was der andere von sich gab, war selbst im Hinblick auf die fortgeschrittene Stunde, den aufgelösten Zustand fast des gesamten Publikums und das ungewöhnliche Flair dieses Etablissements durchaus kühn und potenziell staatsgefährdend.

»Sie suchen einen Platz. Hier wird man nur eingequetscht und herumgeschubst. Kommen Sie mit.«

Der Mann bahnte sich zielstrebig einen Weg durch die wogende Menge. Hermann folgte ihm mit dem Bier in der einen und mit der Zigarette in der anderen Hand.

Ganz hinten in dem geräumigen Schankraum steuerte Schöle einen kleinen Vierertisch an, der unbegreiflicherweise nicht besetzt war. Vielleicht hatten ihn die anderen Gäste übersehen, vielleicht war er ihnen auch zu weit ab von dort, wo das pralle Leben tobte. Die Menschenmenge wogte bier- und schnapsselig hin und her. Einzelne spitze Schreie, die sich nicht nach Bedrohung, sondern eindeutig nach Vorfreude anhörten, erhoben sich hier und da aus dem Gewühl.

Schöle zeigte auf den Tisch. »Setzen wir uns!«

Hermann schaute sich etwas skeptisch um, nahm dann jedoch Platz.

»Zum Wohl!«

Schöle hob sein Glas und prostete ihm zu. Hermann erwiderte den Spruch und nahm einen großen Schluck. Dann wischte er sich mit dem Handrücken über die Lippen.

»Und woher sollte ich sonst sein, wenn ich nicht von hier bin?«

Schöle hob kurz den Kopf, als wollte er die Witterung einer Spur aufnehmen, die ihm aufgefallen war. Er erinnerte Hermann an ein Wiesel.

»Wer in der Hauptstadt so herumläuft, hat sich entweder verkleidet, oder er kommt direkt aus dem goldenen Westen.«

Hermann schmunzelte. »Sie haben vollkommen recht. Ich stamme aus dem Westen. Golden ist der aber nicht, junger Mann. Das glauben nur viele hier, weil sie nie drüben waren. Da bekommt niemand was geschenkt. Kapitalismus hat seinen Preis. Aber das hat man Ihnen sicher schon mitgeteilt.«

Er nahm einen weiteren Schluck und schaute sich interessiert um.

»Ganz schön was los hier.«

Schöle nickte. »Ja, das Wielands hat's immer noch in sich.«

Hermann reckte den Hals und sagte anerkennend: »Auch aparte Frauen habt ihr hier.«

Ein Schnalzen mit der Zunge verkniff er sich. Gussy war auch eine aparte Frau gewesen, ging es ihm durch den Kopf. Was heißt, *war*, sie sah immer noch sehr gut aus. Ihre schwarzen großen Augen. In diese Augen hatte er sich damals, als er sie während seines Heimaturlaubs im Riesengebirge kennengelernt hatte, sofort verliebt.

In ein paar Metern Entfernung hatte sich eine Frau, Anfang vierzig, mit dunkelrotem gewelltem Haar an die Wand gedrückt. Ihr eng anliegender flaschengrüner Pullover ging in einen plissierten Rock über, der in der Taille von einem breiten Gürtel gehalten wurde. Hermann konnte sie nur im Profil sehen und erkannte einen spitz zulaufenden Busen, eine markante Nase und ein leeres Likörglas in ihrer rechten Hand. Sie blickte gelangweilt über die Menge hinweg.

»Feiert ihr hier etwas?«

Hermann hatte das nur so dahingeworfen, ohne den Blick von der Rothaarigen zu nehmen.

»Klar doch! Den neunten November!«

Schöle wies auf das Banner über der Tür.

»An dem Tag hat Karl Liebknecht im Jahr 1918 eine freie sozialistische deutsche Republik gefordert. Und damit hat er für die blitzschnelle Entstehung eines dubiosen staatlichen Gebildes gesorgt, das als ›Weimarer Republik‹ in die Geschichte eingehen sollte. Die Folgen sind hinreichend bekannt.«

Hermann zog die Augenbrauen zusammen. »Ach, ist das so? Das heißt, ohne Liebknecht …«

»… wäre es wahrscheinlich nie zu diesem instabilen deutschen Staat gekommen, mit dem die Nazis am Ende ein leichtes Spiel hatten. Sagen die einen. Aber das kann uns nun auch egal sein. Wie heißen Sie?«

Hermann lächelte und erhob sich halb.

»Gestatten, Hermann Fink. Angenehm.«

Er hob wieder sein Glas, und der andere prostete ihm zu.

»Freut mich, dass Sie den Faschismus überlebt haben. Mit dem Namen, meine ich.«

Hermanns Augen verengten sich, doch er sagte nichts.

»Wo waren Sie denn im Krieg, Fink?«

Hermann hatte ein frisches Päckchen Zigaretten aus der Innentasche seines Jacketts gezogen und fingerte eine heraus. Er bot Axel Schöle eine an, der sie nahm und ihnen Feuer gab.

»Norwegen.«

»Ach? Schönes Land.«

Hermann lehnte sich zurück und suchte mit den Augen die Rothaarige. Aber sie war verschwunden.

»Sehr schönes Land«, antwortete er schließlich.

»Schwere Sprache, schweigsame Menschen, die in der Dunkelheit viel bechern, habe ich gehört. Kann man ja verstehen.«

Hermann lachte.

»Na, dann wissen Sie ja schon einiges, obwohl das mit der Sprache nicht ganz stimmt. Norwegisch ist für uns Deutsche gar nicht so schwer. Nicht wie Finnisch.«

In dem Moment ertönte neben ihm eine dunkle Frauenstimme.

»Ist es erlaubt?«

Hermann sah auf und genau in das Gesicht der Rothaarigen. Ihre etwas blasse Haut war an Wangen und Stirn leicht gerötet. Im Schankraum weiter vorn hatte sich eine Polonaise formiert, die sich schwankend, grölend und klatschend in Bewegung setzte.

Sofort stand Hermann auf und zeigte mit seinem Grübchen-Lächeln auf den Stuhl neben seinem. Axel Schöle lächelte der Frau ebenfalls zu.

»Darf ich vorstellen? Das ist Lydia Reinert, eine Kollegin. Aus dem VEB Seife und Hygiene. Und das ist Hermann Fink.« Hier zögerte er eine Sekunde, um dann entschlossener fortzufahren: »Aus dem Westen.«

Hermann deutete eine kleine Verbeugung an und setzte sich dann wieder.

»Nun, ich lebe jetzt hier in der Hauptstadt. Seit Kurzem – und sehr gern.«

»Herr Fink kennt Norwegen. Er behauptete gerade, es sei gar nicht so schwer, Norwegisch zu lernen.«

Lydia Reinert blinzelte Hermann zu und schwang ihr leeres Glas in Richtung Theke. Der Wirt hatte es mitbekommen und winkte nickend zurück.

»Sie sprechen Norwegisch?«

Lydias Stimme klang rau, fand Hermann, was ihm sehr gefiel. Hermann besaß eine Schwäche für Zarah Leander. Er nickte knapp.

Lydia schmiegte ihr Kinn in ihre Handfläche und betrachtete sein rundes, freundliches Gesicht.

»Und es ist nicht so schwer, sagen Sie?«

»Nein, keineswegs, nicht wie Finnisch. Das ist ja eine ganz andere Sprachfamilie.«

»Können Sie das etwa auch?«

Hermann war sich kurz unsicher, ob er die Gelegenheit nutzen sollte, um ein wenig anzugeben, oder ob er das Ganze herunterspielen und nebensächlich machen sollte. Er war ja gerade erst angekommen.

In Ostberlin war bisher alles trist gewesen. Dies war der erste Abend, der ein bisschen wie sein früheres Leben schimmerte, ja vielleicht sogar verheißungsvoll leuchtete. Besonders, was die Rothaarige betraf.

»'n Sack Zement im Tornister.« Er hatte nicht widerstehen können.

Lydia lachte schallend auf. »Was soll das denn heißen?«

Hermann rückte ein Stück vom Tisch ab und schlug sein linkes Bein nonchalant über sein rechtes.

»Seitsemäntoista.«

Axel Schöle nahm dem Wirt das Likörchen für die Kollegin ab und stellte zwei große Bier vor sich und seinen neuen Bekannten.

Hermann grinste und nahm sofort einen Schluck aus dem frischen Glas. Er bedankte sich mit einer kleinen Verbeugung bei Schöle, der ihm wieder zuprostete.

»Noch 'n Schnäpschen dazu, Hermann? Ich sag einfach mal Hermann.«

Alex Schöle gab dem Wirt ein Zeichen, ohne Hermanns Antwort abzuwarten.

Lydia lachte immer noch, etwas zu laut.

»Klar, wir sind ja im Land der Genossen. Da sind alle per Du. Wo war ich? Also, das heißt auf Finnisch siebzehn. Wer kann sich das schon merken im ewigen Schnee und schon gar nicht in der Sauna!«

»Nackig?«

»Nackig!«

»Ach?«

Axels »Ach« klang etwas verträumt.

»Und da haben wir es uns einfach so gemerkt: 'n Sack Zement im Tornister. Eine Eselsbrücke.«

Nun fiel Hermann in Lydias und Axels Lachen ein.

»Das heißt, Sie sprechen Norwegisch und Finnisch?«

Lydia klang voller Bewunderung, und Hermann sonnte sich darin, sodass es ihm noch wärmer wurde in der überhitzten Gaststätte.

»Nun ja, mein Norwegisch ist ganz passabel, aber mein Finnisch etwas holperig, muss ich zugeben. Doch für die Sauna hat es allemal gereicht!«

Als der Schnaps kam, eröffnete Hermann seinen neuen Freunden, dass er auch recht gut Russisch sprechen konnte und natürlich Amerikanisch.

»Amerikanisch? Ach?« Nun war es Schöle, der bewundernd klang. »Ich dachte immer, das heißt Englisch.«

Hermann nickte. »Kann man auch sagen. Kommt drauf an, wer es spricht.«

»Verstehe. Zum Wohl!«

Sie kippten alle drei den Schnaps gleichzeitig. Dann erkundigte sich Hermann nach den »Genossen«.

Schöle stutzte und schaute ihn ratlos an.

»Ich muss mal austreten«, erklärte Hermann. »Für Genossen.«

Während er sich erhob, um sich durch die vollbesetzten Stuhlreihen zu kämpfen, raunte Lydia Alex Schöle zu: »Na, da habt ihr aber ein Schnäppchen gemacht!«

Ostberlin, 28. Mai 1961

Ehrlich gesagt wäre Hermann mit Lydia lieber in eine Gaststätte gegangen, aber sie hatte vorgeschlagen, einen Kollegen zu besuchen, den sie ihm unbedingt vorstellen wolle. Er habe sie zu sich eingeladen, und da könne man nicht absagen, ohne unhöflich zu wirken.

Hermann hatte wenig begeistert zugestimmt, obwohl er immer gern neue Leute kennenlernte. Er wäre gern mit Lydia allein gewesen, und außerdem fand er die wenigen Freunde, die sie ihm bisher vorgestellt hatte, nur mäßig interessant bis unsympathisch.

Axel Schöle, der sie vor ein paar Monaten miteinander bekannt gemacht hatte, hätte er da ausgenommen. Der besaß noch einen gewissen Pfiff, und eine rätselhafte Aura umgab ihn, auch wenn er in Hermanns Augen nicht unbedingt der Hellste war. Hermann hatte ihn jedoch, warum auch immer, seitdem nie mehr gesehen, und Lydia war seinen Fragen nach ihm ausgewichen.

Auch in der Gaststätte Wielands war Schöle nicht mehr aufgetaucht, die inzwischen zu Hermanns Stammkneipe in der Hauptstadt der DDR geworden war. Im Wielands fühlte er sich zeitweise fast in die Kneipen in Frankfurt am Main zurückversetzt. Nur dass kein Ebbelwoi floss. Das Bier aber war gut, die Schnäpse schmeckten genau wie früher in Breslau, leicht scharf und nach butterweichen Ähren zugleich, und Buletten waren halt Buletten. Die waren in seinen Augen sowieso ein gesamtdeutsches Phänomen und mit Mostrich fast überall passabel, egal wie sie genannt wurden.

Gussys Buletten jedoch waren unerreicht, wie er überhaupt ihre Kochkünste selbst nach all der Zeit schmerzlich vermisste. Er war sogar etwas dünner geworden. Und er musste zugeben, dass er seine Gussy auch vermisste, und natürlich die Kinder. Nach Dienstschluss war mit ihnen noch Leben in der Bude gewesen, während hier meist nur ein tristes Zimmer auf ihn wartete.

Oberst Wachsmann hatte Wort gehalten, und wenige Tage nach dem Gespräch mit ihm – oder war es doch ein Verhör gewesen? –, wenige Tage danach jedenfalls, trat Hermann als angeblicher Diplom-Zoologe seinen Dienst im Veterinäramt des Ostberliner Schlachthofs an. Wachsmann war zu seinem Dienstbeginn nicht selbst erschienen, sondern hatte einen Schergen entsandt, der ihn ausführlich instruierte, während er auf seine Fingernägel schaute.

»Ihre Republikflucht sollten Sie in Gesprächen mit Kollegen ruhig an die große Glocke hängen. So merken die Genossen, dass es genügend Menschen gibt, denen es drüben nicht gefällt und die lieber in der DDR leben möchten.«

Hermann Fink hatte genickt. Eine Hand wäscht die andere.

»Die Tatsache, dass Sie in der Bundesrepublik Deutschland eine Gefängnisstrafe absitzen müssten und sich dem durch den Aufenthalt in der DDR entziehen, ist unwichtig und lenkt nur ab. Machen Sie sich also nicht angreifbar und unglaubwürdig, indem Sie das verbreiten. Der sozialistische Mensch hat ein feines Gespür für Recht und Unrecht, und man sollte ihn nicht unnötig verwirren.«

Hermann Fink nickte wieder. Das konnte er nachvollziehen.

Auch der nicht sozialistische Mensch hatte ein solches feines Gespür und war deshalb ebenfalls leicht zu verwirren.

»Die Deutsche Demokratische Republik verhilft Ihnen zu einem Neustart. Was Sie bisher wo und in welcher Funktion getan haben, ist irrelevant. Sie stecken von jetzt an alle Energie in diesen Neustart. Das heißt ganz konkret, in Ihre Arbeit als Zoologe. Der Betriebswirt und der Steuerberater gehören in ein anderes Leben. Denken Sie immer daran: Sie sind Zoologe.«

Hermann Fink überlegte einen Moment lang. »Und wenn es jemandem auffällt, dass ich keine Ahnung habe?«

Der andere sah ihn verständnislos an.

»Das fällt niemandem auf. Meinen Sie, dass sich hier alle bestens auskennen?«

Er lachte kurz. Hermann schwieg. Ihm gefiel zwar die Vorstellung, ab jetzt als Zoologe aufzutreten, aber irgendetwas daran mochte er nicht.

»Und wenn Sie wirklich einmal nicht weiterwissen, improvisieren Sie, Mann! Sie sind doch nicht auf den Kopf gefallen! Sonst hätten Sie die Nazizeit ja nicht überlebt.«

Hermann Fink errötete nun. Dann deutete er eine Verbeugung an.

»Ich werde mir keine Blöße geben, Herr Genosse!«

In dem Moment ertönte Lydias raue Stimme genau hinter ihm. »Da bist du ja, Hermann. Wie schön, dich zu sehen.«

Er drehte sich zu ihr um. Heute trug sie trotz des warmen Wetters ein Kostüm, das so stramm über ihren Hüften und Brüsten saß, dass sie trotz der Strenge des Schnitts in Hermanns Augen sehr attraktiv wirkte.

Sie erinnerte ihn ein wenig an Greta Garbo in *Ninotschka*, einem Film, den er sich schon zweimal mit Gussy angeschaut hatte, obwohl er eigentlich nicht oft in Lichtspielhäuser ging.

Ja, Lydia hätte eine gute Spionin abgegeben, dachte er, während er sich zu ihr hinüberbeugte und ihr einen angedeuteten Handkuss gab.

Lydia deutete auf einen grünlichen Wagen, der an der Ecke parkte. Er war Hermann bisher nicht aufgefallen, obwohl es nicht viele Autos in der Hauptstadt gab.

Hermann gehörte zu den wenigen Männern, die sich weder für Autos interessierten noch eins besitzen wollten. Er nahm Autos einfach nicht wahr. Deshalb war er auch jetzt nicht sonderlich verblüfft, als Lydia ihn zu dem wartenden Auto führte. Erst als er den Fahrer erkannte, es war Axel Schöle, kratzte er sich nachdenklich am Hinterkopf. Was hatte das zu bedeuten?

Er begrüßte ihn kurz mit Handschlag und kletterte auf die Rückbank.

Bald darauf hoppelten sie über löchriges Kopfsteinpflaster in Richtung Potsdam, und Hermann musste sich am Vordersitz festkrallen, wenn Axel in die Kurven ging.

»Na, schon gut eingelebt bei uns?«, fragte ihn der Fahrer.

Zumindest glaubte Hermann, das gehört zu haben. Der laute Motor des Wagens gab den Ton an.

»Was meinst du?«

Er versuchte, sich zu erinnern, ob sie wirklich per Du waren.

Lydia drehte sich nach hinten und wiederholte Axels Frage mit einem angedeuteten Lächeln.

Hermann nickte. »Ja, ich kann nicht klagen.«

»Und die Arbeit, kommst du klar?«

Wieder überlegte Hermann, was er antworten sollte. Zoologe oder Nicht-Zoologe? Das war hier die Frage.

»Schönes Auto hast du«, umschiffte Hermann das mögliche Schlagloch in der Unterhaltung. Dass er die richtige Karte gezogen hatte, merkte er auf der Stelle.

»Das ist der neue Moskvitsch. Der Vierhundertsiebener. Gibt's bei uns erst seit letztem Jahr. Der hat fünfundvierzig PS.« Schöle strahlte.

Das sagte Hermann rein gar nichts. Trotzdem bemühte er sich, beeindruckt zu wirken.

»Hübsche Farbe.«

Lydia verzog das Gesicht. »Das meinst du nicht ernst, oder? Dieses Tschitscheringrün war ein echter Fehlgriff, und die sowjetischen Brüder mochten es wohl nicht, deshalb haben wir die Ladung abgekriegt.«

Schöle schüttelte energisch den Kopf. »Quatsch nicht, Lydia. Kein Ford oder Mercedes hat so was. Das ist der erste Allradantrieb der Welt. Die Farbe spielt doch keine Rolle.«

Den Rest der Strecke schrie Schöle die Vorzüge des Gefährts durch den Innenraum des Wagens, und als sie schließlich vor einem Tor hielten, das von einem Pförtner in Uniform geöffnet wurde, hatte Hermann das Gefühl, auf dem einen Ohr nur noch ein schwaches Pfeifen zu hören. Er steckte sich den Zeigefinger hinein und schüttelte den Kopf, als wäre er nach einem Tauchgang aufgestiegen.

Hermann schaute sich um. Mittlerweile dämmerte es, und das schwache Licht der untergehenden Sonne leuchtete durch das geschwungene Laubdach der Platanenallee, das sich über die Auffahrt zu einer imposanten Villa spannte. Auch im Sozialismus konnte eine Dämmerung überaus schön sein. Doch gleich darauf kehrte Hermann wieder in die Realität zurück.

Was zum Teufel wollte Lydia hier mit ihm, und warum

war Schöle auf einmal wiederaufgetaucht, den er seit Monaten nicht zu Gesicht bekommen hatte?

Hermann rieb sich über das glatte Kinn.

Wer hier wohl wohnte?, ging es ihm durch den Kopf. Es wirkte allerdings nicht wie ein bewohntes Anwesen, eher wie der Sitz einer komfortabel untergebrachten Behörde.

Die Auffahrt war wie leer gefegt und wurde durch die komplette Abwesenheit von Blumenrabatten in ihrer Seelenlosigkeit nur noch verstärkt. Die untergehende Sonne mit ihrem goldenen Zauber war blitzschnell verschwunden, stattdessen hatte sich ein schwarzweißes Schattenbild über die Platanen gelegt.

Kurz darauf liefen sie gemeinsam durch lange Korridore, rechts und links prangten unzählige Geweihe an den Wänden. Hermann, der nichts für die Jagd übrighatte, gruselte es ein wenig.

Gern hätte er Lydia gefragt, was sie hier sollten, doch seit sie den Moskvitsch verlassen hatten, schien sie darauf bedacht zu sein, nicht mit ihm zu reden. Sie trippelte, eifrig im Gespräch mit Schöle, vor ihm her und drehte sich nicht einmal nach ihm um. Seine Stimmung sank mit jedem Schritt auf den abgeschabten persischen Läufern.

Eigentlich hatte er schon zu Beginn seines Eintritts in die Deutsche Demokratische Republik mit so etwas gerechnet, und er war verblüfft gewesen, dass sie so lange damit gewartet hatten. Aber dass Lydia da irgendwie mit drinsteckte, missfiel ihm doch sehr. Hatte man sie etwa auf ihn angesetzt?

Der Mann, der sie in einem großen Raum mit ausladendem Erker zum Garten hin erwartete, war schätzungsweise in Hermanns Alter, um die fünfzig. Er trug eins dieser billigen Hemden aus Synthetik, die Schweiß in sich versiegelten, wie

Hermann sofort registrierte, und eine hässliche Krawatte, rauchte Pfeife und war Brillenträger.

Hermann war sehr schnell aufgefallen, dass es viel weniger Brillenträger in diesem Teil Deutschlands gab als im Westen. Das fand er kurios, und er fragte sich, woran es wohl liegen könnte. Schärfte der Sozialismus etwa die Augen? Oder gab es hier einfach weniger Augenärzte und Optiker als im Westen? Allerdings fiel ihm auch gleich die weltbekannte Firma Carl Zeiss in Jena ein. Der Osten Deutschlands war schon immer führend auf dem Gebiet der Optik gewesen. Oder wollte man es hier in der DDR vielleicht gar nicht so genau wissen?, fuhr es ihm durch den Kopf. Der Wunsch nach optimalem Sehen ergab letztendlich nur einen Sinn, wenn man wirklich etwas sehen wollte und wenn es auch etwas zu sehen gab.

»Ich freue mich, Sie kennenzulernen, Herr Fink.« Der Brillenträger hatte sich erhoben und streckte seine Hand nach Hermann aus.

Er schüttelte Hermanns Hand und ließ sie dann abrupt los, sodass Hermann fast ein wenig erschrak. Er setzte sich auf die Aufforderung des Mannes, und zu seiner Überraschung verließen Lydia und Schöle umgehend den Raum, der früher einmal das Herrenzimmer der Villa gewesen sein musste.

Die Wände waren bis auf halbe Höhe mit Eichenholz getäfelt, ein edles Bücherregal war bis zur hohen Decke mit ledergebundenen Bänden gefüllt.

In der Mitte des Zimmers stand ein runder Tisch mit zwei englischen Ledersesseln. Vielleicht war hier schon einmal Stalin gewesen, überlegte Hermann. Potsdam war gar nicht so weit, und wer weiß, möglicherweise hatte er sich ja hier zu später Stunde einst mit dem Säufer Churchill getroffen, um einen mit ihm zu heben. Das Ambiente gab es jedenfalls her.

Der Mann erkundigte sich zunächst nach der Qualität von Hermanns Unterbringung und seinem Allgemeinbefinden im sozialistischen Staat und stellte sich als Günther Müller vor, ein Name, den Hermann selbstverständlich anzweifelte. Dann folgte die erste Frage, von der Hermann den Eindruck hatte, dass sie nicht unter Geplänkel fiel.

»Ihnen gefällt die Tätigkeit im Schlachthof?«

Müller hatte sich gerade eine Pfeife gestopft und zündete sie an. Er nahm ein paar tiefe Züge und schaute sein Gegenüber abwartend an.

Hermann räusperte sich.

»Ich bin genau genommen nicht sehr tätig. Mit Tieren habe ich nichts zu tun, was ich allerdings bedauere.«

Das war eine glatte und geschmeidige Lüge, die ihm jedoch leicht über die Lippen glitt. Er hätte es sicher gehasst, sich mit dem Schlachten der Schweine, Rinder und Pferde beschäftigen zu müssen, die jeden Tag in den Schlachthof gekarrt wurden, um dort schnell und grausam getötet zu werden. Doch bisher hatte man ihn verschont. Wie lange würde das noch anhalten? Oder anders gefragt, wie viele im Schlachthof wussten, dass er keine Ahnung hatte?

»Sie überprüfen die Listen, die den Transporten beiliegen?«

Hermann nickte. Müller war bestens informiert.

»Sie fühlen sich unterfordert, Fink?«

Hermann zog ein Päckchen Juwel aus der Tasche seines Sommerjacketts. Günther Müller formulierte seine Fragen grundsätzlich als Aussagesätze. Eine Angewohnheit, die meist höhergestellte Herrschaften an den Tag legten. Wie hieß das hier noch mal? Kader?

Hermann zündete sich eine Zigarette an und blies den Rauch an die Decke. Er musste vorsichtig sein mit dem, was er sagte. Er befand sich auf glitschigem Boden. Irgendwie fühlte er sich an seinen Abgang bei der Frankfurter Polizei vor all den Jahren erinnert. Damals hatte er auch das untrügliche Gefühl gehabt, dass man mehr von ihm wusste, als ihm lieb war, und dass man das gnadenlos gegen ihn verwenden würde, wenn die Umstände es erforderten.

»Das würde ich so nicht behaupten.«

Er fühlte sich mit jeder Minute unwohler.

»Sondern?«

Müller starrte ihm direkt in die Augen. Hermann wandte sich ab.

»Ich habe eine Aufgabe zu erfüllen, die sicherlich sinnvoll ist, und es steht mir nicht an zu bewerten, ob ich mich damit unterfordert fühle oder nicht. Darum geht es nicht.«

»Sondern?«

Hermann Fink merkte, wie ihm der Schweiß ausbrach. Er nahm einen weiteren Zug und inhalierte tief.

Dann erwiderte er den Blick des Mannes.

»Es geht um das, was zum Aufbau des Sozialismus benötigt wird. Dabei müssen die Wünsche des Einzelnen möglicherweise hinter den Anfordernissen das Ganze betreffend zurückstehen.«

Hermann war jetzt wirklich ein wenig stolz auf sich. Das hatte er gut formuliert, man es könnte es glatt in einem sozialistischen Schulbuch abdrucken. Er lächelte selbstzufrieden in sich hinein.

Nun lächelte auch Müller, er lehnte sich zur Seite und goss dem überraschten Hermann ein Glas mit goldbrauner Flüssigkeit ein, das er ihm reichte.

»Georgischer Cognac. Churchills Lieblingsmarke! Die hat ihm Väterchen Stalin kistenweise geschenkt.«

Die beiden stießen an.

»Zum Wohl! Nun, Fink, wir werden Sie bereits nächste Woche zu einem Fortbildungslehrgang schicken.«

Müller hielt einen Moment lang inne und schaute Hermann halb belustigt an. Der versuchte, nicht überrumpelt zu wirken.

»Um meine Fähigkeiten als Zoologe aufzufrischen, oder wie soll ich das verstehen?«

Er nahm noch einen Schluck. Das georgische Gesöff schmeckte vorzüglich. Es war das beste Getränk, das er seit seiner Republikflucht zu sich genommen hatte. Fast verträumt drehte er das geschliffene Glas aus böhmischem Bleikristall in der Hand und schnupperte nun an seinem leeren Boden

»Noch einen? Der alte Churchill wusste, was schmeckt.«

Der Mann schenkte ihm großzügig nach.

»Und Väterchen Stalin auch.«

Hermann nahm dankbar das Glas entgegen und nippte daran.

Müller legte das eine Bein über das andere, zog an seiner Pfeife und schaute ihn dann wieder an. Sein Blick war freundlich. Sein linker Fuß wippte.

»Ich höre, Sie sprechen sehr gut Norwegisch.«

Hermann biss sich auf die Lippen. Er hatte es geahnt. Daher wehte der Wind.

»Geht so«, versuchte er, seine Kenntnisse herunterzuspielen.

»Nicht so bescheiden, Fink. Sie waren fast während des ganzen Krieges da oben.«

Woher sie das wohl wussten, ging es ihm durch den Kopf. Von Lydia? Er konnte einfach seinen Mund nicht halten.

»Sie waren im Dechiffrierbereich ein As, wird erzählt.«

Hermann schwieg.

»Was hielten Sie davon, wenn Sie Ihre Kenntnisse nun für Ihr Vaterland einsetzten?«

Hermann schwieg weiter und stellte das Glas zurück auf den kleinen Tisch aus Kirschholz.

»Das besäße doch eine schöne Kontinuität, könnte man sagen. Sie würden sogar den bezaubernd schönen Norden wiedersehen.«

Müllers Lächeln verriet ungute Hintergedanken.

»Ich glaube nicht, dass ich mich dafür eigne.«

Hermann wurde nun doch etwas nervös.

Müller nahm das eine Bein von seinem anderen und beugte sich ganz nah zu seinem Gast hinüber.

»Das müssen Sie schon uns überlassen, das zu beurteilen, Ihren Gastgebern. Wir helfen Ihnen – Sie helfen dem Staat. Eine ganz einfache Rechnung, Fink. Eine, bei der man nicht viel im Sinn behalten muss. Sie sind doch der Bilanzfachmann.«

Hermann versuchte, flach zu atmen. Sie schwiegen eine Minute.

»Und wenn ich mich weigere?«

Hermann wusste, dass er nicht gewinnen konnte. Sie hatten ihn.

Günther Müller lächelte wieder, diesmal eher gönnerhaft.

»Ach, Fink, das würde jemand wie Sie doch gar nicht erst in Erwägung ziehen. Bei Ihren Referenzen.«

»Referenzen? Wovon, bitte, reden Sie?« Hermanns Ton blieb unverändert höflich.

Müller grinste nun wirklich anzüglich, als wollte er einen dreckigen Witz zum Besten geben.

»Das muss Ihnen erst mal einer nachmachen.«

»Was, bitte?«

Hermann wäre am liebsten hinausgerannt.

»Als Unteroffizier im malerischen Norwegen statt an der Ostfront gelandet. Punkt eins. Zwischendurch noch kurz eine Schönheit ohne Arier-Nachweis geheiratet. Mit allen notwendigen Papieren. Punkt zwei. Und dem Vati Gustav ist nichts passiert. Punkt drei. Und das Ganze als Jude. Punkt vier. In Nazi-Deutschland.«

Hermann schaute ihn empört an. »Ich bin evangelisch.«

»Und wir sind keine Antisemiten. Aber wir sind auch nicht bei der Wohlfahrt. Mit dem Abhaken von Listen auf Schlachthöfen ist es nicht abgegolten, Fink. Sie sind für uns ein Goldfink, wenn Sie mir den abgegriffenen Scherz verzeihen.«

Da wusste Hermann, dass er etwas unternehmen musste.

Köln, 31. Juli 1961

Gussy richtete sich auf und versuchte, ihren Rücken durchzudrücken. Sie kniete im Schankraum vor dem Tresen auf dem feuchten, kühlen Steinboden und wrang den Putzlappen über dem schweren Zinneimer aus. Ein paar Tropfen platschten ins graue seifige Wasser.

Sie fuhr sich mit dem Handrücken über die nassgeschwitzte Stirn. Warum tat ihr denn jetzt schon der Rücken weh? Normalerweise begann der Schmerz erst, wenn sie den großen Raum mit den blankgescheuerten Tischen komplett durchgewischt hatte und sich den kleinen Nebenraum für private Feiern vornahm.

Dann hatte sie schon fast zwei Stunden auf den Knien gelegen und alles gefegt und gewischt, die Stuhl- und Tischbeine abgeputzt, die Vitrinen feucht ausgewaschen, und wenn auch die Tische gereinigt und getrocknet waren, schließlich die kleinen Vasen mit muffigen Gräsern und Blättern dorthin zurückgestellt und den blaugrauen Mostrichtiegel sowie die Behälter für das Besteck dazugelegt.

Heute tat ihr Rücken jetzt schon weh, obwohl sie noch nicht einmal die Hälfte des Gastraums geschafft hatte. Unter dem geblümten Kittel, den sie bei dieser Hitze über dem Nylonunterrock und der Unterwäsche trug, rann ihr ein Rinnsal Schweiß an der Wirbelsäule entlang.

Hoffentlich hatte der Schmerz nichts Schlimmes zu bedeuten, fuhr es ihr durch den Kopf. Vielleicht waren die Schmerzen, die vom Steißbein aus nach rechts zogen, Anzeichen für einen Hexenschuss? Hexenschuss, hatte die junge Frau Kaminski erst vor Kurzem beim Wäscheaufhängen beteuert, könne jeden treffen, egal wie jung.

Das hätte ihr noch gefehlt. Wo sie Volker doch immer öfter die letzten zwei Stockwerke hoch in die Wohnung tragen musste, weil ihm das zu schwerfiel und er über Schmerzen im Bein klagte. Sie musste unbedingt noch einmal mit ihm zu Doktor Herz gehen. Es konnte doch nicht sein, dass man nichts fand! Der Junge simulierte nicht. Das hatte der Arzt zwar ihr gegenüber angedeutet, aber Gussy konnte es nicht glauben. Warum sollte er das tun?

Eva besaß einen unbestrittenen Hang zum Drama, das war klar, obwohl auch sie Gussy niemals anlügen würde – aber Volker? Der kleine Volker? Der am liebsten mit Lego und Matchbox-Autos spielte? Nein, sie glaubte, dass ihm das rechte Bein wirklich wehtat, wenn er sich zu sehr anstrengte.

»Na, Frau Fink, ein Päuschen?«

Gussy zuckte zusammen, als sie hinter sich die heisere Stimme von Benno Peskoller hörte, dem Besitzer der Gaststätte im Herzen ihres Stadtteils.

Nach ihrem Einzug vor über einem Jahr hatte sie hier ihre erste Putzstelle gefunden, für die sie sehr dankbar war. Jeden Montag-, Mittwoch- und Freitagmorgen wischte sie in fünf harten Stunden die ganze Gaststätte blank, einschließlich der verschmierten und verklebten Küche. Dafür erhielt sie neun Mark, was sehr nobel war, denn Gussy wusste mittlerweile, dass das nicht alle Putzfrauen für eine ähnliche Aufgabe bekamen.

Frau Peskoller, die Altchefin, hatte sich dafür eingesetzt, weil es schwere Arbeit sei, wie sie ihrem Sohn gegenüber betont hatte, als Gussy sich damals vorstellte.

Die Chefin hatte Gussy heute Morgen noch nicht gesehen. Normalerweise brachte sie ihr gegen zehn ein Kännchen Kaffee und ein Brötchen mit Leberwurst.

»Zur Stärkung!«, wie sie immer freundlich sagte, während sie ihr das silbern schimmernde Tablett aus dem Ausschank hinstellte und ihr zulachte. Nun war es schon nach halb elf.

Bei den beiden alten Damen Kohl, verwitwete Schwägerinnen, deren Männer im Krieg geblieben waren und die nicht miteinander sprachen, sondern nur im absoluten Notfall Zettel austauschten, putzte sie am Donnerstagmorgen und am Samstagvormittag. Das waren ihre drei Putzstellen.

Dazu kamen die Stunden in der Stadtteilbücherei. Die bereiteten ihr wirklich Freude. Sie liebte die Arbeit mit den Büchern.

So kam Gussy knapp über die Runden. Da durfte nichts schieflaufen, wie krank werden, zum Beispiel.

Gussy stand mühsam auf und fuhr sich mit der Hand über den Rücken.

»Kann man helfen?«

Gussy spürte Peskollers Atem unangenehm im Nacken und trat instinktiv einen Schritt nach vorn.

»Danke, Herr Peskoller, es geht schon. Wo ist denn Ihre Frau Mutter? Ich habe sie heute noch gar nicht gesehen.«

Peskoller kratzte sich kurz hinterm Ohr und ging zum Tresen, wo er nach einem Kölsch-Glas griff und es in die Spüle stellte.

»Sie ist beim Arzt. Wird wohl bald zurück sein«, brummte er schließlich.

Hoffentlich, dachte Gussy. Ihr gefiel es nicht, so allein mit dem Mann zu sein. Es war ihr unangenehm, seit sie bemerkt hatte, wie er sie immer wieder, wenn er sich unbeobachtet glaubte, mit gierigen Blicken verfolgte. Wenn die Mutter da war, hielt er sich meist fern, aber heute war ein schlechter Tag.

Das hatte sie schon im Gefühl gehabt, als ihr am Morgen die feine Frau Schürmann aus dem zweiten Stock, genau unter ihr, im Treppenhaus entgegenkam und kaum dass sie sich an Gussy vorbeigedrängt hatte, mit spitzen Lippen »Das war gestern Abend wieder viel zu laut, Frau Fink« herabflötete.

»Sie haben wohl Ihre Kinder nicht im Griff! Kein Wunder, so ohne Vater …«

Noch bevor Gussy ihr etwas entgegnen konnte, hatte sie schon die Wohnungstür zugeworfen, und Gussy stand betreten da. Die Kinder waren sicher nicht zu laut gewesen, es waren eben Kinder, und sie konnte sie nicht anbinden.

So hatte ihr Tag begonnen.

»Haben Sie schon die Speisekammer gemacht, Frau Fink?«

Peskoller hatte Wasser in die Spüle gelassen und war gerade dabei, die letzten Gläser vom Vorabend abzuwaschen, ohne Gussy anzusehen.

Sie nahm ihren Eimer, den Lappen und den Wischmopp, um hinten im Schankraum weiterzumachen, wo sie beim Schrubben seinen Blicken nicht ausgesetzt wäre.

»Die mache ich immer zuletzt, Herr Peskoller. Immer erst die Schankräume, dann die Küche und als Allerletztes die Speisekammer dahinter.«

Sie versuchte, munter und unbeschwert zu klingen, wie es ihre Art war. Doch sie spürte, dass es ihr heute nicht gelingen wollte. Es irritierte sie, dass er ihr beim Putzen zusah. Nicht weil er der Chef war und sie fürchtete, kontrolliert zu werden, nein, das hätte sie nicht aus der Ruhe gebracht. Sie fühlte sich vielmehr durch seine Blicke bedrängt. Er rückte ihr so, wie sie fand, viel zu nahe.

Peskoller hatte nach dem Tuch gegriffen und hauchte und polierte gründlich ein Glas.

»Ich möchte, dass Sie die Speisekammer jetzt schon machen. Wir bekommen im Laufe des Morgens neue Ware.«

Gussy hatte sich aufgerichtet und schaute ihn überrascht an.

Widerwillig packte sie ihre Utensilien zusammen und marschierte durch die Küche zu der kleinen Kammer an ihrem hinteren Ende. Als sie die Kammer erreicht hatte, musste sie schlucken. Hier hinten fühlte sie sich von allem abgeschnitten. Es gab keinen Blick zur Straße, keinen zu den anderen Räumen, überhaupt kein Fenster.

Schon öfters hatte sie beim Putzen der Speisekammer gedacht, dass sie niemand hören würde, wenn ihr hier etwas zustöße. Wenn jemand zufällig die Tür abschlösse, nicht ahnend, dass sie hier drinnen war. Niemand würde ihre Hilferufe hören, solange die Küche leer war. Normalerweise kam die Köchin gegen elf, aber nicht heute, am Montag, dem Ruhetag.

Gussy begann hastig die Regale abzuwischen und die Dosen zur Seite zu schieben.

Ihre Fantasie raste und entfachte Wellen der Angst in ihr. Wenn doch nur die Chefin käme!

Was, wenn sie die Tür der Kammer selbst absperren würde, der Schlüssel steckte ja von außen? Nur zu ihrem eigenen Schutz?

Gussy fühlte sich wie in einer Falle, die jeden Moment zuschnappen konnte.

Plötzlich hielt sie in ihrer Bewegung inne. Waren da Schritte in der Küche?

Sie hielt den Atem an. Als sie nichts weiter vernahm, bückte sie sich zum Eimer und langte nach dem Feudel. Noch ganz schnell den Boden wischen, und dann konnte sie zurückeilen. Ihre Hände flogen, und der Schmerz im Rücken hatte sich davongemacht.

Da stand Peskoller plötzlich in der Tür und füllte sie mit seinem Körper aus. Gussy war sich sicher, dass sie seine scharfe Ausdünstung riechen konnte. Sie merkte, wie ihr speiübel wurde und versuchte, ganz flach zu atmen.

Er verzog sein aufgedunsenes Gesicht zu einem breiten Grinsen und nickte anerkennend.

»Gut machen Sie das, Frau Fink. Ich bin sicher, dass Sie andere Dinge auch gut können.«

Langsam kam er näher und vergaß nicht, die Tür hinter sich zuzuziehen.

Gussy erstarrte in ihrer Bewegung. Die Falle war zugeschnappt.

»Ich weiß nicht, was Sie meinen, Herr Peskoller.«

In ihrem Kopf raste es. Sollte sie ihn wegstoßen und an ihm vorbei nach draußen rennen?

Der Mann, der Mitte vierzig sein mochte, verzog den Mund. Sein Grinsen war hässlich, fand Gussy, abstoßend.

»Sie sind doch eine hübsche kleine Frau und so ganz allein auf der Welt. Da sollte man nicht aus der Übung kommen.«

Gussy hielt den Mopp und den nassen Lappen wie einen Schild und eine Lanze vor ihren Körper. Sie zitterte, doch wollte sie auf keinen Fall, dass er ihre Angst spüren konnte.

»Ach, Herr Peskoller, ich bin nicht allein auf der Welt, ich habe ja die Kinder, die sind mein Ein und Alles«, entgegnete sie und war sich nicht sicher, ob er ihre vorgetäuschte Munterkeit durchschaute.

Peskoller trat einen weiteren Schritt auf sie zu, und nun drang nicht nur sein widerlicher Geruch, sondern auch seine Körperwärme zu ihr, überschwemmte und lähmte sie. Er hob beide Hände und griff nach ihr, als nähme er sich endlich das, was ihm seit Langem zustand.

Gussy versuchte, ihn mit aller Kraft wegzustoßen, und merkte, wie ihr Tränen über das Gesicht rannen.

Er krallte sich mit einer Hand an ihrer Schulter fest, fasste unter ihre Kittelschürze und den Unterrock und knetete mit der anderen ihre linke Brust, sodass es schmerzte.

Gussy wehrte sich heftig und begann, mit Lappen und Mopp wie ein gefangenes Tier um sich zu schlagen.

»Du verdammtes Flittchen, du willst es doch auch! Tu doch nicht so, als wärst du eine Mimose!«

Er ließ einen Moment von ihrer Brust ab, um sich die Hose aufzuknöpfen. Gussy schrie aus voller Kehle, niemand würde sie hören, aber sie versuchte, ihn mit aller Kraft zur Seite zu stoßen. Als es ihr nicht gelang, warf sie sich gegen seinen Körper und bohrte ihre Fingernägel in seinen Hals. Peskoller brüllte auf.

In dem Moment wurde die Tür aufgerissen, und die alte Frau Peskoller stand in Hut und Mantel vor der Speisekammer.

»Was ist denn …?«

Gussy drängte sich an dem Mann und an seiner Mutter vorbei und rannte, so schnell sie konnte, durch die Küche in den leeren Schankraum. Im Eingangsbereich der Gaststätte riss sie ihre Tasche und ihre Sommerjacke vom Haken und floh auf die Straße.

Einige Passanten starrten sie verblüfft an, als sie aus dem Gasthof auf das Trottoir stürmte. Doch als nichts weiter passierte, gingen sie tuschelnd vorbei, nicht ohne sich noch mehrmals nach ihr umzudrehen.

Gussy schaute an sich herunter. Sie trug ihre Kittelschürze, der eine Träger des rosafarbenen dünnen Unterrocks hing abgerissen herab, aber das kümmerte sie nicht.

Sie atmete mehrmals tief ein und aus, richtete den Kittel, sodass es wieder einigermaßen anständig aussah, und wischte sich den Rest der Tränen aus dem Gesicht. Dann steuerte sie den kleinen Selbstbedienungsladen an.

Es war der letzte Tag des Monats, und ohne das Geld der Peskollers hatte sie nichts, um den notwendigen Einkauf zu bezahlen. Gussy überlegte fieberhaft.

Zwar hatte Herr Burger, der Besitzer, sie in der Vergangenheit mehrfach anschreiben lassen, aber Gussy war es immer sehr unangenehm gewesen, ihn darum zu bitten. Für sie war es, wie um Almosen zu betteln, und sofort hörte sie die mahnende Stimme ihrer Mutter Erna: *Keine Almosen, Augusta. Das ist das Schlimmste. Das nimmt dir die Würde.*

Deshalb war sie auch nicht auf den Gedanken gekommen, zum Sozialamt der Stadt zu gehen und um Unterstützung zu bitten, als von Hermann kein Unterhalt für die Kinder kam.

Es gab keinen anderen Ausweg, dachte Gussy.

Als sie dem kleinen Spar an der Ecke näher kam, hoffte sie inständig, dass Herr Burger allein im Laden sein würde.

Ihre Schritte wurden zögerlich.

Herr Burger war hilfsbereit, und Gussy wusste, dass sie nicht die Einzige war, die am Monatsende anschreiben ließ. Doch war es stets eine Überwindung für sie, ihn darum zu bitten.

Aber wie sollte sie die Kinder sattkriegen? Ohne das Geld

von der Putzstelle? Sie schauderte bei dem Gedanken an eben. Sie würde niemals dorthin zurückkehren.

Die Klingel an der Ladentür klang hell und einladend wie immer, als hätte es nie eine Speisekammer gegeben.

Der winzige Laden war, seit es modern geworden war, sich selbst zu bedienen, mit einigen Regalen vollgestellt worden, in denen immer mehr Waren in Dosen oder bunten Kartons auf die Kundschaft warteten. Neben der frischen Milch, die man in mitgebrachte Kannen füllen ließ, wurden nur noch Obst, Gemüse, gute Butter und Quark an der Theke von Frau Wollenhaupt abgewogen und abgemessen, in fettiges Papier eingeschlagen und schließlich wie ein kleines Geschenk dem Kunden überreicht.

Seitdem hatte sich auch der Geruch im Laden stark verändert, war Gussy aufgefallen. Es hing kein Hauch von malzigem Zucker oder staubig pulvrigem Mehl mehr in der Luft. Nur der unverwechselbare Duft von Kaffee war geblieben, da man sich die Bohnen noch mahlen ließ, wenn man sie kaufte, bevor sie dann in den Beutel zurückgefüllt wurden. Die elektrische Kaffeemühle prangte an der Wand, und besonders die Kinder mochten sie.

Auch Schokolade roch nicht mehr, seit sie in Stanniol gewickelt in feinem Papier steckte.

Herr Burger schien zu Gussys großer Erleichterung tatsächlich allein zu sein. Versonnen saß er in seinem grauen Kittel an der neuen Kasse, auf die man den Einkaufskorb aus Metall stellte, damit er abrechnen konnte.

Er hob den Kopf, als die Türklingel ertönte und nickte Gussy freundlich zu.

Frau Wollenhaupt rumorte im Lager, aber wenn sie mitgehört hätte, wäre das Gussy egal gewesen. Die hatte es mit ihren fünf Kindern auch nicht leicht, und der Mann war kriegsversehrt.

»Darf ich Sie kurz um etwas bitten, Herr Burger?«

Schließlich konnte sie nicht den Korb füllen, um an der Kasse erst zu offenbaren, dass sie die Waren nicht bezahlen konnte.

Er lächelte sie an, nickte wieder und schien sich über ihre Schürze nicht zu wundern.

»Wie kann ich Ihnen helfen, Frau Fink?«

»Mir ist heute eine Putzstelle abgesagt worden«, log Gussy, »und jetzt am Monatsende ist es bei mir etwas eng geworden, und da wollte ich Sie bitten, ob …«

Burger nickte verständnisvoll.

»Selbstverständlich. So etwas kann immer mal passieren. Ich schreibe es auf, ich weiß ja, dass Sie das ganz schnell wieder ausgleichen werden, liebe Frau Fink. Wir kennen uns ja.«

»Danke«, hauchte Gussy.

Sie griff nun erleichtert nach dem Einkaufskorb neben der Kasse. Ihr fiel ein Stein vom Herzen.

Gussy lief den schmalen Gang entlang und nahm nur eine Tüte Mehl von der preiswerten Sorte. Die war, wie sie wusste, genauso gut wie die etwas teurere.

Was noch? Nudeln?

Sie hatte ihre Liste normalerweise im Kopf, aber heute war alles durcheinander.

Margarine, die war im gekühlten Regal um die Ecke, dort wo Herr Burger auch diese neumodische saure Milch mit dem Obstkompott obendrauf anbot – Joghurt, ja, so hieß es.

Als sie in den nächsten Gang einbog, wäre sie fast auf ihn geprallt. Unverrückbar stand dort ihr Nachbar, der alte Herr Perlwitz, und hatte sich zu den Marmeladengläsern hinuntergebückt. Es war also doch jemand im Laden gewesen, er musste alles mitgehört haben.

Gussy wäre vor Scham fast im Boden versunken, besonders weil es jemand war, der sie kannte.

Perlwitz richtete sich auf und lüftete seinen geflochtenen Sommerhut.

»Guten Tag, Frau Fink! Schön, Sie zu sehen. Ich dachte, Sie arbeiten um die Zeit bei Peskollers?«

Gussy warf ihm einen abweisenden Blick zu.

»Guten Tag, Herr Perlwitz. Wie geht es Ihrer Frau?«

»Danke der Nachfrage.«

Er schien nach Worten zu suchen.

»Einen angenehmen Tag noch, Herr Perlwitz, und grüßen Sie zu Hause.«

Gussy versuchte, sich im engen Gang an ihm vorbeizuquetschen. Herr Perlwitz trat zur Seite, was kaum ging, um ihr höflich Platz zu machen.

»Der Iwan führt etwas im Schilde«, brachte er im Flüsterton heraus, als sie fast an ihm vorbei war.

Gussy kannte seine Wichtigtuerei. »Tatsächlich? Na so was.«

Sie versuchte, möglichst schnell außer Hörweite von Perlwitz zu kommen. Wer weiß, was als Nächstes käme? Sie hielt ihn aufgrund früherer Bemerkungen für einen alten Nazi und wollte nicht mit ihm über Politik reden.

»Das weiß ich von meinem Sohn in Leipzig!«, raunte er. »Da geht was vor, sagt der. Sie werden schon sehen und an mich denken!«

»Auf Wiedersehen, Herr Perlwitz.«

Gussy hatte fast die sichere Zone um die Margarine erreicht und hörte ihn nur noch grummeln.

Eine kleine Dose Tomatenmark landete auch in dem modischen Metallkorb, den Gussy normalerweise über dem Arm trug wie die schicken Damen in der Fernsehwerbung. Sie fühlte sich dann immer ein wenig in die große weite Welt versetzt und nicht gefangen in diesem neuen Stadtteil des Kölner Westens, in dem sie mit den Kindern ganz allein war.

Heute jedoch würdigte sie den Einkaufskorb keines Blickes.

Sie musste an neues Waschpulver denken, morgen war ihr Waschtag, versuchte sie, sich auf das zu konzentrieren, was sie zu erledigen hatte. Aber der schwere, ekelhafte Atem von Peskoller hüllte sie immer noch ein, und es gelang ihr nicht, sich von ihm zu befreien.

»Frau Fink? Geht es Ihnen gut? Sie sind ja ganz blass.«

Die Stimme von Frau Wollenhaupt erreichte sie von ganz weit weg.

Gussy nickte und nahm ihre ganze Kraft zusammen.

»Ja, ja, es ist nur so heiß heute.«

Schweiß rann ihr über das Gesicht, obwohl es dunkel und verhältnismäßig kühl im Laden war.

»Setzen Sie sich doch, bitte.«

Herr Burger hatte seinen Stuhl hinter der Kasse hervorgezogen und ihr hingeschoben. Frau Wollenhaupt kam mit einem großen Glas kaltem Wasser, das Gussy dankbar annahm.

Etwas später, lange nachdem Herr Perlwitz bezahlt hatte und gegangen war, denn Gussy mochte nicht in seiner Gesellschaft die zehn Minuten zurücklaufen, machte sie sich selbst erschöpft auf den Weg nach Hause.

An der Ecke stieß die kleine Straße mit Evas Schulweg

zusammen, und wie es der Zufall wollte, genau in dem Moment trafen sie aufeinander.

Gussy schluckte.

Da stand Eva mit ihrem Schulranzen: klein, zerbrechlich, mit ihren dünnen Haaren, die sie wegen der Hitze heute in zwei Schwänzchen trug, die grotesk von ihrem Kopf abstanden.

»Mutti!«

Gussy winkte ihr sofort, als sie sie entdeckt hatte, und Eva rannte auf sie zu. Gussy breitete die Arme aus und ging in die Hocke. Sie fing Eva auf und verbarg ihr Gesicht für einen Moment an ihrem Hals. Dann drückte sie ihre Tochter, und Eva drückte ganz fest zurück.

Gussy stand auf, und Eva blickte sie aufmerksam an.

»Hattest du einen schönen Vormittag, Mutti?«

Gussy überlegte und schluckte. Dann lächelte sie ihre Tochter an.

»Ja, Eva, ich hatte einen schönen Vormittag.«

Ostberlin, 11. August 1961

Er lüftete gern seinen Hut. Zwar entblößte er damit für einen Moment seine Halbglatze, die er sich, wie er nie müde wurde zu erzählen, als junger Mann durch einen Schwimmunfall erworben hatte, doch wenn er den Kopf zum Gruß neigte, ging das immer mit einem freundlichen Lächeln einher, das leicht spöttisch wirkte.

»Guten Abend, Herr Fink. Schon so früh vom Schlachthof zurück?«

Die Stimme des greisen Mannes schnarrte leicht. Er warf eine Zigarettenkippe in eine Pfütze im Rinnstein.

Hermann Fink blieb bereitwillig stehen, statt Eile vorzutäuschen. Ihm war es egal, ob der Nachbar ihn abgepasst hatte, um ihn auszuspionieren. In seiner ersten Zeit hier drüben war das noch anders gewesen, und es hatte ihn ziemlich viele Nerven gekostet, damals. Das war nun schon fast zwei Jahre her.

Kaum hatte man ihm nach ein paar Monaten die schäbige Einraumwohnung in der Thaerstraße am Prenzlauer Berg zugewiesen, stand schon der Nachbar von ganz unten vor der Klotür im dritten Obergeschoss und erwartete ihn. Die Hände, die er in die Hüften gestemmt hatte, verrieten eine Mischung aus Unwillen und Unsicherheit.

Hermann Fink hatte sich mit seinem Koffer in Tschitscheringrün, einem ziemlich großen Pappkarton und seiner prallen, abgeschabten braunen Aktentasche die Holztreppe in den dritten Stock hinaufgequält. Unter die rechte Achsel hatte er sich einen Mopp geklemmt, den man ihm in der

Arbeit geliehen hatte. Es roch angenehm streng nach Sigella Bohnerwachs.

»Na, ham Se sich schon eingelebt?«, fragte ihn der Alte damals.

Hermann nickte, sog fast genießerisch den Wachsgeruch ein und wollte weiter. Der Nachbar stellte sich ihm so in den Weg, dass Hermann nicht anders konnte, als sein Gepäck abzustellen. Ihm lag etwas auf den Lippen, doch der andere war schneller.

»Der Mieter vor Ihnen hat rübergemacht. Hat alles dagelassen, klar. Da ham Se jetzt keine Probleme mit den Möbeln. Müsste alles da sein. Wenn Ihnen was fehlt, fragen Se ruhig. Irgendwas findet sich immer. Ich bin so 'ne Art Hausmeister hier, Vogt, Paule.«

Hermann schaute ihn freundlich an und streckte ihm dann die Hand hin.

»Genosse Vogt«, setzte der Alte noch hinzu, als erwartete er auf diesen Zusatz eine Reaktion.

Aber Hermann Fink reagierte nicht.

»Bei uns hält man zusammen.«

Er ergriff nun Hermanns Hand und schüttelte sie förmlich.

Hermann nickte und hob den Karton auf.

»Sie sind doch Diplom-Zoologe, hab ich gehört.«

Hermann stellte den Karton wieder hin, sagte jedoch nichts.

»Wenn Sie mal Zeit haben … Unser Hansi singt nicht mehr so wie früher. Wär schön, wenn Sie sich den mal anschauen könnten.«

Hermann knöpfte sich den Mantel auf, der über dem Bauch etwas spannte, und lächelte nun wieder.

»Ich bin kein Tierarzt. Aber ich habe über die Jahre selbst viele Hansis gehabt und kenne mich ein wenig mit Singvögeln aus. Ich schau gern mal die Tage vorbei.«

Hermann griff nach dem Koffer und beeilte sich, die Treppe hinaufzusteigen.

»Da, wo Sie früher gewohnt haben, als Sie noch nicht geschieden waren, meinen Sie? Wann kommen denn Ihre Kinder zu Besuch?«

Der Mann rief die Fragen zu Hermann hinauf, der sich schon auf den nächsten Treppenabsatz geflüchtet hatte. Er grinste, unterdrückte ein Seufzen und zog geräuschvoll den Schlüssel aus seiner Manteltasche.

»Bald!«, rief er von oben hinunter.

Die Wohnungstür sprang auf, und er suchte nach dem Lichtschalter im Flur. Dann warf er sie erleichtert hinter sich zu.

Das war kurz nach seinem Einzug im Januar 1960 gewesen.

Und jetzt stand er wieder im Treppenhaus vor seinem Nachbarn, der ihn misstrauisch beobachtete.

»Es gab heute im Schlachthof nichts mehr zu tun, Herr Vogt. Es kamen keine Tiere mehr. Deshalb haben sie uns früher ins Wochenende geschickt.«

Der Nachbar kam einen Schritt näher. Er roch säuerlich nach Bier, stellte Hermann fest.

»Wissen Sie, warum sie keine Tiere mehr geschickt haben?« Vogt tat vertraulich.

Hermann tat im Gegenzug ahnungslos. Er zuckte nur die gedrungenen Schultern.

»Es ist schon alles abgesperrt, erzählt man sich.«

Nun machte der Nachbar ein wichtiges Gesicht.

»Wieso abgesperrt?« Hermanns hellblaue Augen verengten sich.

Der Nachbar kicherte. »Denken Sie doch mal scharf nach.«

Hermann brauchte nicht scharf nachzudenken. Seit Tagen hatte es im Schlachthof hinter vorgehaltener Hand die Runde gemacht, und in der Gaststätte Wielands wurde abends ganz offen darüber gesprochen: In der Hauptstadt ging etwas vor. Einige behaupteten sogar, die Hauptstadt würde komplett abgeriegelt.

»Wie wollen sie das denn machen? Mit den ganzen Bussen und der S-Bahn? So'n Quatsch!«

Andere mutmaßten, der Staat wolle ein Exempel statuieren und eine Mauer bauen.

»Wie soll das denn gehen? Durch die ganze Stadt? Quatsch mit Soße! Das machen die Alliierten doch nicht mit! Nie und nimmer.«

»Vielleicht nur 'ne ganz kleene Mauer. Nur 'ne symbolische Mauer sozusagen.«

»Noch größerer Quatsch!«

»Und was ist mit dem ganzen Klumpatsch?«

»Welchem Klumpatsch?«

»Na, mit den Lastern von VEB Baustoffwerke, die die ganzen Steine hierhertransportieren. Denk, was du willst.«

Da war Hermann klar geworden, dass es nichts mehr zu überlegen gab, nichts mehr abzuwägen.

Er schwitzte, als er seinen verbeulten Pappkoffer vom Schrank hievte, mit dem er hier angekommen war.

Es hatte ihm damals im Herbst gefallen, Hals über Kopf zu fliehen und hier in der Hauptstadt der DDR sein neues Quartier aufzuschlagen. Hermann fand es anfangs sogar ein bisschen exotisch. Man hatte einiges über das Ostberliner

Nachtleben gehört. Nun gut, die Mulackritze, kurz auch Ritze genannt, gab es leider seit ein paar Jahren nicht mehr, aber das Scheunenviertel existierte noch ein kleines bisschen mit seinem legendären Nachtleben. HWGs gab es in Berlin sogar ganz offiziell. Diese Abkürzung fand Hermann köstlich. So bezeichnete man Menschen mit »häufig wechselndem Geschlechtsverkehr«.

Gefeiert wurde hier viel, hatten ihm andere Republikflüchtige immer wieder versichert, als er noch nicht wusste, dass er auch bald zu ihnen gehören würde. Da war er noch im Westen gewesen und hatte überlegt, ob er »rübermachen« sollte.

Er warf die Kleidungsstücke, ohne sie zu falten, in den Koffer. Er musste weg. Jetzt. Sofort.

Hermann Fink traute dem Volksmund. Das hatte er immer schon getan – und er war gut damit gefahren. Damals in Breslau, dann auf der Flucht. Später, als er in Frankfurt bei der Sitte arbeitete. Als er mit Gussy allein in Frankfurt saß und sie Kinder wollte.

Er setzte sich kurz auf das Bett und steckte sich eine Zigarette an. Salem, seine alte Marke. Die hatte ihm die Kollegin aus der Buchhaltung von ihrem Ausflug in den westlichen Teil der Stadt mitgebracht. Dafür hatte er ihr ein bisschen den Hof gemacht. Das tat ja nicht weh. Er machte gern Damen den Hof.

Gussy hatte darüber hinweggesehen. Sie hielt zu ihm, hatte sie immer beteuert. Was auch geschehe. Gussy war eine perfekte Ehefrau und Mutter gewesen, sinnierte Hermann. Eine wunderbare Frau. Eigentlich zuverlässig und treu. Immer für ihn da. Die Familie, so hatte sie immer beteuert, sei ihr heilig.

Hermann lachte verbittert und zog an der Zigarette. Was konnte der Tochter eines Kommunisten schon heilig sein?

Jetzt war Gussy fort. Eines Tages hatte sie ihre zwei gemeinsamen Kinder genommen und war gegangen. Ein für alle Mal, wie sie behauptet hatte. Sie hatte standhaft und entschieden geklungen. Mit einem Anflug von Nervosität in der Stimme. Für ihren Abgang hatte sie sich die hauchdünnen weißen Handschuhe übergestreift.

Damit hatte er nicht gerechnet. Nie im Leben hätte er damit gerechnet.

Hermann drückte die Zigarette in dem kleinen Aschenbecher aus, eine geschnitzte Eule bewachte die Kippen.

Er stand auf und warf auch die Socken in den Koffer, die er mit beiden Händen aus der Schublade schaufelte. Und den Ersatzsockenhalter gleich hinterher. Bei den Fahrradspangen zögerte er einen Moment, ehe er die leicht angerosteten Metallklammern nahm und sie behutsam unter die Socken schob. Das waren seine Maskottchen. Er trug sie seit der Tour de France. Die war er in den frühen Dreißigerjahren gefahren, hatte er immer stolz erzählt. Erzählen kostete ja nichts.

Das Radfahren war ein Teil seines Lebens gewesen. Und die Sechstagerennen, die er in Frankfurt kurz nach dem Krieg als einer der Organisatoren hatte wiederauferstehen lassen. Das hatte es ihm erleichtert, am Main Fuß zu fassen, als alles in Trümmern lag. Vielleicht würde er irgendwann mal wieder Rad fahren können, demnächst wohl eher nicht.

Es klopfte, und Hermann zuckte zusammen. Dem Vogt Paule, seinem Nachbarn, dem alten Kumpel des Vereins »Horch und Guck«, sollte er seine Fluchtpläne besser nicht offenbaren.

Energisch klappte er den Koffer zu und trug ihn in das winzige Bad. Dann schloss er sorgfältig die Tür und ließ seinen Blick durch das Zimmer mit der armseligen Küchenzeile schweifen. Die Wand über der Spüle war mit Elefantenhaut überzogen, die zu alt und zu brüchig war, um noch vor Flecken zu schützen. Jemand, möglicherweise der Vormieter, hatte in einem Anfall von Wut, Verzweiflung oder im Vollrausch eines Tages sein bescheidenes Mahl einfach an diese Wand gepfeffert.

Hermann starrte einen Moment lang auf den Flecken. Bisher hatte er es immer vermieden, genauer hinzuschauen. Dann drehte er sich um und betrachtete das Zimmer. Nein, es sah nun nicht mehr nach überstürzter Abreise aus. Es wirkte lediglich hoffnungslos, was etwas vollkommen anderes war. Für Hermann bestand zwischen Republikflucht und Hoffnungslosigkeit kein Zusammenhang. Den mochten andere sehen, er nicht.

»Herr Fink!«

Vogts Stimme klang nun eindeutig nach Schnaps. Hermann kannte sich da aus. Er öffnete die Wohnungstür einen Spaltbreit.

»Herr Vogt, ich bin müde und richte mir gerade das Abendbrot. Was gibt es denn?« Er wollte nicht verärgert klingen.

Vogt hielt ihm eine kleine runde Schachtel entgegen. Er schwankte tatsächlich ein wenig, wie Hermann belustigt registrierte.

»Das hab ich vorhin vergessen. Das hat eine Dame für Sie abgegeben. Wir haben heute hinten eine kleine Familienfeier.«

Hermanns Gesicht hellte sich auf der Stelle auf.

»Tatsächlich? Was für eine Dame? Hat sie was gesagt?«

Er nahm die Schachtel entgegen. Sie war in braunes Papier eingeschlagen.

Der alte Hausmeister kratzte sich am Kopf und bohrte dann in der linken Ohrmuschel.

»Die, die schon häufiger bei Ihnen übernachtet hat. Die rothaarige.«

Er klang treuherzig und gar nicht hämisch. Hermann blickte kurz auf. Er hätte ihm niemals böse sein können, selbst wenn er nicht innerhalb der nächsten Stunde die DDR verlassen hätte. Der tat auch nur seine Arbeit, um seine tristen Tage zu füllen. Armer Teufel.

»Danke, Herr Vogt. Einen schönen Feierabend noch.«

Er wollte die Tür schließen, doch Vogt schob schnell den Fuß dazwischen.

»Übrigens geht es dem Hansi schon besser. Er zwitschert wieder. Der Tipp mit dem Futter, den Sie mir gegeben haben, hat geholfen. Danke.«

Hermann wartete lächelnd und mit der Türklinke in der Hand darauf, dass Vogt endlich verschwand. Stattdessen öffnete der Alte noch einmal den Mund.

»Wer jetzt nicht geht, kommt nicht mehr raus.«

Hermann runzelte die Stirn und starrte ihn an. »Ja, und? Weshalb sagen Sie mir das?«

Vogt wirkte nun, als hätte er Angst vor der eigenen Courage bekommen. Er trat fast erschrocken einen Schritt ins düstere Treppenhaus zurück.

»Ich wollte es nur sagen. Wegen Hansi.«

Damit drehte er sich um, griff etwas unsicher nach dem gedrechselten Geländer und schlurfte zögernd die Treppe hinunter. Er warf keinen Blick zurück.

Nun wusste Hermann, dass er Ostberlin nicht mehr mit dem Koffer verlassen konnte. Dafür war es zu spät.

Er holte die Hosenklammern wieder heraus und steckte

sie in die Innentasche seines Sommerjacketts. Dann griff er auf dem Nachttisch nach der Fotografie mit dem weißen Rand, der an Spitzendeckchen erinnern sollte. Sie zeigte seine beiden Kinder. Ein Mädchen mit dünnen blonden Haaren und einer verrutschten Schleife im Haar hielt einen kleinen Jungen im Samtanzug an der Hand. Der Kleine drehte sich von der Kamera weg, während das Mädchen die Linse fixierte, als wollte es seinem Schicksal tapfer entgegentreten.

Hermann nahm das Schwarz-Weiß-Foto aus dem Rahmen und steckte es zu seinem neuen Personalausweis in die Brieftasche. Die Schachtel im braunen Papier legte er in seine verbeulte Aktentasche, das einzige Gepäckstück, das er nun mitnahm.

Als er kurz darauf mit schnellen Schritten über die dämmrige Straße lief, hörte er hinter dem Grundstück seines Miethauses Gesang. Hermann blieb stehen und versuchte aufzuschnappen, was bei der Vogt'schen Familienfeier im Garten gesungen wurde.

Die Straßenlaternen sprangen an und tauchten alles in ein trübes Licht, das sich im nassen Kopfsteinpflaster spiegelte und ihn auf der Stelle traurig machte.

»So ein Tag, so wunderschön wie heute!«

Die Straßen waren ohne Menschen, ohne Autos.

Es war nicht zu fassen. Sicher, wir Deutschen können es einfach nicht lassen, ging es ihm durch den Kopf. Warum sind wir nur so?

Er dachte nach. Was hatte wohl sein Vater gesungen, der Gustav mit dem akkuraten wilhelminischen Schnauzer, der Friseur aus Wien, der angeblich Jude gewesen war, damals als er sich als Freiwilliger für Kaiser und Vaterland im Ersten Weltkrieg zum Sterben meldete?

Da war Hermann gerade mal zwei Jahre alt gewesen, und die Mutter hatte ihren wohlfrisierten Kopf geschüttelt und ihrem kleinen Sohn im Matrosenanzug schweigend einen Zuckerkringel in den Mund gesteckt, nachdem der Vater im Marschschritt verschwunden war. Wie eine ungebeugte Rosa Luxemburg hatte sie ausgesehen, meinte Hermann sich zu erinnern, während er durch die düsteren Straßen zum S-Bahnhof hastete. Genau konnte er sich nicht mehr an die Mutter erinnern. Sie war wenige Jahre nach dem Krieg an der Grippe gestorben. Kurz davor hatten sich die Eltern mit den beiden Kindern taufen lassen, wurde in der Familie geraunt.

Die Mutter war eine Tochter des wohlhabenden Kaufhausbesitzers Stein gewesen, als alle in dieser Familie noch Goldstein geheißen hatten. Sie war die mittlere Tochter gewesen und nicht so wichtig wie Gundi, die älteste, die die Kaufhauskette übernehmen sollte, und nicht so hübsch wie Käthe, die jüngste, die eine glänzende Partie machen sollte. Dafür besaß die mittlere einen unbeugsamen Willen. Den hatte sie durchgesetzt, als sie Gustav Fink, einen Mann unter ihrem Stand, ehelichte. So hieß es, ja.

Hermann konnte sich ein Lächeln nicht verkneifen, als er an die Mutter dachte. Ein Lächeln, das durchaus anerkennend gemeint war. Dem Willen der Mutter und ihrem Geld hatte er es zu verdanken, dass er auf die Oberrealschule hatte gehen und das Einjährige hatte machen können. Dass er danach eine Lehre beim erfolgreichsten Steuerberater Breslaus absolvierte und wenig später die Prüfung als Diplom-Betriebswirt ablegte. Im zweiten Anlauf zwar und erst nachdem Opa Stein die Prüfungskommission zum Abendessen ins beste Lokal der Stadt eingeladen hatte.

Nein, er war kein Zoologe, aber er wäre gern einer geworden. Das hatte er seinen Eltern gesagt.

»Stalinallee!«

Eine Viertelstunde später hatte Hermann die ausgebeulte Aktentasche neben sich auf den Sitz gestellt und konzentrierte sich auf die staubigen Arabesken des Fußbodens der alten Bahn, die das Zentrum Berlins beinahe beschwörend umkreiste.

An der Haltestelle Zentralviehhof hatte er bewusst die Ringbahn in südlicher Richtung gewählt. Das war der kürzeste Weg zur Zonengrenze. Um neun Uhr abends waren die Waggons nur mäßig besetzt. Ihm gegenüber saß ein Ehepaar, das nervös mit den Füßen scharrte, wie Kinder, die sich nicht trauten zu sagen, dass sie mal zum Pullern mussten.

An der Haltestelle Stalinallee – ja sie hieß trotz Chruschtschow und des Parteitags der KPdSU von 1956 immer noch so – stiegen drei Vopos zu, und auch Hermann wurde unsicher.

Sollte er jetzt noch aussteigen? Was, wenn sie ihn und die anderen im Waggon kontrollierten? Das Recht dazu hatten sie. Würde man ihn dann mitnehmen?

Hermann Fink schwitzte, obwohl es heute, beinahe Mitte August, kaum mehr als zwanzig Grad gewesen waren. Es war ein trüber Freitag gewesen und hatte fast den ganzen Tag geregnet. Vorsichtig fuhr er sich mit zwei Fingern in den Kragen. Das Plättchen, das sein weißes Hemd hinten verstärkte und in Form halten sollte, schien ihm wie aus Glas, als würde es jeden Moment zerspringen.

Er warf der Frau mit den unruhigen Beinen einen Blick zu. Sofort drehte sie sich zu den Vopos um und stieß ihren Mann kaum wahrnehmbar in die Seite. Hermann ahnte, er war nicht der Einzige, der sich noch auf den Weg gemacht hatte.

»Ostkreuz!«

Zwei der Vopos schauten in seine Richtung und tuschelten.

Er fingerte die Salems aus seinem hellen Regenmantel heraus. Als er eine Zigarette herausziehen wollte, spürte er, dass die grasgrüne Packung in seiner Hand glühte. Westzigaretten! Ritt ihn etwa der Teufel? Doch da steckten sich die drei Polizisten ebenfalls eine Zigarette an und drehten sich von ihm weg. Hermann ließ die Packung in der Manteltasche verschwinden.

Er musste die Nerven behalten.

Er hielt sehr viel von seinen Nerven. Die waren ihm schon im Krieg nützlich gewesen. Obwohl er vom Krieg, wenn er ehrlich war, so gut wie nichts gesehen hatte. Man hatte ihm in der grausamen Lotterie des Zweiten Weltkriegs den einsamen Losgewinn Norwegen beschert.

Mit ein bisschen Finnland danach. Rovaniemi. Nun gut, das war nicht ganz so idyllisch gewesen wie Norwegen. Die Stadt hatte am Ende in Schutt und Asche gelegen. Aber Hermann war weit ab vom Schuss gewesen. Das allein zählte.

Jetzt musste er lächeln – eher weit ab von Schüssen. Als deutscher Unteroffizier und Sohn jüdischer oder halbjüdischer Eltern, die während des Ersten Weltkriegs zum Protestantismus konvertiert waren. Ja, so etwas gab es wirklich. Opa Stein hatte wohl dagegen protestiert. Aber Hermanns Mutter hatte nur spöttisch gelächelt und zu ihrem Vater gesagt: »Ihr werdet zu Stein und lasst das Gold verschwinden – wir werden latent evangelisch. Wo ist da der Unterschied?«

Den bekamen sie zwanzig Jahre später grausam zu spüren,

als Tante Gundi, die älteste Schwester der Mutter, mit ihrem Mann nach Theresienstadt abtransportiert wurde. Gustav Fink hingegen durfte weiter Rentner bleiben, weil alle Dokumente perfekt gefälscht waren. Gustavs Stammkunde auf dem Babierstuhl war der Leiter des Standesamts in Breslau gewesen.

Aber auf der Flucht von Breslau in den Westen, als der Krieg zu Ende war, da waren Hermanns Nerven tatsächlich gefragt gewesen.

Damals hatte er sich, seinen alten Vater und seine frischgebackene Ehefrau Gussy bei Gotha quer durch die Reihen der Roten Armee in Sicherheit gebracht. Und das hätte er auch ohne die Hilfe des sowjetischen Offiziers geschafft, der hinter Gussy her gewesen war. Der wollte Gussy doch tatsächlich nach Odessa mitnehmen. Was hatte der sich bloß eingebildet?

Dass Hermann seine Frau erst später und eher durch Zufall wiedergefunden hatte und sein Vater nicht mehr bei ihr war, verdrängte er wie so vieles, was nicht in eine gute Geschichte passte.

Sehr gut passte jedoch, dass er, Hermann Fink, durchgekommen war, weil er fünf Sprachen sprach und eben Nerven besaß. Das mit den fünf Sprachen erzählte er gern herum. Hätte er diesmal nicht seine Klappe halten können? Nur dieses eine Mal? Dass er mit seinen Norwegischkenntnissen so geprahlt hatte, war ihm schließlich zum Verhängnis geworden. Das wusste er nun. Norwegen war das Zentrum für Ostspione im Kalten Krieg. Keiner war geeigneter zu einem Einsatz im hohen Norden als er, Hermann Fink.

Und jetzt war er wieder auf der Flucht, zurück in den Westen. Würde das nie aufhören? Ein Gutes hatte es jedoch.

Er würde in absehbarer Zeit wieder Gussy besuchen können. Wahrscheinlich, wie er sie kannte, war ihre Wut auf ihn in der Zwischenzeit verraucht. Gussy konnte einfach nicht nachtragend sein – und was spräche gegen eine zweite Heirat? Das könnte doch sehr romantisch sein.

»Treptower Park!«

Aber mit seiner verdammten Angeberei redete er sich nur um Kopf und Kragen. Es war eine seiner vielen Schwächen, wenn er ganz ehrlich zu sich war. Obwohl Hermann Fink das nur ungern war.

Als die Sonnenallee, der letzten S-Bahnhof in der DDR, hinter ihm lag, fiel es ihm wieder ein. Vorsichtig wickelte er das Päckchen aus und öffnete die kleine Schachtel.

Was Lydia ihm wohl geschickt hatte? Er beugte sich erwartungsvoll über das Geschenk. Als er es erkannte, huschte ein breites Grinsen über Hermanns Gesicht.

Der alte Spitzel hatte die Schachtel wohl nur benutzt, um ihn zu warnen. »Wer jetzt nicht geht, kommt nicht mehr raus.« Die Schachtel war komplett leer. Es lag nichts darin. Sie war für Vogt lediglich ein Vorwand gewesen, noch einmal zu ihm zu gehen. So muss es gewesen sein, dachte Hermann.

»Nächste Station Neukölln. Sie betreten nun die Westzone.«

Die Stimme des S-Bahn-Schaffners ließ ihn erleichtert lächeln. Hermann schloss dankbar die Augen. Er nahm es als Gruß und Dank von Hansi persönlich. Das Leben war manchmal kurios.

Das Ehepaar gegenüber umarmte sich.

Die giftige Nudel

Ich habe es in meiner Kindheit gehasst, fotografiert zu werden. Deshalb hatte ich diesen starren Blick auf dem Foto mit der verrutschten Schleife im Haar. Das lag auch an dem Feuer, das sie jedes Mal zu meinem blanken Entsetzen legten, wenn ein Foto anstand.

Dazu verwendete mein Vater Beutelblitze, die er an einem Besen befestigte, mitten in unserem Wohnzimmer in Westhausen in Frankfurt am Main. Ja, so hießen sie wirklich. Irgendjemand von uns, der nicht wichtig war und nicht mit aufs Foto musste, hielt diesen Besen mit den Borsten nach oben und stellte sich ganz nah neben meinen Vater. Meist waren es der schwäbisch nuschelnde Onkel Erwin oder Tante Lizzy.

Der Beutelblitz sah aus wie ein großer Teebeutel, nur dass er mit einer Mischung aus Magnesium und Kaliumchlorat gefüllt war. Dann wurde die Papierlunte angezündet, die unten angebracht war und wie eine überdimensionale Luftschlange aussah. Eine Flamme züngelte extrem schnell an der Schlange empor, bis es zischend einen kleinen Knall gab und es ganz kurz hell wurde. Genau in dieser Sekunde drückte mein Vater mithilfe der Fernbedienung aus einem geriffelten biegsamen Metallschlauch auf den Auslöser seines Fotoapparats. Puff, das Foto war gemacht, und ich bibberte vor Angst, weil ich Feuer hasste.

Leider liebte Vati Fotos. Und dafür brauchte er den Beutelblitz.

Es gibt zahlreiche Fotos von mir, auf denen ich wie geschrumpft auf dem Sessel kauere, um dem Feuer eine möglichst geringe Angriffsfläche zu bieten, die Fäuste vor den Mund gepresst, die Augen bis zur Unkenntlichkeit zusammengekniffen. Ein Bild des Jammers und schutzlos Ausgeliefertseins eines Wesens, das nichts Geringeres als den blitzschnell eintretenden Weltuntergang erwartete.

Dabei hatte ich eine sehr glückliche Kindheit. Wenn man von den Fotografien und dem einzigen Mittagessen, das ich je im Kindergarten zu mir nahm, einmal absah.

Normalerweise aß ich dort gar nicht zu Mittag. Aber ausgerechnet bei diesem einzigen Mal, ich muss um die vier Jahre alt gewesen sein, gab es eine undefinierbare Pampe aus rotzähnlichem gelbgrünem Brei.

Ich hatte selbstverständlich von meinen Eltern gelernt, dass man Essen nicht wegwirft und es nur in seltenen Fällen verschmäht, wie die eklige süßsaure »Fischtunke« an Heiligabend, dass man nicht damit spielt und dass wir dankbar dafür sein müssen, weil nicht alle Menschen auf der Welt genug davon hätten. Und in der Tat bedankten wir uns, immer wenn Besuch da war, bei einem jungen Herrn namens Jesus für unser Mahl, der dann auch noch am Tisch als unser Gast willkommen geheißen wurde. Und da mein kleiner Bruder Volker und ich sonst selten etwas mit diesem Herrn Jesus zu tun hatten, ließen wir ihn gern am Tisch gewähren.

Das Essen durfte man also nicht als selbstverständlich ansehen. Während des Krieges – was genau Krieg war, wussten wir natürlich nicht – und auch danach hatte es nicht genug davon gegeben, das Essen war also eine Ehrfurcht gebietende Sache bei uns, die man nicht auf die leichte Schulter nehmen durfte.

Darüber hinaus war es eine immens leckere Angelegenheit – und dann das!

Ich wagte noch nicht einmal, diesen gelbgrünen Brei mit dem Blechlöffel zu berühren, den man uns in die Hand gedrückt hatte. Der war zwar blitzsauber, aber genauso verbeult wie der Blechteller, in dem die eiternde Pampe drohend waberte.

»Das sind Nudeln! Iss, Evchen!«, rief Tante Hannelore, die ich sonst eigentlich mochte, mit einem mahnenden Unterton vom anderen Ende des Tisches her, wo sie einen kleinen Jungen fütterte.

Sie trug als einzige der Kindergartentanten, wie sie genannt wurden, statt wollener Socken seidene Strümpfe mit Naht. Wie meine Mutter, die immer sehr schick aussah. Und außerdem hatte sie sich eine schneeweiße gestärkte Schürze umgebunden. Auch wie Mutti. Nur wies die Schürze meiner Mutter keine hellbraunen Flecken auf, wie man sie auf Tante Hannelores Schürze entdecken konnte.

»Nie im Leben!«, rief ich.

Ich war mir meiner Sache sehr sicher und erhob daher meine Stimme, was man, wie ich genau wusste, Erwachsenen gegenüber nicht tun durfte.

Alle Kinder an meinem Tisch hörten sofort auf zu kauen und schauten mich erwartungsvoll an.

Sie wissen hier eben nicht, dass ich aus einem uralten Nudelgeschlecht stamme, dachte ich unbeirrt, und dass ich mich daher bestens auskenne.

Jeden zweiten Sonnabendmittag warf mein Vater Mehl, Wasser, Eier und Salz in eine große Porzellanschüssel auf dem Küchentisch, knetete und walkte, lachte und schüttete noch etwas dazu, bis er einen elastischen Ball geformt hatte, der dann eine Weile ruhen musste. Manchmal nahm er auch ein Glas Sekt dazu. Der kam nicht in den Teig.

Mein Vater legte ihn mit einem Küchentuch als einer Art Bettdecke auf die Ecke des Küchenbüfetts und nannte das immer »ruhen«, nie »hinlegen« oder gar »weglegen«. Als kleines Kind verblüffte es mich, dass Lebensmittel Tätigkeiten verrichten konnten, die ich eigentlich nur von den Menschen kannte: Tee konnte zum Beispiel ziehen, Kaffee war in der Lage, sich zu setzen, Kuchenteig konnte gehen, und Nudelteig ruhte sich eben manchmal gründlich aus.

»Eva ist wohl Besseres gewöhnt!« Das war die freudlose Stimme von Tante Sigrun, die ich von meinem ersten Kindergartentag an als meine Feindin ausgemacht hatte.

»Das stimmt nicht«, korrigierte ich sie, diesmal in der richtigen kindgemäßen Lautstärke.

Allerdings hatte ich eine glockenklare Kinderstimme, die weit trug, und dazu noch eine hochdeutsche Aussprache, die besser zu verstehen war als das hessische Deutsch, das die meisten Kinder um mich herum pflegten.

Zu dieser Zeit wünschte ich mir sogar immer wieder heimlich, ich könnte wie die anderen hier »babbele« und mich anhören wie alle Kinder, aber weder meine Mutter noch mein Vater konnten das.

»Du weißt, dass wir dir heute nur erlaubt haben, mit uns zu essen, weil deine Mutter krank ist und nicht für dich kochen kann«, erklärte Tante Sigrun streng. »Und hier wird gegessen, was auf den Tisch kommt. So, Kinder, jetzt esst weiter und achtet nicht auf Eva Fink.«

Tante Sigrun sprach meinen Nachnamen so aus, als hieße ich Eva »Prinzessin« oder gar Eva »Verwöhntesgör«, was ich gemein fand.

Dabei hatte ich lediglich darauf hinweisen wollen, dass es sich bei dieser Speise auf unseren Tellern nicht um Nudeln handeln konnte, geschweige denn um überhaupt etwas Essbares. Das brauchte man nicht zu probieren, das war schon von Weitem sichtbar.

Ich spürte den lauernden Blick von Tante Sigrun auf mir, den vorsichtigen von Tante Hannelore und den »Wir gucken dich gar nicht an«-Blick von allen anderen Kindern am Tisch, die den Blechlöffel mit Todesverachtung in den in meinen Augen hochgiftigen Matsch steckten, ihn zum Mund führten und tatsächlich schluckten.

Ich schob das Holzstühlchen, auf dem ich gesessen hatte, ein Stück nach hinten und stand entschlossen auf.

»Was ist, Evchen?«, fragte Tante Hannelore schnell, noch bevor sich Tante Sigrun einmischen konnte.

»Entschuldigung. Ich muss austreten.«

»Gut, dann beeil dich und vergiss nicht, dir danach die Hände zu waschen.«

Ich verließ hocherhobenen Hauptes das Spielzimmer, das mittags zum Esszimmer umfunktioniert wurde. Da ich eines der Kinder war, die den Kindergarten nur für vier Stunden am Vormittag besuchten, hatte ich diese Verwandlung noch nie zuvor miterlebt. Meine Mutter arbeitete ja nicht, und ich kam freiwillig her, wegen der Geselligkeit und der Spiele und ohne den erzwungenen Mittagsschlaf, von dem ich allerdings auch schon Übles gehört hatte. Aber dass es so schlimm war, hatte ich wirklich nicht geahnt.

Ich marschierte an den Toiletten mit den offen stehenden Türen vorbei, deren kleine weiße Porzellanschüsseln mir wie eine Reihe herausgeputzter Soldaten salutierten, und ging, ohne dass man mich aufhielt, durch die Haustür.

Ich lief durch den großen Garten mit dem Sandkasten und den Schaukeln und trat schließlich auf das hell gepflasterte Trottoir vor dem Kindergarten.

Dann wandte ich mich nach links und ging bis zur nächsten Kreuzung.

Ich schaute erst links, dann rechts, wie man es mir beigebracht hatte, und da weit und breit kein Auto zu sehen war, überquerte ich zügig die Straße.

Das wiederholte ich an drei weiteren Kreuzungen. Ich schwebte fast, so stolz war ich über meine gelungene Flucht vor dem unaussprechlich Unverdaulichen.

Ich hatte mich nicht gebeugt, hatte mich nicht verleugnet. Meine Eltern würden stolz auf mich sein.

Nachdem ich an einer weiteren Kreuzung vollends die Orientierung verloren hatte, sprach ich eine Dame an, die mir vertrauenerweckend erschien. Sie war schon älter, wie meine Tante Lizzy, trug einen Hut, Handschuhe und einen adretten Pelzkragen.

Meine Eltern hatten mir von klein auf eingeschärft, dass, falls ich mich eines Tages verirren sollte, ich immer eine ältere Frau um Hilfe bitten sollte. Ein Pelzkragen konnte, musste aber nicht sein. Doch auf keinen Fall durfte es ein Mann sein, es sei denn, er wäre ein Schutzmann. Wie Schutzmänner aussahen, wusste ich, aber ich konnte hier keinen entdecken.

Ich knickste wie üblich und erklärte der Dame, dass ich mich verlaufen hätte. Auf die Frage, ob ich denn wisse, wo ich wohne, rasselte ich herunter: »Ludwig-Landmann-Straße siebenundvierzig. Laubengang.«

Die Frau hob überrascht die Augenbrauen.

»Fink, zweiter Stock«, ergänzte ich stolz.

Sie wollte mich an die Hand nehmen, was ich höflich

ablehnte. Selbst Mutti oder Vati durften das nur in Ausnahmefällen tun. Das sah einfach blöd aus, fand ich.

Zehn Minuten später klingelten wir an unserer Tür. Meine Mutter schlurfte im geblümten Morgenrock heran, hustete heftig und riss vor Schreck die Augen auf, als sie mich mit der fremden Dame mit Pelzkragen erblickte.

Meine Eltern waren nicht stolz auf mich. Daran erinnere ich mich allerdings nur sehr vage. Doch die Erinnerung an ein schwebendes Gefühl der Unabhängigkeit begleitete mich noch lange und verlangte nach Wiederholung.

Westberlin, 11. August 1961

»Sie sind aus der sowjetisch besetzten Zone gekommen. Wann genau?«

Der Begriff »Deutsche Demokratische Republik« hatte sich, wie Hermann mit etwas Unwillen bemerkte, offenbar bei der Westberliner Polizei noch nicht durchgesetzt.

»Vor einer halben Stunde.«

Hermann hatte seinen Sommerhut abgenommen und wedelte damit, obwohl es gar nicht warm war. Dann legte er ihn behutsam auf die hölzerne Absperrung im Polizeipräsidium Neukölln. Vorher war er noch schnell in die Gaststätte an der Ecke gegangen und hatte zwei flotte Biere hinuntergekippt. Eins für die Flucht in den Osten und eins für die zweite Flucht zurück.

Der Schupo blickte von dem Personalausweis auf, den er während der letzten zwei Minuten genau studiert hatte.

»Da haben Sie sich aber beeilt, Herr Fink.«

Hermann zog ein tadellos gebügeltes Stofftaschentuch aus der inneren Jacketttasche, entfaltete es und tupfte sich Schweißperlen von der Stirn.

»Womit?« Er hatte ihn doch gerade darauf aufmerksam gemacht, dass er sicher auf einer Fahndungsliste stehen müsste.

»Womit?« Der Polizist wirkte ehrlich beeindruckt. »Womit wohl!«

Hermann wusste nicht, ob er mit diesem Mann überhaupt an der richtigen Stelle war. Das nächstbeste Polizeirevier hier im Westen aufzusuchen schien ihm aber ein korrektes

Vorgehen zu sein. Eine Weiterfahrt in die Bundesrepublik war ja nicht möglich. Noch vor Marienborn hätten ihn die Vopos bei der Kontrolle aus dem Interzonenzug geholt und wegen Republikflucht festgenommen.

Wo hätte er sonst hinsollen?

Nach Köln, wo Gussy jetzt mit den Kindern lebte? Das blieb vorerst ein ferner Traum.

Hermann zog beim Lächeln leicht die rechte Wange hoch. So entstand sein verschmitztes Grübchen, das manche Frauen sehr anziehend fanden.

Das schwarze Telefon auf dem Schreibtisch schepperte. Der Schupo nahm ab und meldete sich, er nannte seine Dienststelle, seinen Dienstgrad und seinen Namen. Als Abschluss zog er ein »'n Abend« in die Länge.

Sie unterscheiden sich fast gar nicht, dachte Hermann, als er in Gedanken die Behörden im Osten mit denen im Westen verglich. Wie sollten sie auch? Es war noch nicht einmal fünfzehn Jahre her, dass man sie getrennt hatte.

Oder waren sie nur scheinbar getrennt und warteten auf irgendetwas, das sie wieder zusammenbringen würde? Was, wie der scharfnasige Kölner Bundeskanzler es gern formulierte, Wiedervereinigung genannt werden konnte?

Nach der Hitlerzeit waren nur unterschiedliche Pfade auf den Behördengängen angelegt worden, mit derselben Sprache gepflastert, demselben Tonfall, ja sogar demselben Dialekt. Hatten sie auch dieselbe Haltung?

Hermann überlegte.

Eigentlich schon, egal was sie von Antifaschismus oder Wirtschaftswunder hüben und drüben faselten.

Antifaschismus war für die meisten Bürger der Deutschen Demokratischen Republik, so dachte Hermann, nach dem

Schrecken des Zweiten Weltkriegs sehr viel einleuchtender als Sozialismus. Und man musste Gott sei Dank auch nicht mehr darüber nachdenken.

Wirtschaftswunder, fand er, klang für die meisten Bundesbürger wesentlich vertrauenerweckender als Kapitalismus. Und man brauchte kein schlechtes Gewissen deswegen zu haben.

Hermanns Blick fiel auf ein Fahndungsblatt mit zehn Schwarz-Weiß-Fotografien, das mit Heftzwecken an der Wand befestigt war.

Er beugte sich ein wenig über die Absperrung, um die Köpfe besser erkennen zu können. Dabei war ihm sein Bäuchlein etwas im Weg.

Wann landete man wohl auf so einem Plakat? Hermann hätte es gern gewusst. Bei schwerem Diebstahl, Erpressung oder erst bei Totschlag? Oder musste es sogar Mord sein? Und wieso sahen alle darauf immer so unvorteilhaft aus?

»Ich möchte nicht, dass dich unsere Kinder einmal auf einem Fahndungsblatt sehen.«

Das war eines von Gussys Argumenten gewesen, als sie die Scheidung einreichte.

»Aber Gussy!« Seine Empörung war damals echt gewesen.

Da hatten sie den Fernsehapparat, einen Grundig in seinem Nussbaumsarg, schon längst wieder abgeholt, den Gussy und er sich kurz vor dem Millionsten Teilnehmer, wie es überall hieß, angeschafft hatten. Hermann war fast sicher gewesen, dass Finks die Millionsten sein würden.

»Ich hab es im Gespür!«, hatte er gesagt, während er durch die Wohnung tänzelte, und seine Kinder hatten vor Vorfreude laut gelacht und geklatscht.

Das war Ende September 1957 gewesen. Zehn Tage später

wurden einem Mann aus Norddeutschland die Urkunde und der Blumenstrauß überreicht. Wie sehr hätte Hermann seiner Frau diesen Strauß gegönnt.

Jeden zweiten oder dritten Tag, wenn sie abends Fernsehen schauten, das »Tick-Tack-Quiz« oder »Zwei auf einem Pferd« mit Hans Joachim Kulenkampff, machte es irgendwann klick, und der Bildschirm wurde schwarz. Hermann öffnete sein zerfurchtes Lederportemonnaie und kramte nach Kleingeld, das er in die Dose an der hinteren rechten Seite des Apparats warf. Nach einer bestimmten Zeitspanne, die der Händler vorher eingestellt hatte, schaltete sich das Gerät nämlich ab und erst dann wieder ein, wenn man Geld eingeworfen hatte. So konnte man, je öfter man den Fernseher benutzte, desto schneller das Gerät auch abbezahlen.

Einmal hatte Hermann kein Kleingeld in der Börse. Er und Gussy sahen sich betreten an, bevor er pfeifend in der Küche verschwand und sich ein Bier aus der Speisekammer nahm. Er ließ den Deckel schnappen und setzte die Flasche an.

Gussy blieb allein im stillen Wohnzimmer sitzen und starrte statt auf den Fernseher auf das erleuchtete Aquarium mit den Guppys. Kanarienvogel Hansi zwitscherte leise in seinem Käfig, vielleicht um das Schweigen erträglicher zu machen.

Der Fernseher schwieg noch ein paar Tage lang ziemlich aufdringlich.

Hermann wagte einen Ablenkungsversuch in Schellack mit der Josef-Schmidt-Schallplatte »Ein Lied geht um die Welt«, und obwohl das sein und Gussys Lieblingslied war, wurde sie dadurch nicht gesprächiger.

Schließlich griff er wütend seinen Mantel im Flur und ging für drei Tage davon. Was Hermann schon längst bereute.

Lizzy, eigentlich hieß sie Elisa Blum, eine alte Freundin aus Breslauer Zeiten, die sie in Frankfurt zufällig wiedergetroffen hatten, berichtete ihm später, dass Gussy damals wieder einmal alle Krankenhäuser der Stadt abgeklappert habe, um nach ihm zu suchen. Doch wieder einmal sei er in keinem davon eingeliefert gewesen. Lizzy hatte vorwurfsvoll geklungen, erinnerte er sich, als wäre eine stationäre Aufnahme die einzige akzeptable Wiedergutmachung in einer solchen Situation gewesen.

»Was ist denn da drüben im Gange? Irgendwas hecken die Brüder doch aus«, fragte der Schupo jetzt.

Hermann lehnte sich zum ihm hinüber. »Wo?«

»Wo Sie gerade herkommen. Drüben.«

Der Polizist zeigte mit dem Daumen hinter sich, als sei »drüben« immer hinten.

Hermann zuckte leicht mit den Schultern. Er war ein kleiner Mann, etwa 165 Zentimeter groß, und die breiten Schultern und das Bäuchlein ließen ihn quadratisch und kompakt erscheinen. Eigentlich hielt sich Hermann Fink für rundum gelungen. Nur die gegenwärtige Situation störte ihn. Er musste sie schleunigst beenden.

»Ich bin nicht von drüben. Das wollte ich Ihnen schon die ganze Zeit erklären.«

Der Schupo setzte seinen »Ich kenne die Welt und das Böse darin«-Blick auf.

»Wollen Sie mich veräppeln?«

Er wedelte mit dem Personalausweis der DDR, den Hermann ihm präsentiert hatte.

»Sie haben doch eben angegeben, Republikflüchtiger zu sein.«

Hermann nickte. »Das bin ich auch, Herr Kommissar, ohne Zweifel. Nur war ich das schon mal.«

Der Schupo kratzte sich an seinem obersten Uniformknopf.

»Schon mal? Wie soll ich das verstehen? Ist das so 'ne Art Steckenpferd von Ihnen?«

Hermann lächelte sein verschmitztes Hermann-Lächeln. Das mit dem Grübchen, bei dem alle immer dahinschmolzen, zumindest ein nicht zu unterschätzender Teil der Weiblichkeit. Der Polizist jedoch wurde ungeduldig, und seine Stimme klang schärfer.

»Was zum Teufel meinen Sie mit ›Ich war schon mal Republikflüchtiger‹?«

»Genau, was ich gesagt habe. Sie müssen sich lediglich von der offenbar tief verwurzelten Ansicht befreien, dass man Republikflucht nur in eine Richtung betreiben kann. Eine solche Ansicht vernebelt die Sinne und behindert den freien Blick.«

Hermann gab sich liebenswürdig und informationswillig.

Dem Schupo sackte die Kinnlade nach unten. Hermann merkte, dass sich der Mann jetzt, um zehn Uhr abends, sehr zusammenriss, dass er jedoch nicht über unerschöpfliche Ressourcen verfügte, weshalb er ihm zu Hilfe eilen wollte.

»Ich war schon mal als Republikflüchtiger in die andere Richtung unterwegs.«

Der Schupo starrte ihn an.

Hermann fuhr, ohne zu zögern, fort. »Das ist zwar selten, aber nicht ganz ungewöhnlich. Ich habe die Bundesrepublik Deutschland vor fast zwei Jahren verlassen, um in die DDR zu flüchten. Aber Flucht ist Flucht, und Republik ist Republik.«

Und Deutsch ist Deutsch, wollte er hinzufügen, unterließ es dann aber.

Der Schupo starrte ihn immer noch an. Aus einem Nebenraum ertönte eine Kuckucksuhr. Sie schlug exakt zehn Mal.

Hermann räusperte sich, wie vom letzten Kuckucksruf angespornt.

»Und jetzt bin ich wieder da. Sie können die Suche nach mir also abblasen.«

Westberlin, 12. August 1961

»So, jetzt leeren Sie mal Ihre Taschen aus, Fink.«

Hermann unterdrückte ein leises Seufzen. Er griff in die Innentasche seines Sommerjacketts und legte einen schmalen Schlüsselbund vor dem Vollzugsbeamten des Gefängnisses Berlin-Tegel auf den Tisch, dann eine abgegriffene Brieftasche und seine zerfurchte Lederbörse. Kurz darauf gesellten sich noch ein paar Zahnstocher, zwei gebügelte graue Taschentücher mit marineblauen Streifen und eine kleine Papiertüte mit Studentenfutter dazu, wie sie in jedem Lebensmittelladen erhältlich war.

»Was ist da drin?«, fragte der Beamte und zeigte auf die weiße Papiertüte.

»Meine Notration.« Hermann lächelte. »Falls ich mal zwischendurch Hunger bekomme«, ergänzte er, da er auf seine Erklärung keine Antwort erhalten hatte.

»Oder für die Tiere.«

Der Beamte schaute dümmlich. »Welche Tiere?«

Hermann zuckte die Schultern und starrte an die fleckige Decke des Eingangsbereichs.

»Vögel, Kaninchen, Eichhörnchen, was man halt so trifft.«

Der Vollzugsbeamte schien zu überlegen.

»Hmm, was machen Sie denn, wenn Sie mal Durst bekommen?« Er hatte sich über Hermanns Akte gebeugt und schaute dann wieder auf. »Zwischendurch?«

Hermann runzelte die Stirn, entgegnete aber nichts.

»Hier steht, dass Sie mutmaßlich alkoholkrank sind.

Braucht man da nicht immer ein paar Studenten-Schnäpschen als Notration? Das wird in Ihrer Zelle schwierig werden, das sag ich Ihnen gleich.«

Der Beamte grinste breit, als hätte er gerade einen exzellenten Witz gemacht.

»Nein, das brauche ich nicht. Ich werde bei meinem Aufenthalt hier keinerlei Probleme haben, auch ohne eine Notration aus entsprechenden Fläschchen. Es sind ja genug Flaschen da.«

Hermann merkte, dass der andere die Ironie nicht mitbekam, und seufzte wieder.

»Sie sind aus der Zone getürmt, habe ich gehört. Wie war's denn da?«, fragte der Beamte.

»Kalt, zugig und, wie zu erwarten, ungastlich. Hier haben wir ja August, aber drüben herrscht November. Und zwar immer. Aber das wissen Sie ja sicher.«

Der Mann in der Uniform hatte die Augenbrauen gehoben und die vorderen Schneidezähne entblößt. Auf Hermann wirkte er ein wenig wie ein Kaninchen, und sein Blick fiel auf die Tüte mit dem Studentenfutter.

»Irgendwas ist doch da drüben los, sagt der Chef.«

Er schaute Hermann an und hatte den Kopf leicht zur Seite geneigt.

»Klar ist da was los. Die machen bald dicht.«

»Dicht?«

Nun klebte der Justizbeamte an Hermanns Lippen.

»Na, dicht wie in DDDR. Dichte Deutsche Demokratische Republik.«

Hermann musste grinsen und drehte sein Gesicht zur Seite. Er fing an, die Situation zu genießen.

Da öffnete sich die Tür zu einem Nebenraum, und ein

Mann mit Geheimratsecken betrat den Eingangsbereich, in dem die Neuzugänge ihre Habseligkeiten abgeben mussten. Im Gegensatz zu dem Vollzugsbeamten, der eine Uniform trug, war er in einen leichten hellgrauen Sommeranzug gekleidet, dem von Hermann in Schnitt und Stoff nicht unähnlich.

»Sie müssen Hermann Fink sein, der vor einiger Zeit aus Frankfurt am Main in die DDR geflüchtet ist. So was passiert nicht häufig.« Er klang aufgeräumt. »Sie wurden uns schon vom Revier Neukölln avisiert. Die haben Sie ja vorhin vorbeigebracht.«

Er beugte sich zu ihm herüber, und Hermann registrierte einen scharfen, fast schwebenden Hauch von Kräuterschnaps in seinem Atem.

»Wollten wohl vor dem anstehenden Besuch bei uns schon mal ausprobieren, wie es ist, in Unfreiheit zu leben, oder?«

Der Mann lächelte spöttisch, Hermann erwiderte nichts.

»Als Einstimmung sozusagen.«

Hermann musterte ihn aufmerksam.

»Das ist Doktor von Föhring, unser Anstaltsarzt«, erläuterte der Vollzugsbeamte, während er den Tascheninhalt nun sorgfältig in eine Kiste legte.

»Sehr erfreut«, murmelte Hermann.

Der Arzt machte eine wegwerfende Handbewegung.

»Ihre fällige Untersuchung nehmen wir am Montag vor. War's mit der Unfreiheit dort drüben wirklich so arg, dass Sie doch lieber hierher zu uns kamen, nachdem Sie …«, er schaute kurz in die Akte, die auf dem Tisch lag, »… nachdem Sie sich fast zwei Jahre dem Vollzug des rechtskräftigen Urteils in Frankfurt am Main durch Ihre Flucht in die Zone entzogen haben?«

Hermann überlegte kurz, wie er antworten sollte. Sollte er eine gute Geschichte aus dem Hut zaubern, dem Arzt die Wahrheit auftischen oder irgendetwas Passendes dazwischen?

»Man hört, dass es dort auch den einen oder anderen Genossen mit Humor geben soll – und zahlreiche Parteibonzen mit irdischen, ja man könnte sogar sagen kapitalen Lastern. War es trotzdem nichts für Sie? Sie scheinen laut Akte ein illustrer Zeitgenosse zu sein.«

Hermann schwieg weiter und suchte mit den Augen die Decke ab. Schließlich rang er sich zu einer Antwort durch.

»Nun, ich habe mich umentschieden.«

»Wie kam es? Die meisten unserer Abgänge nach drüben tauchen hier nie wieder auf. Obwohl es denen dort höchstwahrscheinlich auch nicht hundertprozentig gefällt.«

»Die Zukunftsaussichten im Osten waren nicht ganz nach meinem Geschmack.«

Von Föhring grinste breit.

»Ach? Tatsächlich? Als Steuerberater waren Ihre Möglichkeiten im Kommunismus sicher begrenzt. Das leuchtet ein.«

Hermann schaute ihn treuherzig an. »Man wollte mich zum Spion ausbilden und in absehbarer Zeit auch als solchen einsetzen. Möglicherweise in Norwegen. Die Ausbildung hatte bereits begonnen.«

Die Augenbrauen des anderen Mannes schnellten in die Höhe.

Hermann legte nach. »Ich mag zwar, wie Sie es eben ausgedrückt haben, ein illustrer Zeitgenosse sein, doch dieser Karrieresprung ging mir eine Nummer zu schnell und, wie Sie sicher verstehen werden, auch etwas zu unpatriotisch. Von der Sicherheit meiner Rente will ich gar nicht erst reden.«

Der Justizbeamte starrte Hermann mit aufgerissenen Augen an, als sähe er ihn gerade zum ersten Mal, wie das Okapi, das vor wenigen Monaten im Berliner Zoo angekommen und sofort zum Publikumsmagneten geworden war. Dieses Okapi hätte Hermann liebend gern gesehen.

Der Arzt verzog seinen Mund zu einem ironischen Lächeln.

»Und warum haben Sie sich diesem Karrieresprung gerade jetzt verweigert und sind illegal getürmt?«

Hermann blickte ihn abwartend an.

»Weil es die letzte Möglichkeit dazu war. Morgen ist die Grenze zur Deutschen Demokratischen Republik geschlossen.«

Der Vollzugsbeamte tippte sich an die Stirn.

»Und das wird sie voraussichtlich auch eine Zeitlang bleiben. Vermutlich eine lange Zeitlang, wenn ich das richtig einschätze.«

Doktor von Föhring zögerte für den Bruchteil einer Sekunde und streckte Hermann dann wie einem guten Bekannten die Hand hin. Er schüttelte seine Hand unerwartet heftig.

»Herzlich willkommen in der Vollzugsanstalt Berlin-Tegel, Herr Fink. Wir werden Ihnen die nächsten zwanzig Monate so angenehm wie möglich gestalten. Darauf haben Sie mein Wort.«

Hermann musste sich ein Schmunzeln verkneifen.

Er blieb genau siebzehn Wochen, betreute in dieser Zeit die Buchführung des Gefängnisses zufriedenstellend und traf sich mehrfach diskret mit einem Vertreter des Bundesnachrichtendiensts.

Zum Abschied erhielt er einen Freiflug in eine bundesdeutsche Stadt seiner Wahl.

Hilfe für unfähige Christkinder

Volker balancierte auf einem Kissen, das auf der Eckbank in der Küche lag. Er hielt einen Stern aus Aluminium in der Hand und schaute angestrengt auf das Rechteck aus Plätzchenteig, das meine Mutter ihm ausgerollt hatte, damit er Weihnachtsplätzchen ausstechen konnte.

»Warum machst du keine Herzen?«, schlug ich ihm vor. »Nur immer die blöden Sterne, das ist doch langweilig.«

Volker schüttelte den Kopf und hackte mit seinem Stern auf den Teig ein. Ich sollte die Plätzchen danach mit Eigelb bepinseln und bunte Zuckerstreusel daraufstreuen.

Ich hasste die Weihnachtsbäckerei. Ich mochte auch keine Plätzchen. Genau genommen mochte niemand in unserer Familie Plätzchen oder anderen Süßkram. Aber es musste sein. Es war immer das Gleiche und folgte einer ungeschriebenen, gnadenlosen Dramaturgie.

Mutti stand mit dem Rücken zu uns am Kohleherd und rührte die Schokolade flüssig.

»Wie weit seid ihr mit den Plätzchen? Die Schokoladenglasur ist gleich fertig.«

»Oh, bitte keine Schokolade«, maulte ich.

Volker warf mir einen vernichtenden Blick zu. Er fingerte einen ausgestochenen Stern aus der Teigmasse und reichte ihn mir vorsichtig. Ich seufzte, tunkte den Pinsel ins Eigelb, bestrich den Teig und warf achtlos ein paar Zuckerstreusel darüber.

»Fertig.«

Ich hasste auch das Basteln. Plätzchenbacken war wie Basteln in Süß.

»Warum müssen wir jedes Jahr dem Christkind helfen?«

Mit meinen zehn Jahren sah ich es nicht mehr ein. Im Januar würde ich meine Aufnahmeprüfung für das Gymnasium machen, und dann hätte es sich ausgestreuselt. Ein für alle Mal.

Ein Gymnasiumskind brauchte dem Christkind nicht mehr zu helfen, hatte ich kategorisch entschieden.

»Das gehört sich so«, ertönte es von dem Rücken am Herd her, der hinten eine Schürzenschleife hatte.

»Die Plätzchen kommen doch hoffentlich diesmal nicht auf unseren süßen Teller, oder?« Ich klang absichtlich ein wenig streng.

Meine Mutter drehte sich lachend zu uns um und schüttelte den Kopf.

»Keine Sorge, die verschenken wir an eure Cousinen, wenn wir Oma am zweiten Weihnachtstag besuchen.«

Der süße Teller war eine traditionelle Einrichtung. An Heiligabend wurde er mit selbstgemachten Marzipankartoffeln gefüllt, mit Rumkugeln, Plätzchen, Nüssen, Äpfeln und Apfelsinen. Mandarinen gab es damals noch nicht, oder sie waren zu teuer. Der süße Teller war also normalerweise eher erdfarben und orange.

Aber nicht bei uns.

Bei uns lagen auf dem bunten Pappteller eine in Scheiben geschnittene Knoblauchwurst, ein Stückchen Salami von der besten und saure Gürkchen, die Mutti selbst eingelegt hatte, sowie Käsewürfel mit Silberzwiebelchen.

Meine Mutter hatte vor ein paar Tagen in dem kleinen Lebensmittelladen, dem Spar an der Ecke, wo sie auch am

Monatsende anschreiben ließ, die vollgeklebten Rabattmarkenkarten, die sie über das ganze Jahr sammelte, eingelöst, um damit den Weihnachtseinkauf zu bezahlen.

Da klingelte es plötzlich.

Meine Mutter runzelte die Stirn. Sie warf einen Blick auf die Küchenuhr an der Wand. Es war halb sieben Uhr abends.

»Vielleicht ist das Frau Kaminski, die nicht mehr genug Mehl im Haus hat und auch backen will«, sagte sie.

»Ich geh schon!«

Erleichtert über die Unterbrechung der alljährlichen Hilfsaktion für unfähige Christkinder rutschte ich von der Eckbank und lief in den Flur. Ich drückte auf den Knopf mit dem Schlüssel und hörte, wie unten die Haustür aufsprang. Das konnte nicht Frau Kaminski sein, die wohnte ja genau gegenüber.

Jemand keuchte die Treppe herauf. Ich spähte über das Geländer und versuchte, einen Blick auf den unerwarteten Gast zu erhaschen.

Als er das zweite Stockwerk erreicht hatte, wo das alte Ehepaar Perlwitz wohnte, war ich mir sicher, dass es sich um einen Mann handelte mit einer Tasche in jeder Hand. Es war ein grauer Herrenhut, der sich vor meinen leicht kurzsichtigen Augen nicht verbergen konnte.

Ein Mann? Um halb sieben Uhr abends? Zu uns? Das war ja ein Ding.

Wir kannten keine Männer.

Außer Herrn Schimanski, meinen Volksschullehrer, und den Oberbibliothekar der Stadtbücherei – und unseren Hausarzt Doktor Herz natürlich, der sich bei Volker so vertan und Mutti einen großen Schrecken eingejagt hatte. Er hatte wegen Volkers Schmerzen im Bein behauptet, er habe Kinderlähmung. Aber die Kinderklinik hatte meine Mutter sofort beruhigt. Sie hatten vorsichtshalber ein paar Röntgenbilder von Volkers Bein gemacht und uns dann wieder nach Hause geschickt. Volker hatte manchmal immer noch Schmerzen, und niemand wusste, warum. Aber nicht wegen Kinderlähmung. So viel stand fest.

Der Herrenhut tanzte nun auf den Stufen genau unter mir und kam immer näher. Als der Mann auf dem letzten Absatz kurz innehielt und zu mir aufblickte, erkannte ich ihn auf der Stelle.

»Vati!«

Er blieb stehen und strahlte über das ganze runde Gesicht.

»Evchen!«

Dann erklomm er die letzten Stufen, stellte vorsichtig beide Taschen ab und nahm mich in den Arm. Er roch nach Tabak, Bier und dem leicht bitteren Rasierwasser, das ich schon immer an ihm gemocht hatte.

Ich legte den Finger auf meine Lippen. »Mutti und Volker sind in der Küche«, verriet ich.

»Die überraschen wir jetzt.« Vati flüsterte verheißungsvoll.

Irgendwie war mir klar, dass Mutti diese Überraschung nicht besonders schön finden würde. Doch ich sagte nichts und behielt diesen Eindruck für mich.

»Wer ist es denn, Evchen?«

Meine Mutter stand wohl immer noch am Herd und rührte die Schokolade für das Christkind glatt. Aber kurz darauf steckte sie neugierig den Kopf durch die Küchentür. Vati hängte gerade seinen Wintermantel an die Garderobe im Flur.

Meine Mutter starrte ihn an. Dann wanderte ihr Blick zu mir und zu dem Hut auf der Ablage.

Jetzt ergriff endlich mein Vater das Wort. Er breitete die Arme aus und ging lächelnd ein paar Schritte auf meine Mutter zu. Das Grübchen war auf seiner rechten Wange aufgetaucht.

»Gussy! Ich bin's!«

Meine Mutter wich in die Küche zurück, um einer Umarmung zu entgehen. Da erschien Volkers Kopf etwas oberhalb ihrer Taille im Türrahmen.

»Wer ist das?«

»Vati«, informierte ich ihn blitzschnell. Ich war mir plötzlich sicher, dass wir heute früher als sonst ins Bett geschickt werden würden. Oder könnte man einen sonst verbotenen Fernsehabend herausschlagen, wenn man es geschickt anstellte?

»Wo um Gottes willen kommst du her, Hermann?«

Meine Mutter hatte sich wieder gefasst und hielt ihm die Küchentür auf. Vati und ich schlüpften hinein.

»Aus Berlin. Ich habe einen freien Flug bekommen«, erwiderte er.

Sie schüttelte verwirrt den Kopf. »Von wem? Und wieso nach Köln?«

Vati ließ sich am Tisch mit dem Plätzchenteig nieder. Volker starrte ihn an, während mein Vater ihm über den Kopf strich.

»Du bist aber gewachsen! Heidewitzka!«

Meine Mutter bot ihm eine Tasse Tee an, die er ablehnte.

»Hast du kein Bierchen da?«

Mutti schüttelte den Kopf. »Ich habe keinen Alkohol im Haus.«

Sie verschränkte die Arme vor der Brust, als wollte sie sich wappnen. Ihre Lippen bebten leicht.

»Erstens habe ich kein Geld dafür, und zweitens trinke ich keinen. Kaffee habe ich auch keinen mehr. Ich kann dir wirklich nur Tee anbieten. Der wärmt. Es riecht nach Schnee.«

Damit drehte sie sich um und füllte den Wasserkessel in der Spüle auf. Es kam mir vor, als würde sie gleich weinen.

Mein Vater rieb sich die Augen und schaute sie verschmitzt an. »Gut, dann also einen Tee.«

Während Mutti den Kessel auf den Herd stellte, starrten wir den fast fremden Mann auf der Eckbank an.

»Bleibt der Vati hier bei uns?«, fragte Volker schließlich.

Ich hätte mich das nicht getraut, aber mein Bruder konnte es wagen. Schließlich war er noch nicht einmal sieben.

Vati schaute auf den Rücken unserer Mutter und sagte nichts.

»Wo bist du untergekommen, Hermann?«, fragte Mutti ganz leise.

»Ich habe, äh, du weißt schon, vom Staat diesen Freiflug bekommen, in eine Stadt meiner Wahl in der Bundesrepublik.«

Sie war nun an den Tisch getreten.

»Und da kommst du nach Köln? Du kennst doch hier niemanden. Deine Freunde sind doch eher in Berlin, in Hamburg und in …«

Vielleicht hatte sie Frankfurt sagen wollen. Doch dann sah sie ihn plötzlich eindringlich an.

»In Frankfurt hast du sicher keine Freunde mehr.«

Nun schwieg mein Vater.

»Ich hatte Sehnsucht nach den Kindern«, sagte er. »Und es ist ja bald Weihnachten.«

Das Wasser im Kessel begann zu rauschen.

»Und ich habe auch oft an dich gedacht, Gussy.«

Meine Mutter hatte sich nun neben mich auf die Bank gesetzt und vermied es, ihn anzuschauen.

»Ich habe auch oft an dich gedacht, Hermann, nämlich dann, wenn ich nicht wusste, wie ich uns drei sattkriegen sollte. Wenn ich anschreiben lassen musste und Angst hatte, dass man mir nichts mehr geben würde.«

Mein Vater starrte auf den Plätzchenteig.

»Ja, ich weiß, es ist dumm gelaufen, und es tut mir leid. Das war nicht richtig. Von jetzt an wird alles anders werden.«

Er blickte auf und versuchte wieder sein Lächeln mit dem Grübchen.

»Gibt es nicht etwas Interessantes für die Kinder im Fernsehen? Ich vermute mal, dass ihr trotz allem einen Fernseher habt.«

Ich nickte heftig. »Mutti hat einen vor drei Monaten von einer netten Kollegin in der Stadtbücherei gebraucht gekauft. In Raten. Dürfen wir was gucken?«

Volker und ich waren schon fast an der Tür. Mit Vatis Hilfe hatte ich nicht gerechnet, es war aber nicht verwunderlich. Er wollte mit Mutti allein sprechen, das war klar.

Meine Mutter ging ins Wohnzimmer, in dem sie jede Nacht auf der Klappcouch schlief. Sie schaltete den Fernseher ein, den wir nicht berühren durften, und mein Bruder und ich stießen uns verstohlen an, als wir unsere Plätze auf dem dunkelroten Sofa einnahmen. Dann knipste Mutti die Tütenlampe neben dem Fernsehapparat an – damit die Augen nicht litten, wie sie immer betonte.

»Ich fände es schön, wenn Vati zu Weihnachten bleiben würde«, sagte ich, als meine Mutter die Tür zum Flur gerade vorsichtig zuziehen wollte. Volker nickte vehement zur Unterstützung.

»Er kann nicht bleiben, Eva«, sagte sie. »Er wohnt nicht mehr bei uns, und ich würde große Probleme bekommen.«

»Warum? Er ist doch der Vati.«

Mutti kehrte ins Wohnzimmer zurück und schloss die Tür von innen. Dann kauerte sie sich vor uns auf den Teppich mit dem Rosenmuster.

Sie legte mir und Volker je eine Hand auf das Knie und schaute uns an. Tränen sammelten sich in ihren dunklen Augen.

»Ja, er ist euer Vati, und das wird er immer sein. Nur ist er nicht mehr mein Ehemann. Wir dürfen nicht mehr zusammenwohnen. Das geht nicht. Es ist gegen das Gesetz. Und das weiß auch der Vati.«

Volker und ich nickten verständnisvoll und schauten dann an Mutti vorbei, was der Bildschirm wohl zu bieten hatte, der mittlerweile warmgelaufen war und ein zittriges Schwarz-Weiß-Bild präsentierte.

Unser Vater blieb doch über Weihnachten. Mutti schlief bei uns im Kinderzimmer und Vati auf der Klappcouch. Tagsüber spielte er viel mit uns, und ich las uns aus den neuen Büchern vor, die ich zu Weihnachten bekommen hatte.

Mutti kochte wunderbar, und einmal machte Vati sogar seine berühmten Nudeln. Dazu gab es Geschnörgelsuppe mit Innereien vom Huhn und aus klarer Brühe, in der Möhrenschnipsel und Lauchfähnchen schwammen.

Abends spielten wir alle zusammen »Mensch ärgere Dich nicht« oder »Schwarzer Peter«. Danach mussten Volker und ich ins Bett, und unsere Eltern redeten jeden Abend sehr lange. Manchmal hörte ich sie sogar durch die Wand.

Einmal, als sie besonders laut geworden waren und ich

glaubte, Mutti weinen zu hören, stand ich auf. Volker schlief schon. Ich schlich leise zur geschlossenen Küchentür, hinter der sie miteinander stritten.

Ich war ganz überrascht, als ich merkte, dass es offenbar um mich ging. Vati wollte Mutti wieder heiraten, aber das wollte Mutti auf keinen Fall. Mein Vater beschwor sie, dass er sich geändert habe, nach dem, was in Frankfurt passiert sei, und dass nun alles gut werden würde.

Meine Mutter sagte, dass sie ihm das nicht glaube. Niemand könne sich so ändern. Außerdem könne sie ihm sowieso nichts mehr glauben, und deshalb könnten sie auch nicht mehr verheiratet sein. An dieser Stelle kam plötzlich ich ins Spiel.

Eva solle doch bald aufs Gymnasium, sagte Vati. Wie sie denn glaube, dass sie das ohne ihn schaffen könne.

Das werde sie schon hinbekommen, entgegnete Mutti. Erstens seien Schul- und Büchergeld im vorletzten Schuljahr gerade abgeschafft worden, und es koste nichts mehr, aufs Gymnasium zu gehen, und zweitens sei Eva ja klug genug und werde die Aufnahmeprüfung spielend schaffen.

Ja, aber was dann?, fragte Vati. Jemand müsse ihr ja bei den Hausaufgaben helfen können. Was wisse sie schon von Mathematik? Wahrscheinlich wisse sie noch nicht einmal, wie man das schreibt. Sie glaube doch nicht, dass sie mit ihrem jämmerlichen Volksschulabschluss einer Gymnasiastin helfen könne!

Ich konnte nicht hören, was Mutti entgegnete. Vielleicht sagte sie auch gar nichts. Nein, sagte stattdessen der Vati, ohne ihn habe Eva keine Chance, das Gymnasium zu schaffen.

Gussy solle sich darüber im Klaren sein, dass sie durch

ihre Weigerung, ihnen beiden einen Neuanfang zu gewähren, die Zukunft ihrer gemeinsamen Kinder aufs Spiel setze. Ja, das riskiere sie mit ihrem egoistischen Verhalten.

An dieser Stelle weinte Mutti wieder.

Ich überlegte, ob ich eingreifen sollte, um meine Mutter zu verteidigen. Ich war mir sicher, dass ich das Gymnasium schaffen würde, auch wenn sie nicht viel von Mathematik verstand. Aber sie war da und würde mich anfeuern. Genau wie sie Volker anfeuerte, sich körperlich etwas zuzutrauen, auch wenn er das mit dem Bein hatte und aufpassen musste. Sie glaubte an uns.

Doch dann schlich ich mich ins Bett zurück und weinte ebenfalls.

Am nächsten Tag nahm mein Vater seine beiden Taschen und ging. Wir sollten ihn erst Jahre später wiedersehen.

Köln, 27. März 1962

Gussy hatte niemandem von ihrem Termin beim städtischen Wohnungsamt erzählt. Zum einen, weil sie ein bisschen abergläubisch war und dachte, es würde Pech bringen, wenn sie schon vorher etwas darüber verbreiten würde. Und zum anderen wollte sie den Kindern keine falschen Hoffnungen auf ein eigenes Zimmer machen, jetzt wo Evchen nach Ostern aufs Gymnasium ging, und dann würde vielleicht doch nichts daraus werden.

Auch die Nachbarn wollte sie nicht einweihen, denn die wären möglicherweise enttäuscht, weil sie den Umzug gegen sich gerichtet sähen. Oder sie standen selbst auf der Warteliste für eine preiswerte, größere Wohnung und wären damit Konkurrenten.

Gussy pflegte mit den anderen Mietern in ihrem Haus ein gutes, wenn auch distanziertes nachbarschaftliches Verhältnis. Sie hielt nichts von gegenseitigem »Tellergucken«, wie ihre Mutter Erna es immer genannt hatte. Das führe nur zu Tratsch und irgendwann unweigerlich zu Streit, und das war noch nie ihre Sache gewesen – weder Streit noch übertriebene Nähe.

Nähe, rein körperliche Nähe mochte Gussy auch nicht.

Selbst ihre Kinder küsste sie nie auf den Mund, höchstens auf die Wangen und auch das nur flüchtig. Evchen und Volker gegenüber war Gussy herzlich und fürsorglich. Sie nahm sie, wenn sie Kummer hatten, schon mal in den Arm und drückte sie. Aber das war alles an körperlicher Zuwendung, die sie sich gestattete.

Die Nachbarn hielt Gussy lieber höflich auf Abstand. Nur bei Frau Kaminski, der Nachbarin von gegenüber, lagen die Dinge etwas anders. Die junge Frau mit dem lebhaften Kleinkind tat ihr aufrichtig leid. Sie war durch die Heirat mit Herrn Kaminski, der wie Gussy aus dem Osten stammte, von ihrer eigenen Familie in Köln verstoßen worden.

Wer einen Flüchtling heiratete, der war fast selbst einer, hatte Gussy einmal in der Stadtbücherei gehört, als sich jemand beim Oberbibliothekar über eine Frau beschwerte, die ihre Ausleihfrist schon einige Male rücksichtslos überzogen hatte, so wie es Vertriebene eben gerne machten.

Frau Kaminski hatte Gussy unter dem Siegel der Verschwiegenheit anvertraut, dass ihr Mann evangelisch sei und dass sie die kleine Tochter Brigitte nun auch evangelisch getauft hätten. Damit war sie in ihrer Familie »raus«, wie sie es genannt hatte. Aber als sie das preisgab, hatte sie stolz die Nase hochgezogen. Sie selbst sei natürlich katholisch geblieben. Fast alle Freundinnen aus Kindertagen hatten sich ebenfalls von ihr zurückgezogen, und so war die lebenslustige junge Frau, die Mitte zwanzig sein mochte, meist allein mit ihrem Kind. Herr Kaminski rackerte sich für eine Wohnungsbaugesellschaft, die im ganzen Rheinland agierte, als Maurer ab, und war nie mehr als fünf, sechs Tage im Monat bei seiner kleinen Familie.

Sie sparten auf ein Einfamilienhaus, das sie eines Tages bauen würden. Das Grundstück dafür hatten sie in Hürth-Efferen, nicht weit von ihnen am westlichen Stadtrand von Köln, bereits fest im Auge. Frau Kaminski lachte noch mehr als sonst, wenn sie Gussy davon vorschwärmte, und Gussy musste kurz an das Häuschen in Heusenstamm denken, das sie und Hermann nie besessen hatten.

Ein Stockwerk tiefer wohnte das alte Ehepaar Perlwitz, das ursprünglich aus Sachsen stammte und für das Eva jeden Mittwoch vier Flaschen Milch kaufte. Tochter, Schwiegersohn und Enkeltochter, die in Leipzig lebten, waren bis zum letzten Sommer jedes Jahr in den Schulferien bei den Perlwitz zu Besuch gewesen. Das war mit dem Bau der Mauer am 13. August 1961 nun auch vorbei.

Die alte Frau Perlwitz hatte sie danach oft mit verquollenen Augen im Treppenhaus gegrüßt. Gussy hatte versucht, warme Worte des Trostes zu finden, war aber ratlos gewesen, was man in so einem Fall sagen konnte.

Es war ja niemand krank oder gestorben. Auch hatte sich die Familie nicht entzweit. Genau genommen hatte ihre erzwungene Trennung ja gar nichts mit der Familie, sondern nur mit der Politik zu tun. Aber konnte man so etwas als Trost im Treppenhaus sagen?

Gussy hatte es schließlich vorgezogen zu schweigen.

Das war besser, als etwas Falsches zu sagen.

Eigentlich hatte sie die Perlwitz immer gemocht, na ja, ihn fand sie etwas wichtigtuerisch und politisch anrüchig, aber sie war sehr nett – bis zu dem verhängnisvollen Nachmittag vor ein paar Wochen, als sie oben im dritten Stock die Fußleisten wischte, offenbar so leise, dass nichts ihre Anwesenheit verriet. Da hörte sie die beiden, die gerade von ihrem Spaziergang kamen, den sie jeden Tag genau zwischen zwei und halb vier Uhr nachmittags absolvierten, und nach dem Hausschlüssel suchten. Herr Perlwitz wollte wohl den Moment überbrücken, während seine Frau in ihrer Handtasche wühlte.

»Ist dir in letzter Zeit bei der kleinen Eva von oben etwas aufgefallen?«

Frau Perlwitz kramte weiter, ohne etwas zu erwidern.

Gussy hielt ein Stockwerk höher in ihrer Bewegung inne und richtete sich langsam auf.

»Die hat eine richtige Wampe gekriegt.«

Frau Perlwitz schwieg immer noch, und Gussy hielt die Luft an.

»Weißt du, woher so was kommt, Marta?«

Man hörte nun das Klappern eines Schlüsselbundes.

»Das ist genau wie bei den Negern, wenn die nichts zu essen haben. Da schwillt einfach der Bauch an. Wie bei der Eva. Schmerbauch nennt man das.«

»Das ist Unsinn, Kurt.«

Jetzt hörte man, wie ein Schlüssel ins Schloss gesteckt und umgedreht wurde.

»Das ist kein Unsinn. Meinst du, die geschiedene Schlampe von oben verdient mit ihren Putzstellen genug, um zwei Kindermäuler stopfen zu können?«

»Sie arbeitet doch bei der Stadt, und es gibt ja auch noch die Wohlfahrt. Komm endlich rein, Kurt. Und putz dir die Schuhe ordentlich ab.«

»Dabei erzählt sie jetzt auch noch rum, dass sie das Kind bald aufs Gymnasium schicken will. Aufs Gymnasium, das stelle man sich einmal vor! Nichts zu fressen zu Hause, aber aufs Gymnasium. Die hält sich wohl für was Besseres.«

Der Alte machte ein schnalzendes Geräusch mit der Zunge, das Gussy einen Stock höher einen schmerzlichen Stich zufügte.

»Jetzt komm endlich rein, Kurt!«

Die Tür wurde zugeschlagen.

Gott sei Dank waren die Kinder an diesem Nachmittag bei Freunden zum Spielen. Gussy saß über eine Stunde lang im Badezimmer auf der Kante der Wanne und heulte.

Nein, das hatte nicht den Ausschlag für sie gegeben, sich um einen Termin beim Wohnungsamt zu bemühen. Aber es hatte sie nachhaltig berührt. Sie musste etwas unternehmen.

»Frau Fink. Bitte nehmen Sie doch Platz«, sagte der Beamte. »Was können wir für Sie tun?«

Der Mann war Anfang fünfzig und hatte die Spitzen seiner langen Finger auf Brusthöhe aneinandergelegt.

»Werner Krüger« stand an der Tür zu seinem Büro. Das hatte Gussy sich gemerkt.

»Danke, Herr Krüger. Ich suche eine neue Wohnung, eine Dreizimmerwohnung.«

Er blätterte in einer Akte, die vor ihm lag.

»Hier steht, dass Sie erst vor zwei Jahren in eine Neubauwohnung der Genossenschaft eingezogen sind. Die ist doch sicher noch bewohnbar?«

Gussy nickte und bemühte sich sofort, die Vorzüge ihrer alten Wohnung aufzuzählen.

»Aber die Kinder werden größer. Ich habe einen Sohn und eine Tochter, die sich im Moment ein Schlafzimmer teilen. Das geht auf die Dauer nicht.«

Krüger lehnte sich zurück und suchte ihr Gesicht ab. Gussy war dieser Blick unangenehm.

»Und warum nicht? Die Kinder sind noch nicht halbwüchsig, wie ich hier an den Geburtsdaten sehen kann. Sonst könnte ich das ja verstehen. Aber so?«

Gussy räusperte sich. Ihre Stimme klang nun ein wenig stolz.

»Meine Tochter besucht ab Ostern das Gymnasium. Da braucht sie unbedingt ein eigenes Zimmer für die Schularbeiten. Verstehen Sie?«

Jetzt lächelte der städtische Beamte gönnerhaft.

»Und was ist mit der guten alten Küche? Sie haben doch sicher eine Wohnküche?«

Gussy nickte eifrig.

»Alle Kinder machen ihre Schularbeiten am liebsten in der Küche. Dort ist es warm und gemütlich. Oder ist es nicht vielleicht eher so, dass auch die Mutti mal allein sein will? Möglicherweise mit einem neuen Verehrer? Für den man dann Platz braucht?«

Gussy riss entsetzt die Augen auf. »Ich habe keinen …«

Herr Krüger grinste frech und unterbrach sie.

»Gute Frau, bitte regen Sie sich nicht auf. Wir haben hier jegliches Verständnis dafür. Wir sind doch keine Unmenschen. So eine charmante Dame wie Sie …«

Jetzt grinste er anzüglich.

Gussy wurde rot und schlug die Augen nieder. Am liebsten wäre sie auf der Stelle gegangen.

»Haben wir denn gar keine Chance?«, fügte sie nach kurzem Zögern hinzu. »Ich arbeite doch für die Stadt.« So leicht wollte sie nicht aufgeben.

Krüger beugte sich vor. Gussy bemerkte, dass der Farbdruck des Kölner Doms hinter ihm etwas schief hing.

»Das ist uns bekannt. Wir haben uns selbstverständlich über Sie erkundigt und hören nur das Beste, Frau Fink. Wirklich, nur das Beste.«

Wieder errötete Gussy. Ein kleines Fünkchen Hoffnung kam in ihr auf.

»Wenn Sie Angestellte wären, dann hätte ich möglicherweise etwas für Sie, aber so …«

Er strich sich nachdenklich über das Kinn.

»Aber ich …« Sie begann etwas zu stottern, was sie sonst nie tat. Eher schwieg sie, wenn sie sich unsicher fühlte.

»Aber ich arbeite doch schon seit fast zwei Jahren für die Stadtbücherei, und da ...«

»Ganz recht, Sie sagen es selbst. Sie arbeiten. Das heißt, Sie sind hier in meiner Akte als Arbeiterin geführt, und nicht als Angestellte. Das ist ein großer Unterschied, wie Ihnen vielleicht bekannt ist. Und diese Tätigkeit, diese Arbeit, üben Sie meiner Kenntnis nach auch nur stundenweise aus. Wir sprechen also nicht einmal von einem festen städtischen Arbeitsverhältnis in Vollzeit.«

Gussy reagierte empört. »Das hat mit meinen Kindern zu tun! Ich will zu Hause sein, wenn sie von der Schule kommen, und sie dort nicht allein lassen. Ich will mich um sie kümmern!«

Krüger leckte sich die Lippen. »Das ist sehr löblich, Frau Fink. Nur kann man nicht alles haben, oder?«

Gussy schaute ihn fragend an. Sie wusste nicht, worauf der Mann hinauswollte.

Da sie schwieg, fuhr er fort: »Als Sie sich haben scheiden lassen, war Ihnen wohl nicht ganz klar, auf welche Vorzüge Sie damit verzichten würden, habe ich recht? Sie betrachteten sie nicht als Vorzüge und Privilegien der Ehe, sondern als selbstverständliches Recht für jeden.«

Gussy rutschte unsicher auf ihrem Stuhl herum.

»Vorzüge?«

Sie flüsterte das Wort fast. Vorsichtig drehte sie sich etwas, um das Gefühl des Ausgeliefertseins zu beenden, das sie erfasst hatte.

»Nun ja, ich nehme mal an, dass Ihr Ehemann, pardon, Ihr geschiedener Ehemann, wie jeder treusorgende Familienvater einer geregelten Berufstätigkeit nachging, habe ich recht, Frau Fink?«

Gussy nickte verwirrt. Was genau wollte der Mann vom Wohnungsamt?

»Während Sie zu Hause blieben und sich um Haushalt und Kinder kümmerten. Wie bei fast allen Familien hier bei uns in Deutschland. Oder?«

Wieder nickte Gussy.

»Das heißt, Sie haben billigend in Kauf genommen, dass Sie sich nach der von Ihnen eingereichten Scheidung fortan sowohl um die Kinder als auch um den Lebensunterhalt zu kümmern hatten. Und zwar allein. Laut eigenen Aussagen beziehen Sie auch keinen Unterhalt von Ihrem geschiedenen Mann.«

»Aber …«

Er ließ sie nicht ausreden. »Was unter Umständen mit einschließt, dass nicht alles nach Ihren Wünschen verläuft. Es ist eine große Bürde, Haushalt, Kinderbetreuung und Broterwerb unter einen Hut zu bekommen. Geben Sie zu, das haben Sie damals nicht bedacht, oh nein. Nicht umsonst schützt unser Staat die Familie. Und ich meine damit selbstverständlich die Familie als Ganzes, so wie es einen Sinn ergibt, nämlich mit verteilten und seit vielen Generationen bestens aufeinander abgestimmten Rollen und Aufgaben. Und dann kommen Sie, verehrte Frau Fink, und erwarten als Geschiedene eine Sonderbehandlung?«

»Ich erwarte keine Sonderbehandlung.«

Gussy klang wieder zaghaft. Ihre Stimme war kaum vernehmbar. Woher wusste er so genau über sie Bescheid? Woher wusste er, dass sie es war, die die Scheidung eingereicht hatte? Oder nahm er das einfach an?

Sie hörte draußen im Korridor ein schnelles Trippeln auf hohen Absätzen. Im nächsten Moment wurde auch schon die Tür aufgerissen, und eine Frau mit toupierter Kurzhaarfrisur und einer Brille in moderner Schmetterlingsform stand im Raum. Sie hielt einen graumelierten Ordner fest umschlungen. Herr Krüger drehte sich zu ihr um. Die Frau streifte Gussy mit einem Blick und nickte ihm dann wortlos zu.

»Ach, du hast noch Kundschaft?«

Sie legte ihm den Ordner auf den Tisch.

Krügers Lächeln wirkte klebrig.

»Ja, das ist die nette Frau Fink. Sie arbeitet stundenweise bei uns in der Stadtbücherei und sucht für sich und Ihre beiden Kinder eine größere Wohnung.«

»Schwierig im Moment.«

Die Frau drehte sich nicht einmal zu Gussy um, während sie sprach.

»Wir haben immer noch so viele Flüchtlinge, die dringend etwas suchen.«

»Von drüben?«, erkundigte Gussy sich zaghaft.

Die Frau nickte, während sie sich ihr nun zuwandte.

»Auch nach dem Mauerbau?« Gussy klang zweifelnd.

Die Frau tauschte einen langen Blick mit dem Kollegen Krüger.

»Man hört doch, dass jetzt niemand mehr rüberkommt. Die schießen sofort.«

Die mit der Brille schüttelte energisch den Kopf und verschränkte die Arme vor der Brust.

»Das stimmt, aber es waren ja schon vorher so viele hier. Viel zu viele. Wo soll man die alle unterbringen? An unserer guten Absicht mangelt es bestimmt nicht. Wir helfen, wo wir können. Was, sagten Sie, suchen Sie genau?«

Sofort hatte sich Gussy aufrecht hingesetzt, sie witterte eine neue Chance. Die Frau würde ihr vielleicht eher helfen als Krüger.

»Eine Dreizimmerwohnung mit Küche und Bad. Und mit Kohleofen natürlich.«

Die Frau warf ihrem Kollegen einen raschen Blick zu.

»Was ist denn mit der Hasenweide? Ist die wieder verfügbar?«

Sie kontrollierte eingehend ihre perlmuttfarbenen Fingernägel, während sie auf eine Antwort zu warten schien.

Werner Krüger schüttelte aufgeregt den Kopf.

»Bist du verrückt? Das geht nicht!«

Die Frau lächelte. Gussy lächelte nun ebenfalls.

»Wir hätten da vielleicht etwas für Sie, Frau …«

»Fink. Augusta Fink.«

»Zweifamilienhaus, erster Stock. Großer Vorgarten. Ganz ruhig, aber äußerst zentral gelegen. Es ist ein Altbau von vor dem Krieg, aber gut in Schuss. Drei Zimmer, Küche und Bad.«

Sie nannte die Adresse.

Gussy spürte, wie Hitze in ihr aufstieg. Die Wohnung lag nur knapp zwei Minuten von der Stadtbücherei und ein kleines Stück weiter von Volkers Schule entfernt. Für den leicht gehbehinderten Jungen wäre es eine große Erleichterung.

»Und wie hoch ist die Miete?«

Die Frau zuckte die Schultern.

»Das weiß ich auswendig nicht, aber mit Sicherheit nicht mehr als sechzig oder siebzig Mark, oder?«

Krüger nickte matt, sagte aber nichts. Die Frau hatte sich nun zum Tisch des Kollegen hinuntergebeugt und schrieb etwas auf ein Blatt Papier. Dann reichte sie Gussy mit einem breiten Lächeln den Bogen, der im Briefkopf das Wappen der Stadt trug.

»So, damit gehen Sie jetzt in den ersten Stock, Zimmer 108,

und sagen Sie, Herr Krüger schickt Sie. Dort erhalten Sie den Schlüssel, damit Sie sich die Wohnung mal ganz unverbindlich ansehen können. Viel Glück!«

Gussy konnte es nicht fassen. Sie nahm ihre Handtasche, das »falsche Krokodil«, faltete das Papier sorgfältig und steckte es hinein. An der Tür drehte sie sich noch einmal um. Vor Aufregung war sie ganz kurzatmig geworden.

»Herzlichen Dank Ihnen beiden. Sie glauben ja gar nicht …« Sie brach ab, weil ihr die Tränen kamen.

»Schon gut.«

Die Frau legte ihr fast mütterlich die Hand auf den Oberarm.

»Warum steht diese Wohnung denn leer in diesen schwierigen Zeiten?«, wagte Gussy noch zu fragen. Sie hatte die Türklinke schon in der Hand.

Die Frau mit der Brille lachte etwas unnatürlich. »Sie ist noch gar nicht lange frei, und man hat wohl einfach vergessen, sie anzubieten. So etwas passiert schon mal. Nicht wahr, Werner?«

Krüger schwieg und hob seine Hand zu einem vagen Abschiedsgruß. Er hatte sich zu seinem Aktenregal gedreht, als suchte er etwas.

»Ach, Sie werden schon damit zurechtkommen, schließlich haben Sie ja auch den Mut zu einer Scheidung gehabt.«

Gussy stand unsicher vor ihr und wusste nicht, worauf die Frau anspielte. Die bemerkte ihr Zögern.

»Und manche mögen auch keinen Altbau, Frau Fink. Die bestehen auf etwas Modernem mit allem Drum und Dran. Denen geht es offenbar noch nicht schlecht genug.«

Sie schob Gussy sanft durch die Tür und schloss sie hinter ihr.

Kinderüberraschung

Mutti hatte mir genau zehn Geburtstagsgäste zugestanden. Mit mir, dem Geburtstagskind, wären es elf, so viele, wie ich an dem Tag alt wurde. Obwohl es mitten in den Sommerferien war, gab es nur eine Schulfreundin, die mit ihren Eltern an den Titisee fahren würde. Leider war das meine beste Freundin Beate.

»Wo ist denn der Titisee? Ist das Ausland? Hört sich ein bisschen an wie Pippi-Kacka-See, findest du nicht?«

Beate verzog das Gesicht.

»Der ist doch in Afrika. Mutti sagt, der Titisee ist im Schwarzwald, in Süddeutschland.«

»Und warum fahrt ihr dahin?«

»Keine Ahnung. Vati sagt, alle Ingenieure auf seiner Büroetage fahren in Urlaub, das ist schick.«

Beates Vater war Chefingenieur einer großen Baufirma, und seine Familie wohnte in einem großen Haus mit großem Garten. Und sie hatten ein Telefon. Das hatte für Beate, wie sie mir enttäuscht anvertraute, jedoch keinen Nutzen, da niemand sonst ein Telefon besaß, um sie anzurufen.

»Aber alle anderen bleiben in den Ferien doch auch hier.«

»Wir fahren ja nicht in Ferien«, klärte Beate mich mit Nachdruck auf. »Wir fahren in Urlaub. Das ist was anderes.«

Ich dachte über das eben Gesagte nach.

»Und was macht ihr dann so? Im Urlaub, meine ich?«

Beate dachte nun auch einen Moment nach, bevor sie

antwortete: »Wir gehen spazieren, wir besuchen den Zoo. So was zum Beispiel.«

»Also genau das, was ihr sonntags in Köln auch macht?«

Beate nickte. »Aber im Urlaub können wir das jeden Tag tun, nicht nur am Sonntag.«

Dann lächelte sie breit, weil ihr noch etwas eingefallen war.

»Und wir gehen ins Freibad. Mutti hat Daggi und mir verraten, dass es am Titisee ganz in der Nähe ein Freibad gibt. Vielleicht sogar wirklich *im* Titisee.«

Daggi war Beates kleine Schwester, die genauso alt wie Volker war. Ich runzelte die Stirn und drehte gleichzeitig mein linkes Ohrläppchen. Seit meiner frühsten Kindheit ein Zeichen höchster Konzentration und größtmöglicher Angriffslaune.

»Ja, aber hier wohnt ihr direkt neben dem Freibad, und hier sind auch alle deine Freunde. Dort kennt ihr außer euch niemanden! Das macht doch keinen Spaß, oder?«

Wir anderen verbrachten tatsächlich die unendlich langen Ferienwochen in unserem Freibad, ob bei Regen oder Sonne. Das Zweitaufregendste dort war das Eintauschen von zwanzig Pfennigen gegen vier Gummiteufel oder gegen zwei Gummiteufel und ein kleines Vanilleeis am Stiel (viel erfrischender, aber wenn es kühl war, schmeckte das Eis fad und wässrig, wie ich fand).

Für die zwanzig Pfennige bekam man alternativ auch ein winziges Päckchen Sunkist. Das war am besten, aber das Freibad-Büdchen hatte es nur selten vorrätig. Es war eine süße orangefarbene Plörre, die für mich nur von geringfügigem Interesse war. Viel wichtiger war, wie man mit dem grellbunten dreieckigen Papierkubus in der Hand auf die anderen wirkte – wenn man mit dem durchsichtigen, spitzen

Strohhalm, der aus modernem Plastik war, was viel schicker aussah als die aus blödem Stroh, das Loch an der oberen Seite durchbohrt hatte und dann langsam und mit spitzen Lippen die süß-bunte Flüssigkeit einsog.

Für jemanden wie mich, die außer am Samstagabend, wenn es manchmal eine kleine Flasche Sinalco für uns gab, nur Wasser mit einem Schuss Himbeersirup aus dem Garten von Tante Alma oder Pfefferminztee trank, kam das einer Überwindung gleich, und nur Beate hatte ich gebeichtet, dass ich Sunkist eigentlich ekelhaft fand und es bloß trank, weil man damit besser aussah.

Das eigentlich Aufregende am Freibadbesuch waren aber die Jungs aus der Parallelklasse. Sie lagerten ein Stück entfernt genau wie wir Mädchen auf zwei Decken und taten so, als würden sie das andere Lager gar nicht sehen, ja, es war wie durch mehrere Tarnkappen ihrer Wahrnehmung entzogen, und der Zauber des Unsichtbarseins endete erst im Nichtschwimmerbecken, wahrscheinlich durch die Einwirkung des stark gechlorten Wassers.

Dort tauchten nämlich aus dem wässrigen Nichts einzelne Vertreter der Sexta A auf – die Mädchen waren in der Sexta B – und spritzten oder tauchten einen unter Wasser, was wir aus der Sexta B mit gellenden Schreien kommentierten. Die männlichen Sextaner A kamen immer zu viert und nahmen sich jeweils eine von uns aus der Sexta B als Beute.

Mein Gymnasium war eine moderne Versuchsschule, auf der erstmals Jungen und Mädchen in einer Schule, wenn auch in getrennten Klassen unterrichtet wurden.

Sonst gab es in Köln nur reine Jungen- und Mädchengymnasien. Meine Mutter hatte, nachdem ich die Aufnahmeprüfung bestanden hatte, dieses Gymnasium ausgewählt, weil es in unserem neuen Stadtteil lag, statt mich auf einem der traditionsreichen Gymnasien in der Innenstadt Kölns anzumelden.

Ich hasste es, beim Untergetauchtwerden leer auszugehen. So musste es sich anfühlen, wenn man später nicht zum Tanz aufgefordert wurde.

»Büfett ist eröffnet!«

Meine Mutter klatschte in die Hände, und alle Kinder der Geburtstagsfeier wuselten aufgeregt um sie herum. Sie hatte den Wohnzimmertisch ausgezogen und an die Wand gestellt. Mutti liebte Büfetts, die in Deutschland eine nahezu unbekannte Einrichtung waren und von der man bestenfalls aus exotischen Ländern gehört hatte.

Auch bei den Reichen war diese Form der Nahrungspräsentation sehr beliebt.

Das wusste sie noch aus den guten Zeiten ihrer Ehe, wie sie mir erzählte, als man sie und Vati gelegentlich zu Soireen bei Großindustriellen in Frankfurt eingeladen hatte und bei Bankdirektoren, die das Olympische Komitee und die Sechstagerennen finanziell unterstützten, die mein Vater ja mitorganisierte.

Bei den Amerikanern, für die sie in den Nachkriegsjahren gearbeitet hatte, wurde immer nur viel Fleisch gegrillt. Das nannten sie *Barbikju*. Das hatte ihr weniger zugesagt.

Ein Büfett dagegen symbolisierte für meine Mutter Stil und Opulenz. Stil hatte sie, da war ich mir sicher, auch wenn wir arm waren.

»Es sind noch nicht alle da, Mutti!«

Meine Mutter versuchte, die Kinder zu zählen, und kam tatsächlich nur auf acht. Ohne Volker und mich. Volker stand etwas verloren im Flur vor seinem neuen Zimmer, das für die Geburtstagsfeier gesperrt war, damit er sich vor der wilden, lachenden Mädchenmeute in Sicherheit bringen konnte, wenn ihm danach war.

In seinem Zimmer hatten wir allerdings in einer Ecke den Geburtstagstisch aufgebaut, der seiner kleinen elektrischen Eisenbahn nicht im Weg stehen durfte. Darauf standen neben dem Strauß Dahlien für mich von Mutti – es gab am Geburtstag immer die Lieblingsblumen der jeweiligen Jahreszeit, und Gott sei Dank hatte niemand im Winter Geburtstag – zwei Sammeltassen von den Tanten Alma (mit kleinen Rosen) und Maria (mit abstrakten Zeichen, die an Hieroglyphen erinnerten) und eine Dreierpackung Geschirrtücher, die in diesem Jahr ein Kaffeekannenmuster aufwiesen und von der Oma stammten.

Seit meinem zehnten Geburtstag im letzten Jahr erhielt ich, so war mir inhaltsschwanger verkündet worden, von den weiblichen Verwandten Teile einer sogenannten »Aussteuer«, deren Sinn und Zweck ich auch in diesem Jahr beim Auspacken enttäuscht hinterfragt hatte. Meine Mutter hatte eine Erklärung genuschelt, die mir nicht in Erinnerung geblieben war.

Ich hatte den Eindruck, dass auch sie diese ersten Teile einer ominösen Aussteuer als Geschenk nicht unterstützte. Aber daneben gab es ja noch die zwei Karl-May-Bände von Mutti und diverse kleine Geschenke der Freundinnen, wie Buntstifte, einen Zeichenblock und andere hübsche Gaben. Von meinem Vater war eine Geburtstagskarte gekommen.

»Wer fehlt denn noch?«

Meine Mutter dirigierte die hungrige Meute zum Büfett mit den duftenden bunten Salaten aus Tomaten, Radieschen und Nudeln und mit den gefüllten Pfannkuchen. Die Käsewürfel mit Trauben, die Frikadellen und die aufgespießten Würstchen mit Gurkenscheiben hatte sie wie Gesichter drapiert, die die Kinder anlachten.

»Oh!«

Die Gäste staunten und stießen sich vor Vorfreude in die Seiten.

»Sieglinde und Astrid fehlen. Die wohnen in der gleichen Straße und kommen immer zusammen.«

»Stellt euch bitte in eine Reihe, da vorn nehmt ihr euch jeder einen Teller, Besteck und eine Serviette, und dann wählt ihr, was euch am besten gefällt. Aber nicht alles auf einmal!«, mahnte Mutti die erwartungsvoll schnatternden Kinder.

Dann fuhr sie zu mir herum. »Astrid und Sieglinde? Die Sieglinde mit der Brille? Und die kleine Astrid mit dem Pferdeschwanz?«

Ich nickte, und meine Mutter runzelte die Stirn.

»Die beiden habe ich doch vor einer Viertelstunde durch das Tor im Vorgarten kommen sehen. Als ich die Salate aus der Küche geholt habe.«

»Aber wo sind sie dann, Mutti? Es hat niemand geklingelt.«

Jetzt hatten sich ein paar feine Schweißperlen auf ihrer Stirn gebildet.

»Mutti …«

Ich ließ meine Stimme oben schweben. So bekam sie etwas Bedrohliches, das der Fantasie freien Lauf ließ.

»Das kann doch nicht dieser … dieser …«

Ich suchte nach einem passenden Wort.

»Du meinst diesen Sohn im Erdgeschoss? Der uns hier

raushaben will? Glaubst du, der hat sie wieder weggeschickt, weil wir zu laut waren?«

Ich war den Tränen nahe.

Meine Mutter hatte sich nach dem Besuch beim Wohnungsamt die Wohnung in der Hasenweide angesehen und war überwältigt gewesen. Fast fünfundsiebzig Quadratmeter, Küche, Bad mit Dusche, ganz modern, und Kohleöfen in allen drei Zimmern. Obwohl es ein Altbau war, waren die Räume nicht zu hoch, weshalb man weniger Kohle im Winter bräuchte. Sie war ganz aufgeregt gewesen und hatte sich sofort in die Wohnung verliebt.

Aber warum war so eine Wohnung noch auf dem Markt, hatte sie sich gefragt und Volker und mir haarklein erzählt, was dann passiert war.

Als sie schon wieder auf dem Weg nach draußen war, zögerte sie einen Moment, nahm ihren ganzen Mut zusammen und klingelte dann an der Wohnungstür des Erdgeschosses. Niemand öffnete, aber sie hatte das ungute Gefühl, dass sie jemand durch den Spion an der Tür beobachtete.

Sie hielt diesem scharfen Blick, wie sie ihn zumindest empfand, mit einem freundlichen Lächeln stand.

»Wie du in den Wald hineinrufst, schallt es wieder heraus!«, war eines von Muttis unverwüstlichen Lebensmottos.

Als klar war, dass sie nicht so schnell verschwinden würde, wurde umständlich ein Schlüssel im Schloss umgedreht. Dann öffnete sich die Tür einen Spalt, und das Gesicht einer hageren Frau erschien, die etwa Mitte siebzig sein mochte und sie mit dunklen knopfartigen Augen musterte. Ein spöttisches Lächeln lag auf ihren schmalen Lippen. Ihr Haar trug sie unter einem Kopftuch verborgen, das zusammengebunden war, wie es viele ältere Frauen auf dem Land immer noch zu tragen pflegten.

»Guten Tag, Frau Paffrath.«

Meine Mutter hatte den Namen auf der Klingel gelesen.

Die Frau nickte, sagte jedoch nichts.

Sie stellte sich vor. »Das Wohnungsamt schickt mich, und ich habe mir eben die Wohnung über Ihnen angesehen.«

»Und? Wat han ich damit zu tun? Die Wohnung gehört jetzt der Stadt, und die kann sie vermieten, an wen sie will.«

Meine Mutter lächelte. »Sicher. Aber es kommt doch auch auf ein gutes Miteinander an, oder? Gerade wenn nur zwei Parteien in einem Haus wohnen. Da ist es doppelt wichtig.«

Frau Paffrath verschränkte die Arme vor der schmalen Brust.

»Ich würde die Wohnung gern nehmen und ...«

An der Stelle unterbrach die alte Frau meine Mutter. »Sie sprechen immer nur von sich. Da hat ja wohl Ihr Mann noch ein Wörtchen mitzureden. Oder hat der nichts zu sagen?«

Ihre Worte trieften vor Häme. Sie reckte sich.

»Ich habe keinen Mann. Nicht mehr, Frau Paffrath. Und ich arbeite für die Stadt.«

Bei diesen Worten klang ihre Stimme mittlerweile längst nicht mehr so entschuldigend und zaghaft wie früher. Den zweiten Teil, den mit der Stadt, hatte sie sicherheitshalber nachgeschoben.

Frau Paffrath schien aus irgendeinem Grund nun doch etwas mehr an meiner Mutter interessiert. Sie öffnete die Tür einen größeren Spalt und trat einen Schritt auf sie zu.

»Und da brauchen Sie eine Dreizimmerwohnung? Für wat dat dann?«

Mittlerweile fand meine Mutter den rheinländischen Tonfall der Frau nicht mehr so abstoßend wie am Anfang.

»Für mich und meine zwei Schulkinder selbstverständlich!«, erwiderte sie.

Frau Paffrath musterte sie von oben bis unten.

»Sie haben zwei Kinder?«

Nun verzog sich ihr Mund zu einem Lächeln, das man fast freundlich hätte nennen können, und meine Mutter atmete innerlich auf.

»Ja, ein zehnjähriges Mädchen und einen siebenjährigen Jungen. Sie sind selbstverständlich gut erzogen. Die Tochter geht seit Ostern aufs Gymnasium. Deshalb …«

»Ich habe auch einen Sohn. Der kann gut mit Kindern.«

Meine Mutter zögerte einen Moment, weil sie nicht wusste, was sie entgegnen sollte.

»Er ist sicherlich schon etwas älter«, fiel ihr ein.

Frau Paffrath nickte und lachte zum ersten Mal.

»Achtunddreißig, er wohnt aber noch bei den Eltern. Und das wird auch so bleiben.«

Jetzt wischte sich Frau Paffrath die Hand an der Schürze ab und streckte sie meiner überraschten Mutter entgegen.

»Also dann! Auf gute Nachbarschaft!«

Als meine Mutter am nächsten Tag Herrn Krüger im Flur des Wohnungsamts persönlich darüber informierte, dass sie die Wohnung zum 1. Juni mieten wolle, schaute er alarmiert drein.

»Haben Sie sich das wirklich gut überlegt, Frau Fink? Ich bin sicher, es kommt bald noch etwas anderes rein, das besser passt. Ich denke dann sofort an Sie!«

Krüger hatte offenbar aus irgendeinem Grund ein schlechtes Gewissen.

Aber meine Mutter zerstreute seine Bedenken. Die Wohnung sei genau das, was sie für sich und die Kinder suche.

Krüger schluckte und trat einen Schritt auf sie zu. Er senkte die Stimme.

»Dann will ich ganz offen zu Ihnen sein. Die Paffraths, die ehemaligen Eigentümer des ganzen Hauses, spielen sich immer noch wie die Hausherren auf und vergraulen alle Mieter. Besonders der Sohn ist schon mehrere Male fast gewalttätig geworden. Das will ich Ihnen nicht zumuten, wo Sie mit den Kindern doch alleine sind.«

Meine Mutter lachte. »Das ist sehr freundlich von Ihnen, Herr Krüger, und ich weiß Ihre Fürsorge zu schätzen, aber ich habe Frau Paffrath schon kennengelernt.«

Krüger stand die Verblüffung ins Gesicht geschrieben.

Sie nickte und fuhr heiter fort: »Ich habe einfach geklingelt, mich vorgestellt, und am Ende sind wir mit einem ›Auf gute Nachbarschaft!‹ auseinandergegangen.«

Um ein Haar hätte Werner Krüger seine Akte fallen lassen, während er ihr in ihrem geblümten Frühlingskleid, das wie aus Übermut ein wenig wippte, hinterherschaute.

Dann war alles sehr schnell gegangen: die Kündigung der alten Wohnung, die Unterschrift unter den neuen Mietvertrag. Schwager Hubert versprach bei der notwendigen Renovierung am Wochenende vor dem Einzug tatkräftig zu helfen.

Drei Tage vorher erhielt Mutti jedoch eine Postkarte mit Almas krakeliger Handschrift, auf der sie bedauerte, dass Hubert seine Hilfe zurückziehen müsse – er habe eine wichtige Geburtstagseinladung eines Werkskollegen fürs Wochenende übersehen. Dafür habe die Schwester sicher Verständnis, sie könne doch bestimmt auf zahlreiche andere

Hilfsangebote zurückgreifen, wie Alleinstehende sie ja immer gern bekommen.

Solche Angebote hatte meine Mutter leider nicht, und sie war daher mehr als gerührt, als ihr Nachbar Herr Kaminski darauf bestand, seine rare Freizeit statt mit der Familie auf ihrer Wohnungsbaustelle zu verbringen.

Die Zimmer in unserem neuen Zuhause wurden sehr schön, genau wie Mutti es sich erträumt hatte, und kurz darauf zogen wir in die Hasenweide ein. Das war vor neun Wochen gewesen.

Und in dieser ganzen Zeit hatten wir die neuen Nachbarn kein einziges Mal erblickt. Weder Frau Paffrath noch Herrn Paffrath noch den Sohn. Es war, als lebten wir in einem Haus, dessen Parterre von Gespenstern bewohnt wurde.

Meine Mutter erwähnte öfters, sie hätte es angenehmer gefunden, wenn sie die merkwürdigen neuen Nachbarn gelegentlich – und sei es nur von Weitem – erspäht hätte, um ihnen ein freundliches »Guten Morgen!« zuzurufen.

Volker war überzeugt davon gewesen, dass im Parterre während ihres Einzugs jemand die ganze Zeit hinter den Gardinen gestanden habe. Und wenn wir beide morgens zur Schule gingen und wenn wir mittags zurückkehrten. Und Volker war gut im Beobachten, das musste ich ihm neidlos lassen.

Meine Mutter schluckte.

Die Schlacht um das Geburtstagsbüfett hatte auch bei den kleinen Büfett-Neulingen schon zu einschlägigen Verhaltensweisen geführt – sie hatten sich die Teller vollgeschaufelt, bis nichts mehr ging. Das war offenbar genetisch vorprogrammiert, sodass es den Kindern gar nicht auffiel, dass die Mutter der Gastgeberin leise die Tür zum Hausflur geöffnet hatte und im Treppenhaus verschwunden war.

Ich folgte meiner Mutter auf Zehenspitzen nach unten. Wir wollten gerade in den Vorgarten hinausgehen, um nach den beiden vermissten Kindern zu suchen, als wir ein gedämpftes Klopfen und Schreien aus dem Keller vernahmen.

»Hol den Kellerschlüssel, Eva, schnell!«, rief Mutti.

Ich nickte und stürmte wieder die Treppe hinauf. Eine Minute später war ich zurück, und meine Mutter schloss die Tür unten auf. Sie knipste das Licht an und rief schon auf der Kellertreppe nach Astrid und Sieglinde. Wir fanden die beiden völlig verstört im abgeschlossenen Kohlenkeller. Sie heulten und warfen sich in unsere Arme.

Vorsichtig führten wir die beiden nach oben. Niemand zeigte sich im Treppenhaus. Ich war froh darüber, denn ich wusste nicht, was meine Mutter sonst getan und gesagt hätte. Beim Abschließen der Tür zur Kellertreppe hatten wir ein kleines Loch im Holz entdeckt, wie von einem Nagel.

Alle Kinder umringten uns oben ganz aufgeregt, einige weinten, andere brachten Waschlappen, damit Astrid und Sieglinde sich vom Kohlestaub säubern konnten. Dann bekamen sie Apfelsaft und durften sich Essen vom köstlichen Büfett nehmen.

Nach einer halben Stunde hatten sich alle etwas beruhigt, und die beiden Geburtstagsgäste erzählten unter nur noch sporadischem Schluchzen, wie man ihnen die Haustür aufgedrückt hatte, noch bevor sie geschellt hatten. Gleich darauf hatten sie ein handgeschriebenes Blatt an der Kellertür neben der Haustür entdeckt, auf dem stand: »Der Geburtstag beginnt hier unten. Schatzsuche!«

Da waren sie auf der Stelle die Kellertreppe hinuntergestürmt und dem Pfeil in den Kohlenkeller gefolgt. Plötzlich sei das Licht ausgegangen, und sie hätten gehört, wie erst unten und dann oben abgeschlossen wurde. Von dem Moment an wussten sie, dass man sie in eine Falle gelockt hatte und dass das überhaupt nicht zum Geburtstag gehörte, und sie hatten geschrien und geklopft, um auf sich aufmerksam zu machen.

Meine Mutter tröstete die beiden tapferen Mädchen, so gut sie konnte, und wies alle Kinder an, nun zum Topfschlagen überzugehen, das sie vorbereitet hatte, und niemandem, unter keinen Umständen, die Tür zu öffnen. Sie wäre in einer Viertelstunde wieder da.

»Was hast du vor, Mutti?«, fragte ich und sah sie prüfend an. »Du gehst doch nicht zu den Nachbarn da unten? Das lass ich nicht zu!«

Sie nahm mich in den Arm und drückte mich fest.

Sie versuchte, sich vorzustellen, sagte sie mir, wie Frau Paffrath ein Blatt mit dem Wort »Schatzsuche« beschriftet und es mit einem kleinen Nagel an der Kellertür befestigt hatte. Nein, das konnte nicht sein.

»Meinst du, es war ihr Sohn?«, fragte ich meine Mutter.

Sie überlegte kurz.

»Vermutlich war sie eingeweiht, aber das hier sieht nach jemandem aus, der weiß, was die Fantasie von Kindern beflügelt. Jemand, der mit Kindern angeblich gut kann.«

Ich wusste nicht genau, wovon sie sprach.

»Was meinst du damit, Mutti?«

Sie ließ mich los, streichelte kurz meine Wange und griff dann im Flur nach ihrer Handtasche.

»Evchen, sie sind zu weit gegangen. Mit solchen Menschen rede ich nicht mehr. Ich werde zur Polizei gehen und sie gleich mitbringen. Wir haben zwei Zeugen unter unseren Gästen, die genau beschreiben können, was passiert ist. Dann wird die Polizei mit dem Sohn und seinen Eltern reden. Wir nicht.«

»Wir erwarten, dass die Stadt etwas unternimmt, und zwar ohne Wenn und Aber, Herr Krüger.«

Eine Woche später saß meine Mutter im Besuchersessel vor seinem Schreibtisch. Sie sprach mit leiser, aber fester Stimme, ohne weinerlich zu klingen. Ich hatte mich neben ihr auf einen Stuhl gesetzt und fixierte den Mann vom Wohnungsamt. Ich schaukelte mit den Füßen hin und her, die knapp über dem Boden schwebten.

Krüger seufzte. Ich hatte meine Mutter davon überzeugen können, dass es nützlich sein würde, wenn ich mitkam.

»Ich hatte Sie doch gewarnt, Frau Fink. Sie waren es, die diese Warnung in den Wind geschlagen hat, wenn ich Sie erinnern darf.«

Krüger schaute nervös zu mir, und ich wich seinem Blick nicht aus.

Er erinnerte mich an Tante Sigrun aus dem Kindergarten in Frankfurt, die ich eigentlich schon längst vergessen hatte. Die hatte es auch nicht gemocht, wenn man sie so ansah, und wurde dann immer ganz hektisch.

Meine Mutter beugte sich leicht nach vorn.

»Es ist ein Armutszeugnis für die Stadt, wenn sie ihre Mieter in städtischem Eigentum nicht zu schützen weiß und sie lediglich davor warnt, in ein solches Haus einzuziehen. Und das in Zeiten der Wohnungsknappheit. Und Sie, Herr Krüger, sind der Verantwortliche für unseren Bezirk.«

Noch vor zwei Jahren, als wir hierhergezogen waren, hätte

Mutti sich nicht getraut, mit dem Mann vom Wohnungsamt so zu reden.

Krüger räusperte sich und öffnete einen schmalen Ordner, den er vor sich liegen hatte.

»Ich habe hier das Protokoll des Polizisten, der vor einer Woche auf Ihr Drängen hin zum Wohnhaus der beiden Zeuginnen ging, um sie zu diesem Vorfall zu befragen. Das waren die beiden Kinder Astrid und Sieglinde. Danach waren Sie mit ihm bei den Beschuldigten, der Familie Paffrath, um sie ebenfalls zu befragen.«

Krüger schaute auf, als erwarte er eine Reaktion.

Meine Mutter schwieg. Ich auch.

»Das Gespräch mit Mutter und Sohn Paffrath ergab keine Erklärung für den von den Kindern geschilderten Vorfall. Niemand wusste von einem ominösen Blatt, das angeblich an der Kellertür geklebt hatte …«

»Es war mit einem kleinen Nagel befestigt. Oder mit einer Reißzwecke. Die Einstichstelle im Holz habe ich genau gesehen. Man kann es immer noch erkennen.«

Krüger fuhr fort, ohne diesen Einwand zu kommentieren.

»Niemand von der Familie habe den beiden Kindern die Haustür geöffnet oder sie in den Kohlenkeller gelockt, um sie dort einzusperren. Das hat die Befragung ergeben.«

Krüger klappte den schmalen Ordner zu und schaute meine Mutter mit zusammengepressten Lippen an.

Sie atmete ein paarmal durch, bevor sie sprach.

»Und Sie wissen, dass das nicht stimmt. Sie wissen es ganz genau. Wir wissen es beide. Wir hatten oben einen Kindergeburtstag in vollem Gange. Glauben Sie, wir schicken zwei unserer Gäste zwischendurch schnell mal in den Kohlenkeller, um ihnen Angst einzujagen?«

Stille breitete sich in dem kahlen, spärlich möblierten Amtszimmer aus.

»Sie kommen nicht mehr.«

Es war das Erste, was ich in diesem Raum sagte. Herr Krüger drehte sich überrascht und fast erleichtert zu mir.

»Wer kommt nicht mehr, mein Kind?«

Meine Augen wurden schmal.

»Alle kommen nicht mehr. Niemand kommt mehr.«

»Ich verstehe nicht ganz ...«

»Denken Sie nur mal an Klaus Peter.«

Nun war Herr Krüger auf einmal ganz Ohr. Er hatte sich senkrecht im Bürostuhl aufgerichtet, als hätte ihn etwas in den Po gestochen.

»Was ist mit Klaus Peter?«

Klaus Peter war Krügers Sohn und ging in die Sexta A, meine Parallelklasse.

Meine Mutter hatte sofort verstanden und übernahm das Wort.

»Stellen Sie sich vor, in dem Haus, wo Sie wohnen, wird ein Freund von Klaus Peter, als er ihn mal besuchen will, in den Keller verschleppt. Glauben Sie, der kommt ihn noch einmal besuchen? Wenn niemand deswegen zur Rechenschaft gezogen wird?«

Krüger schwieg betroffen und starrte durch uns hindurch.

»Keine meiner Freundinnen traut sich mehr, zu uns zu kommen. Keine einzige.«

Ich sprach mit klarer Stimme.

»Dabei hat Klaus Peter gar nichts getan. Und ich auch nicht. Wir alle zwei nicht. Wir wollen da nur in Ruhe wohnen.«

Nun standen wir beide auf. Ich schob sogar meine Hand in

die Hand meiner Mutter. Auch wenn es eigentlich blöd aussah. Aber das hier war eine Ausnahmesituation, und Hand in Hand fühlten wir uns beide in dem Moment besser und auch ein bisschen stärker.

Meine Mutter lächelte gezwungen.

»Ich weiß, dass Sie nicht nur als Wohnungsamtsvorsteher, sondern auch als Vater dafür sorgen werden, dass wir, wie Eva eben sagte, in Ruhe dort leben können und Kinder uns ohne Angst besuchen kommen können.«

Herr Krüger rückte seinen Schreibtischsessel zurück und stand ebenfalls auf. Er ging um den Tisch herum und blieb vor uns stehen. Er rang seine schmalen Hände.

»Liebe Frau Fink, ich werde alles tun, was in meiner Macht steht, aber ich bin weisungsgebunden und kann nichts allein entscheiden. Denn in einem solchen Fall …«

Nun ließ meine Mutter meine Hand los und ging einen winzigen Schritt auf den Amtsvorsteher zu, der erschrocken zurückwich. Ich warf ihm einen giftigen Blick zu.

Meine Mutter sagte: »Noch eins, Herr Krüger. Frau Paffrath beschrieb mir, dass ihr achtunddreißigjähriger Sohn, der immer noch bei seinen Eltern wohnt, angeblich gut mit Kindern könne. Was glauben Sie, könnte das bedeuten?«

Krüger erbleichte auf der Stelle.

»Ja, was könnte das bedeuten?«, fragte ich nun auch. Ich hatte keine Ahnung, wovon die beiden sprachen. Aber Krüger und meine Mutter ignorierten meine Nachfrage.

»Frau Fink …«, hob der Beamte an.

»Glauben Sie, ich selbst kann seit diesem Vorfall noch angstfrei mit meinen Kindern dort leben?«

Er schüttelte ermattet den Kopf und hielt ihn gesenkt.

»Auf Wiedersehen, Herr Krüger.«

»Auf Wiedersehen«, piepste ich etwas halbherzig und nur weil ich gut erzogen war.

Als wir die Tür erreicht hatten, schien der Mann wie aus einer Trance zu erwachen und hielt meine Mutter zurück.

»Frau Fink, wir werden umgehend die nötigen Schritte unternehmen, um Ihre Situation zu verändern«, er stockte, »nein, um sie zu verbessern, um sie zu …«

Meine Mutter hatte sich zu ihm umgedreht und schaute ihn an.

»Wie wäre es mit dem einfachen Wort ›normalisieren‹? Ich will mit den Kindern nur ganz normal leben.«

Eine Woche später stand ein Umzugswagen vor der Tür, und die Paffraths zogen aus. Wohin sie zogen, wusste niemand.

Aber meine Mutter wollte es auch gar nicht wissen. Wir fühlten uns unglaublich erleichtert.

Remagen, 12. April 1963 – Karfreitag

Gussy war in einer Stimmung, die man fast als aufgedreht hätte bezeichnen können. Sie hatten es sich im Mansardenzimmer einer kleinen Familienpension in Remagen am Rhein gemütlich eingerichtet und waren nun auf dem Weg in die kleinen Gässchen der Altstadt.

Eva und Volker leckten beide ein schmales Eis am Stiel, Volker hatte Schokolade gewählt, Eva Erdbeere. Gussy trug eine moderne Kurzhaarfrisur mit Locken, die ihr die Natur nicht geschenkt hatte, und fühlte sich erleichtert und gelöst.

Das Gefühl durchströmte sie, seit sie am Morgen einen Pflichtbesuch im Heim des Müttergenesungswerks in Bad Godesberg absolviert und vorzeitig abgebrochen hatten. Gussy war ein wenig stolz darauf, dass sie sich von der Mutter nicht hatte einschüchtern lassen.

Das Müttergenesungswerk lag zwischen Köln und Remagen und nur zehn Minuten vom Bahnhof entfernt. Dort war ihre Mutter Erna nach einer Operation am grünen Star für drei Wochen zur Rekonvaleszenz untergebracht worden.

Hubert und Gussys Schwester Alma hatten dafür gesorgt, da die Oma einen Aktivposten in der Betreuung der Großfamilie darstellte und daher auch in den Genuss des Hilfswerks kommen durfte.

Und an diesem Morgen, auf dem Weg in die Osterferien, hatten Gussy und die Kinder sie besuchen wollen.

In Gussys Handtasche steckte eine Flasche Klosterfrau Melissengeist, den ihre Mutter schätzte und den sie ihr sowohl zum Geburtstag wie zu Weihnachten regelmäßig schenkte. An Weihnachten gab es sogar die große Flasche mit Schleife.

Diesmal war er zur Genesung gedacht, außer der Reihe sozusagen, und Gussy konnte sich nur die kleinste Flasche leisten.

»Was genau ist das eigentlich, was du Oma immer schenkst?«, fragte Eva, während sie durch den großen Garten des Heims gingen, der bis unten an den Rhein reichte. Schmucke Blumenrabatten, in denen sich Osterglocken und himmelblaue Hyazinthen anmutig zueinander neigten, säumten die akkurat geharkten Wege. Erna Hauptmann sitze unten am Fluss auf einer Bank, hatte man ihnen am Empfang gesagt.

»Medizin«, antwortete Gussy. »Das ist gut für die Nerven, aber auch wenn sich der Magen mal schwach anfühlt. Dann nimmt man einfach einen Löffel davon, mit etwas Wasser verdünnt.«

»Es riecht wie Schnaps und nicht wie Medizin«, fuhr Eva unbeeindruckt fort.

Gussys Kopf flog herum. »Woher weißt du, wie Schnaps riecht?«

Seit sie mit den Kindern ohne Hermann lebte, hatte sie dafür gesorgt, dass kein Alkohol mehr im Haus war.

Eva stapfte ein paar Schritte hinter ihrer Mutter und dem Bruder durch den Garten.

»Bei Beates Eltern gibt es im Wohnzimmerschrank eine Hausbar. Mit Spiegeln und Beleuchtung, die angeht, wenn man die gepolsterte Tür öffnet. Das sieht todschick aus. Und da stehen ganz viele Flaschen. Warum haben wir das nicht?«

Sie waren alle drei stehen geblieben.

»Weil wir das nicht brauchen«, sagte Gussy streng. »Bei uns trinkt niemand so etwas.«

Dann ging Eva weiter, und Gussy holte sie ein.

»Habt ihr etwa davon probiert?«

»Wovon?«

Eva schaute zu den Baumwipfeln hoch, als hätte sie plötzlich ein Interesse an nistenden Vögeln entwickelt.

»Na, von dem, was in der Hausbar steht. Vom Inhalt der Flaschen?«

Gussy war es leicht schwindelig geworden. Eva schüttelte heftig den Kopf.

»Quatsch. Erstens ist das nur was für Erwachsene und für Kinder gefährlich, und zweitens ist die Hausbar sowieso abgeschlossen.«

»Und wieso weißt du dann, wie Schnaps riecht?«, kam Gussy auf ihre ursprüngliche Frage zurück.

»Da sitzt Oma und wartet«, stellte Volker in dem Moment nüchtern fest. »Ob sie uns schon sehen kann?«

Statt ihre Schritte zu beschleunigen, gingen alle drei nun eindeutig langsamer.

»Es wurde auch Zeit!«

Das waren die Begrüßungsworte der alten Dame für ihre Tochter und die Enkelkinder. Die kleine, gedrungene Frau mit dem straffen Knoten am Hinterkopf hielt ihnen wortlos die Wange hin.

Die Vögel in den Bäumen zwitscherten laut und aufdringlich. Erna Hauptmann trug über einem Auge eine schwarze Klappe, was ihren abweisenden Gesichtszügen fast etwas Hinterhältiges verlieh.

»Tut mir leid, aber der Zug hatte Verspätung, Mama.«

Gussy verschwieg, dass sie eine Weile hatten warten

müssen, bis sie ihren Reisekoffer bei der Gepäckaufgabe abgeben konnten.

»Du hast es ja wunderschön hier. So direkt am Rhein!«

Gussy setzte sich neben ihre Mutter, die keinen Zentimeter zur Seite wich, um ihr Platz zu machen.

»Ja, Oma. Du hast es sehr schön«, bekräftigte Eva das eben Gesagte.

»Man spricht nicht, wenn man nicht gefragt wird«, wies Erna ihre Enkeltochter zurecht.

»Oma, du siehst aus wie ein Pirat!« Das konnte Volker sich nicht verkneifen.

Er zog sein Matchbox-Auto, einen winzigen kanariengelben Jaguar, aus der Hosentasche, ließ sich auf der Erde nieder und lenkte ihn im Kreis herum. Dabei gab er ein leises Brummbrumm-Geräusch von sich. Er tauchte wie so oft in seine eigene Welt ein, und Gussy beneidete ihn ein wenig darum. Sie wünschte sich weit weg.

»Wirst du denn gut versorgt hier?«, fragte sie und versuchte, den unfreundlichen Ton der Mutter zu ignorieren.

Innerlich schäumte sie vor unterdrückter Wut. Was bildete diese Frau sich ein? Da kam sie mit ihren Kindern extra hierhergereist, und dann war sie wieder hässlich zu ihnen.

So wie immer, wenn sie die Mutter bei Alma besuchten. Mittlerweile hatte Gussy sich durchgerungen, nicht mehr zweimal wie am Anfang, sondern nur noch einmal im Monat den weiten Weg quer durch Köln mit den Kindern auf sich zu nehmen. Sie hatte sich damit herausgeredet, dass Eva am Wochenende immer sehr viel Hausaufgaben fürs Gymnasium zu machen hätte.

Das hatten Erna und Gussys Schwester sofort mit einem

hämischen Grinsen quittiert. Wenn sie es nicht schafft, soll sie doch auf die ganz normale Volksschule gehen, wie die Kinder von Alma es taten. Die hielten sich auch nicht für etwas Besseres und hatten, wenn sie mit der Schule fertig waren, sofort eine anständige Lehrstelle im Handel oder im Verkauf in Aussicht. Da verdienten sie gleich etwas und lägen ihr nicht wie Eva noch jahrelang auf der Tasche. Außerdem würde es Eva ihr nicht danken eines fernen Tages. Darauf könne sie Gift nehmen.

»Es geht so«, schnaufte Erna auf ihrer Bank. »Die Verpflegung ist natürlich nicht wie zu Hause, das Bett ist miserabel, und die Angestellten sind unhöflich. Ich bin froh, wenn ich wieder zurück zu Alma kann. Noch sechs Tage.«

Eva trat neben ihre Mutter und legte eine Hand auf ihren Oberarm. Sie hatte offenbar genug von der Unfreundlichkeit der Großmutter.

»Wir sind auch nur bei dir vorbeigekommen, Oma, weil es auf dem Weg lag.«

Oma Erna schaute auf und musterte die Enkeltochter mit dem einzelnen kalten Auge.

»Wie – auf dem Weg lag? Auf welchem Weg? Was meint sie damit, Augusta?«

»Nichts«, versuchte Gussy, Evas Satz herunterzuspielen. Doch sie hatte die Rechnung ohne ihre Tochter gemacht, die ohne Punkt und Komma fortfuhr.

»Wir sind auf dem Weg in den Urlaub. Nach Remagen, an den Rhein. Das ist fast so wie der Titisee im Schwarzwald. Und da war es auch kein Umweg, kurz bei dir vorbeizuschauen. Du liegst einfach auf dem Weg.«

Gussy wäre fast im Boden versunken. Sie hatte den Kopf zur Seite gedreht, um dem unerbittlichen Blick ihrer Mutter zu entgehen, auch wenn er nur aus einem Auge kam. Das reichte völlig aus.

Erna hatte sich aufgesetzt und war vom selbstmitleidigen Großmütterchen zu einer höchst ungehaltenen Respektsperson geworden.

»Das ist ja interessant, Augusta. Wie soll ich das verstehen? Du kannst es dir leisten, mit den Kindern in Urlaub zu fahren?«

Gussy hatte es die Sprache verschlagen.

»Und mich kommst du nur einmal im Monat besuchen und bringst mir …«, sie griff nach der Flasche Melissengeist mit den Nonnen auf dem Etikett, die in ihrem weiß-blauen Karton achtlos neben ihr lag, und hielt sie hoch, »… diese lächerlich winzige Flasche mit? Die hast du dir wohl auch vom Munde abgespart, was?«

»Mama! Glaub mir doch, ich …«

Erna ließ sie nicht ausreden. »Deine Schwester Alma und ich haben dich durchschaut, Augusta. Wir wissen sehr wohl, was du hier in Köln wolltest, nach der Scheidung von diesem, diesem …«

Da stand Gussy auf und stieß ein drohendes »Mama!« hervor.

»… vom Vater dieser Kinder«, lenkte Erna ein und schluckte hinunter, was sie ursprünglich hatte sagen wollen.

»Und ich sage dir jetzt mal Folgendes, Mama.«

Gussy war wieder einen Schritt näher an die Bank herangetreten, auf der ihre Mutter saß, und schaute auf sie hinab. Sie merkte, dass sie zitterte.

Erna hatte ein selbstzufriedenes Lächeln aufgesetzt.

Volker hatte den Jaguar inzwischen angehalten und blickte nun ebenfalls nach oben, um die beiden zu beobachten.

»Ich könnte dir jetzt erzählen, wie lange ich dafür gespart habe, dass ich mit den Kindern das erste Mal überhaupt an Ostern drei Tage lang für zwölf Mark pro Nacht in einer preisgünstigen Pension unterkommen kann. Das tue ich aber nicht.«

Gussy musste schlucken.

Dann fuhr sie fort, und ihre Stimme bebte. Aber das war ihr jetzt egal.

»Wir hätten auch woanders hinfahren können für das Geld, in die Eifel zum Beispiel, in die Nähe eines Tierparks. Das hätte den Kindern bestimmt gefallen. Aber ich dachte, es wäre schön, das mit einem Besuch bei dir hier zu verbinden. Damit du deine Enkel sehen kannst und dich freust, von mir will ich gar nicht reden …«

»Tu ich doch, tu ich doch …«

Erna rutschte jetzt plötzlich in eine Verteidigungsrolle, wie Gussy mit Interesse bemerkte.

»Kommt doch mal zur Oma, ihr beiden …« Sie winkte den Kindern mit den Armen. Doch Eva und Volker wichen gleichzeitig zurück und schauten die Oma feindselig an, ohne ein Wort zu sagen.

Gussy nahm ihre Kinder eins an jede Hand und ging auf den Hauptweg zurück.

»Ich habe genug von deinen Demütigungen«, sagte sie. »Genieße dein schönes Leben bei Alma und Hubert. Das hast du verdient. Gute Besserung für deine Augen, Mama. Auf Wiedersehen.«

»Auf Wiedersehen«, flüsterte Volker.

»Auf Wiedersehen«, warf Eva trotzig hin.

Damit gingen sie den Gartenpfad in Richtung Ausgang, und keiner von ihnen drehte sich mehr zu Oma Erna um.

Als sie eine halbe Stunde später mit ihrem abgeschabten Koffer im Bummelzug nach Remagen saßen, fragte Volker: »Mutti, was sind Demütigungen?«

Gussy packte gerade die Reisebrote aus, mit Ei, Schnittlauch und einem Hauch Mayonnaise, die sie selbst gemacht hatte. Gekaufte Mayonnaise aus der Tüte konnte sie sich nicht leisten, obwohl die alle viel besser fanden.

Sie überlegte. Schließlich hatte sie eine Antwort für Volker gefunden.

»Stell dir vor, jemand kann ganz wunderbare Butterbrote schmieren, die jeder mag, so wie diese hier. Und dann kommt jemand, der sagt, das sind aber eklige Brote! Wer solche Brote macht, der weiß nicht, wie es richtig geht. Dem sollte man gar nicht erlauben, Butterbrote für andere zu schmieren.«

Volker schaute seine Mutter aufmerksam an, er hatte aufgehört das Brot mit dem Ei zu kauen. Eva schwieg ebenfalls.

Schließlich fand Volker seine Worte wieder.

»Und das sagt der nur, um den anderen, der so gute Brote macht, zu ärgern?«

Gussy nickte und unterdrückte die Tränen, die in ihr aufstiegen.

»Damit der sich nicht mehr traut, gute Brote zu machen? Weil er denkt, er macht alles falsch?«

Nun nickte Eva vehement. »Stimmt genau, Volker.«

»Und der, der das behauptet hat, ist vielleicht neidisch auf den anderen, der so gute Brote machen kann, weil er das nicht selbst kann?«

Gussy legte unsicher den Kopf schräg. Dieser letzte Gedanke war ihr noch gar nicht gekommen.

Volker biss jetzt herzhaft in sein Brot und kaute. Der

Zug rollte am Rhein entlang. Man konnte die beiden Inseln Grafenwerth und Nonnenwerth erkennen, bald würden sie Remagen erreichen.

Plötzlich lächelte Volker und wischte sich die Hände an dem Stofftaschentuch ab, das seine Mutter ihm gereicht hatte.

»Dann weiß ich, was eine Demütigung ist. Das ist dasselbe wie bei mir in der Schule.«

Gussy hob die Augenbrauen.

»Wieso wie bei dir in der Schule?«

»Wenn ich im Sportunterricht etwas machen will, sagen die anderen immer: ›Das schaffst du nicht, Volker, lass es lieber bleiben!‹«

Gussy war sprachlos.

Der Schaffner kam durch die Reihen. »Nächste Station Remagen, nächste Station Remagen! Alle Reisenden für Remagen bitte aussteigen!«

»Das hast du mir noch nie erzählt, Volker. Was sagt denn euer Sportlehrer dazu?«

Der schmächtige Junge schaute seine Mutter an und nahm den winzigen Rucksack aus dünnem grünem Tuch vom Sitz, um ihn sich umzuschnallen.

»Der hat doch damit angefangen, Mutti«, sagte Volker und klang müde.

Gussy wollte empört etwas dazu sagen, aber sie musste ihr Gepäck zusammensuchen und hatte alle Hände voll zu tun.

Bald darauf fanden sie die kleine Pension, von der man im obersten Stock, in dem ihr Zimmer lag, sogar den Rhein sehen konnte, wenn man sich auf die Zehenspitzen stellte.

Gussy war glücklich, dass sie es so gut getroffen hatten. Den Tipp hatte sie von Frau Krieger bekommen, ihrer netten Kollegin in der Stadtbücherei, die, als ihr Mann noch lebte, immer einmal im Jahr im Herbst für ein paar Tage dorthin gefahren war.

Die Wirtin, die resolute Frau Koch, die ihnen sofort den Koffer abnahm und ihn nach oben trug, hatte zur Begrüßung sogar Schinkenbrote für sie vorbereitet, eine Tasse echten Bohnenkaffee für Gussy und Traubensaft für die Kinder.

»Mit guter Butter«, hatte Gussy den Kindern zugeflüstert und dabei vor Freude gezwinkert. Bei ihnen zu Hause gab es nur Margarine aufs Brot.

Nun waren sie schon seit zwei Stunden durch das Städtchen geschlendert und hatten den majestätischen Rhein mit den weißen Ausflugsschiffen bewundert. Sogar den Schaufeldampfer *Goethe* hatten sie erspäht, als er gerade wieder ablegte, und Volker konnte sich gar nicht daran sattsehen. Eva fand ihn nur mäßig interessant, sie wollte sich lieber die Andenkenläden an der Rheinpromenade anschauen.

»Darf ich mir etwas von meinem Taschengeld kaufen?«

Gussy nickte.

Wenig später hielt Eva schon eine Anstecknadel in der Hand, an der ein Weinglas und eine Rebe aus dickem buntem Plastik baumelten. In der anderen hatte sie ein Abziehbild der Stadt Remagen, das man auf einen Rucksack oder einen Spazierstock kleben konnte. Es zeigte ein paar Burgen und einen Hund mit einer Krone. Eva kräuselte beim Anblick des Hundekönigs die Lippen.

»Gefällt dir das, Mutti?«, fragte sie und streckte ihr beides entgegen.

»Ich würde an deiner Stelle noch etwas warten, Evchen, wir sind doch gerade erst angekommen und wissen noch gar nicht, was es alles gibt«, riet ihr Gussy. »Da wäre ich mit dem Geld noch vorsichtig.«

Volker nickte zustimmend.

»Du nimmst dein Taschengeld doch sowieso wieder mit nach Hause«, sagte Eva schnippisch zu ihrem Bruder. Sie gab ihr Geld dagegen gerne aus, wusste Gussy, auch wenn es nur wenig war.

Seit Weihnachten hatte sie sich zwei Mark fünfzig zusammengespart. Fünfzig Pfennig Taschengeld gab es jeden Monat. Dazu hatte Onkel Hubert den beiden Kindern bei ihrem vorletzten Besuch unauffällig noch je fünfzig Pfennig zugesteckt.

Eva steckte ihr herzförmiges Portemonnaie wieder ein, und Gussy schlug übermütig vor, in eine Gaststätte mit Garten zu gehen, von denen sie einige am Rheinufer gesehen hatten. Es war unerwartet warm an diesem Karfreitag. Auch die größeren Hotels hatten alle eine Terrasse für Gäste, und Gussy war etwas ratlos, welche sie ansteuern sollten.

»Dein grünes Perlonkleid leuchtet richtig, Mutti«, sagte Eva zu ihr. »Du siehst sehr schön darin aus.«

Volker strahlte seine Mutter an, und Gussy lachte.

»Ach, das ist lieb von euch. Ich finde, wir sehen alle drei nicht schlecht aus bei diesem wunderbaren Osterwetter!«

»Hotel Remagener Hof, da gehen wir hin!«, entschied Eva. Das Gartenlokal mit den weißen Gartenmöbeln schien ihr wohl die mondänste Wahl zu sein.

Gussy schaute sofort skeptisch. »Das sieht aber teuer aus.«

»Ach Mutti!« Eva verzog das Gesicht. »Wir trinken doch nur eine Brause oder so.«

Als sie auf der Terrasse standen, schaute Gussy sich unschlüssig um. Alle Tische waren besetzt.

»Kommt, wir gehen woandershin.«

Gussy hatte sich schon erleichtert umgedreht, um den Remagener Hof wieder zu verlassen, als Eva sie kurz am Kleid zog, was sonst nicht ihre Art war.

»Warte! Dahinten unter dem Baum ist noch ein ganzer Tisch frei.«

Gussy stellte sich auf die Spitzen ihrer weißen Pumps. »Wo denn?«

»Da, wo die Frau sitzt!«

Eva zeigte auf einen Tisch unter einem Lindenbaum, an dem eine ältere Dame mit weißem Haar und einer Brille mit Goldrand saß und ein Stück Torte aß.

»Da sitzt doch schon jemand, Eva, das ist kein freier Tisch.«

Gussy nahm Volker an die Hand und wollte ihn mit sich ziehen. Doch Eva hatte sich schon auf den Weg gemacht, sie wollte unbedingt auf dieser Terrasse bleiben.

Gussy sah, wie Eva die alte Frau ansprach und wie diese freundlich lächelte und einladend auf die freien Plätze an ihrem Tisch zeigte. Eva winkte ihrer Mutter zu, und als Gussy und Volker bei ihnen waren, entschuldigte sich Gussy sofort dafür, dass ihre Tochter sie so bedrängt hatte.

»Aber das macht doch gar nichts! Ich fühle mich überhaupt nicht bedrängt.«

Gussy überlegte, mit welchem Akzent diese Frau sprach. Sie schien keine Deutsche zu sein, aber ihr Tonfall kam ihr bekannt vor.

»Bitte, leisten Sie mir doch Gesellschaft mit Ihren Kindern.«

Wieder forderte sie die drei mit einer einladenden Geste auf, sich zu setzen.

»Danke. Wenn es Sie wirklich nicht stört …«

Gussy nahm mit den Kindern Platz. Es war ein Tisch für sechs Personen, und nun waren sie zu viert.

Die Situation war ihr etwas unangenehm. Hastig bestellte Gussy bei einer Kellnerin in schwarzem Kleid und mit weißem Schürzchen und weißer Haube, und bald gewann sie den Eindruck, dass sich die alte Dame sogar über ihre Gesellschaft freute, weil sie nicht so gern allein war.

Sie erzählte, dass sie hier ein paar Tage Urlaub mache. Sie sei häufiger im Rheinland und komme immer sehr gern hierher.

»Wo sind Sie denn her, wenn ich fragen darf?« Gussy wollte nicht zu neugierig oder gar aufdringlich klingen.

Die Dame lächelte. »Aus den Niederlanden, ganz in der Nähe von Utrecht.«

Deshalb war ihr der Akzent so vertraut gewesen. Gussy hatte als junges Mädchen noch vor dem Krieg in Breslau bei Niederländern im Haushalt ein praktisches Jahr absolviert.

Sie überlegte kurz und sagte dann etwas auf Niederländisch, woran sie sich noch erinnern konnte.

»Wat zou je willen hebben for de lunch?«

»Oh, je spreekt Nederlands?«

Evas und Volkers Köpfe flogen zwischen ihrer Mutter und der Dame hin und her.

»Mutti, du sprichst ja ausländisch!« Volker klang sehr beeindruckt.

In dem Moment eilte ein Mann in mittleren Jahren auf den Tisch zu. Er war groß, gut aussehend und trug einen fein geschnittenen hellen Anzug. Im Arm trug er ein Paket. Als er dem Tisch näher kam, lachte er übers ganze Gesicht.

»Kaum ist man weg, suchst du dir bessere Gesellschaft, Mam.«

Er blieb stehen, lehnte sich zu der alten Dame und gab ihr einen Kuss auf die Wange. Dann verbeugte er sich kurz vor Gussy.

»Gestatten, de Jong. Wie schön, dass Sie meiner Mutter Gesellschaft leisten. Ich habe sie nur ungern allein hiergelassen, aber ich musste das hier abholen. Es wäre ihr zu anstrengend gewesen mitzukommen.«

Er deutete auf das Paket, das er auf den Tisch gestellt hatte.

Gussy wäre am liebsten im Terrassenboden versunken. Das zweite Mal an diesem Tag, wenn auch aus anderen Gründen. Was sollte dieser Mann nun von ihr denken? Dass sie sich mit ihren Kindern seiner Mutter aufgedrängt hatte? Man setzte sich einfach nicht an einen besetzten Tisch. Punkt. Das war unhöflich und belästigend.

Vielleicht dachte er, dass sie es mit ihren Kindern als gute Tarnung auf einsame alte Damen abgesehen hatte, die sie ausnehmen und hinters Licht führen konnte?

Oder vielleicht dachte er sogar, dass sie gewusst haben musste, dass die alte Dame nicht wirklich allein war, und auf ihren gut situierten, alleinstehenden Sohn gewartet hatte, den sie dann …

De Jong nahm neben seiner Mutter Platz, die ihn anlächelte.

»Mam, da haben wir aber ein Glück gehabt, solch nette Menschen kennenzulernen, oder? Darf ich euch alle einladen?«

Seine Mutter nickte heftig. »Ja, heute ist unser Glückstag, Wim.«

Und während Eva noch nervös auf ihrem Gartenstuhl hin und her rutschte und Volker sicher überlegte, ob er sich lieber eine heiße Wurst oder eine Frikadelle wünschen sollte, lehnte Gussy sich ganz entspannt zurück.

Ja, das war ein Glückstag. Der war wirklich ein Volltreffer gewesen.

Heute hatte sie ihrer Mutter endlich einmal die Meinung gesagt. Sie waren tatsächlich im Urlaub und hatten eine richtige Pension als Unterkunft ergattert. Sie hatten einen Platz im besten Hotelgarten von Remagen bekommen, und zu guter Letzt, als Krönung sozusagen, gab es auch noch einen netten Mann dazu, der allein mit seiner alten Mutter unterwegs war.

Besser konnte Ostern gar nicht werden.

Aus dem Topf und in die Gosse

Manchmal fühlte ich mich, als entstammten wir einem uralten Nudelgeschlecht, ähnlich wie es früher bei uns auch Könige gab. Die Nudeln spielten bei uns nämlich eine wichtige Rolle, was damals für Nicht-Schwaben, die in Deutschland lebten, eine ungewöhnliche Tatsache war. Da man noch selten in den Urlaub fuhr und auch Italien kaum bereiste, waren Spaghetti und Makkaroni in unserem Land weitgehend unbekannt.

Im Regal der Kolonialwarenhändler – und bei den ersten klitzekleinen Selbstbedienungsläden – gab es für den durchschnittlichen deutschen Kunden nördlich des Mains nur Bandnudeln für Schmorgerichte mit dunkler Soße, kurze Röhrennudeln für Kalbsgeschnetzeltes mit heller Soße und Buchstabennudeln für Suppen aus Brühwürfeln oder richtigen Tieren. Mehr Auswahl gab es nicht.

Als das Spaghetti-Fertiggericht »Mirácoli« 1961 auf dem deutschen Markt landete, unterstützt durch die Fernsehwerbung, die Volker und ich am frühen Abend verfolgen durften, führte das zu einer mittleren Erschütterung in unserem Haushalt.

Auf unser Drängen hin kaufte meine Mutter es einmal, und als wir dieser neuen, geschmacklich ausgereiften Version mit Gewürzbeutel eindeutig den Vorzug gaben, weinte sie kurz, weil sie traurig war, dass uns ihre rote Soße nicht mehr so gut schmeckte, und weil sie uns gestehen musste, dass Mirácoli ihr zu teuer war.

Kartoffeln dagegen fanden in Form von Klößen meist am

Sonntag, fast könnte man behaupten, klammheimlich oder versteckt den Weg auf unseren Tisch.

»Eva, gehst du bitte zum Bäcker und zum Spar und holst uns Brot und Milch?«, bat mich meine Mutter eines Tages.

Die frisch ausgespülte, leicht verbeulte Milchkanne aus Aluminium stand schon auf dem Tisch und wartete wackelnd auf mich. Ich schaute kurz auf die Küchenuhr. Es war halb drei, und die Geschäfte waren nach der Mittagspause nun wieder geöffnet.

Ich nickte, und meine Mutter gab mir ein Fünfmarkstück in die Hand.

»Pass gut auf das Wechselgeld auf, Evchen, ich hab's nicht kleiner. Das muss bis Freitag reichen.«

Es war Dienstagnachmittag, und wir hatten zum Mittagessen gebratene Klöße »halb und halb« gehabt. Das genau meine ich mit »versteckt«. Unsere Kartoffeln kamen nämlich nicht einfach nackt auf den Tisch wie bei anderen Leuten. Sie waren auf den ersten Blick überhaupt nicht als Kartoffeln zu erkennen.

Klöße zum Beispiel. Das waren ja einmal sehr wohl Kartoffeln gewesen, aber sie wurden, wenn sie weich waren, gehörig mithilfe einer Presse zermatscht und somit für den Außenstehenden als Kartoffeln unkenntlich gemacht.

Volker und ich aßen am Sonntag immer absichtlich nur je einen Kloß, damit jeder von uns für den Dienstag mindestens zwei übrig hatte, die meine Mutter in Scheiben schnitt und goldbraun in der Pfanne briet. Dazu gab es aufgewärmtes Blaukraut oder Sauerkraut, und noch ein wenig Soße vom sonntäglichen Fleischgericht.

Fleisch bekamen wir nur zweimal in der Woche, sonntags entweder ein Kotelett, ein ganzes gebratenes Hühnchen oder

Rouladen, und am Mittwoch oder am Donnerstag gab es entweder Frikadellen, Bratwurst oder gebackene Fleischwurstscheiben. Damit war Schluss mit Fleisch.

Am wichtigsten war dabei immer das Gemüse. Wir aßen gern Blumenkohl, Wirsing, der bei uns jedoch Welschkraut hieß, und Rosenkohl oder Kohlrabi in Muttis weißer Soße.

Volker mochte Spinat, den ich jedoch ablehnte. Den gab es immer am Freitag mit Ei oder gebackenen Fisch mit einer anderen Tarnung, die wir mochten, dem Kartoffelbrei.

Den aßen wir zusammen mit gebratenen Zwiebeln, und auch da erkannte man die Kartoffel nicht auf den ersten Blick. Einmal sprach meine Mutter stundenlang nicht mehr mit mir, weil ich angemerkt hatte, dass der Kartoffelbrei von Beates Mutter, der aus einer modernen Tüte stammte, besser schmecke und außerdem ohne Klümpchen sei.

Die beste Kartoffelverkleidungsmaßnahme war jedoch der Kartoffelpuffer.

Der sah aus wie ein mickriger, leicht vergammelter Pfannkuchen, aber meine Mutter machte die knusprigsten Kartoffelpuffer weit und breit.

»Ein Oberländer, bitte. Vom Vortag, wenn Sie haben.«

Die ältere Verkäuferin in unserer Bäckerei an der Ecke kannte mich natürlich und lächelte.

»Eva, das sieht heute leider nicht gut aus, aber ich schau mal, ob ich noch eines finde. Wie geht's der Mutti?«

»Danke, gut.«

Ich biss mir auf die Unterlippe und ließ meinen Blick verstohlen über das Regal mit den frisch gebackenen Broten schweifen. Dabei sog ich ihren unwiderstehlichen Duft tief ein, bis ich sie fast auf der Zunge schmecken konnte.

Das Brot vom Vortag war zwanzig Pfennig billiger als das frisch gebackene vom Morgen und duftete leider nicht mehr. Der Duft muss also zwanzig Pfennig wert sein, schloss ich daraus.

Wenn Mutti nur noch diese fünf Mark bis zum Freitag zur Verfügung hatte, zählte jeder Pfennig. Da musste ich helfen, sparsam zu sein.

Nach einer Weile kam die Verkäuferin aus der Backstube und hielt tatsächlich ein hellbraunes glänzendes Brot in der Hand.

»Kann es auch ein normales Mischbrot sein? Davon hätten wir noch eins.«

Ich nickte erleichtert.

»Dann bekomme ich siebzig Pfennig von dir.«

Ältere Damen mochten es, wenn man noch knickste. Knicksen war in den letzten Jahren fast ganz aus der Mode gekommen. Ich knickste, bekam als Dankeschön einen Keks und verließ den Laden.

Dann hüpfte ich die Straße hinunter, an deren Ende der kleine Spar lag. Der war fast wie ein Supermarkt, ein Selbstbedienungsladen, wie es damals hieß.

Als ich noch kleiner war, gab es nur Läden, in denen jemand hinter der Theke stand und alles abwog oder aus dem Regal zog, was man haben wollte. Man musste warten, bis man dran war, und alle unterhielten sich miteinander.

Bis ich lesen konnte, gab mir meine Mutter immer einen Zettel mit, den ich dem Mann oder der Frau hinter der Kasse reichte. Die packten mir dann alles ein, nahmen das Geld aus meinem Portemonnaie und gaben mir das Wechselgeld auf den Pfennig zurück.

Aber viel mehr Spaß machte es, selbst die Waren aus dem

Regal zu ziehen und sie in den Einkaufskorb zu legen. Nur mit der Milch ging das natürlich nicht. Ich reichte die Kanne Frau Wollenhaupt, die hinter dem Tresen stand und dafür zuständig war.

Milch aus der Flasche gab es nur sehr selten, und nur wenn Frau Wollenhaupt keine mehr »lose« hatte. Und auch wenn mir die Flaschenmilch besser gefiel, waren sich meine Mutter und Frau Wollenhaupt einig, dass die in der Kanne billiger und frischer war.

»Einen Liter, bitte«, sagte ich dann.

Frau Wollenhaupt hielt die offene Kanne unter einen Trichter und betätigte seitlich einen langen Hebel, den sie von oben nach unten zog. Bei jedem Hebelzug schoss ein halber Liter schneeweiße Milch in meine Kanne. Am Ende steckte Frau Wollenhaupt dann den Deckel drauf und gab mir die Kanne vorsichtig zurück.

»Darf es noch etwas sein, Eva? Quark oder gute Butter?«

Ich schüttelte den Kopf und tat so, als würden mich die bunten Packungen in den Regalen, an denen ich vorbeiging, nicht weiter interessieren, besonders Mirácoli ignorierte ich und machte mich auf den Weg zur Kasse. Dort zog ich mein kleines herzförmiges Portemonnaie aus der Anoraktasche, das mir Mutti zu Weihnachten geschenkt hatte, und legte ein silbernes Fünfzigpfennigstück hin. Die Milch kostete 44 Pfennig, und Herr Burger, der in seinem grauen Kittel an der Kasse saß, gab mir genau sechs Pfennige zurück, während er gönnerhaft lächelte.

In dem Moment hörten wir, wie ein Auto auf der Straße quietschte, und dann machte es einen Rums. Herr Burger und ich schauten uns an, Frau Wollenhaupt rief hinten von der Milchtheke »Was war das denn?«, und die anderen drei

Kunden, die zwischen den Regalen gewuselt hatten, kamen sofort angerannt.

Wir liefen alle auf den Bürgersteig vor dem Spar und sahen, wie Herr Lupp aus seinem dreirädrigen Eiswagen kletterte und aufgeregt nach hinten lief.

Herr Lupp war ein Italiener aus den Bergen, sah aber aus wie wir alle.

Immer wenn er anhielt, schwang er eine mittelgroße vergoldete Glocke, und die ganze Nachbarschaft wusste sofort, dass der Eiswagen da war und man nun Eis kaufen konnte.

Es gab vier verschiedene Geschmacksrichtungen, von denen zwei täglich wechselten. Vanille und Schokolade hatte Herr Lupp immer im Angebot, und man konnte eine kleine Kugel schon für fünf Pfennig bekommen.

Herr Lupp hatte sich hinter seinen Eiswagen gekniet und schaute sorgenvoll auf eins der beiden Hinterräder. Das war platt, und der ganze Eiswagen wackelte bedrohlich, weil er in eine Schieflage geraten war.

Herr Lupp stand wieder auf und kratzte sich nachdenklich hinter dem Ohr. Dann lächelte er und öffnete einen seiner silbernen Eisbehälter. Er zählte ab, wie viele sorgenvolle Zuschauer es gab, und verteilte dann an jeden von uns ein Tütchen Eis. Wir bekamen alle Himbeer, was an diesem Tag eine der Spezialgeschmacksrichtungen gewesen sein musste.

Wir bedankten uns und waren alle ganz begeistert, dass dieses Unglück doch noch so gut für uns alle ausgehen sollte. Dann machte ich mich auf den Heimweg mit meinem blauen Einkaufsnetz, in dem das Brot mit dem Keks steckte, und mit der vollen Milchkanne in der Hand.

Ich war stolz, dass ich nicht von dem Brot genascht hatte, aber das lag vermutlich daran, dass es vom Vortag war.

Unsere Mutter warf nie Brot weg. Sie sammelte das alte Brot, wenn es am Schluss trocken und hart geworden war, in einer großen Dose, die es vor Schimmel schützte, bis es wieder Zeit für Brotsuppe war.

Jeden zweiten Samstagmittag gab es bei uns Brotsuppe, die Volker und ich besonders mochten. Meine Mutter schnitt dafür das harte alte Brot in Würfel, röstete sie in der Pfanne goldbraun und goss sie dann mit Brühe auf. Dazu gab sie kleingehackten Knoblauch und etwas frische Petersilie. Mit dem Knoblauch als geheime Zutat war die Brotsuppe auf der Stelle wie verzaubert. Niemand, den ich aus der Schule kannte, aß Knoblauch. Es war ein bisschen wie mit der Nudel. Man kannte ihn, hatte davon gehört, verzehrte ihn aber so gut wie nie. Beim Knoblauch kam noch hinzu, dass manche behaupteten, dass er stank, und nur wenige gaben zu, dass er lediglich roch. Volker und ich wussten aber, dass er duftete.

»Wie gut, dass du noch ein Brot vom Vortag ergattern konntest, obwohl es schon Nachmittag ist«, sagte meine Mutter. »Das heißt, ich bekomme noch fast vier Mark zurück.«

Sie strahlte über das ganze Gesicht. Ich nicht.

Wo hatte ich mein herzförmiges Portemonnaie gelassen?

Mir wurde ganz komisch zumute, und ich merkte, wie mir auch heiß wurde.

»Was ist denn, Evchen, du bist ja ganz rot geworden?«

»Das Geld, Mutti«, stammelte ich.

Das Lächeln auf ihrem Gesicht verschwand. »Was ist mit dem Geld?«

»Ich hab's verloren!«

Nun ging nichts mehr, und Tränen liefen mir die Wangen hinunter. Nach dem ersten Schreck nahm mich Mutti in den Arm, und wir versuchten, gemeinsam darüber nachzudenken, wo und wann ich mein Portemonnaie das letzte Mal gesehen oder in der Hand gehalten hatte. Das musste an der Kasse bei Herrn Burger gewesen sein, als ich die Milch bezahlen wollte. Da bekam ich die sechs Pfennige zurück, steckte sie ins Portemonnaie – daran erinnerte ich mich noch genau –, und dann passierte das mit Herrn Lupp.

»Du hast in der Aufregung die Geldbörse bestimmt auf an der Kasse liegen lassen und bist auf die Straße gelaufen, um zu sehen, ob du helfen kannst«, schloss Mutti.

Ich nickte zögernd.

War es wirklich so gewesen, oder hatte ich das Portemonnaie einfach nicht ordentlich in die Anoraktasche zurückgesteckt, sodass es mir auf dem Heimweg herausgefallen war?

»Jetzt gehen wir beide zurück zum Spar«, sagte meine Mutter aufmunternd. »Du weißt sicher, wo du entlanggelaufen bist, und wir suchen ganz genau auf dem Bürgersteig und auf der Straße. Und dann fragen wir im Spar Herrn Burger. Das wird sich bestimmt ganz schnell aufklären.«

So machten wir es, aber das Portemonnaie blieb verschwunden.

Auf dem Weg zum Laden fanden wir nichts, und Herr Burger hatte das Portemonnaie auch nicht an seiner Kasse gesehen. Niemand hatte etwas bei ihm abgegeben.

Zum Abschied gab mir Herr Burger zum Trost eine der gelben Zitronenkamellen, die er in einem großen Glas schräg hinter der Kasse aufbewahrte. Dann warf er meiner Mutter einen Blick zu, als wollte er sich jetzt schon dafür entschuldigen, dass er ihr nichts umsonst geben könne, und als hätte er Verständnis dafür, wenn sie nun eine Zeitlang nichts mehr bei ihm kaufen könne.

Ich bedankte mich artig und steckte die Kamelle statt in den Mund in meine Anoraktasche. Da merkte ich es sofort.

In der rechten Tasche, die ich so gut wie nie benutzte, war ein großes Loch. Dort hinein musste ich die Geldbörse in der Hektik gesteckt haben, und sie war durchgefallen. Das sagte ich meiner Mutter natürlich gleich, und sie wirkte niedergeschlagen, denn sie reagierte zunächst nicht. Wahrscheinlich machte sie sich Gedanken darüber, was sie uns bis Freitag kochen könnte, um uns satt zu bekommen.

»Durch die Anoraktasche ist es gefallen, bist du sicher?«

Endlich war diese Information zu ihr durchgedrungen, und sie blieb mitten auf dem Trottoir stehen.

»Dann gehen wir zur Polizeiwache und fragen mal nach.«

»Zur Polizei?«

Das klang spannend.

Zehn Minuten später stießen wir die schwere Metalltür zu der Wache auf, die unserer Wohnung am nächsten lag. Ich war noch nie auf einer richtigen Polizeiwache gewesen und schaute mich neugierig um.

Hinter einem langen Brett, das einem schmalen Tisch ähnelte, saß ein älterer Herr in Uniform mit Brille und las Zeitung. Sonst war niemand im Raum. Der Mann schaute überrascht auf, als wir eintraten, und faltete dann gemächlich seine Zeitung zusammen.

Wie er helfen könne, fragte er. Er sah dabei aber weder meine Mutter noch mich an, was mir komisch erschien.

Dann schaute er auf die Wand hinter uns, die nun wirklich nicht sehr einladend wirkte. Sie war grau gestrichen, und die Farbe platzte an einigen Stellen ab. Meine Mutter erklärte ihm, dass ich, ihre Tochter Eva, beim Einkaufen ein kleines Portemonnaie verloren habe und wir nun gern wissen würden, ob es jemand gefunden und hier vorbeigebracht habe.

Der Polizist wandte sich nun direkt an mich und bat mich, das Portemonnaie genau zu beschreiben.

Lange reagierte er gar nicht, sodass ich mir nicht sicher war, ob er mich überhaupt verstanden hatte, bis er plötzlich nachfragte.

»Herzförmig, sagst du?«

Ich nickte heftig. »Und es ist rot, wie ich schon sagte. Wie ein richtiges Herz. Aber aus echtem Leder.«

An dieser Stelle rutschte dem Polizisten eine Augenbraue nach oben, was ich interessiert beobachtete.

»Und wie viel Geld, sagst du, war darin?«

»Drei Mark sechsundachtzig.«

Nun bückte er sich hinter dem Holztisch, keuchte etwas, und als er wenig später wiederauftauchte, hielt er tatsächlich mein Portemonnaie in der Hand. Wir konnten es kaum fassen.

Unser Glück wuchs jedoch noch weiter, als er den Knopf öffnete, das Portemonnaie ein wenig schüttelte und klappernd drei Mark sechsundachtzig auf die Theke fielen. Drei kupferfarbene Geldstücke und ein Groschen rollten mit ziemlichem Tempo in Richtung Ende des Holztisches. Der Polizist hielt sie gerade noch mit seiner riesigen Hand auf – als regelte er den Verkehr an der Kreuzung: Stopp! Nicht weiter!

»Das hat vor einer guten halben Stunde ein junger Mann hier abgegeben. Er sagte, er habe die Börse in der Gosse gefunden.«

»In der Gosse?«

Meine Mutter runzelte die Stirn. Ich kannte dieses Wort

nur aus Märchen und Geschichten, die ich gelesen hatte, war im richtigen Leben aber noch nie auf eine Gosse gestoßen. Das wurde ja immer spannender.

»Ja, direkt vor dem kleinen Selbstbedienungsladen an der Mergelskaul.«

Meine Mutter und ich waren sehr erleichtert, dass das Geld, das bis Freitag reichen sollte, nun wieder da war. Auf mein herzförmiges Portemonnaie hätte ich notfalls verzichtet, aber die drei Mark sechsundachtzig waren wirklich wichtig.

Als die Frage mit dem Geld geklärt war und der Polizist meiner Mutter berichtete, dass der junge Mann seinen Namen nicht angegeben habe, weil er keinen Finderlohn wollte, fiel mein Blick plötzlich auf eine Art Plakat, auf dem die Köpfe von ungefähr zehn Menschen zu sehen waren.

»Wer sind diese Leute? Und warum hängen sie hier an der Wand? Werden die von der Polizei gesucht?«

Meine Mutter blickte kurz auf das Plakat, bedankte sich und verabschiedete sich von dem Polizisten. An der schweren Metalltür nickte sie mir zu.

»Ja, Evchen, die werden gesucht.«

»Warum?«

Wir schlüpften durch die Tür.

»Weil sie etwas angestellt haben, was sie nicht hätten tun dürfen.«

Ich überlegte.

»Und jetzt sind sie verschwunden?«

Das Verschwundensein hatte mich schon immer fasziniert.

Meine Mutter schien plötzlich in Gedanken versunken zu sein. Ihr Gesicht, das eben noch so gestrahlt hatte, als das Geld wieder aufgetaucht war, hatte sich mit einem Mal verdunkelt.

Es war, als würde ein bedrohlicher Schatten, der aus dem Nichts gekommen war, über ihr Gesicht kriechen. Das machte mir ein wenig Angst.

»Mutti? Kennst du denn jemanden, der plötzlich verschwunden ist? Wie die auf den Fotos? Jemanden, den die Polizei sucht?«

Meine Mutter überlegte einen weiteren Moment, dann schüttelte sie energisch den Kopf. Der trübe Schatten auf ihrem Gesicht war wie weggewischt.

»Nein, Evchen, natürlich nicht. Komm jetzt, wir gehen nach Hause.«

Ich hielt meinen Kopf leicht schief, weil ich mir nicht ganz sicher war und meine Zweifel hatte. Ich folgte ihr, doch dann fiel mir etwas ein.

»Lass uns noch einmal kurz am Spar vorbeigehen, ich will da was nachschauen.«

Meine Mutter war stehen geblieben und drehte sich zu mir um.

»Was willst du denn nachschauen?«

Ich hüpfte lachend an ihr vorbei und machte ganz hohe Sprünge. Zum Schweben reichte es nicht ganz. »Die Gosse, Mutti. Ich will wirklich mal sehen, wie eine Gosse ausschaut.«

Köln, 15. April 1963 – Ostermontag

Als sie in Köln vor Gussys Haus angekommen waren, sprang de Jong aus seinem dunkelblauen DAF 30 und lief zur Beifahrerseite. Er riss die Tür auf und reichte seiner Mutter den Arm zum Aussteigen. Dann legte er die Rückenlehne um und half Gussy und den Kindern ebenfalls nach draußen.

Gussy war sich nicht sicher, wie sie sich verhalten sollte. Es war alles ein bisschen schnell für sie gegangen.

Auf jeden Fall war sie sehr erleichtert, dass sie nun schon seit einigen Monaten in diesem hübschen, wenn auch alten Zweifamilienhaus wohnte und nicht mehr den neugierigen Augen unzähliger Nachbarn aus den Häusern rundherum ausgesetzt war.

Hier in der Hasenweide gab es nur kleine Ein- oder Zweifamilienhäuser, und alle Nachbarn waren offenbar mit ihrem eigenen Leben beschäftigt. Dass ihre Wohnzimmerfenster größtenteils nicht zur Straße hin lagen, unterstützte diese Tatsache.

Das war in dem Wohnblock, in dem Gussy und die Kinder bis vor einigen Monaten noch gewohnt hatten, ganz anders gewesen. Dort nahmen einige Nachbarn gegen halb sechs Uhr abends – oder am Wochenende und an Feiertagen sogar gleich nach dem Mittagessen – ihre Logenplätze an den Schlaf- oder Wohnzimmerfenstern ein, um alles zu beobachten, was sich in der Nachbarschaft regte. Das lief nach ungeschriebenen, aber festen Gesetzen ab, wie Gussy bald festgestellt hatte.

Zuallererst wurden die Vorhänge und Gardinen ordentlich zurückgezogen, damit sie nicht verknitterten, und dann wurde ein Polster in den Fensterrahmen gelegt, um die Unterarme möglichst weich und federnd darauf abzustützen. Dafür boten sich Sofakissen sowie zusammengerollte Decken an.

Es gab die Variante, gebückt zu stehen, was aber irgendwann auf den Rücken ging, oder, das war aufwändiger in der Anschaffung, aber langfristig schonender für Wirbelsäule wie Gelenke, auf einer kleinen bequemen Bank mit Kissen zu knien, ähnlich wie beim katholischen Gottesdienst. Bei letzterer Variante konnten die Arme mit den Ellbogen locker auf dem Polster abgelegt werden und wurden so entlastet.

Hatte man sich für das eine oder andere entschieden, musste als Nächstes die Frage des Proviants auf dem Beobachtungsposten während des Einsatzes geklärt werden. Hier war Kost in Form von Nüsschen oder Salzstangen zu empfehlen, auch gern kleingeschnittenes Obst, begleitet von Bier aus der Bügelflasche oder gegebenenfalls Apfelsaft. Schnäpse erwiesen sich als kontraproduktiv, da sie zu einer unnötig raschen Trübung des Blickfelds führen konnten.

In jedem dreistöckigen Haus gab es im Schnitt zwei oder drei Parteien, die sich so ihren Feierabend versüßten oder sinnvoll zu füllen bedacht waren. Dabei war es unüblich, sich bei Antritt der Wache gegenseitig an den offenen Fenstern zu begrüßen. Frauen trugen häufig eine Kittelschürze, während Männer meist ihrem Unterhemd den Vorzug gaben.

Was untenrum getragen wurde, war uninteressant, da das ähnlich wie bei Fernsehansagern sowieso nicht ins Blickfeld rückte.

Der Blick zur Straße hin konnte alles Mögliche offenbaren. Ganz allgemein waren Ankunft oder Aufbruch von Nachbarn von großem Interesse. In welcher Gesellschaft fand das statt? Wurden Transportmittel wie PKW, Mopeds oder das Fahrrad in Anspruch genommen? Wurde man gar abgeholt, gebracht oder begleitet?

Kinder waren selbstverständlich uninteressant. Jugendliche ab der Konfirmation oder dem Volksschulabschluss rückten automatisch in das relevante und zu observierende Segment auf.

Ferner: Wer verweilte auf der Straße und zu welchem Zweck? Wer unterhielt sich mit wem, wer stritt mit wem und – wenn der Streit in der Nähe stattfand – worüber?

Was wurde getragen? Der Jahreszeit, dem Alter, dem Geldbeutel entsprechende Kleidung? Oder wurde da geschummelt?

Gab es Auffälligkeiten? Oder gar Unerhörtes? Die Bandbreite war schier unendlich.

Der Paketbote und der Geldbriefträger nahmen eine Sonderstellung ein. Sie wurden grundsätzlich von fast allen Nachbarn gern mit den Blicken begleitet.

In den winterlichen Monaten gestaltete sich die Befriedigung dieser Schaulust schwieriger und wurde bei geschlossenem Fenster und hinter zugezogenen Gardinen durchgeführt.

Gussy hatte kurz nach dem Einzug in die Zweizimmerneubauwohnung in Köln nur einmal probeweise mit Eva »im Fenster gelegen«, wie dieses Steckenpferd hier offiziell genannt wurde. Sie dachte, dass es sich dabei um eine typisch rheinländische Freizeitbeschäftigung handele, der sie sich nicht verweigern wollte. Vielleicht hing dieser Brauch ja mit der hier weit verbreiteten Freude an schönen Umzügen und an generellem Remmidemmi auf der Straße zusammen, wie dem Kölner Karneval?

Aber es war ihr schon nach einer Viertelstunde zu blöd gewesen, hinaus auf die Straße zu starren und darauf zu warten, dass etwas passierte.

Sie hatte sich und Eva bald wieder zurück ins Zimmer bugsiert und das Fenster für solchen Unsinn ein für alle Mal geschlossen.

Hier in ihrem neuen Wohngebiet schien niemand aus der Nachbarschaft die Rückkehr der Finks aus dem Osterurlaub zu verfolgen, was Gussy sehr recht war.

Nachdem sie Wim de Jong und seine Mutter im Remagener Hof kennengelernt hatten, hatten sie sich für den Ostersamstag zu einem Ausflug in den nahen Märchenpark in Bad Niederbreisig verabredet.

Die Kinder waren ganz aufgeregt gewesen, weil sie nicht damit gerechnet hatten, den Märchenpark überhaupt besuchen zu können. Die Pensionswirtin hatte ihnen nämlich nach ihrer Ankunft von dieser Attraktion erzählt, sie aber darauf hingewiesen, dass man wohl ein Auto benötige oder mit dem Bus dort hinfahren könne, was aber nicht ganz billig sei.

Am Ostersamstag hatten sie also in Wims kleinem DAF einen Ausflug in den Märchenpark unternommen und waren danach im angrenzenden Waldcafé eingekehrt, wo die Kinder jedes einen kleinen Eisbecher ohne Sahne, aber mit einem bunten Schirmchen bestellt hatten, das sie sich sofort einpackten, nachdem sie vorher gefragt hatten, ob das auch erlaubt sei.

Gussy trank einen Eiskaffee, Herr de Jong und seine Mutter ebenfalls.

Während des Ausflugs hatte Gussy sich sehr nett mit Herrn de Jong unterhalten und auch ab und zu herzlich gelacht. Das war beim Wolf und den sieben Geißlein gewesen.

Am Abend hatten sie in der Pension gemütlich ihre Halbpension verzehrt – Möhrenkartoffelstampf mit gebratenen Zwiebeln und Frikadellen, danach Vanillepudding mit Pflaumenkompott –, und Gussy war etwas nachdenklich und schweigsam gewesen.

Am Ostersonntag suchten sie zuerst im Garten der Pension Ostereier. Es waren drei kleine aus Schokolade für jeden versteckt und je ein hartgekochtes Ei, das wunderschön gefärbt war.

Eva tauschte mit Volker ihre drei Schokoladeneier gegen sein buntes hartgekochtes. Zuerst wollte Volker nicht, aber dann lenkte er ein.

Um zehn Uhr holte Herr de Jong sie mit dem Auto ab. Dann ging es über Andernach nach Koblenz, wo sie alle zusammen gebannt dabei zuschauten, wie die Mosel in den Rhein floss, ehe es wieder Mittagessen gab.

Herr de Jong sagte, dass selbstverständlich alle seine Gäste seien. Sofort meldete sich Gussy mit einem Einwand.

»Aber das geht doch nicht, Herr de Jong! Sie haben uns doch schon gestern eingeladen und vorgestern auch!«

Gussys Gesicht war nun etwas gerötet, und Frau de Jong schüttelte lächelnd den Kopf.

»Sicher geht das, warum sollte es nicht gehen, Frau Fink?«

Die alte Dame rieb sich vergnügt die Hände und schaute Wim liebevoll von der Seite an.

»Ja«, meldete sich nun ihr Sohn zu Wort. »Warum darf ich Sie und Ihre Kinder nicht einladen? Es macht mir großes Vergnügen.«

»Ja, Mutti, warum nicht?«

Diesmal hatte sogar Volker eingegriffen, während Eva die Diskussion gespannt verfolgte.

Gussy lachte und gab sich geschlagen.

»Also einverstanden, aber nur wenn ich Sie auch einmal einladen darf.«

Frau de Jong nickte heftig.

»Sehr gern, und ich hätte auch schon einen guten Vorschlag, wann wir Sie, liebe Frau Fink, beim Wort nehmen könnten. Wir müssen morgen sowieso über Köln zurück nach Utrecht, und was läge näher, als dass wir Sie und die Kinder mitnehmen. In Köln könnten wir dann unsere Rückfahrt für ein halbes Stündchen zu einem Kaffee bei Ihnen unterbrechen, oder? Was hältst du davon, Wim?«

Wim de Jong schaute einen kleinen Moment verblüfft, genau wie Gussy, doch dann lachte er.

»Das ist eine wunderbare Idee, Mam. So machen wir es!«

Gussy war das nicht so recht, weil es für sie etwas schnell kam, aber sie konnte es nun nicht ablehnen, ohne unhöflich und wenig gastfreundlich zu wirken.

Jetzt waren sie in Köln angekommen, und Gussy war ganz nervös.

Die Wohnung war zwar aufgeräumt – außer dass die Zimmerpflanzen möglicherweise einen traurigen Anblick abgeben würden –, aber hatte sie ihr Schlafsofa im Wohnzimmer zusammengeklappt? Am Morgen des Karfreitags musste alles so schnell gehen, und sie waren zur Straßenbahn gehastet, das war ihr noch gut in Erinnerung geblieben.

Bohnenkaffee hatte sie vorrätig, schoss es ihr durch den Kopf. Das war beruhigend, denn die neuen holländischen

Bekannten waren, wie ihr aufgefallen war, begeisterte Kaffeetrinker. Aber was konnte sie dazu anbieten? Sie waren keine Keksfreunde wie viele andere Leute, die immer eine Notration in der Speisekammer aufbewahrten.

»Ich glaube, ich kann Ihnen gar nichts zum Kaffee servieren«, wisperte Gussy, während sie durch den großen Vorgarten gingen. Das erste zarte Grün zeigte sich an den Sträuchern, und die letzten Krokusse blühten auf orangevioletten Kissen am Weg. Herr de Jong trug Gussys kleinen Koffer und lächelte dabei.

»Ich war auf Besuch nicht vorbereitet und habe deshalb nichts im Haus.«

»Machen Sie sich keine Gedanken, liebe Frau Fink«, sagte Frau de Jong. »Wir sind es, die sich entschuldigen müssen, so einfach bei Ihnen hereinzuschneien. Habe ich nicht recht, Wim?«

»Sicher, Mam. Wir stehen in Ihrer Schuld.«

»Aber das stimmt nicht!«

Es war Volker, der sich von hinten gemeldet hatte. De Jongs Anwesenheit machte ihn gesprächiger als sonst.

»Wir durften doch in Ihrem Auto nach Hause fahren statt mit der Bahn. Das war klasse. Ich bin noch nie in einem DAF gefahren. Danke schön.«

Herr de Jong strubbelte Volker lachend durchs Haar.

»Wenn es deine Mutter erlaubt, war das nicht das letzte Mal.«

Daraufhin schwiegen alle auf der Stelle, und Gussy war froh, dass sie an der Haustür angelangt waren und dass sie aufschließen musste.

Eine halbe Stunde später saßen alle außer Gussy um den Esstisch im Wohnzimmer, den Eva mit Herrn de Jong zuerst hochgekurbelt, dann ausgezogen und schließlich mit der damastenen Tischdecke und dem guten Kaffeeservice von Seltmann Weiden gedeckt hatte. Das weiße mit dem blauen Rand, das Gussy nur zu besonderen Gelegenheiten aus dem Schrank holte.

Zum Glück hatte sie noch die kleine Dose Bärenmarke in der Speisekammer, die sie im letzten Jahr für ihren Geburtstagskaffee in der Stadtbücherei gekauft und dann doch vergessen hatte. Sie hatte damals gezögert, ob das nicht eine etwas zu luxuriöse Wahl gewesen sei, schließlich war das die beste und teuerste Marke beim Spar, und es hatte in Gussys Augen ein wenig nach Angeberei ausgesehen.

Das war kurz vor dem Umzug gewesen, und der Geburtstagskaffee mit den Kollegen war sehr gemütlich gewesen, obwohl sie die Dosenmilch vergessen hatte. Frau Krieger hatte mit ihrer Libby's gern ausgeholfen und Gussys Kalter Hund war ein voller Erfolg gewesen. Alle Damen wollten unbedingt das Rezept besitzen.

»Es sind doch nur Kekse, Kokosfett, Zucker und Kakao«, hatte Gussy bescheiden angemerkt.

»Ach, hier sind Sie!«

Wim de Jong steckte seinen Kopf durch die Küchentür, und Gussy, die gerade damit beschäftigt war, den Kaffee aufzubrühen, schaute überrascht hoch.

»Ich komme gleich, gehen Sie ruhig zu den anderen, oder suchen Sie das Badezimmer?«

De Jong zog den Kopf zurück und richtete sich auf. »Ich suche Sie, Frau Fink.«

Damit war er auch schon in der Küche und schloss leise die Tür.

Gussy fummelte nervös an dem hellgrünen Schmetterling des Tropfenfängers herum, den sie an den Schnabel der Kanne geklemmt hatte. Aus irgendeinem Grund rutschte das dumme Ding immer wieder ab.

»Der Kaffee ist gleich fertig.«

Gussy merkte, wie sie puterrot wurde, und das war ihr immens peinlich.

De Jong trat einen Schritt näher, wahrte jedoch Abstand.

»Ich wollte Ihnen nur sagen, wie sehr Sie Ostern für mich und meine Mutter – wie sagt man auf Deutsch? Verzaubert haben? Sie und Ihre Kinder. Ganz herzlichen Dank.«

Gussy richtete sich auf, heftete ihren Blick aber, statt ihn anzusehen, auf das Linoleum auf dem Küchenboden.

»Wir danken Ihnen mindestens genauso sehr, wenn nicht noch mehr«, erwiderte sie. »Ihnen und Ihrer verehrten Mutter. Ohne Sie hätten wir diese wunderbaren Ausflüge gar nicht machen können. Die Kinder haben sich so darüber gefreut. Für uns war das etwas ganz Besonderes.«

Gussy versuchte ein schüchternes Lächeln.

»Es wäre schön, wenn wir das wiederholen könnten … Haben Sie mit den Kindern zu Pfingsten schon etwas vor?«, fügte er nach ein paar zögerlichen Sekunden hinzu.

De Jong schien nach Gussys Empfinden nicht sicher zu sein, dass sie seine Einladung annehmen würde. Das wiederum gefiel ihr.

In dem Moment wurde die Tür aufgerissen, und Volker stand im Türrahmen. Drei Sekunden später tauchte Eva hinter ihm auf.

»Ich wollte ihn zurückhalten, aber er ist entwischt, Mutti!«

Eva klang besorgt und bedauernd zugleich. Sie warf ihrer Mutter und dem Holländer unsichere Blicke zu, als hätte sie versagt, weil sie nicht auf ihren kleinen Bruder aufgepasst hatte und der hier nun störte.

Gussy musste zugeben, dass das Auftauchen der Kinder den Druck von ihr nahm, Wim de Jongs Frage umgehend zu beantworten.

»Geht ihr mal wieder ins Wohnzimmer, und ich meine – alle drei.«

Gussy lächelte nun wieder und wischte um die tropfende Kaffeekanne herum den Tisch sauber. Die Kinder trollten sich, während de Jong unsicher stehen geblieben war.

Gussy räusperte sich.

»Ich brauche etwas Zeit und werde Ihnen schreiben. Ja?«

»Versprochen?«

»Versprochen.«

Jetzt wollte er die Küche verlassen.

»Herr de Jong!«

Er drehte sich auf der Stelle um und lächelte sie erwartungsvoll an.

»Ich habe Ihnen gesagt, dass ich geschieden bin. Vergessen Sie das bitte nicht.«

Er nickte verhalten. »Das habe ich nicht vergessen, nur interessiert es mich nicht. Sie sagen es, als hätten Sie zwei Köpfe mit Hörnern oder vier Nasen, für die Sie sich schämen müssten. Das sehe ich nicht so.«

»Aber …«, fing Gussy an.

»Nein, für mich bedeutet es nur, dass Sie nicht vergeben sind. Und das freut mich.«

Er hatte bereits den kleinen Flur betreten, als Gussy einer Eingebung folgend hinter ihm herlief.

»Und Sie, Herr de Jong?«

Er drehte sich wieder zu ihr um und lächelte sie an. Sein

Lächeln ging ihr durch Mark und Bein. Es ähnelte dem von Sergei dem Russen, dem sie damals auf der Flucht begegnet war. Dieses Lächeln hatte sie vergessen müssen, solange sie an Hermanns Seite lebte.

»Ja?«

Gussy wusste nicht recht, wie sie fortfahren sollte.

»Sind Sie denn auch geschieden?«, fragte sie nach scheinbar endlosen Sekunden.

Der hochgewachsene Mann hielt in seiner Bewegung inne, beugte sich leicht nach vorn und schüttelte schließlich den Kopf.

»Nein«, antwortete er, während er die Tür zum Wohnzimmer öffnete. Er schaute zurück, vermied es aber, sie anzusehen. »Ich war nie verheiratet.«

In der Nähe von Gotha, Anfang Juli 1945

Gussy war im Schutz der Dämmerung aus dem dichten Wald getreten und schlich nun halb gebückt zu der Scheune, die sie entdeckt hatte. Von außen war nicht zu erkennen, ob das kleine, fast quadratische Gebäude aus rohen Holzplanken noch genutzt wurde. Es ähnelte eher einer Hütte als einem Schober. Vielleicht bewahrte man hier Holz oder Werkzeug auf.

Gussy hatte aus Angst vor der näher kommenden Roten Armee, von der man sich in Gotha überall aufgeregt erzählte, im Wald gewartet, bis es düster genug war, um das freie Stoppelfeld zwischen den Bäumen und der kleinen Holzscheune zu durchqueren. Sie hoffte, einen geschützten Unterschlupf für ein paar Nächte für sich und ihren Schwiegervater Gustav zu finden. Vielleicht entdeckte sie dort sogar etwas Essbares wie verschrumpelte Kartoffeln oder ein paar vergessene Zwiebeln, die in eine Ecke gerollt waren.

Gustav hatte sich am linken Fuß verletzt, kurz nachdem sie Anfang Februar mit 700000 anderen das völlig mit Flüchtlingen und Zwangsarbeitern überfüllte Breslau verlassen hatten und gen Westen geflohen waren.

Was zunächst wie eine aufgescheuerte Blase ausgesehen hatte, hatte sich auf ihrer Kräfte raubenden Flucht ganz allmählich zu einer böse eiternden roten Wunde entwickelt, die sie mit Lumpen notdürftig zu schützen versucht hatte.

Gustav humpelte jeden Tag heftiger, wie es ihr schien, obwohl er nie klagte. Mittlerweile musste er sich auf eine Art Krücke stützen, die Gussy ihm aus einem Ast und einem Lappen gebastelt hatte, und sie fragte sich voller Sorge, wie lange der alte Mann noch durchhalten würde.

Es war ein mühsamer Weg voller Entbehrungen, der auch gesunde, junge Menschen wie sie bis zum Umfallen erschöpfte, sodass sie, was ihr schon mehrmals passiert war, in Tränen aufgelöst und kraftlos in sich zusammengesunken war, als hätte man wichtige Scharniere, die ihren Körper zusammenhielten und ihn funktionieren ließen, ohne ihr Wissen ganz plötzlich entfernt.

Was den Weg und die Strapazen noch ärger machte, war die Abwesenheit eines klaren Ziels. Zwar hatten Hermann und sie damals bei ihrem letzten Zusammentreffen verschiedene Stationen auf dem Weg nach Westen festgelegt, und Hermann hatte ihr immer wieder versichert, dass sie, wenn sie Frankfurt am Main erreichen konnten, in Sicherheit wären.

Doch Gussy wusste weder warum, noch wie sie diesem Ort, den Hermann geradezu wie einen heiligen Gral zu verehren schien, wirklich näher kommen konnten. Im Land herrschte Chaos, obwohl der furchtbare Krieg, die Bombenangriffe, die sie noch in Dresden erlebt hatten, nun ein Ende hatten. Das war für Gussy bis jetzt nicht wirklich fassbar, denn der wirkliche Überlebenskampf schien gerade erst begonnen zu haben.

Im Bombenhagel war man entweder an der richtigen oder an der falschen Stelle, dann hatte man von vorneherein keine Chance. Und wenn es einen traf, war es oft in Sekunden aus und vorbei. Nun jedoch musste man blitzschnell und gleichzeitig schlau weitreichende Entscheidungen treffen, sich aus gefährlichen Situationen geschmeidig herauslavieren, ein Gespür entwickeln, wo man möglicherweise etwas zu essen ergattern konnte, und dabei jegliche Moral, die einen bis dahin im Leben geleitet hatte und auf die man stolz war, als hemmend über Bord werfen, um das an sich zu reißen, was einen letztendlich überleben lassen würde.

Mit Abwarten und Ausharren war es vorbei. Man musste aktiv werden, den letzten verbliebenen Rest des geschundenen Lebens in die Hand nehmen, und man würde nur überleben, wenn man bereit war zu verraten, zu stehlen, zu täuschen, zu lügen und notfalls noch Furchtbareres zu tun.

Man wollte all das nicht, aber man musste bereit dazu sein. Sonst war man verloren.

Darauf war Gussy nicht vorbereitet gewesen. Sie hatte wie so viele andere geglaubt, dass Friede auch Friede bedeuten würde.

»Weg vom Russen, hin zum Ami«, war Hermanns Devise gewesen, die er seiner frischgebackenen Ehefrau und seinem Vater im Herbst 1944 eingeimpft hatte. Wo genau sich ihr Ehemann momentan aufhielt, ja ob er überhaupt noch am Leben war, wusste Gussy nicht, noch der Vater. Während der letzten Kriegswochen gab es nirgendwo in Deutschland mehr die Möglichkeit, gesicherte Nachrichten zu verbreiten.

Und so hatten sie sich gen Westen auf den Weg gemacht. Hier waren doch die Amis, hatte Gussy gedacht. Sachsen und Thüringen wurden von den amerikanischen Streitkräften kontrolliert, doch über Nacht war plötzlich alles anders geworden.

Die Menschen um Gotha herum redeten nur noch von den

Russen, die bald kommen würden, als würde sich eine düstere Decke über sie legen und alles darunter ersticken, was sich noch regte.

Gussy hatte den Schuppen erreicht und war durch die schief hängende Holztür hineingeschlüpft. Im Dunkeln des Inneren konnte sie kaum Umrisse erkennen, und selbstverständlich gab es kein Licht.

Vorsichtig tastete sie sich an der rohen Holzwand entlang und ließ sich auf dem sandigen Boden nieder, um ihn mit den Händen zu erkunden. Sie konzentrierte sich so sehr darauf herauszufinden, wo sie war und ob sie sich hier mit dem Schwiegervater ein paar Tage würde ausruhen können, dass sie zuerst nicht auf die Geräusche achtete, die von draußen gedämpft zu ihr drangen. Schließlich hielt sie inne, richtete sich auf und überlegte, was sie da wohl gerade gehört hatte. Sie hielt den Atem an.

Waren das Schritte gewesen, unterdrücktes Flüstern? Oder bildete sie sich das nur ein?

Während sie noch überlegte und krampfhaft versuchte, genauer hinzuhören, wurde die Tür aufgerissen, und der Strahl einer Lampe, die hochgehalten wurde, traf sie.

Gussy kauerte sich sofort zusammen und umschlang mit ihren Armen den Kopf, wie um ihn zu schützen. Als würden von oben Bomben auf sie fallen. Doch es gab keinen Schutz. Es gab keine Bomben. Es waren Menschen.

Drei, dann vier Männer in khakifarbenen wattierten Jacken drängten in den Raum und blieben dann abrupt stehen. Sie sprachen aufgeregt Russisch miteinander, und es ging ganz offensichtlich um Gussy.

Einer führte gestenreich das Wort.

Gussy zitterte am ganzen Leib und wusste nicht, was sie machen sollte.

Das war genau die Situation, vor der sie, seit sie Breslau verlassen hatte, immer Angst gehabt hatte. Es war die Situation, vor der jede Frau, egal wo sie war und woher sie stammte, Angst hatte – in Kriegs- wie in Friedenszeiten. Doch in Kriegszeiten wie jetzt war die Chance, in eine solche Situation zu geraten, um ein Vielfaches größer. Die Möglichkeit, so etwas nicht erleben zu müssen, war beinahe unwahrscheinlich geworden.

Zwar hatte sie noch keine Frau gesprochen, die ihr erzählt hätte, was ihr dabei widerfahren sei, aber Gussy wusste, dass es genau das Unaussprechliche darstellte, worüber keine – egal ob Kind oder alte Frau – jemals reden würde. Indem man darüber schwieg, sollte es gebannt werden, um ein Leben danach überhaupt noch möglich zu machen.

Gussy stand vorsichtig auf und hielt ihre Arme vor der Brust verschränkt.

Sie war klein und mager, konnte trotz ihrer fünfundzwanzig Jahre fast noch als Schulmädchen durchgehen. Wäre das nützlich, oder würde es die Lust der Soldaten nur noch anstacheln?

Oder sollte sie so tun, als hielte sie einen Säugling in den Armen und wiegte ihn? Sie hatte gehört, dass die Russen kinderlieb waren und manchmal sogar Mütter, auch junge schöne Mütter, verschonten. War das nur eine Lügenmär, oder sollte sie es für sich nutzen?

Gussy konnte nicht mehr klar denken.

Schließlich löste sich einer der Soldaten aus der Gruppe und kam auf sie zu.

Es war derjenige, den Gussy als Wortführer identifiziert

hatte. Der Strahl der Lampe hatte sie von oben bis zu den Füßen erfasst und ließ sie für ihn leuchten. Als er noch einen Schritt näher zu ihr trat, erkannte sie, dass er fast ein Kind war. Vielleicht siebzehn, achtzehn Jahre alt, er hatte blonden Flaum auf den rosigen Wangen.

Jetzt stand er direkt vor ihr, aber Gussy wich nicht zurück. Dann sagte er etwas. Sie konnte kein Russisch. Ihre Lippen bebten.

Hermann hatte ihr nur einen russischen Satz beigebracht, und sie hatte die drei Wörter auswendig gelernt.

Als der Mann seinen Satz wiederholte und damit begann, die Kordel zu lösen, die die Ösen seiner Hose zusammenhielt, nahm Gussy ihren ganzen Mut zusammen. Sie ging den letzten Schritt zwischen ihnen auf den Mann zu und sagte mit klarer, fester Stimme, die nicht ihre eigene zu sein schien:

»*Ofitser, pryamo zdes.*«

Der Junge zuckte fast unmerklich zusammen, und Gussy fasste Mut.

Sie ging nun auf die anderen drei zu, die unsicher in der Türöffnung verharrt hatten, und wiederholte ihren Satz. Dabei funkelte sie sie aus ihren schwarzen Augen an und wurde bei jeder Wiederholung lauter.

»*Ofitser pryamo zdes. Ofitser pryamo zdes!* – Holt euren Offizier her, und zwar sofort!«

Sie wusste nicht, ob der Satz richtig war. Sie schrie es in die Dunkelheit.

Wie lange würde der Überraschungseffekt ihr Schutz gewähren? Dass sie ihrer Forderung folgen würden, hielt sie für ausgeschlossen. Aber es verschaffte ihr Zeit.

Alle vier waren halbe Kinder, das hatte sie blitzschnell

erkannt. Es konnte sie allerdings auch gefährlicher, noch unberechenbarer machen, als erwachsene Männer es waren.

Aber Soldaten mussten gehorchen. Gerade die ungebildeten Männer vom Land, das hatte Hermann einmal bei einem Heimaturlaub erwähnt, standen in der Roten Armee fast mehr noch als in der Wehrmacht Neuem und Unbekanntem völlig hilflos gegenüber und waren es gewohnt und bereit, sich ihren Offizieren zu hundert Prozent zu unterwerfen und sich von ihnen führen zu lassen.

Sie hörten es alle im gleichen Moment. Das Geräusch kam sehr schnell näher und schnitt sich durch die kühle Abendluft. Es war das Knattern eines Motorrads.

Gussy stieß die drei, die die Tür versperrten, zur Seite und trat nach draußen. Sie hielt ihre Arme immer noch verschränkt. Das gab ihr Halt und vermittelte ihr eine scheinbare Stärke.

Kurz darauf kam ein gelbes Licht um die Ecke. Erst jetzt erkannte Gussy, dass ein Feldweg zu dieser Scheune führte, den sie vorher nicht bemerkt hatte, weil sie von der entgegengesetzten Seite aus dem Wald gekommen war.

Ein Mann mit Motorradbrille und langem grauem Mantel mit roten Streifen hielt an, machte den Motor aus und stieg ab. Er trug Handschuhe, die er, während er näher kam, langsam abstreifte. Die vier Soldaten salutierten.

Er ignorierte Gussy zunächst und wechselte mit den Männern ein paar Worte. Dabei klang er verärgert.

Gussy trat unruhig von einem Fuß auf den anderen.

Was war das nun? Sollte sie wegrennen? War das ihre Chance?

Dann schaute der Mann zu Gussy herüber und salutierte vor ihr.

»Haben meine Männer Sie belästigt?«, war seine erste Frage. Seine Stimme klang weich und hart zugleich, und er sprach perfektes Deutsch mit einem ungewohnten Akzent.

Gussy war darüber verwirrt und schüttelte den Kopf.

»Darf ich mich Ihnen vorstellen?«

Sie nickte und brachte immer noch kein Wort heraus.

»Sergei Babel. Offizier der Roten Armee. Aus Odessa.«

Sein Lächeln berührte sie, wie sie einst als Kind der erste Anblick der Himbeerblüten berührt hatte.

Mutproben

Meine erste bewusste Erinnerung an mein Verhältnis zum Weiblichsein ganz allgemein ist für mich immer mit einem weißen Pelzkragen verbunden.

Er lag ganz einfach, ohne Ankündigung oder eine im Vorfeld höflich formulierte Aufforderung an das Christkind von meiner Seite aus, unter dem Weihnachtsbaum. Als ich drei Jahre alt war, befand sich zwischen meinen Geschenken dort ein hübscher Wintermantel mit einem weißen Pelzkragen. Er war voluminös und besaß eine Dimension, die einem auf der Stelle etwas liebenswürdig Teuflisches verlieh.

Wenn meine Mutter mir den Pelzkragen mit einer Schleife umband, wurde mein blondes Köpfchen mit den feinen glatten Haaren anmutig eingerahmt. Darunter blitzte mein kesser Blick hervor, den Tante Alma und Oma Erna immer wieder rügten: *Das Kind kann sich nicht unterordnen! – Das Kind wird schon sehen!* –, den Patentante Lizzy aber durchaus honorierte: *Das Kind wird es einmal zu etwas bringen!*

Dieser Blick, der jeder Weichzeichnung trotzte, wurde durch den weißen Pelzkragen, für den vermutlich drei mittelgroße Kaninchen geblutet hatten, auf eine völlig neue und unerwartete Weise ergänzt: Er ließ mich weit über Frankfurt Westhausen hinaus in eine mir damals noch unbekannte mondäne Welt gleiten, voller frivoler Urbanität und unbekümmerter Nonchalance.

Nur, dass ich all diese Begriffe damals noch nicht kannte.

Zur Bar von Johnny Miller war es damit, wie man sofort begreifen wird, nur noch ein winziger Schritt.

»Evchen! Kannst du bitte mal schnell kommen und mir beim Abgießen helfen!«

Ich hatte die Stimme meiner Mutter aus der Küche genau vernommen und ließ den kleinen Taschenspiegel, den ich in der linken Hand hielt, mit einem lauten Seufzer sinken.

»Kannst du nicht Volker fragen? Beate holt mich gleich zum Turnverein ab, und ich bin noch nicht fertig«, schrie ich durch die geschlossene Tür zurück.

Ich hatte vorsichtshalber abgesperrt, aber das ahnte meine Mutter nicht.

Auf dem rechten Zeigefinger hatte ich einen Klacks Penaten Creme, den ich gerade auf meinen Lippen verteilen wollte, nur probeweise. Ich musste unbedingt den richtigen Deckungsgrad herausfinden. Zu viel, und die Lippen sähen aus wie ein wunder Babypopo, das wollte man ja vermeiden. Zu wenig, und die ganze Pracht würde niemandem auffallen, schon gar nicht Leo Krämer, der einen wie die meisten Jungen sowieso nie richtig anschaute.

Es musste genau die perfekte Mischung zwischen schimmerndem Rosa und perlmuttähnlichem Weiß sein. Man sollte etwas blutleer, aber nicht wie ausgekotzt wirken, leicht fröstelnd, damit sich der Beschützerinstinkt in Leo Krämer regen konnte, aber nicht unnahbar und schon gar nicht mumifiziert.

Keiner durfte merken, dass man sich einen Hauch geschminkt hatte. Das mochten die Jungen gar nicht, wie unter uns Mädchen hinter vorgehaltener Hand wie bei der stillen Post weitergegeben wurde.

Schlagerstars wie Gitte, Connie Francis und Conny von

Conny und Peter hatten natürlich den richtigen Lippenstift dafür, aber wir mussten uns mit Penaten Creme für wunde Babypopos helfen, denn einen Lippenstift durften wir selbstverständlich weder tragen noch kaufen.

Es klopfte an meine Zimmertür, und ich warf schnell die weißen Sandalen mit dem angedeuteten Absatz in den Turnbeutel und zog ihn zu. Die hatte ich meiner fast erwachsenen Cousine Anita abgeschwatzt, der jüngeren der beiden Töchter von Tante Maria, im Tausch gegen meinen gepunkteten Kinderbikini, der mir zu klein geworden war und in dem ich mich unwohl fühlte. Meiner dürren siebzehnjährigen Cousine war er gerade recht, so konnte sie zeigen, wie sie es ausdrückte, was sie hatte. In meinen Augen war das nicht der Rede wert, aber jedem das Seine, und ich hatte schließlich die Schuhe, die ich sorgsam vor meiner Mutter und Volker verborgen hielt. Ein Absatz nämlich ging erst ab der Konfirmation für Evangelen oder ab dem Volkschulabschluss für Katholiken, was eine ähnlich dümmliche Vorschrift war wie die Kniestrümpfe ab Ostern.

Obwohl Anita kleine Füße besaß – an ihr war alles recht mickrig ausgefallen –, waren mir die Sandalen zu groß, aber nur ein bisschen.

Jetzt wurde die Türklinke heruntergedrückt. Verdammt, ich hatte noch nicht wieder aufgeschlossen.

Seit ich ein eigenes Zimmer hatte, klopfte meine Mutter immer zuerst an, wegen der Privatsphäre, die auch ein Kind braucht, wie sie bei Nachbarn und Verwandten gern anführte, nur um zwei Sekunden später auch schon im Zimmer zu stehen. Aber es ist der Gedanke, der zählt.

»Eva? Warum ist die Tür abgeschlossen?«, hörte ich es aus dem Flur.

Ich wischte mir die Penaten Creme ab und schob die Dose blitzschnell in den Turnbeutel. Dann öffnete ich die Tür.

»Warum schließt du ab?«, wiederholte Mutti leicht irritiert.

»Wegen Volker.« Mein Bruder musste für einiges herhalten, der arme Kerl. »Der stört mich immer.«

Meine Mutter wirkte nun eher ratlos. »Aber Volker ist gar nicht da, der ist doch bei Rudi.«

Nun schaute ich irritiert. »Trotzdem. Er stört prinzipiell.«

»Prinzipiell« war eins meiner neuen Lieblingswörter.

In dem Moment klingelte es, und ich war gerettet.

»Das ist Beate.«

Ich schnappte mir meinen Turnbeutel, in dem ich außer der Creme und den Sandalen tatsächlich auch meine Turnsachen verstaut hatte, und zog im Flur meinen dicken Wintermantel an.

Mutti hielt mir die Fäustlinge hin.

»Oh nein, nicht die Fäustlinge, ich bin doch kein Baby mehr.«

»Aber es ist wirklich sehr kalt draußen, um die null Grad. Steck sie wenigstens ein.«

Und wenn es Minusgrade waren. Das störte Beate und mich nicht im Geringsten.

Nach dem Turnverein zogen wir uns heimlich auf der Toilette die dicken Strumpfhosen aus (jawohl, es gab seit Neuestem Strumpfhosen und keine ekligen Leibchen mehr) und strichen uns gegenseitig die Creme in genau der richtigen Dosierung auf die Lippen. Ich streifte die weißen Sandalen mit dem kleinen Absatz über und Beate die ausgeleierten Sommerpumps, die sie heimlich von ihrer Mutter ausgeborgt hatte und in denen sie noch mehr herumrutschte als ich in meinen Sandalen. Mit nackten Beinen stiefelten wir in die Kälte hinaus zum Büdchen und erstanden je eine Tüte Frigeo Ahoj-Brausepulver – Beate Waldmeister grün, ich Zitrone gelb.

Als wir das Büdchen erreichten, waren unsere Beine bereits rotblau angelaufen, aber wir überspielten das mit unseren weißen Lippen und lächelten den Büdchenbesitzer Herrn Bommerlunder süßlich und, wie wir dachten, sehr huldvoll an.

Er hieß natürlich nicht wirklich Bommerlunder, aber wie er wirklich hieß, wussten wir nicht. Da er immer einen Bommerlunder griffbereit neben sich stehen hatte, schien uns dieser Name geeignet.

Die nackten Beine mussten sein, denn damit sah man aus, als trüge man Nylonstrümpfe. Wollene Strumpfhosen unter weißen Sandalen mit angedeutetem Absatz hätten dagegen unpassend gewirkt.

Auf dem Rückweg zur Toilette des Turnvereins waren unsere Beine bereits schneeweiß und fast taub. Aber das war uns ziemlich egal.

»Spürst du deine Zehen auch nicht mehr?«, fragte Beate leicht sorgenvoll.

»Nee, schon seit Ende der Brause nicht mehr. Aber ich habe Schlimmeres erlebt.«

»Was meinst du?«

»Zum Beispiel den Besuch beim Friseur, als ich vier war.«

Wir merkten gar nicht, dass wir begonnen hatten, wie Störche zu staksen, ein normales Gehen mit Abrollen war bei den tauben Zehen nicht mehr möglich.

»Damals wollte ich unbedingt Locken haben. Aber Dauerwelle darf man ja erst ab vierzehn haben und nicht schon ab vier.«

»Stimmt. Und was ist passiert?«

Beate hatte glattes Haar wie ich, nur in Braun, und war, was die ungeschriebenen Gesetze für eine Dauerwelle betraf, natürlich auf dem Laufenden.

»Ich habe so lange gedrängelt und genörgelt, bis meine Mutter mit mir zum Friseur gegangen ist. Der hat mich kurz angeschaut und dann die Brennschere hervorgeholt.«

»Nein!« In Beates Gesicht stand entsetzte Begeisterung. »Er hat wirklich eine Brennschere genommen?« Sie kiekste vor Aufregung.

»Klar. Er hat meine Haare in kleine Häppchen aufgeteilt, sie dann eins nach dem anderen gedreht und gezwirbelt und am Ende die Brennschere drangehalten.«

»Und?«

Beate hielt fast den Atem an, doch sie schaffte es nicht, wie man an den Wölkchen erkennen konnte, die aus ihrem Mund in die klirrende Kälte entwichen.

»Die Locken sahen ein bisschen komisch aus, wie Engelshaar am Weihnachtsbaum, aber es waren immerhin Locken. Bis der Friseur eine Weile mit Mutti sprach und es plötzlich anfing zu qualmen und eklig zu stinken – und am Ende mein Haar herunterfiel.«

»Oh! Alles?« Beate schaute voller Begeisterung jetzt wirklich ganz entsetzt.

Ich winkte ab.

»Nein, nur ein kleiner Teil. Und am Ende hat er vorgeschlagen, alles ganz kurz zu schneiden, denn dann würde es garantiert dicker nachwachsen.«

»Gemeine Lüge«, konterte Beate auf der Stelle.

»Du sagst es. Da warte ich bis heute drauf. Das ist ein Trick, damit die Friseure nicht aussterben. Mein Opa war Friseur.«

»Echt?« Beate schien beeindruckt.

»Ist aber ausgestorben.«

Beate war nun stehen geblieben und hob ein Bein, um es am anderen zu reiben. Es sah ein wenig so aus, als ob sie pullern müsste.

»Frierst du?«

Sie schüttelte energisch den Kopf.

»Aber ich spüre meine Füße nicht mehr. Nicht nur die Zehen. Wo ist dein Opa ausgestorben?«

»Keine Ahnung. Das weiß niemand so genau. Da reden sie nicht drüber. Irgendwo auf der Flucht.«

Beate nickte wissend.

»Meine reden auch nicht über die Flucht. Wenn ich sie mal frage, wieso sie von zu Hause weggegangen sind, woher genau sie eigentlich sind und was denn passiert ist, dann sagen sie nichts. Gar nichts. Sie sagen ...«

»... dass das nicht schön war und dass sie nicht mehr daran denken möchten«, nahm ich ihr das Wort aus dem Mund, denn es war mir klar, was Beates ostpreußische Eltern sagten. Sie sagten haargenau dasselbe wie meine schlesischen.

In dem Moment tauchte Frau Göbel mit einer vollen Einkaufstasche auf, die Nachbarin von gegenüber.

»Guten Tag, Frau Göbel«, flötete ich. Ich hasste sie.

»Na, was ist denn mit deinem Mund passiert, Eva?«, sagte sie scheinheilig und deutete auf meine Penaten-Creme-Lippen.

»Ich habe einen fiesen Ausschlag, Frau Göbel. Doktor Herz hat mir Salbe verschrieben. Ist sehr ansteckend.«

Das Letzte konnte ich mir nicht verkneifen. Die Macht der Windpocken zur Zeit der Vogelhochzeit wurde sofort wieder in mir lebendig.

»Oh!«

Erschrocken hüpfte Frau Göbel vom Fußweg auf die Straße, um den Abstand zu mir augenblicklich zu vergrößern.

»Die hat mich vor ein paar Monaten in der Schule verpetzt. Als ich den engen Rock mit der kleinen Gehfalte unterm Po anhatte«, zischte ich.

Beate starrte ihr hinterher. »Die war das?«

Meine Mutter hatte mir auf meinen drängenden Wunsch hin aus einem Stück beigebraunem Glencheck-Stoff, den sie übrig hatte, einen süßen engen Rock genäht. Bis übers Knie, wie es damals Mode war, mit einer winzigen Gehfalte hinten, wie bei richtigen Damen, aber nicht so eng wie bei Fräulein Wippenfeld, unserer Biologielehrerin.

Ich hatte ihr versprechen müssen, dass ich ihn nur zu Hause trug, und nicht auf der Straße. Denn ich war für einen engen Rock noch viel zu jung, fand meine Mutter. Aber gegen das Tragen zu Hause war ihrer Meinung nach nichts einzuwenden.

Einmal, als ich den Müll auf die Straße brachte, hatte ich den Rock gerade an. Frau Göbel kam gleichzeitig mit dem Mülleimer heraus und warf mir sofort einen abscheulichen Blick zu. Fast hätte ich ihr die Zunge herausgestreckt, aber das darf man nicht, und meine Mutter wäre bestimmt sehr traurig gewesen, wenn ich mich so danebenbenommen hätte. Also unterließ ich es und vergaß das Ganze. Ich war ja auch schnell wieder drinnen.

Zwei Wochen später wurde meine Mutter zum Direktor meines Gymnasiums gerufen, er hatte ihr einen Brief geschrieben. Sie war ganz aufgeregt, und wir konnten uns gar nicht vorstellen, warum der Direktor sie sehen wollte. Ich hatte gute Noten und nichts ausgefressen.

Als ich an dem Tag aus der Schule kam und meine Mutter mir die Tür öffnete, sah ich sofort, dass sie geweint hatte. Sie nahm mich wortlos in die Arme und drückte mich ganz fest. Dann strich sie mir über das Gesicht und erzählte mir auf der Eckbank am Küchentisch, dass eine Nachbarin oder ein Nachbar wohl gesehen hatte, dass ich auf der Straße einen engen Rock getragen hatte. Das sei für eine knapp Zwölfjährige ein schamloses Verhalten, die eigentliche Schuld jedoch träfe selbstverständlich die Mutter.

Sie, meine Mutter, sei geschieden und der Verantwortung für ihre beiden Kinder wohl nicht gewachsen. Deshalb habe diese Person dem Direktor nun geschrieben, damit er informiert sei und entsprechende Schritte einleiten könne.

»Was für Schritte, Mutti?«

Sie antwortete nicht sofort.

»Beim Jugendamt, stand in dem Brief. Euer Direktor ist aber ein kluger Mann, Evchen. Er hat mich darüber informiert, weil er der Meinung ist, dass ich Bescheid wissen sollte, dass uns jemand in der Nachbarschaft genau beobachtet. Der Brief war nicht unterschrieben worden. Das fand euer Direktor ganz zu Recht feige. Er bekräftigte, dass es bei dir keinen Grund zur Klage gebe, aber wir sollten vorsichtig sein, wie man unser Verhalten in der Öffentlichkeit bewerte. Leider gibt es noch genug Menschen, die Vorurteile gegen Geschiedene haben und nur darauf warten, ihnen das Leben noch schwerer zu machen.«

Ich schlang meine Arme um den Hals meiner Mutter.

»Das ist gemein, Mutti.«

»Ja. Aber zum Glück haben wir ja uns, Evchen.« Sie lächelte tapfer. »Wir müssen nur aufpassen, was wir machen.«

»Ja.«

Als Frau, auch als kleine Frau, wie ich es als Evchen damals ja war, muss man einen Blick dafür haben, was zu einem passt und was nicht. Das erste Mal, dass mir das auffiel, war, als dieser Pelzkragen wieder verschwand.

Vati, Mutti und ich besuchten Tante Lizzy in Schlangenbad, wo sie eine Kur machte. Ich erinnere mich nicht, dass Volker dabei war. Wahrscheinlich war er noch nicht auf der Welt und reifte gemütlich in einem der großen Glasbehälter vor sich hin.

Der Name des Orts »Schlangenbad« beschäftigte meine Fantasie schon einige Tage vor dem Besuch, und auf dem Rückweg mit der Eisenbahn war ich enttäuscht und einsilbig. Keine Schlangen weit und breit. Nichts Gefährliches wie Fallen auf dem Bürgersteig oder Reptilien im Kurtrinkbrunnen, wo wir kurz anhielten, um ein Gläschen daraus zu trinken. Gähnende Langeweile!

Auf dem Weg nach Schlangenbad mussten wir in Wiesbaden aus dem Bummelzug aussteigen und einen Anschlusszug nehmen, der von einer riesigen schwarzen Dampflok gezogen wurde. Es war bereits düster, dichte Wolken waren am Himmel aufgezogen und hatten sich vor einen fahlen Mond gedrängt. Die Lok wartete keuchend und schnaubend auf uns, wie ein Drache, der widerwillig an die Schiene gekettet worden war.

Als wir an der Lokomotive vorüberhasteten, schoss ein gnadenloser weißer Dampfstrahl an uns vorbei, der uns fast erfasst und umgeworfen hätte. Meine Mutter schrie erschrocken auf, und ich trippelte noch schneller neben meinen Eltern her. Mein Vater hatte mich in der Dunkelheit und wegen des angeketteten Dampfriesen vorsichtshalber an die Hand genommen.

Da brodelte es, die nackte natternhafte Gefahr lauerte überall, und dann geschah es: Das Schnürband meines weißen Pelzkragens löste sich, und gerade als wir die Stufen zu dem Waggon hinaufstürmten, fiel der Kragen auf den ölig schimmernden Schotter des Gleises. Fast im selben Moment bäumte sich der Drache auf und setzte sich spuckend und zischend, aber dennoch langsam kriechend in Bewegung.

Ich entsinne mich nicht, dass ich besonders traurig über den Verlust meines Kragens gewesen war.

In der Nähe von Gotha, Mitte Juli 1945

Gussy wusste nicht, wie sie sich verhalten sollte. Sie stand unweit der Hütte im Dunkeln an eine Esche gelehnt. Nun waren sie schon vier Tage in diesem Schober bei Gotha, den sie entdeckt hatte, und vorerst würden sie dort wohl auch bleiben müssen.

Ihr Schwiegervater Gustav konnte kaum noch laufen. Die Wunde an seinem Fuß eiterte stark und hatte sich, wie Gussy mutmaßte, tiefer ins Fleisch gebohrt, sodass er große Schmerzen ertragen musste. Sie war sich nicht sicher, ob sich nicht gar eine Blutvergiftung anbahnte.

Gustav fieberte heftig, das konnte Gussy nicht übersehen, er versuchte aber, sein Leiden wie schon in den Wochen zuvor herunterzuspielen. Ihm gehe es nicht schlecht, er müsse sich nur ein wenig ausruhen, beruhigte er sie.

Bald schon würde sein Hermann bei ihnen sein.

Gussy strich ihm liebevoll über die Stirn und drehte sich dann weg, damit er die Tränen nicht sehen konnte, die ihr kamen.

Man hatte ihnen zwei Strohsäcke zum Schlafen gebracht, dazu mehrere raue und fadenscheinige Decken, die dennoch einen Segen darstellten. Es war zwar Sommer und nachts nicht gerade kalt, doch sie erweckten das Gefühl einer Art Geborgenheit und wärmten Seele und Herz mehr als ihre Füße. Die Flöhe als Beigabe nahmen Gussy und Gustav ohne Murren in Kauf.

Auch Essen erhielten sie einmal am Tag.

Sie sollten im Schutz der Hütte bleiben und sich möglichst nicht zeigen, hatte der Offizier der Roten Armee ihnen befohlen.

Die Essensrationen mit dem Trinkwasser waren karg, aber ausreichend. Ihre Notdurft verrichteten sie, so diskret es möglich war, in einiger Entfernung vom Schuppen hinter ein paar Büschen. Gussy stützte Gustav dabei, so gut es ging.

Wieso er sich so um sie beide kümmere, hatte Gussy am dritten Tag gewagt den Offizier zu fragen, als er auf dem alten Motorrad angeknattert kam und vor der Hütte abgestiegen war. Er überging ihre Frage und lud schweigend die Verpflegung ab.

Schließlich seien sie doch der Feind, insistierte Gussy.

Da hatte er endlich gelächelt. Sie seien nicht sein Feind. Sie gehörten zum Volk.

Das habe ihr Vater auch immer behauptet, erzählte sie ihm mit verschränkten Armen und Überzeugung in der Stimme.

»Ach, ist Ihr Vater ein Fortschrittlicher gewesen? Etwa ein Sozialdemokrat?«

Da hatte Gussy heftig den Kopf geschüttelt.

»Nein, mein Vater war Kommunist, leider ein toter Kommunist. Einer, der die Sowjetunion und ihre Errungenschaften bewundert hat. Einer, der Gott sei Dank die Hitlerzeit nicht mehr erlebt hat. Als Kind damals habe ich seinen frühen Tod kaum verwunden. Heute als Erwachsene sehe ich das anders. Mein Vater hat Glück gehabt, dass er die Nazizeit und den Krieg nicht mehr erleben musste.«

»Aus der Geschichte müssen wir lernen.« Er trug die Decken nach drinnen. »Dafür ist die Geschichte da.«

Gussy war ihm mit den Aluminiumbehältern und der Wasserkanne gefolgt.

Im dämmrigen Inneren der Hütte hatte er sich neben Gustavs Lager gekniet und ihm die Hand auf die Stirn gelegt. Auch er hatte das Fieber erkannt.

»Sind Sie Arzt?«, hatte Gussy neugierig gefragt.

»Nein, Professor für Philosophie und Marxismus-Leninismus an der Universität Odessa«, hatte er geantwortet und einen Lappen mit kaltem Wasser getränkt, um ihm Gustav um die Wade zu wickeln. »Aber im Moment bin ich eben Krankenpfleger, Dolmetscher, Koch, Seelendoktor, Landvermesser, ach so vieles, und natürlich Polizist und Aufpasser.«

»Aufpasser?«

»Haben Sie unsere erste Begegnung schon vergessen?«

Er hatte sich umgedreht und schaute sie an. Stumm hatte Gussy den Kopf geschüttelt. Sie spürte einen Kloß im Hals.

»Aber man kann nicht überall sein«, hatte er hinzugefügt. »Der Krieg und diese harte Zeit unmittelbar danach macht aus Menschen«, hier zögerte er und vermied bewusst das Wort »Tiere«, wie sie sich sicher war, »er macht viele zu Unmenschen«, beendete er den Satz stattdessen.

Sie selbst hätte nicht entscheiden können, was sie bedrohlicher und grausamer fand, den Krieg oder die Zeit danach, verriet sie ihm. Der Offizier dachte offenbar genauso.

»Glauben Sie, dass er wieder auf die Beine kommt?« fragte sie ihn.

»Er ist Ihr Schwiegervater, nicht wahr?«

Gussy nickte.

»Darf ich fragen, wo Ihr Mann ist?«

»Ich weiß es nicht. Er war in Skandinavien stationiert, als Funker und Unteroffizier.«

»Das heißt, Sie wissen auch nicht, ob er überhaupt noch am Leben ist?«

Da war er aufgestanden und hatte sich in einigem Abstand neben sie gestellt und sie von der Seite her betrachtet. Sie hatte den Kopf geschüttelt und auf den lehmigen Boden gestarrt.

Nein, sie hatte seit kurz vor Ende des Kriegs nichts mehr von Hermann gehört. Sie wusste nicht einmal, wo er sich aufhielt. Ob er noch lebte.

Gustav stöhnte laut im Fieber.

»Irgendwie zweifle ich nicht im Geringsten daran, dass er den grauenhaften Krieg nicht nur überlebt, sondern sogar recht gut überlebt hat.«

Gussy wusste nicht, wieso sie den sowjetischen Offizier ins Vertrauen zog.

»Wenn man sich bei einem Krieg auf der Verliererseite befindet, kann man dann gut überleben?«, hatte der Mann von der Roten Armee gefragt.

Wenn das überhaupt möglich war, würde es jemandem wie Hermann Fink gelingen, davon war Gussy fest überzeugt. Doch das sagte sie dem feschen Offizier aus Odessa nicht.

Ja, sie fand ihn gut aussehend, das musste sie sich eingestehen. Wenn sie abends erschöpft vom Nichtstun und vom sinnleeren Ausharren in dem Bretterverschlag, der ihr provisorisches Heim geworden war, auf dem Stroh lag, ertappte sie sich dabei, dass sie versuchte, sich sein Gesicht vorzustellen. Oder war es nur sein Lächeln, an das sie sich immer wieder versuchte zu erinnern?

Er war etwas größer als Hermann, stattlicher, aber mit einem länglichen Kopf, keinem runden wie dem von Hermann, und er trug eine runde Nickelbrille. Das hatte sie zuerst verblüfft. Dass er Offizier war und eine Brille trug. Man hatte ihr gesagt, Offiziere müssten sehr gut sehen können. Aber vielleicht verwechselte sie das mit Piloten.

Sergei hatte volles, leicht gewelltes dunkles Haar. Keine Halbglatze wie Hermann. Dabei fand sie Hermanns kahlen, glänzenden Schädel nicht hässlich und strich ihm gern über die wie poliert schimmernde Kopfhaut, die sich ganz zart anfühlte.

Sergei.

Gussy war eine verheiratete Frau.

»Wo wollen Sie denn mit Ihrem kranken Schwiegervater überhaupt hin?«, fragte er sie am nächsten Tag. »Haben Sie ein Ziel?«

Gussy hatte heftig genickt. »Frankfurt am Main«, schoss es aus ihr heraus.

Als sie es aussprach, merkte sie plötzlich, dass sie auch München hätte sagen können oder Freiburg. Dass es völlig beliebig war.

Aber hätte es auch Magdeburg sein können? In der russisch besetzten Zone? Weg vom Russen, hatte Hermann ihr immer eingeschärft, hin zum Ami.

Gussy hatte einen älteren Halbbruder in der Nähe von Eisleben, der als Fehltritt ihrer strengen Mutter vor ihrer Ehe bei Verwandten dort auf dem Land großgezogen worden war. Warum hatte sie nicht Eisleben gesagt? Nein, das wäre ihr nie in den Sinn gekommen, in eine Stadt zu gehen, nur weil man dort Verwandte hatte.

Ja, es war Hermanns Frankfurt, hatte sie gespürt, als sie es aussprach, nicht ihres.

»Das liegt aber in der amerikanischen Zone. Das hätte

ihrem kommunistischen Vater sicher nicht gefallen«, erwiderte Sergei und lächelte.

»Nein, bestimmt nicht«, sagte sie und lächelte zurück.

»Haben Sie schon mal von Odessa am Schwarzen Meer gehört?«

Gussy schüttelte den Kopf.

Er erzählte ihr von Katharina der Großen, die diese Stadt gegründet und ihr das gegeben hatte, was sie einmalig auf der Welt machte: die klassizistischen Prachtbauten, die Potemkin'sche Treppe und die breiten Boulevards mit den Platanen, die ihre Blätter wie ein grünes Dach über die Straßen spannten, sodass man auch an heißen Sommertagen geschützt war.

Dann Arcadia, das Paradies, wie die Odessiten ihren Strand liebevoll nannten, auf den sie so stolz waren. Und die Einwohner dieser Stadt selbst ... Auf Wunsch Katharinas waren sie aus allen Teilen Europas gekommen und hatten ihre Küche und ihren Humor mitgebracht. Auch sein Nachname stehe dafür.

»Wie lautet er gleich noch einmal?«

»Babel.«

»Oh.«

Die Frage stand ihr ins Gesicht geschrieben, doch sie blieb unausgesprochen. Auch nach dem Ende der Herrschaft der Nationalsozialisten wagte in Deutschland niemand, dieses Wort in den Mund zu nehmen. Es würden noch Jahrzehnte vergehen, bis man es benutzen konnte, ohne zu stottern oder zu erbleichen, ohne zu hüsteln oder sich vorher zu räuspern. Oder sogar schief zu grinsen.

Sergei Babel lächelte Gussy an und beantwortete ihre nicht gestellte Frage: »Ich bin zuallererst Russe und auch ein wenig

Ukrainer, außerdem Offizier der Roten Armee, dann eine Handvoll Lehrer für Philosophie, eine gute Prise Odessit und sicher auch ein bisschen Jude, aber vor allem anderen bin ich ledig. Durch und durch.«

Da lachten sie beide zusammen.

In der Nacht träumte sie von ihm.

Gustav stöhnte im Schlaf und wälzte sich unruhig. Gussy stand auf und tauchte ein abgerissenes Stück Flanell in den Rest des trüben Waschwassers, den sie in einer Blechschüssel hütete, und wischte ihm vorsichtig den Schweiß vom Gesicht. Er wachte nicht davon auf.

Als sie sich wieder hinlegte, wollte sich der Schlaf nicht mehr einstellen. Wahrscheinlich hatte sie tagsüber zu wenig Bewegung, durch die sie schläfrig werden konnte. Die Erschöpfung, die sie an sich festgestellt hatte, war wohl eher seelischen Ursprungs.

Gussy drehte sich auf die Seite, in Richtung ihres Schwiegervaters, der ungefähr zwei Meter von ihr entfernt in seinen Lumpen lag. Es dämmerte bereits, sodass sie die Umrisse seines mageren, fast verschrumpelten Körpers gut erkennen konnte. Sein alter grauer Mantel lag über der dünnen Decke.

Wie lange würden sie hier ausharren müssen? Gustav konnte so nicht weiterziehen. Mit dieser Verletzung würde er nirgendwo mehr hinkommen. Das wurde Gussy immer klarer.

Auch wenn er darauf bestand, sich nur ein paar Tage ausruhen zu müssen, bis seine Kräfte zurückkehrten. Er besaß keine Kräfte mehr, die zurückkehren konnten.

Es grenzte bereits an ein Wunder, dass sie es von Breslau bis hierher, in die Nähe von Gotha, geschafft hatten. Und hier waren sie auf Sergei getroffen. Ohne ihn hätten sie es nicht geschafft zu überleben, das wusste sie.

Sergei.

Da war er wieder, war in ihre Gedanken geschlittert, hatte sich in ihre Gefühle hineingewebt – ohne dass sie es gewollt hätte. Solange sie diese Zwangspause hier einlegen mussten, solange würde sie ihn sehen.

Sie würde ihn sehen müssen, sprechen müssen.

Dürfen.

Sie hatte seit Tagen, ja fast seit Wochen mit niemandem mehr länger gesprochen außer mit Sergei.

Mit Gustav konnte man kaum noch reden. Es strengte ihn zu sehr an. Bei ihm beschränkte es sich auf den knappen Austausch von Informationen.

Wie geht es dir heute? Hast du Hunger, hast du Durst? Was macht die Wunde? Hast du Schmerzen?

Ein Nicken, ein Kopfschütteln, ein Seufzen, ein Schmatzen, ein Stöhnen.

Gussy biss sich auf die Lippen und drehte sich auf die andere Seite.

Als er heute kam, mit leicht angebrannten Pelmeni im verbeulten Topf, hatten sie beim Anblick der untergehenden Sonne hinter der Hütte nebeneinander auf einem Baumstumpf gekauert und geredet, einfach nur geredet.

Er hatte ihr vom trockenem Witz der Bewohner seiner Heimatstadt erzählt, sie von der Schönheit Breslaus, bevor es zerbombt worden war.

»Haben Sie es mit eigenen Augen mit ansehen müssen?«, hatte er gefragt.

»Nein, ich habe nur davon gehört. Die Belagerung und Zerstörung großer Teile meiner Heimatstadt fand erst nach

Januar 45 statt. Nachdem die hoffnungslos überfüllte Festung Breslau zwangsevakuiert worden war. Da war ich schon in Richtung Dresden unterwegs mit meinem Schwiegervater.«

»Waren Sie etwa dort, als …?«

»Ja, wir waren in der Nacht dort – am Stadtrand, in Radebeul – und haben es aus sicherer Entfernung beobachtet. Es war, als hätte sich der Himmel als Feuer unten auf der Erde gewälzt, ein Inferno ohne Maß, ohne Ziel, ohne Ende. Ohne Gnade. Das Feuer besaß eine Endgültigkeit, die ich nie erwartet hätte. Wie ein Schlusspunkt, der einfach gesetzt wurde.«

Gussy hatte ihm das alles ganz ruhig erzählen können, draußen auf dem Holz. Er hatte sie nachdenklich von der Seite angeschaut, ohne etwas darauf zu erwidern. Sie hätte gern ihren Kopf an seine Schulter gelegt, aber das ging natürlich nicht.

Hermann, so fuhr es ihr später durch den Kopf, hätte alles kommentiert, wie es seine Art war, witzig, sarkastisch, mühelos, ohne innezuhalten. Wahrscheinlich hätte er sie sogar trotz allem zum Lachen gebracht.

Sie genoss, dass Sergei Babel nichts dazu sagte.

Am nächsten Tag wachte sie mit dem Gefühl auf, nicht mehr zu wissen, was sie nun tun sollte.

Es war nicht das Verhalten des Offiziers, das sie verunsicherte, er hielt sich zurück, war abwartend, höflich und hilfsbereit. Es war das zwischen ihnen Unausgesprochene, das sie grübeln ließ und das ihr nachts Tränen über die Wangen schickte. Musste sie es sich nicht endlich eingestehen? Dass sie an ihrer Liebe zu Hermann zu zweifeln begonnen hatte?

Hermann Fink, seit knapp einem Jahr ihr Ehemann, dieser charmante Hallodri, der sie durch seinen wachen Geist und seinen Humor im Sturm erobert hatte. Der immer gut gekleidet, stilvoll und mit exzellenten Manieren Hof gehalten hatte, der ihre Mutter, die nie zu ihr gestanden hatte, endlich in ihre Schranken verwies und Gussy Rückhalt bot. Der stolz auf sie war, sie nicht als Dummchen behandelte, obwohl sie keine Schulbildung besaß wie er.

Hermann konnte gern und ausgiebig feiern, auch ohne sie. Er trank immer mal wieder zu viel, doch er schlug seine Frau nie, wie ihr Schwager Otto, der Mann ihrer ältesten Schwester Maria, es regelmäßig tat. Stattdessen stand er mit einem Strauß Blumen reumütig vor der Tür und grinste schief mit seinem Grübchen, wenn er sie mal in der kurzen Zeit seines Fronturlaubs verärgert hatte.

Und doch konnte sie sich, wenn sie ganz ehrlich zu sich war, auf Hermann nicht verlassen. Er war in diesen Zeiten, auch wenn man es der Geschichte und den verheerenden Umständen zuschreiben musste, nicht an ihrer Seite.

Gussy fühlte sich zu dem Mann aus Odessa hingezogen. Sie empfand weit über die gegenwärtige Notsituation hinaus, in der nur er sie unterstützte, ein Gefühl der Geborgenheit, des Vertrauens und des Schutzes in dem Chaos der akuten Gefahr, die diese Flucht für sie und ihren Schwiegervater bedeutete.

Das reichte aus, um Gefühle in ihr zu wecken, die sich nicht mehr beiseiteschieben ließen.

Warum musste sie sich mit dem Schwiegervater hier verstecken?

Das fragte sie ihn, als er das nächste Mal einen dicken, wohlschmeckenden Eintopf aus frischen Rüben und sogar einem winzigen Stück Dosenfleisch zu ihnen brachte.

»Das ist doch wohl klar«, hatte er erwidert. »Wegen Hass

und Neid. Die einheimische Bevölkerung darf nichts von euch und meiner besonderen Aufmerksamkeit euch gegenüber erfahren, weil sich sonst auf der Stelle Neid und Missgunst regen würden. Die Rote Armee wird sowieso schon argwöhnisch von den Bewohnern der Stadt beobachtet, und Nahrungsmittel gibt es ja bei Weitem nicht genug. Wir müssen sie direkt bei den Bauern für die Soldaten konfiszieren. Was würden die Bauern sagen, wenn sie sähen, wen sie statt ihrer eigenen Familien da noch mit durchfüttern? Flüchtlinge etwa? Da kann man keine Solidarität erwarten.«

»Und wieso Hass?«

Da hatte er sie lange angeschaut, bevor er ihr antwortete.

»Wissen Sie, wie viele Menschen Hitler in meiner Heimat ermordet hat?«

Gussy schüttelte den Kopf.

»Stalin spricht im Moment von zwanzig Millionen Menschen, aber diese Zahl ist höchstwahrscheinlich viel zu niedrig. Nicht nur Soldaten, viele Zivilisten, mehr als in irgendeinem anderen Land sind krepiert. Meinen Sie, meine Kameraden hätten Verständnis dafür, wenn man ihre schmalen Rationen noch verringern würde, um Deutschen zum Überleben zu verhelfen? Sowjetische Soldaten sind keine Übermenschen, und das meine ich jetzt nicht im Sinn von Nietzsche, aber das wissen Sie ja. – Darf ich Sie etwas fragen, Augusta Fink?«

Sergei redete sie immer so an, als würde sie einen russischen Namen tragen, Marina Lewtowa beispielsweise. Nach russischem Brauch sprach er sie also mit vollständigem Namen an. Die Abkürzung Gussy benutzte er nicht. Einmal hatte er sie fast aus Versehen im Vorübergehen Gruscha genannt.

Gussy musste zugeben, dass ihr beides gefiel.

Sie standen im Schatten einer kleinen Baumgruppe, vielleicht zwanzig, dreißig Meter von der Hütte entfernt, in der Gustav im Fieberschlaf vor sich hindämmerte.

Es war gegen zehn Uhr abends und schon fast dunkel geworden. Nur die filigranen Silhouetten von Bäumen und Büschen mit ihren fein verzweigten Ästen und Blättern hoben sich gegen den silbrigen Himmel ab.

Es herrschte Stille, doch von weither meinte Gussy plötzlich eine einsame Kirchenglocke zu hören, die ein Feuer oder eine andere Gefahr ankündigen mochte.

Sie hatte sich an den Stamm einer Esche gelehnt und die Arme vor der Brust verschränkt. Sergei Babel stand zwei Meter neben ihr, er hatte sich ihr zugewandt.

»Fragen Sie ruhig, Sergei Babel«, antwortete sie nach fast einer halben Minute des Schweigens. Dann hielt sie die Luft an.

»Könnten Sie sich auch vorstellen, nicht nach Frankfurt am Main zu gehen?«

Gussy antwortete nicht.

Er schien nach Worten zu suchen.

»Ich meine, falls Hermann Fink nicht mehr zurückkommt. Das könnte doch sein, oder?«

Sie wusste nicht, ob er in der Dämmerung erkennen konnte, dass sie nickte.

Gussy musste schlucken.

Von irgendwo glaubte sie ein kurzes Knarren zu hören, und ihr Kopf flog herum. Was war das gewesen?

Auch Sergei musste es gehört haben, denn er drehte sich um und starrte intensiv und in alle Richtungen in die Dunkelheit. Doch sie sahen nichts.

»Ja, das könnte sein«, nahm Gussy nach einer Weile seine

Frage wieder auf. »Wohin könnte ich denn mit dem Schwiegervater gehen? Nach Breslau können wir jedenfalls nicht mehr zurück. Da sind jetzt andere. Andere Flüchtlinge, die uns nun zu Flüchtlingen gemacht haben. Es ist ein Teufelskreis.«

Sergei trat vorsichtig einen Schritt näher auf sie zu.

»Niemand flüchtet freiwillig. Wer sich freiwillig aufmacht, ist ein Abenteurer und kein Flüchtling. Wer flüchtet, wurde verjagt oder versucht, sein Leben zu retten, oder beides.«

»Sie haben recht. Haben Sie einen guten Vorschlag?«

»Ja.« Sein knappes Ja hörte sich verheißungsvoll und durchdacht an. »Odessa. Kommen Sie mit nach Odessa. Mit mir.«

Er trat noch einen Schritt auf Gussy zu. Sie wich nicht aus und duckte sich nicht weg, sondern schaute ihn furchtlos an.

Dann küssten sie sich.

Köln, 18. Mai 1963

Gussy und Wim de Jong hatten zwischen Ostern und Pfingsten zwei Briefe und eine Postkarte ausgetauscht. Die Karte zeigte den Kölner Dom, und die Kinder hatten einen kurzen Gruß daruntergeschrieben.

Die Briefe hatte Gussy zwar freundlich, aber doch eine Spur unpersönlich gehalten.

Sie wollte bei dem gut aussehenden Niederländer keinesfalls den Eindruck erwecken, auf der Suche nach einem neuen Ehemann zu sein, wie ihre Schwester Alma es ihr beim letzten Besuch bei ihrer Mutter unterstellt hatte.

»Na, modische Hackenschuhe und ein neuer Lippenstift ... Du bist wohl auf Männerfang, Augusta!«

Alma hatte hämisch geklungen, und Gussy versuchte, die Bemerkung zu ignorieren.

Eva hatte im Flur herumgelungert, um nur ja nichts zu verpassen.

»Ich weiß nicht, was du meinst, Alma. Ich habe schon lange neue Schuhe gebraucht, aber ich hatte kein Geld dafür. Die hier waren heruntergesetzt.«

»Wenn man es für einen Urlaub am Rhein rausschmeißt, bleibt natürlich nichts übrig«, konterte die Schwester auf der Stelle.

Gussy schluckte, entgegnete aber nichts. Alma trat ganz nahe an sie heran, sodass Gussy den leicht säuerlichen Geruch bemerkte, den ihre Schwester ausströmte.

»Obwohl, genau genommen würdest du dich ja am liebsten in einen Glasschrank stellen«, flüsterte Alma der jüngeren Schwester zu.

Gussy merkte, wie sie rot wurde, und versuchte, sich wegzudrehen.

»Lässt keinen an dich ran. Das hat Maria schon immer gesagt. Augusta ist sich zu fein fürs Vögeln. Uns hat es gewundert, wie du überhaupt zu Kindern gekommen bist. Augen zu und durch, was?« Sie keuchte beim Lachen.

Gussys Gesichtsfarbe wechselte von rötlich zu blass.

»Du bist und bleibst vulgär, Alma«, zischte sie. »Vulgär und gemein.«

Sie versuchte, der Schwester zu entkommen, als sie Eva bemerkte, die sich gerade im Flur verstecken wollte. Die Situation war ihr peinlich. Eva musste das alles mitbekommen haben und war alt genug, einiges davon zu begreifen.

»Komm, Evchen, wir müssen gleich gehen und ziehen uns schon mal die Mäntel an.«

»Was ist Vögeln?«

Gussy ignorierte Evas Frage. »Wo ist denn Volker?«

Sie schaute sich suchend um.

»Volker!« Gussy rief nach oben, wo die Kinderzimmer waren. Dann schickte sie Eva hinauf, um den Bruder zu holen.

Alma stand grinsend und mit verschränkten Armen in der Küchentür.

»Dann ist es ja auch kein Wunder, wenn man's genau nimmt …«

Gussy tat so, als hörte sie nicht hin. Aber Alma ließ sich nicht mehr bremsen. Sie fuhr unbeirrt fort.

»Dann ist es ja auch kein Wunder, dass Hermann immer zu den Nutten in Frankfurt gelaufen ist. Wer bei der Sitte arbeitet, kriegts sowieso umsonst. Das weiß doch jeder.«

»Es reicht, Alma. Pass du lieber auf, dass dir dein Hubert nicht fremdgeht. So, wie du aussiehst.«

Sie musste sich wehren. Und auch Gussy konnte austeilen, wenn es um ihre Schwestern ging.

Maria war die Bodenständige unter den dreien. Sie hatte eine große Klappe, war bauernschlau und immer auf ihren eigenen Vorteil bedacht, aber trotz allem gutmütig und hilfsbereit.

Gussy selbst war die schüchterne, musisch begabte Schönheit, die Bücher verschlang und gut kochen konnte. Sie hatte sich das Mandolinenspiel beigebracht und trat während ihrer Jugend in Breslau erfolgreich als Laienschauspielerin auf, obwohl sie so unsicher war. Die Verehrer lagen Gussy zu Füßen, nur ließ sie keinen an sich heran, was die beiden Schwestern eifersüchtig bemerkten. Augusta durfte man gern bewundern, aber nur aus der Entfernung.

»So kriegst du nie einen ab«, unkte Alma immer wieder. »Man muss sie schon ranlassen.«

Alma war das Lieblingskind der Mutter und die Einzige, die eine Lehre absolvieren durfte. Sie galt als besonders wortgewandt, wusste, wie man Eindruck machte, und war als gelernte Schneiderin immer gut gekleidet, besonders bevor sie durch die zahlreichen Geburten an Fülle gewann und ihre Silhouette verlor. Alma hatte eindeutig den Vorzeigeschwiegersohn geheiratet, das glatte Gegenteil von Hermann – Hubert war strebsam, zuverlässig, ein Familienmensch. Sie führte mit ihm und den wohlgeratenen Kindern eine Bilderbuchehe. Sie bewohnten ein schmuckes eigenes Reihenhaus mit Gemüsegarten für die Selbstverpflegung, seit wenigen Jahren gemeinsam mit der Oma, die ihr als Hofdame treu zur Seite stand und alle anstrengenden Aufgaben erledigte.

Wenn Gussy ganz ehrlich war, beneidete sie Alma, was sie ihr gegenüber aber nie zugegeben hätte. Sie traute der um ein Jahr älteren Schwester nicht. Alma war in Gussys Augen nicht aufrichtig. Sie log und bog sich die Wahrheit so zurecht, dass sie für sie passte. Sie machte sich schnell über andere lustig, machte sie herunter, hatte selbstverständlich immer recht, und ihre Sicht der Dinge war die alleingültige.

Trotzdem hätte Gussy gern ein Quäntchen von Almas Selbstsicherheit besessen, dachte sie manchmal fast erstaunt.

Gussy las noch einmal den letzten Abschnitt des Briefs aus Holland, der heute gekommen war und über den sie sich mehr gefreut hatte, als sie sich selbst gegenüber zugegeben hätte.

»… würde ich Sie und Ihre Kinder gern zu Pfingsten wiedersehen.«

Mit diesem Satz endete der Brief von Wim de Jong.

Wollte sie ihn wiedersehen?

Der Holländer hatte ihr auf Anhieb gefallen. Er sah blendend aus, war stets gut gelaunt und – wie sie schnell bei ihren Ausflügen hatte feststellen können – in keiner Weise geizig, eine Eigenschaft, die sie bei niemandem leiden konnte. De Jong war gepflegt, gebildet und offensichtlich gut situiert.

Er hatte ein inniges Verhältnis zu seiner Mutter, was Gussy sehr schätzte.

Er mochte ihre Kinder, und was noch wichtiger war, sie mochten ihn. Das hatte der kleine Volker sogar von sich aus erklärt, auch wenn seine Zuneigung zu Wim de Jong eng mit dessen DAF verknüpft zu sein schien.

Eva war sogar der Meinung, sie hätte ihn für ihre Mutter »ausgesucht«, indem sie auf dem Tisch im Garten des Remagener Hotels bestanden hatte, obwohl der schon von Frau de Jong senior besetzt gewesen war.

Nein, alles schien bestens.

Wim de Jong störte sich trotz hartnäckiger Nachfrage ihrerseits nicht daran, dass sie geschieden war.

In den Augen vieler Menschen, Männer wie Frauen, das wusste Gussy nur zu genau, war das anders. Als geschieden stach man besonders als Frau heraus, wie eine hässliche Distel aus einem Blütenmeer. Ein gefährlicher weiblicher Fremdkörper in einem Beet harmonischer und prächtiger bunter Doppelsträußchen, auch wenn die vorgebliche Pracht oft nur nach außen hin strahlte und nach innen längst verwelkt war.

Man strahlte grundsätzlich nie allein. Diese Möglichkeit gab es nur in der Jugend, doch das hörte für eine Frau spätestens Mitte zwanzig auf.

Das Alleinsein signalisierte grundsätzlich ein Versagen – einen Fehltritt – und Unvollständigkeit. Das Scheitern an der zentralen Rolle einer Frau wurde für die Geschiedene sogar in einem Gerichtsurteil festgehalten, wie in Stein gemeißelt.

Man konnte es dort Wort für Wort nachlesen: »Schuldlos geschieden« stand auf dem Papier. Was nach »schuldig geschieden« lediglich das Zweitschlimmste darstellte. Entscheidend blieb die Schuld, die man trug, die Schuld am Scheitern.

Vielleicht lagen diese Dinge in den Niederlanden ja etwas anders, dachte Gussy. Vielleicht war es ein Segen, dass de Jong nicht aus Deutschland stammte. Hatte sie nicht gehört, dass Holländer toleranter und liberaler seien als die konservativen Deutschen?

Das Erste, was ihre Mutter Erna gesagt hatte, als Gussy ihr die Nachricht ihres Scheiterns überbrachte, war: »Als Geschiedene bist du ab jetzt Freiwild.«

Gussy war auf der Stelle zusammengezuckt. Sie hatte immer Angst vor körperlicher Nähe gehabt. Dieser Anteil an ihren Beziehungen zu Männern war für sie immer eine Pflicht geblieben – außer bei Sergei.

Dabei hatte sie bis zu ihrer Hochzeit sowieso kaum andere Männer näher an sich herangelassen. Sie hatte sie nach heftigen Küssen, die sie zwar gewährte, aber niemals wirklich genoss, auf Abstand gehalten. Das war stets respektiert worden.

Man hatte sie nie sexuell belästigt, wie es viele ihrer Freundinnen und ihre Schwester Maria erfahren mussten.

Einmal, da war sie gerade vierzehn geworden, hatte sich ein feister Mann, der ein Fahrrad schob, in strömendem Regen vor ihr entblößt. Da war sie gerannt, so schnell sie konnte, und es war nichts weiter passiert, außer dass sie sich seitdem vor Ledermänteln ekelte, denn er hatte einen getragen.

Hermann war sehr verständnisvoll gewesen, wie man es wohl ausdrückte. Nie hatte er sie bedrängt, und erst nach der Hochzeit hatte er sie während seines zweiten Fronturlaubs lachend darauf hingewiesen, dass, wenn sie mal Kinder haben wollten – was sich Gussy von Herzen wünschte –, es eigentlich nur einen sicheren Weg gäbe, an welche zu kommen. Den hatte er ihr dann vorsichtig beigebracht, um schon mal für nach dem Krieg zu üben, wenn es mit den Kindern ernst werden könnte.

Überhaupt hatte Hermann immer die komische Seite am Sex betont, die einen zum Lachen reizte, was Gussy geholfen hatte und sie lockerer machte.

Nein, sie hatte nichts gegen die »ehelichen Pflichten«, wie es verschämt umschrieben wurde, auch wenn ihre Schwestern ihr immer unterstellten, sie hätte keinen Spaß daran.

Es gehörte eben dazu, und man musste sich darauf einstellen. Und wenn man den Mann mochte, und Gussy mochte Hermann damals sehr, auch körperlich war er ihr nicht unangenehm und roch immer gut, dann war es gar nicht schlimm. Nur war es auch nicht sehr aufregend. »Es« konnte, musste aber nicht sein.

Zum Glück brauchte Hermann »es« nicht so oft, was ihr wiederum gefiel.

Da erzählte Maria von ihrem Otto ganz andere Sachen – jeden Tag einmal, am Sonnabend meist zweimal.

»Otto ist ein Tier!«

Sie trieben es gern auf dem winzigen Klo oder auf dem Küchentisch. Das brachte ihn in Stimmung, hatte Maria berichtet und dabei vielsagend gegrinst. Allein bei dem Gedanken musste Gussy sich schütteln. Wenn die Schwester mal nicht wollte, schlug er sie.

Hermann wäre nie auf diese Idee gekommen. Und ob er tatsächlich zu Dirnen ging, die er von der Arbeit bei der Sitte kannte, wusste Gussy nicht. Wenn sie ehrlich war, wäre es ihr auch egal gewesen, dann wäre er einmal weniger zu ihr gekommen. Aber genauer vorstellen mochte sie sich das dann doch nicht. Als er einmal spät nach Hause gekommen und zu ihr ins Bett gekrochen war, hatte er gesagt: »So, jetzt du auch noch.«

Da hatte er im Wohnzimmer schlafen müssen, und mehrere Wochen lang hatte es sich mit der Pflicht ausverpflichtet. Hermann hatte es, ohne zu murren, akzeptiert.

Gussy wusste, dass sie gut aussah und dass sich die Männer immer noch den Kopf verrenkten, um ihr hinterherzuschauen. Das freute sie, wenn sie ehrlich war, nur lüsterne Blicke mochte sie gar nicht. Hermann hatte ihr damals, als sie sich beim Tanzen kennengelernt hatten, gestanden, dass er ihre großen schwarzen Augen unwiderstehlich fand. Wahrscheinlich hatte er nicht einmal gelogen. Da hatte sie beschlossen, sich in ihn zu verlieben. Er war wenigstens anständig und wohlsituiert. Und besaß Bildung.

Wenn ihr Männer auf die Brust oder den Po starrten, wäre sie am liebsten im Boden versunken. Geile Männer waren ihr ein Gräuel. Maria hatte laut gelacht, als sie ihr das einmal anvertraute.

»Dann schließ unten ab und wirf den Schlüssel weg!«, war der Kommentar ihrer Schwester gewesen.

Um solche Männer machte Gussy einen großen Bogen – in der Stadtbücherei zum Beispiel.

Jeden Mittwochnachmittag kam Herr Öllig, immer mit Fliege, Anzug, Brille und Schirm, auch an trockenen Tagen, um sich Bücher auszuleihen.

Gussy saß während der Öffnungszeiten schräg hinter der Ausgabe an ihrem Arbeitstisch und überprüfte die Bücher, nachdem sie den Einband mit einem Wattebausch gereinigt und desinfiziert hatte.

Herr Öllig brachte immer zuerst die ausgeliehenen Bücher zurück, um sich dann sofort vor das Regal neben sie zu stellen.

Das Regal enthielt Fachliteratur über die Geschichte des Braunkohleabbaus in der Region. Dort stand er, zog fast immer ein großformatiges Buch heraus und starrte dann ungeniert auf Gussys Brust und ihre Beine. Einmal hatte er sich sogar, wie sie meinte gesehen zu haben, hinter dem aufgeklappten Bildband des Braunkohlereviers unanständig berührt.

Gussy war das zutiefst unangenehm, aber sie hätte sich nicht getraut, ihre Kollegen um Hilfe zu bitten. Was bitte hätte sie denen auch sagen können?

»Hilfe, Herr Öllig steht mit dem Band ›Brikettherstellung im rheinischen Braunkohlerevier‹ neben meinem Schreibtisch, starrt mir auf die Brust und befriedigt sich selbst!«

Irgendwann hielt sie es dennoch nicht mehr aus und vertraute sich ihrem Chef an, Herrn Nothenbaum.

Der schaute zunächst völlig verdutzt und schüttelte zweifelnd den Kopf, versprach dann aber, am folgenden Mittwoch ein Auge auf Herrn Öllig zu werfen. Er veranlasste daraufhin, dass sich am entsprechenden Nachmittag die weißhaarige Frau Krieger statt Gussy an den öffentlich einsehbaren Arbeitstisch setzte.

Herr Öllig erschien seitdem nicht mehr am Mittwoch. Er kam gar nicht mehr.

Gussy war erleichtert, obwohl ihr klar war, dass sehr viele Herr Ölligs frei herumliefen und niemand ihnen die Brille herunterreißen würde.

Wim de Jong brauchte keine Brille, aber, und auch das war Gussy bei ihrem Kennenlernen zu Ostern sofort positiv aufgefallen, er schaute auch nicht anzüglich und brachte sie nicht mit taxierenden Blicken in Verlegenheit.

Auch deshalb fand sie Mut zu einem Antwortbrief, nachdem sie ein paar Tage hatte verstreichen lassen. Ja, sie könne sich ein weiteres Treffen mit ihm und seiner Mutter vorstellen. Aber wo?

Die Kinder hätten Pfingstferien, doch sie könne sich leider nicht freinehmen und müsse bis zum Freitagmittag arbeiten. Sie arbeite ja bei der Stadt, wie sie ihm schon erzählt hatte, aber sie betonte es gern noch einmal.

Das würde bedeuten, dass sie leider nur zwischen Freitagnachmittag und Pfingstmontag abkömmlich seien.

Gussy benutzte bewusst das Wort »abkömmlich«. Das hörte sich eleganter an, fand sie, als die platte Wendung »Zeit haben«. Sie hoffte inständig, dass er keinen weiteren Aufenthalt in einem Kurort am Rhein vorschlagen würde, denn dafür besaß sie kein Geld.

Eine Woche später brachte ihr Eva grinsend den Umschlag aus dem Briefkasten.

»Von mijnheer de Jong«, sagte sie nur und legte den weißen Umschlag auf den Küchentisch. Volker bekam die Briefmarke für seine Sammlung, und Gussy faltete den Bogen vorsichtig auseinander.

»Was schreibt er denn?«

Beide Kinder streckten neugierig ihre Köpfe in Gussys Richtung.

»Nun gebt mir doch eine Chance, den Brief zu lesen, ihr zwei!«

Sie überflog ihn, und ein erleichtertes Lächeln huschte über ihr Gesicht.

»Kommt er? Mit seiner Mutter?«

Gussy nickte und legte den Briefbogen auf den Tisch. Ihr Atem ging etwas schneller als sonst, und sie merkte, wie ihr Herz pochte.

»Ja, sie schlagen vor, Pfingsten hier in Köln zu verbringen.

Sie haben schon Hotelzimmer im Zentrum am Dom reserviert, und Herr de Jong bittet euch beide als echte Kölner, euch ein schönes Programm für die Tage auszudenken. Er schlägt zum Beispiel den Zoo vor.«

»Oh ja!« Volker strahlte.

»Nur noch fast zwei Wochen bis Pfingsten!« Eva klatschte vergnügt in die Hände, als hätte sie persönlich für die gute Nachricht gesorgt. »Da müssen wir dich noch hübscher machen, Mutti. Moderner.«

Sie baute sich mit verschränkten Armen und halb zusammengekniffenen Augen vor ihrer Mutter auf und begutachtete sie von oben bis unten.

»Ich finde, Mutti ist schon hübsch«, warf Volker ein.

Eva nickte zustimmend. »Stimmt, Volker. Aber die Haare zum Beispiel. Mutti könnte ein bisschen wie Gitte in Dunkelbraun aussehen, damit fangen wir an!«

In der Nähe von Gotha, Ende Juli 1945

Jemand musste ihnen nachspioniert haben.

Gussy oder Gruscha, wie Sergei sie jetzt immer öfter nannte, hatte auf einer Lichtung, die er ihr bei einem Spaziergang gezeigt hatte, mitten im Wald auf ihn gewartet.

Er versuchte, sich nach dem Dienst, wenn nichts Unerwartetes auftauchte, schnell davonzustehlen. Das war meist zwischen acht und neun Uhr abends. Länger als bis zehn Uhr konnte er nicht bleiben, denn dann musste er die Wachen für die Nacht überprüfen, aber es blieben ihnen manchmal bis zu zwei Stunden Seligkeit inmitten des Elends, des Hungers und der Angst.

Gussy empfand mit Sergei einen Frieden, der erfüllt war von Zärtlichkeit, wie sie sie noch nie mit einem Mann erlebt hatte und sich auch nie hatte vorstellen können.

Es war eine neue Erfahrung, dass sie sich auch bei der körperlichen Liebe, die ihr nie ganz geheuer war, geborgen und vollständig angenommen fühlen konnte. Sie empfand sich dabei als komplett gewollt, nicht nur ihr Körper, sondern jeder Teil von ihr.

In ihrer gemeinsamen Zeit redeten sie auch häufig über Politik und über Geschichte. Über den Sinn des Lebens.

Auch mit Hermann hatte es ähnliche Gespräche gegeben, meist über tagespolitische Ereignisse, doch war Hermanns Haltung immer eine amüsierte oder sarkastische gewesen. Manchmal war er Gussy sogar leichtfertig und oberflächlich erschienen.

Sie hatte sich am Anfang ihrer Beziehung gefragt, ob das Hermanns Art und Weise war, Distanz zu wahren, sich nicht zu sehr hineinziehen zu lassen. Er wollte die Geschehnisse lieber kommentieren, um nicht wirklich Stellung beziehen zu müssen.

Sie wusste wenig über Hermanns Familie. Er hatte immer nur Andeutungen gemacht – ja, sie seien evangelisch, er sei konfirmiert.

Wieso war er dann beschnitten? Ach das. Medizinisch.

War seine Mutter nicht eine Goldstein gewesen?

Stein, sie hatten Stein geheißen.

Waren das nicht Juden? Gussys Nachfrage war harmlos gemeint. In ihrer Kindheit hatte sie vom Vater ein positives Bild von Juden vermittelt bekommen, viele seien Genossen in der KPD gewesen, der er angehörte.

Aber eigentlich seien sie gar nichts, hatte Hermann erwidert, also sie glaubten nichts oder jedenfalls nicht viel. Außer an das Übliche.

Was war denn das Übliche?, hatte ihn Gussy mit großen Augen gefragt.

Da hatte er gegrinst, ohne das Grübchen, zumindest war es ihr dabei nicht aufgefallen.

Mitmenschlichkeit, Nächstenliebe – Schulterzucken, ach ja, natürlich, Hilfsbereitschaft und Toleranz. Aber sie glaubten nicht unbedingt an jemanden, der alles regelt und für alles verantwortlich ist. Das müsse der Mensch schon selbst in die Hand nehmen. Armer Kerl, wen auch immer es treffe, Gott, Allah, Jahwe, der müsse dann wirklich für alles herhalten. Die Menschen machten es sich wirklich zu einfach.

Da hatte Gussy gelacht und gesagt, das höre sich sehr nach ihrem Vater August an. Den hatte sie als einen leisen und behutsamen Menschen in Erinnerung. Ein Fabrikarbeiter, Kommunist und Atheist, aber eben ein sanfter.

Bei Sergei fühlte sie sich jedoch als gleichberechtigte Gesprächspartnerin. War er tatsächlich Professor für Philosophie in Odessa? Und er diskutierte mit ihr und wollte hören, was sie dachte? Sie, die kleine Augusta Fink, ehemals Hauptmann, mit dem Volksschulabschluss? Augusta, die ungelernte Arbeiterin?

Da hatte er nur genickt und nichts gesagt.

Sergei hatte sie gerade im Wald auf der Lichtung umarmt, als eine Gestalt aus dem Dickicht der Nadelbäume trat, die sie bisher verborgen hatten.

Der Mann rief etwas auf Russisch.

Erschrocken löste sich Gussy sofort von Sergei. Sie starrte den Fremden an, der genau wie Sergei uniformiert war. Er trug die sowjetische Uniform und einen Offiziersmantel. Gussy stand da wie gelähmt.

Sergei blieb ganz ruhig, obwohl auch er überrascht sein musste.

Langsam ging er auf den anderen zu. Sie kannten sich offenbar.

Als er den Mann erreicht hatte, begannen sie einen leisen, aber, wie Gussy aus der Entfernung mitbekam, heftigen Wortwechsel auf Russisch. Dann kehrte Sergei zurück. Der andere Russe verschwand hinter den Bäumen.

»Wer war das?«

Sergei kratzte sich am Hinterkopf und wirkte etwas ratlos.

»Das war Oberst Wladimow. Seine Truppe steht bei Langensalza, etwa zehn Kilometer von hier.«

Gussy schaute sich um, als suchte sie ihn. »Was wollte er und warum ausgerechnet hier?«

»Jemand hat ihm von uns erzählt. Und kannte auch diesen Treffpunkt.«

Sergei klang besorgt und schien nachzudenken.

»Wer hat es ihm erzählt? Wer spioniert dir hinterher?«

»Ich weiß es nicht. Das hat er mir nicht gesagt, als ich ihn danach fragte. Kein Deutscher, das steht fest. Ich vermute, dass es einer meiner Leute ist.«

»Einer, der sich rächen will?«, flüsterte Gussy, als wären plötzlich nicht nur fremde Augen, sondern auch Ohren aufgetaucht, die sie bespitzelten.

Sergei reagierte nicht. Er biss sich auf die Lippen. Er schien immer noch zu grübeln.

Gussy merkte, dass sie zitterte. Schließlich sprach er das aus, was sie gerade dachte.

»Vielleicht einer der jungen Soldaten, die hier waren, als ich dir und deinem Schwiegervater zum ersten Mal begegnet bin. Vielleicht hat er es nicht verwunden, dass ich dich damals verteidigt habe.«

Gussy spürte, wie Angst in ihr hochkroch.

Dass man sie hier zusammen gesehen hatte und dass bekannt war, wo sie sich regelmäßig trafen, das konnte nur bedeuten, dass ebenfalls bekannt war, wo sie beide sich aufhielten, sie und der kranke Schwiegervater.

Ihr armseliger provisorischer Unterschlupf war zu einer Falle geworden. Jederzeit konnte einer der Soldaten die Tür des Verschlags aufreißen und sich das nehmen, was er hatte haben wollen – sie.

Gussy schauderte bei dem Gedanken. Wie hätte Sergei etwas dagegen unternehmen können? Er konnte sie nicht rund um die Uhr beschützen. Er hatte Aufgaben, Pflichten, die ihn häufig weiter wegführten. Vor ein paar Tagen hatte er gar nicht kommen können, da musste er zu einer wichtigen Besprechung nach Erfurt fahren … Das war es. Das musste es sein!

»Als du nach Erfurt gefahren bist, da hast du doch einen deiner Vertrauten gebeten, uns Wasser und Essen zu bringen und vor die Tür zu stellen. Er muss unser Versteck verraten haben. So muss es gewesen sein.«

Sergei schüttelte den Kopf.

»Das war nicht irgendjemand. Das war Michi.«

»Michi?«

Sergei nickte und zog sie an der Hand mit sich.

Sie konnte sich gut an den jungen Mann erinnern, den sie beobachtet hatte, als er seinen Anweisungen entsprechend die Wasserkanne und das Paket mit Brot vorsichtig vor die Tür gestellt hatte und dann sofort wieder verschwunden war.

»Michi, das ist Michail Komarow. Der Sohn einer ganz alten Freundin unserer Familie in Odessa. Auch ein Odessit. Für den lege ich meine Hand ins Feuer. So sagt man doch bei euch?«

Gussy nickte und stolperte hinter ihm her.

»Aber dein Michi könnte möglicherweise irgendein Problem haben und unter Druck gesetzt worden sein, damit er verrät, wo er die Verpflegung hinbringen sollte. Du weißt das nicht. Er ist noch sehr jung.«

Sergei war abrupt stehen geblieben. »Du hast ihn gesprochen?«

Gussy schüttelte den Kopf. »Nein, aber ich habe ihn von drinnen durch die kleine Luke beobachtet. Was hat der Oberst sonst noch gesagt, Sergei?«

Er schwieg.

Gussy trat nahe an ihn heran und legte ihm behutsam ihre Hände auf die Brust, als wollte sie ihn stützen. Er zögerte einen Moment, bevor er sie nahm und sie in seinen Händen hielt. Dabei sah er Gussy an.

»Er erinnerte mich eindringlich daran, dass wir keine wie auch immer gearteten privaten Beziehungen zur Bevölkerung eingehen dürfen. Besonders wir Offiziere nicht.«

Gussy war nicht überrascht, das hatte sie erwartet. Das hatte ihr auch Hermann einmal erzählt. Er sagte, dass trotzdem immer wieder echte Liebschaften zwischen Deutschen und Norwegerinnen dort oben entstanden waren.

Hermann. Plötzlich war er in ihrem Kopf.

Gussy war überrascht, wie sehr sie den Gedanken an Hermann in den letzten Tagen beiseitegeschoben hatte. Wie leicht ihr das offenbar gefallen war. Ihr, der treuen, aufrichtigen Augusta. Sie hatte ihren Ehemann einfach vergessen.

Es gab kein anderes Wort dafür, um das zu beschönigen, was ihr auf dieser mörderischen Flucht widerfahren war. Sie hatte sich verliebt. So wie sie noch nie in ihrem Leben verliebt gewesen war. Sie zählte die Stunden, bis sie Sergei wiedersah. Hatte sie in der kurzen Zeit ihrer Ehe jemals die Anzahl der Tage oder Wochen gezählt, bis sie ihren Ehemann wieder in den Armen halten konnte?

Sie hatte sich auf ihn gefreut. Die Tage mit ihm waren aufregend und voller Abwechslung gewesen. Aber Sehnsucht?

Die verzweifelte Gier nach dem Geliebten, der nicht da war, das hilflose Verwünschen der Zeit, die sich zwischen einen selbst und dem geliebten Menschen zwängte, beides war bis zu diesem Moment ein Gefühl gewesen, das Gussy nie gekannt hatte.

Sehnsucht war auf einmal kein Gespinst mehr, für das

sie bisher lediglich in Lichtspieltheatern bezahlt hatte – die Sehnsucht in den zerfließenden Augen einer Zarah Leander oder auf den Lippen einer Lilian Harvey. Sehnsucht war nun zu einem Talisman ihrer eigenen Realität geworden.

Sie traten kurz darauf aus dem Wald. Von Weitem sahen sie schon die Hütte, die ihr bisher Sicherheit und Schutz geboten hatte. Das war nun vorbei. Das wussten sie beide. Sergei war stehen geblieben, und Gussy schmiegte sich an ihn. Dann küssten sie sich lange.

»Komm mit mir nach Odessa, Gruscha.«

Gussy umarmte Sergei, antwortete jedoch nicht.

»Ich werde sicher nicht mehr lange in Deutschland sein. Höchstens ein bis zwei Monate. Das zumindest hat man uns gesagt. Einige werden bleiben, aber wir anderen müssen in unsere Heimat zurück und den sowjetischen Staat wiederaufbauen und funktionstüchtig machen. Der Krieg hat bei uns furchtbar gewütet, wie du weißt.«

»Und was sollen wir bis dahin machen? Wo sollen wir uns verstecken? Hier jedenfalls sind wir nicht mehr sicher. Auch du wirst beobachtet. Wir sind nirgendwo mehr sicher, Sergei.«

»Ist das ein Ja?«

»Ich weiß es nicht.«

Sergei hatte den Arm um sie gelegt. Gemeinsam liefen sie den Pfad am Waldrand entlang. Es dämmerte allmählich.

Sie waren fast an der Hütte angelangt, als sie es sahen: Die schiefe Tür stand weit offen. Gussy riss sich von Sergei los und stürmte in den Schuppen.

»Gustav!«

Sergei betrat kurz nach ihr den Unterschlupf. Das fleckige

Matratzenlager in der Ecke mit den zerschlissenen Decken war leer.

»Gustav!«

Der Raum bot keine Möglichkeit, sich zu verbergen.

Sie starrten sich im Halbdunkel an. Dann kniete sich Gussy auf die Matratze und durchsuchte alles, was dahinter oder daneben lag.

»Was ist da auf dem anderen Lager?«

Gussy schaute flüchtig auf und zuckte die Schultern.

»Was soll dort sein? Da schlafe ich.«

Sergei beugte sich über die zweite Matratze und hob einen kleinen Stoffbeutel auf. Er öffnete ihn und schüttelte den Inhalt in seine Hand.

»Ist das deine Kette?«

Gussy stand auf und ging zu ihm.

Er gab ihr eine Perlenkette, die kostbar aussah. Der Verschluss glitzerte von Juwelen, die aufwändig geschliffen waren. Die Perlen schimmerten und verschwammen vor ihren Augen.

»Das ist die Kette von Gustavs Frau, Hermanns Mutter. Hermann hat sie mir in Breslau einmal gezeigt. Sie ist sehr viel wert, aber für Gustav ist sie mehr als Geld wert. Es ist das Einzige, was er von seiner Frau behalten hat. Sie ist, als Hermann noch ein Kind war, direkt nach dem Krieg an der Spanischen Grippe gestorben. Ich wusste allerdings nicht, dass er die Kette mit auf die Flucht genommen hat. Das hat er mir nie erzählt.«

Gussy klang nachdenklich, während sie die Perlen durch ihre Finger gleiten ließ. Sergei schaute sich weiter um. Er fand kurz darauf Gustavs Rucksack mit seinen wenigen Habseligkeiten.

»Seine Sachen sind noch da. Aber wo ist seine Krücke?«, fragte Sergei.

Sie durchsuchten die Hütte, auch den Bereich vor der Tür. Es gab keine Spur von dem hinfälligen alten Mann und auch keine von seiner provisorischen Krücke, auf die er sich immer gestützt hatte, wenn er den Unterschlupf mühsam humpelnd verließ, um seine Notdurft zu verrichten.

Gustav Fink war wie vom Erdboden verschluckt.

Drei Variationen desselben Themas – ohne Musik

Das mit dem Verschwinden ist so eine Sache. Ich habe Übung darin, darf ich wohl behaupten. Es ist ja auch immer eine Frage des Standpunkts. Im Grunde genommen gibt es nur drei Varianten des Verschwindens.

Ich kenne sie alle.

Wer verschwindet, verschwindet ja normalerweise nicht vom eigenen Standpunkt aus betrachtet. Vom eigenen Standpunkt aus betrachtet begibt man sich nur an einen anderen Ort, der vom Standpunkt desjenigen, der einen sucht, unbekannt oder nicht einsehbar ist. Für einen selbst, für den Verschwindenden, läuft es deshalb meist sehr logisch ab, für den anderen dagegen ist es unfassbar.

Der Raum dazwischen ist die Grätsche in der Vorstellungskraft.

Deshalb spricht der Suchende dann auch schnell von »verschwinden«, was selbstverständlich in neunundneunzig von hundert Fällen nicht ganz korrekt ist.

Ich gebe ein Beispiel.

Als ich knapp vier Jahre alt war, verschwand ich eines Tages – in den Augen meiner Mutter.

Ich hatte sie an dem Morgen endlich dazu überredet, dass ich zum ersten Mal allein für sie einkaufen gehen durfte. Mein kleiner Bruder half tatkräftig mit, sie zu überzeugen.

In Frankfurt hätte Mutti das sicher nie zugelassen, sie neigte leider zur Ängstlichkeit, damals ahnte ich noch nicht, warum. Wir waren vor Kurzem aufs Land gezogen, in den Taunus, nicht weit von Frankfurt entfernt, wo mein Vater eine neue Stelle bei einer Baufirma angenommen hatte.

Ich weiß nicht genau, wieso, aber es musste alles sehr schnell gehen. Mein Vater hörte bei der Polizei auf, und wir zogen ganz schnell aus der Stadt weg. Hopplahopp!

Meine Mutter war darüber besorgt und erleichtert zugleich, habe ich in Erinnerung.

Wir wohnten in einem großen Haus mit Garten in einem Dorf. Vom Wohnzimmerfenster aus hatte man den einzigen kleinen Lebensmittelladen im Blick. Deshalb willigte meine Mutter auch schließlich ein, mich dort einkaufen zu lassen. Sie konnte mich vom Fenster aus beobachten, und der kleine Volker schrie ununterbrochen und wollte nicht in seinem Stubenwagen einschlafen.

Was lag näher, als sich für den Einkauf vertrauensvoll an mich zu wenden?

Sie machte mir eine Liste der Sachen, die ich einkaufen sollte: ein Pfund Zucker, ein Pfund Zwiebeln, ein halbes Dutzend Eier (ganz frisch) und ein Fläschchen Fleckentferner. Das schrieb sie auf, zählte dann Geld ab und gab mir ihr Portemonnaie und die Einkaufstasche. Volker schrie immer noch sehr laut.

»Wenn es dir zu schwer ist, lass den Zucker dort. Ich hole ihn dann später ab, ja?«

Ich nickte, nahm die Einkaufstasche aus Wachstuch und gab ihr zum Abschied einen Kuss.

»Du bist mir eine große Hilfe, Eva.«

Sie sagte diesmal »Eva« und nicht »Evchen«, was sie sonst immer tat, wenn ich nichts ausgefressen hatte. Wahrscheinlich wollte meine Mutter mir signalisieren, dass sie jetzt auf mich baute und ich langsam erwachsen wurde. Und ich hatte auch wirklich nicht vor, an diesem Tag zu verschwinden.

Ich stakste stolz die Treppen hinunter zur Straße und streckte mein Kinn so hoch, dass ich es fast nicht schaffte zu laufen. Zu durchgedrückt waren meine Beine, zu hoch mein Kinn. Aber dann brachte ich die Zweiminutenstrecke doch irgendwie hinter mich. Wahrscheinlich spürte ich den Blick meiner Mutter hinten am Rücken zwischen meinen Schulterblättern glühen.

Ich erreichte den kleinen Laden. Auch hier führte, genau wie bei unserem Haus, eine kurze Steintreppe hoch zur Eingangstür. Es bimmelte, als ich sie öffnete.

Es war ein helles, einladendes Bimmeln, fast wie von der Glocke, die das Christkind bei uns läutete, um am Heiligabend die Bescherung anzukündigen. Und tatsächlich, an jenem späten Morgen, als ich zum allerersten Mal in meinem Leben allein und ohne Unterstützung in den Laden ging, um unser Überleben zu sichern, da wurde mir bewusst, wie sehr dieses Einkaufen auch einer Bescherung glich.

Die Lebensmittel lagen alle in Regalen, hinter Glastüren und auf Anrichten bereit, ich brauchte nur noch auszuwählen, was ich mitnehmen wollte. Das stand auf dem Zettel, den ich umgehend der Frau hinter dem Ladentisch reichte. Dabei machte ich einen Knicks. Es war die Zeit, wo man das noch tat. Meine Mutter hatte mich ermahnt, dass das besonders hier im Dorf wichtig sei, denn sie wusste, wie ungern ich knickste. Aber für das Überleben muss man schon Opfer bringen, dachte ich mir.

Die Verkäuferin holte alles schnell zusammen und stellte es mir auf den Ladentisch.

»Du bist die Kleine von Finks, nicht wahr?«, fragte sie

mich, und ich nickte knapp. Dass sie mich »die Kleine« nannte, kam bei mir nicht gut an.

»Ich heiße Eva Fink«, wies ich sie höflich zurecht.

»Ihr seid drüben ins Parterre des Herrenhauses gezogen, stimmts?«

Wieder nickte ich knapp und dachte, dass nicht alle Menschen, die hessisch babbeln konnten, sich auch gut anhörten. Sie war so ein Fall.

»Aus Frankfott am Maah?« Ihre Stimme klang nasal.

»Ja.«

»Ach, das tut mir aber leid!«

Sie hatte mir den Rücken zugewandt und war in die Knie gegangen, um in der untersten Regalschublade zu wühlen.

Ich runzelte die Stirn. Der Zucker und die Zwiebeln lagen bereits genau abgewogen in jeweils einer braunen Papiertüte auf der Theke. Für die Eier hatte meine Mutter mir eine gebrauchte Eierschachtel aus Pappe mitgegeben. Auch die war gefüllt.

Fehlte nur noch der …

Die Verkäuferin tauchte mit leicht gerötetem Kopf wieder über der Ladentheke auf und keuchte etwas vor Anstrengung.

»Das tut mir jetzt aber leid, kleine Eva …«

Ich schluckte den aufsteigenden Ärger über diese Anrede hinunter und bemühte mich, freundlich zu lächeln.

»… der Fleckentferner ist aus.«

Ich musste wieder schlucken, diesmal aus Enttäuschung.

Auf den Fleckentferner hatte ich mich besonders gefreut. Er fiel doch etwas aus dem Rahmen des Üblichen wie Zucker, Eier und Zwiebeln.

Aber ich wusste, dass meine Mutter ihn wirklich dringend

brauchte. Und nun sollte ich ohne ihn zurückkehren? Wo sie ihre ganze Hoffnung in mich gesetzt hatte? Das konnte nicht sein. Ich war das erste Mal einkaufen und versagte bei einem armseligen Fleckentferner?

Es musste eine Lösung geben. Ich nahm mich zusammen, um die Situation zu retten. Man musste einen kühlen Kopf und die Nerven behalten. Das sagte mein Vater immer.

»Das geht unmöglich. Mutti braucht ihn ganz dringend. Es gibt …« Hier musste ich einen Moment überlegen, ehe ich wieder ansetzte. »Es gibt ganz viele Flecken bei uns, die wir unbedingt loswerden müssen, und zwar heute noch.«

»Heute noch?«

Die Verkäuferin klang kleinlaut. Ich hörte an ihrer Stimme, dass sie begann, meine Verzweiflung zu teilen. Da hatte sie plötzlich eine Idee. Ihr Gesicht hellte sich auf, und sie verschwand im Hinterzimmer.

»Moment!«

Ich wartete, gespannt, was als Nächstes passieren würde. Schließlich kehrte sie mit einem strahlenden Lächeln zurück.

»Ich habe eine Lösung für euch gefunden. Die Apotheke auf der anderen Seite des Dorfes, die hat noch Fleckentferner. Ich hab sie angerufen. Du kannst ihn dort abholen. So ein Telefon ist doch eine feine Sache, oder?«

Seit unserem Umzug aus Frankfurt besaßen wir keines mehr. Aber die Ladenbesitzerin hatte zweifellos recht. Sie packte mir alles ein, gab mir die Einkaufstasche und das Portemonnaie zurück und erklärte mir, wo die Apotheke lag, zehn Minuten immer der Straße entlang. Das konnte man nicht verfehlen.

Ich wollte mich gerade verabschieden, als eine Klasse mit

Schulkindern in den Laden stürmte. Das Geschrei war unbeschreiblich.

»Ach, das gibt jetzt ein Durcheinander auf der Treppe. Komm, Eva, ich lass dich schnell hinten raus. Das geht schneller als vorn herum.«

Ich zwängte mich durch das Hinterzimmer zum Hofausgang, den mir die Frau zeigte. Dann machte ich mich auf den langen, mühsamen Weg zur Apotheke. Doch die Aussicht auf das Gelingen meiner Mission beflügelte mich. Ich würde einen Fleckentferner dort erhalten und triumphierend wie mit einer Trophäe nach Hause zurückkehren können.

Das war der Augenblick, in dem ich verschwand. In den Augen meiner Mutter.

Sie sah mich nicht aus dem Laden treten, sodass es schien, als wäre ich vom Erdboden verschluckt. Doch in Wirklichkeit ging ich nur weiter zur Apotheke, um den Fleckentferner zu kaufen. Zwei völlig unterschiedliche Dinge. Lediglich die Position derer, die auf die Situation schauen, unterscheidet sich und wird daher sehr unterschiedlich bewertet.

Dieses Verschwinden endete fast in einem Zusammenbruch meiner Mutter.

Ich dagegen war ziemlich überrascht. Da kehrte ich doch mit allem Benötigten zurück und wurde mit Vorwürfen und Tränen überschüttet. So ist das Leben, lernte ich schmerzlich.

Doch es gibt noch eine zweite Variante des Verschwindens.

Ich spreche vom Verschwinden durch unbeabsichtigtes Verirren.

Diese Variante ereignete sich, als ich knapp sieben Jahre alt war und mit meiner Familie ein paar Tage in Hamburg verbrachte, um Freunden meines Vaters einen Besuch abzustatten.

Wir hatten die wichtigsten Sehenswürdigkeiten der Stadt bereits zur Kenntnis genommen und erkundet, gleich als Erstes den Tierpark Hagenbeck besucht und eine Hafenrundfahrt auf einer Barkasse absolviert. Warum das Boot so hieß, weiß ich nicht mehr. Ich sah niemanden, der auf dem Boot etwas bezahlen oder trinken wollte.

Dann sollten meine Mutter, Volker und ich durch den Elbtunnel für Fußgänger laufen. Als wir mit einem Aufzug unten angekommen waren, weigerte sich meine Mutter jedoch. Es war ihr zu düster, und der Gedanke an das viele Wasser über uns machte sie nervös. Also fuhren wir wieder hoch.

Aber oben angekommen war mein Vater nicht mehr da. Mutti sagte, dass Vati wohl einen Heiligen besuche und deshalb nicht auf uns gewartet habe. Er hieß St. Pauli.

Also warteten wir, bis das mit dem Heiligen geklärt war und mein Vater wiederauftauchte.

Danach hatten beide einen heftigen Streit. Meine Eltern stritten sich selten, weshalb ich mich gut daran erinnere.

Wenig später kletterte ich mit meinem Vater auf den Michel, und wir guckten von oben herunter. Mutti blieb mit Volker unten und redete immer noch nicht mit Vati, als wir wieder bei ihnen waren.

Am nächsten Tag stand zum Abschied Taubenfüttern vor dem Bahnhof auf dem Programm und unsere Eisenbahnfahrt nach Bremen. Volker und ich freuten uns schon auf die Bremer Stadtmusikanten.

Vorher mussten wir aber noch auf den Zug warten und begaben uns in den Wartesaal, der für solche Zwecke entsprechend ausgestattet war.

Der Wartesaal sah aus wie eine Gaststätte, und meine Eltern bestellten Kaffee für sich und Apfelsaft für uns Kinder. Ich war damals im ersten Schuljahr und, wie meine Mutter gern allen Nachbarn erzählte, ungewöhnlich selbstständig.

Es dauerte nicht lange, bis ich von dem vielen Apfelsaft pullern musste. Ich zeigte auf eine Treppe in der Mitte des Wartesaals, denn ich wusste, dass dort oben die Toiletten waren. Das hatte ich schon erspäht. Es gab ein Schild mit WC, weiter hinten ein H und noch weiter hinten ein D.

»Darf ich bitte alleine gehen?«

Meine Mutter wirkte unsicher. Mein Vater dagegen nickte und fingerte aus seinem Jackett einen Groschen für die »Klomuddel«, den er mir reichte.

»Was soll ihr schon passieren, Gussy?«, sagte er. »Wir haben doch von hier aus die Treppe im Blick, oder?«

Schließlich willigte meine Mutter ein.

Ich erklomm wieder einmal mächtig stolz die Treppe zu den Toiletten und verschwand hinter dem D.

Danach wusch ich mir die Hände, wie ich es gelernt hatte, und überreichte der »Klomuddel« stolz meinen Groschen. Wenig später trat ich wieder in den schmalen Korridor, wo auch der Waschraum für die Herren lag, und stieg erhobenen Hauptes die Treppe hinunter.

Das war der Moment, wo ich erneut verschwand.

Zunächst merkte ich natürlich nichts davon und bahnte mir an den Tischen und Stühlen vorbei einen Weg durch den Wartesaal. Beim Verschwinden durch Verirren ist ja genau das tückisch: Man weiß oft lange nicht, dass man sich verirrt hat, und hält sich daher auch nicht für verschwunden.

Ich suchte nach meinen Eltern und dem kleinen Dreiradkinderwagen, in dem meine Mutter Volker schob, weil er längere Strecken nicht gut durchhielt. Aber es gab nirgends eine Spur von ihnen. Waren sie ohne mich weggegangen? Das wiederum konnte ich mir überhaupt nicht vorstellen. Auch schloss ich aus, dass sie vergessen hatten, dass sie noch eine Tochter hatten, die auf das Damenklo gegangen war. Das hätte ihnen überhaupt nicht ähnlich gesehen.

Fremde Augen musterten mich, neugierige Blicke folgten mir. Ich musste den Wartesaal bereits zweimal durchkämmt haben, doch meine Eltern und mein kleiner Bruder blieben wie vom Erdboden verschluckt. Das war das Phänomen des »doppelten Verschwindens«. Nicht nur ich war verschwunden, auch meine Familie war nicht mehr aufzufinden. Eine ziemlich verzwickte Situation.

Als ich meine dritte Runde in Angriff nahm, spürte ich, wie langsam, aber unaufhaltsam Tränen in mir aufstiegen. Zum ersten Mal hatte ich das Gefühl, dass ich mich verirrt hatte. Aber das hier war zweifellos der Wartesaal des Hamburger Hauptbahnhofs. Man konnte ihn sofort erkennen.

Das Geschirr klapperte vertraut, die Wartenden redeten mit gedämpften Stimmen, die Kellnerin im weißen Schürzchen wuselte mit ihrem vollen Tablett durch die schmalen Gänge an den Tischen vorbei. Alles war wie vorher, und doch war alles anders. War etwas mit meiner Wahrnehmung nicht in Ordnung?

Die Kellnerin! Sie allein konnte mir helfen. Entschlossen verfolgte ich sie und stellte sie kurz vor der Schwingtür zur Küche. Ich schilderte ihr mein Dilemma:

Ich hatte zusammen mit meinen Eltern und meinem Bruder im Wartesaal mit einem Glas Apfelsaft gewartet und war dann auf die Damentoilette gegangen. Als ich wiederkam, waren alle weg, nur der Wartesaal war noch da.

Ob sie mir wohl helfen könne? Ich glaube, zu dem Zeitpunkt rannen die ersten Tränen über mein Gesicht. Die Frau hörte mir aufmerksam zu, und irgendwann nickte sie.

Dann passierten mehrere Dinge auf einmal. Ich glaube, so ist es oft im Leben – mehrere Dinge passieren auf einmal, und alles, was verwirrt war, wird wieder entknotet. Es passierte folgendermaßen:

Die Kellnerin sagte: »Wir werden eine Durchsage über den Lautsprecher machen. Das hören deine Eltern, und dann können sie dich hier bei mir abholen.«

Ich gab zu bedenken, dass sie sich in Luft aufgelöst hätten und nicht mehr hier seien. Da schüttelte die Kellnerin den Kopf und sagte, sie könne sich genau vorstellen, was vorgefallen sei.

In dem Moment hörte ich ein lautes »Eva!« von oben. Ich hob den Kopf zum oberen Stockwerk, in dem die Toiletten lagen, und durch meinen Tränenschleier hindurch sah ich verschwommen, wie Mutti die Treppe heruntergerannt kam. Ich lief auf sie zu und warf mich in ihre Arme. Einige Menschen auf den hinteren Plätzen klatschten sogar.

Auch meine Mutter weinte und hielt mich ganz, ganz fest. Nicht nur sie war lange verschwunden gewesen, sondern, das war jetzt völlig klar, gleichzeitig für sie auch ich.

Was war passiert?

Es gab, wie die Kellnerin uns erklärte, einen Wartesaal zweiter Klasse und einen Wartesaal für die erste Klasse. Von beiden Wartesälen aus führte jeweils eine Treppe nach oben zu den Toiletten. Alle pullerten aber in die gleiche Toilette, die erste wie die zweite Klasse.

Damit konnte niemand rechnen.

Das fand ich interessant, als ich später, nachdem der Schreck vorbei war, noch einmal darüber nachdachte: Die Menschen nahmen zwar zum Beispiel Apfelsaft in getrennten Abteilungen zu sich. Vermutlich war es sogar derselbe Apfelsaft, der nur in der ersten Klasse etwas mehr kostete. Dann mussten sie den Apfelsaft wieder loswerden, gingen dafür aber nicht auf ein Klo der ersten oder zweiten Klasse. Wenn er wieder rauskam, wurde nämlich kein Unterschied gemacht, nur beim Einführen des Apfelsafts gab es Unterschiede.

Bei Kloschüsseln gab es nur den Unterschied zwischen D und H. Nicht zwischen eins und zwei.

Ich war zwar auf die richtige Toilette gegangen, die mit dem D, hatte aber danach die Treppen verwechselt und war fälschlicherweise in der ersten Klasse gelandet.

So kann es gehen – und schwupp, ist man verschwunden.

Und zuletzt gibt es noch eine dritte Kategorie des Verschwindens: In diesem Fall geht es darum, absichtlich zu verschwinden beziehungsweise sich zu verstecken.

Diese Art von Verschwinden macht, wie man unschwer verstehen kann, zwar am meisten Spaß, birgt aber auch große Gefahren in sich, weil man die Tragweite des Geschehens bei der Planung möglicherweise nicht überblickt.

So erging es mir, als ich zum allerersten Mal in meinem Leben verschwand.

Ich war etwa drei Jahre alt, und wir besuchten alle paar Wochen meine Tante Lizzy mit ihrem Mann in Frankfurt-Niederrad. Die wohnten in einer seltsamen Wohnung, in der die Wohnzimmerfenster nicht wie sonst auf halber Höhe angebracht waren, sondern unter der Decke. Ich konnte nicht hinausschauen, wenn ich auf einen Stuhl kletterte, und das ärgerte mich.

Deshalb versuchte ich, wenn die Erwachsenen in der Küche beschäftigt waren (Vati und Tante Lizzy meist mit Reden, Mutti und Onkel Erwin oft mit Essen und Vati und Onkel Erwin immer mit Trinken), auf das Büfett zu klettern, um von dort aus endlich das Fenster zu erreichen. Leider erwischte man mich dabei immer schon sehr früh, sodass ich es nie schaffte.

Ich musste mir also eine neue Taktik ausdenken und hatte auch bald eine gefunden: Ich musste verschwinden.

Dafür stieg ich eines Tages auf die Sessellehne und hangelte mich von dort aus zu den dicken Vorhängen, wo ich einen Moment verharrte.

»Evchen!«, rief meine Mutter wie erwartet aus der Küche. Gleich würde sie im Wohnzimmer nach mir suchen. Ich schlüpfte hinter den Vorhang, der mich komplett verbarg. Einen Moment später steckte meine Mutter den Kopf durch die halboffene Tür.

»Eva?«

Ich hielt den Atem an und bewegte mich nicht.

»Habt ihr Eva gesehen?«, hörte ich sie kurz darauf wieder aus der Küche. »Ich kann sie nirgends finden.«

Dann ertönte Stimmengewirr, das ich mir zunutze machte. Die Tür zum Badezimmer wurde geöffnet. Ich erklomm wie eine Gipfelstürmerin ohne Sicherheitsseil den Büfettaufsatz, in dem Tante Lizzy ihre berühmten Römer aufbewahrte. Das waren grüne, gelbe, blaue und vor allem rubinrote scharf geschliffene Weinpokale, aus denen ich niemals jemanden trinken sah.

Ich hatte das Fenster unter der Zimmerdecke fast erreicht. Die Badezimmertür wurde geschlossen.

»Habt ihr schon in der Speisekammer nachgeschaut?«

»Was soll sie denn in der Speisekammer? Sie kann doch nicht verschwunden sein.«

Doch.

Ich zog das zweite Bein hoch. Oben hatte ich mich an der Gardinenleiste festgekrallt. Das gab mir Halt, und ich hievte mich das allerletzte Stück hoch zu dem schmalen Fenster. Endlich konnte ich hinausschauen – und musste auf der Stelle losschreien.

Das, was ich auf der anderen Seite des Fensters erblickte, war das nackte Grauen. Es war entsetzlich, und deshalb schrie ich noch lauter.

Die Erwachsenen kamen zu dritt aus der Küche gestürmt, und Onkel Erwin, der größte der vier, stieg auf den Stuhl und schnappte mich, um mich sicher in die Arme meiner Mutter zu legen. Ich schrie immer noch.

Die Erwachsenen waren ratlos. Nun stieg auch Tante Lizzy auf den Stuhl, um hinauszuschauen.

»Oh Gott!«, entfuhr es ihr.

Meine Mutter und mein Vater versuchten, mich zu beruhigen.

Da hörten wir das laute Tatütata der Feuerwehr.

Was war geschehen?

Gegenüber von Tante Lizzys Haus befand sich ein Rennstall, der lichterloh brannte. Die Pferderennbahn war ganz in der Nähe. Aber es waren nicht nur die hohen Flammen, die aus den Holzställen schlugen, die mich erschreckten, sondern die Pferde, die ich entdeckt hatte und die zum Teil brennend und schreiend in ihren Verschlägen standen. Gelbe Flammen züngelten an ihren Mähnen und an ihren langen Pferdeschwänzen empor, vor Schmerz und Angst bäumten sie sich auf.

Wie konnte ich mich da beruhigen?

Mein Vater meinte, dass ich möglicherweise unter Schock stehe, und sie berieten, ob sie einen Arzt rufen sollten. Irgendwann schlief ich erschöpft auf Tante Lizzys Couch in Muttis Armen ein.

Ich hatte nicht mit einberechnet, welche Konsequenzen mein Verschwinden hinter dem Vorhang nach sich ziehen könnte.

Ähnlich verhielt es sich wohl mit meinem Großvater Gustav, der eines Tages plötzlich auch verschwunden war.

Das meine ich, wenn ich sage, diese Art des Verschwindens birgt auch Gefahren, weil man die Konsequenzen seines Handelns nicht überschaut.

»Was ist mit Opa passiert?«, fragte ich meine Mutter, als mir klar wurde, dass ich im Gegensatz zu den meisten meiner Freunde keinen Großvater hatte. Manche Mitschüler hatten sogar zwei.

»Opa ist auf der Flucht verschwunden, Evchen«, antwortete sie.

Gustav Fink wurde nie mehr gesehen. Niemand weiß, was mit ihm geschah. Er verließ eines Abends im Juli in der Nähe von Gotha humpelnd seinen Verschlag.

Vielleicht um seiner Schwiegertochter keine Last mehr zu sein und ihr eine ungehinderte Flucht zu ermöglichen? Damit sie von dem Russen wegkam, der sie in seinen Augen verführt hatte, und auf direktem Weg nach Frankfurt am Main fliehen konnte, wo ihr Ehemann Hermann auf sie wartete?

Oder war Opa Gustav verschwunden, weil er wusste, dass er bald sterben würde? Weil er seiner Schwiegertochter das ersparen wollte, weil er ihr die Verantwortung für ihn, die sie schon so lange auf dieser beschwerlichen Reise getragen hatte, endlich nehmen wollte?

Damit sie überleben konnte?

»Warum wart ihr auf dieser Flucht? Das war doch nicht schön.«

»Weil wir nirgendwo hingehörten. Es gab keinen Platz mehr für uns. Wir hatten kein Zuhause mehr.«

»Weil es den Krieg gegeben hat?«

»Ja.«

»War der Opa wirklich Friseur?«

»Ja, das war er.«

Köln, 31. Mai 1963 – Pfingstwochenende

Die Pfingstfeiertage rückten unendlich langsam näher, so schien es Gussy zumindest. Als sie endlich da waren, vergingen sie jedoch wie im Flug. Der Himmel strahlte, und Gussy fühlte sich beschwingt und leicht wie eine Feder.

Mutter und Sohn de Jong waren am Freitagmittag angereist und hatten Gussy und die Kinder schon am frühen Abend in ein traditionelles Brauhaus in der Nähe des Doms eingeladen.

Gussy war noch nie in einem Kölner Brauhaus gewesen.

Jeder Kölner kannte Kölner Brauhäuser.

Auf der einen Seite war ihr ein Besuch selbstverständlich zu teuer. Auswärts zu essen konnte sie sich nicht leisten, und Bier zu trinken – auch wenn es Kölsch hieß – interessierte sie nicht, außerdem hätte sie sich als Frau allein mit zwei Kindern in einer Gaststätte unsicher und vollkommen fehl am Platz gefühlt.

Wie hätte das denn ausgesehen?

Was will die Frau mit den Kindern in einer Gaststätte? Alle hätten pikiert den Kopf gehoben und ihr hinterhergestarrt. Dem wollte sie sich nicht aussetzen. Nein, Gaststätten interessierten sie nicht.

Aber in Begleitung eines Herrn und einer älteren Dame, die man wunderbar als die Großmutter ansehen konnte, das war etwas ganz anderes. Das gab ihr auf der Stelle nicht nur die Berechtigung, die Gaststätte zu betreten, sondern auch die Eintrittskarte dafür, an einem der blankgescheuerten

Tische Platz zu nehmen. So als würde sie hier ein regelmäßiger Gast sein, der sich das auf jeden Fall leisten konnte. Sie würde die Speisekarte routiniert überfliegen, um dann einen Halven Hahn mit Mostrich für Eva, einmal Bockwurst mit Kartoffelsalat für Volker und einmal dicke Bohnen mit Speck für sich zu bestellen.

Mit drei Fläschchen Apfelsaft. Danke, Herr Köbes.

Dass die Kellner in den knöchellangen dunklen Schürzen Köbes genannt wurden, daran erinnerte sich Gussy. Das hatte ihr Frau Kaminski einmal erzählt, kurz nachdem sie nach Köln gezogen waren, und ihr damals empfohlen, doch unbedingt einmal ein Brauhaus aufzusuchen. Da könne man das Rheinland am besten studieren. Sie hatte tatsächlich »studieren« gesagt.

Die holländischen Besucher hatten es sich schon mit einem Glas Kölsch an einem der großen Tische bequem gemacht und schauten ihnen erwartungsvoll entgegen.

Frau de Jong blinzelte freundlich hinter ihren Brillengläsern und umarmte die beiden Kinder, was Eva und Volker leicht verunsicherte. Umarmungen waren in Deutschland nicht sehr gebräuchlich und wurden höchstens zwischen engen Verwandten ausgetauscht, und auch das eher selten. Im Ausland dagegen waren Umarmungen mit angedeuteten Küsschen, wie man erfahren konnte, äußerst beliebt. Und da Frau de Jong ja aus dem Ausland stammte, fanden die Kinder ihr Verhalten am Ende durchaus verständlich.

Herr de Jong sah sehr schick aus in seinen feinen Nadelstreifen, fand Gussy. Er hielt etwas ungeschickt einen bunten Tulpenstrauß in den Händen, den er ihr mit einer leichten Verbeugung überreichte.

»Ein Gruß aus meiner Heimat, Frau Fink«, sagte er.

Gussy strahlte. Es war sehr lange her, dass sie von einem Herrn einen Blumenstrauß bekommen hatte.

Sie erkundigte sich nach der Reise, ob alles gut verlaufen sei, auch an der Grenze, und dann besprachen sie das Ausflugsprogramm für die Pfingsttage. Da war zunächst ein Besuch im Zoo vorgesehen, und dann wollten sie mit der Seilbahn auf die andere Rheinseite zum Rheinpark fahren, wo vor wenigen Jahren die Bundesgartenschau stattgefunden hatte. Man könne natürlich auch in die Flora gehen.

»Was ist die Flora?«, erkundigte sich Frau de Jong.

»Da gibt es Blumen und Bäume«, klärte Eva sie blitzschnell auf. »Langweilige Gewächshäuser. Kaktusse.«

Das Letzte zog sie besonders in die Länge.

Gussy schüttelte lächelnd den Kopf. »Evchen, das heißt Kakteen. Für uns Erwachsene ist der Botanische Garten etwas Schönes und gar nicht langweilig. Wir können nicht nur Sachen unternehmen, die für Kinder spannend sind. Es muss für alle etwas dabei sein.«

Eva nickte mit geschlossenen Augen und seufzte ein wenig. Da meldete sich Herr de Jong zu Wort.

»Wie wäre es mit einer Dampferfahrt auf dem Rhein?«

»Au ja!«

Die Kinder waren sofort begeistert.

»Können wir mit einem Schaufelraddampfer fahren?«, schlug Volker vor.

De Jong nickte. »Sicher!«

»Nach Königswinter?«

»Warum nicht?«

»Au ja! Zum Drachenfels! Da kann man mit dem Esel hochreiten.«

Eva schaute ihre Mutter verschmitzt an, nahm kurz ihre

Hand und drückte sie. »Das haben wir noch nie gemacht, Mutti. Weil die Esel so teuer sind.«

Gussy war die Situation nun ein wenig peinlich, und sie räusperte sich.

»Kinder, mal nicht ganz so wild! Das geht nicht alles.«

»Ich lade euch beide zum Eselreiten ein«, versprach Herr de Jong auf der Stelle. Volker und Eva grinsten breit.

Dann zogen sie aufgeregt an ihren Strohhalmen, und Gussy schaute sich im Gastraum um. Auf der Theke ein Stück weiter in Richtung Ausgang stand ein Holzfass, aus dem ein kräftiger Mann ununterbrochen Bier in schmale Gläser zapfte. Die Köbesse mit ihren langen Schürzen lauerten mit einem Tablett darauf, dass die kleinen, hohen Gläser gefüllt wurden. Das Tablett sah merkwürdig aus. Es war rund, und die Gläser standen im Kreis um einen Halter in der Mitte, als würden sie »Der Plumpsack geht um« spielen.

Neben der Theke saß eine Frau in einem gläsernen Häuschen, die das Geld zählte. Die interessierte sich nicht für die Gläser der Köbesse, sondern nur für das Geld, und sie sammelte winzige Zettel, die alle Kellner ihr brachten und die sie auf einem Drahtgestell aufspießte.

Eva ging los, um die Toiletten zu inspizieren. Gussy gab ihr einen Groschen und ermahnte sie, nicht zu trödeln und ganz schnell zurückzukehren. Eva nickte brav. Seit der Sache mit der Toilette im Hamburger Hauptbahnhof hatte sie großen Respekt vor Toiletten, die sie nicht kannte, und prägte sich immer ganz genau den Rückweg ein. Nach wenigen Minuten war sie wieder da.

»Ich habe jemanden getroffen, den wir kennen«, sprudelte es sofort aus ihr heraus, noch bevor sie wieder auf die Bank neben Volker gerutscht war.

»Frau und Herr Päffgen sitzen dahinten.«

Alle drehten sich auf der Stelle um und blickten in Richtung der Kellertreppe, die zu den Toiletten führte. Kurz davor saß ein Paar mittleren Alters vor zwei Gläsern Kölsch, einem Mettbrötchen und einer Frikadelle und winkte ihnen zu. Gussy und Eva winkten zurück.

»Das sind die Nachbarn meiner Schwester«, erklärte Gussy den Holländern, die den Päffgens höflich zunickten.

Dann kam das Essen. Herr de Jong hatte rheinischen Sauerbraten bestellt, und seine Mutter wagte sich sogar an ein Hämmchen mit Sauerkraut. Das war ein Teil einer kompletten Schweinshaxe.

Fast die ganze Zeit redete Gussy mit Frau de Jong, die neben ihr saß. Eva schaute skeptisch, als wäre es in ihren Augen besser, wenn sich ihre Mutter mehr mit Herrn de Jong unterhalten hätte.

Herr de Jong saß schweigend dabei und warf ab und zu eine kurze Bemerkung ein. Gussy fand, er war viel schüchterner als bei ihrem ersten Kennenlernen zu Ostern.

Dann verschwand auch er zum Austreten. Sofort neigte sich seine Mutter zu Gussy und flüsterte ihr etwas ins Ohr.

»Wim wirkt heute ein wenig gehemmt, Frau Fink.«

Gussy erwiderte nichts darauf.

Auch sie war gehemmt, was ihr Verhalten Wim de Jong gegenüber betraf. Sie wusste einfach nicht, was sie ihm erzählen sollte. Alles was ihr einfiel, verwarf sie sofort wieder. Es war zu oberflächlich oder nichtssagend oder dumm. Sie wollte nicht langweilig oder gar einfältig erscheinen. Sie hatte Angst, ungebildet und naiv zu wirken. Deshalb sagte sie lieber gar nichts zu ihm.

Mit seiner Mutter konnte sie sich viel ungezwungener unterhalten. Mit ihr konnte sie sogar lachen, was sie sowieso viel und gern tat. Zu ihrer großen Erleichterung waren sie und Wim de Jong nie zu zweit allein. Dann wäre sie sicher im Boden versunken. Ihre beiden Kinder und seine Mutter waren ihr Rettungsanker. Nur wie lange noch?

Wenig später kehrte Herr de Jong zurück und bat den Köbes um die Rechnung. Man wolle sich heute früh verabschieden, da die Fahrt für die Mutter doch anstrengend gewesen sei. »Nicht wahr, Mam?«

Frau de Jong nickte zuerst zögerlich, dann bestätigend. Am nächsten Morgen würde man sich um zehn Uhr vor dem Zoo treffen. Volker lachte begeistert.

Plötzlich standen die Päffgens vor ihrem Tisch und schauten neugierig in die Runde.

»So trifft man sich, Frau Fink. Sind Sie öfters hier?«

Gussy schüttelte abwehrend den Kopf.

»Nein, um Gottes willen. Das ist mein erster Besuch in einem Kölner Brauhaus.«

Sie merkte, wie die beiden ungeniert Wim de Jong musterten. Sie war sich nicht sicher, ob ihr das gefiel oder nicht. Die Höflichkeit gebot, dass sie alle einander vorstellte, was sie dann auch tat.

»Und Sie sind zufällig in Köln?«, fragte Frau Päffgen.

Frau de Jong ergriff das Wort. »Nein, mein Sohn und ich besuchen hier Frau Fink und ihre Kinder.«

»Ach? Na, dann noch frohe Pfingsten zusammen.«

»Danke. Ihnen auch. Frohe Pfingsten.«

»Das werden sie brühwarm Tante Alma erzählen«, war Evas erste Bemerkung, als die Päffgens durch den Ausgang verschwunden waren.

»Und wäre das etwa schlimm?«, fragte Wim de Jong unsicher.

Gussy zuckte mit den Schultern. »Nein, ich habe ja nichts zu verbergen. Aber meine Schwester ist sehr neugierig, und das mag ich nicht besonders.«

Ihre Mutter Erna erwähnte sie erst gar nicht. Sie wollte nicht, dass die de Jongs ein falsches Bild von ihrem Verhältnis zu ihren nächsten Verwandten bekamen.

Wim de Jong legte seine Hand auf Gussys. Eva lächelte.

»Das verstehe ich sehr gut, Frau Fink. Ich habe es auch nicht gern, wenn Leute ihre Nase in Dinge stecken, die sie nichts angehen.«

Gussy warf ihm einen dankbaren Blick zu und ließ ihre Hand unter seiner liegen. Dann standen alle auf, und kurz darauf verabschiedeten sie sich.

Der Pfingstsamstag war ein strahlender Tag, und im Kölner Zoo drängten sich die Besucher. Der Geruch von frisch gemähtem Rasen und blühenden Heckenrosen hing in der Luft, vermischt mit einem leichten Hauch von Tierausscheidungen.

Bei den Erdmännchen nahe dem Eingang standen die Menschen in Dreierreihen auf den Zehenspitzen. Das gleiche Bild bei den Elefanten, dem Pavianfelsen und natürlich bei den Seelöwen, als die Tiere gefüttert wurden. Wim de Jong sorgte dafür, dass beide Kinder einen guten Platz hatten, vom dem aus sie alles ungehindert beobachten konnten.

Gussy merkte, wie gut es ihr tat, dass sie einmal nicht alles allein zu organisieren brauchte. Sicher, sie hatte es in den letzten drei Jahren gelernt. Sie kämpfte wie eine Löwin für ihre Kinder, aber jemanden zu haben, der ihr half und der sie dabei auch noch freundlich anlächelte, das empfand sie als Luxus.

Frau de Jong hatte sich auf eine Bank gesetzt, um auszuruhen. Gussy stand ganz nah neben dem Holländer, der heute ein sommerliches kariertes Leinenjackett trug, das Gussy sehr modisch fand. Sie selbst hatte sich dreimal umgezogen, bis sie schließlich ihr schwarzweißes Kleid mit dem schwarzen Gürtel über dem weit schwingenden Tellerrock anhatte, das Eva immer »das Zeitungskleid« nannte, weil es sie an eine gedruckte Zeitung erinnerte.

Fast wartete Gussy darauf, dass de Jong sie wie zufällig berühren würde, während sie in der Menschenmenge so dicht beieinanderstanden. Sie gab zu, dass es ihr gefallen hätte. Vielleicht am nackten Unterarm oder an der Schulter. Ein schwereloses Streifen, ein unabsichtlicher sanfter Druck.

Sie ertappte sich dabei, wie sie es sich ausmalte, wie es sich anfühlen würde, wenn er den Arm um sie legte, wenn er sie an sich zöge, sich zu ihr herunterbeugte und sie küsste.

Seit einigen Jahren hatte sie keine Liebkosung mehr erfahren, keine zärtliche Berührung ihres Haars, ihrer Brüste gespürt. In den letzten Monaten ihrer Ehe mit Hermann war es schon nicht mehr dazu gekommen. Sie erinnerte sich nicht, dass sie es damals vermisst hatte.

Aber heute vermisste sie das Klopfen in ihrem Schoß bei der Berührung durch einen geliebten Menschen, den sie begehrte. Einen Menschen, wie es Sergei für sie gewesen war.

Sie musste schlucken. Wie lange hatte sie sich den Gedanken an Sergei nicht mehr erlaubt? Wie lange hatte sie die Erinnerung an ihn, an seine Stimme, seine Berührungen nicht zugelassen?

»Mutti, warum können Seelöwen so gut mit dem Ball auf der Nase jonglieren?«

Volker hatte sich zu ihr umgedreht und suchte ihre Aufmerksamkeit.

»Weil sie eine ganz besondere Nase haben, Volker, wie die Spitze eines Bleistifts. Damit können sie ganz wunderbar balancieren.«

Wim de Jong hatte ihr mit seiner schnellen und witzigen Antwort wieder geholfen.

Gussy warf ihm einen dankbaren Blick von der Seite her zu. Wie gern hätte sie seine Hand ergriffen, aber das traute sie sich nicht.

Volker nickte, grinste zufrieden und drehte sich zu dem Schauspiel der Seelöwenfütterung zurück.

Ein paar Augenblicke später wandte sich Eva um, lächelte spöttisch – darin ähnelte sie Hermann, wie Gussy schon häufig aufgefallen war – und fragte: »Wenn wir morgen zum Drachenfels fahren, dürfen wir dann wirklich auf einem teuren Esel hochreiten?«

Gussy sagte nichts, doch Wim de Jong nickte heftig. »Ich habe schon zwei Esel für euch gebucht.«

Eva lachte laut, und Volker sagte sofort: »Das kann man ja gar nicht.«

De Jong verzog heiter sein Gesicht. »Und ob man das kann! Holländer können fast alles.«

Volker schaute skeptisch von de Jong zu Gussy, und sie zwinkerte ihm zu.

So verflog der Tag im Zoo im Nu, und Gussy zögerte, als sie sich am Abend verabschiedeten, ob sie de Jong kurz umarmen sollte, um sich für den wunderbaren Tag zu bedanken.

Doch dann ließ sie es bleiben. Morgen war ja auch noch ein Tag. Pfingstsonntag. Und außerdem gab es noch den Pfingstmontag.

Als sie eine Stunde später den kurzen Weg von der Straßenbahn nach Hause gingen, fühlte sich Gussy beschwingt und glücklich. Sie summte, und ihre Kinder summten mit.

Schon von Weitem sah sie, dass ein Moped vor dem Gartentor geparkt war. Dort stand sonst nie ein Moped, und Gussy wunderte sich. Als sie den Vorgarten durchquerten, entdeckte sie ihren Schwager Hubert, der auf den Stufen zu ihrem Haus saß und wartete. Als er die drei kommen sah, stand er auf und klopfte sich Staub von den Knickerbockern aus Cord, die er so gerne trug.

»Hubert, was machst du denn hier?«

Er drückte ihr einen Kuss auf die Wange und begrüßte die Kinder.

»Lass uns hineingehen.«

Gussy wurde sofort nervös. »Ist etwas passiert?«

Statt einer Antwort schob er seine Schwägerin und die Kinder sanft ins Treppenhaus.

Sobald sie oben waren und die Wohnungstür hinter sich geschlossen hatten, fragte Eva: »Ist etwas mit Oma?«

Hubert nickte. »Wir haben ja kein Telefon, deshalb bin ich mit dem Moped vorbeigekommen. Erna geht es nicht gut. Alma schickt mich und lässt dir ausrichten, dass du morgen unbedingt vorbeizukommen hast.«

Gussy nickte erst verwirrt und dann aufgeregt. Ihr entging die harsche Formulierung, als würde man sie herbeizitieren, nicht.

Dann bat sie den Schwager ins Wohnzimmer. Er schaute sich überrascht um, als vermisse er jemanden.

»Wo ist denn dein Besuch?«

»Was hat denn die Oma?«, fragte Eva nach. Sie ignorierte die Frage des Onkels.

Hubert zuckte mit den Schultern. »Ich weiß es nicht genau. Mir sagt man ja nichts. Irgendwas am Herzen, glaube ich. Jedenfalls sollt ihr morgen früh dort sein.«

Gussy nickte wortlos und knüllte ein Taschentuch in der Hand zusammen.

»Das geht nicht, Onkel Hubert. Wir sind morgen verabredet. Wir fahren zum Drachenfels«, informierte Eva ihren Onkel, und der Ton in ihrer Stimme ließ keinen Zweifel daran, dass sie nicht daran dachte, diese Verabredung abzusagen. Hubert schaute sie überrascht an.

»Also, Eva, alles, was recht ist … Wenn die Oma schwer krank ist, wird alles andere doch nebensächlich. Zum Drachenfels könnt ihr ein anderes Mal, der läuft euch nicht weg.«

Damit ging er zur Tür, wo er sich noch einmal umdrehte. »Augusta, wir erwarten dich morgen früh um zehn. Bis dann also.«

Er hob kurz den Arm zum Gruß und verschwand dann im Treppenhaus.

Kurz darauf hörten sie das Knattern des Mopeds.

Gussy, Eva und Volker waren am Pfingstsonntag pünktlich bei Alma und Hubert, um der kranken Erna beizustehen. Sie fanden eine schläfrige Großmutter im Bett vor, die sie kaum beachtete.

Am frühen Morgen hatte Gussy von einer öffentlichen Telefonzelle aus im Hotel der de Jongs angerufen, um eine Nachricht für sie zu hinterlassen. Sie hoffte, dass man sie ihnen ausrichten würde.

Ihren holländischen Besuch sahen Gussy und die Kinder an diesem Pfingsten nicht wieder. Sie erhielten auch keine Nachricht von den beiden.

Volker war enttäuscht, weil sie nicht mit dem Schaufelraddampfer zum Drachenfels gefahren waren. Eva war wütend.

Gussy war traurig, weil sie keine Chance gehabt hatte, Wim de Jong besser kennenzulernen und ihm vielleicht ein wenig näherzukommen, und sie ärgerte sich über sich selbst und ihre feige Zurückhaltung am Freitag und Samstag.

Vielleicht hatte er das falsch verstanden und ihr Verhalten und ihre Absage am Sonntag als Zurückweisung empfunden.

Eva konnte kaum an sich halten, als sie wieder zu Hause waren.

»Nie im Leben ist die Oma krank! Das hat sie nur gespielt, Mutti!«

Gussy schwieg, musste allerdings zugeben, dass ihr dieser Gedanke auch gekommen war. Ihr waren die Blicke zwischen ihrer Mutter und ihrer Schwester aufgefallen, die sie sich zuwarfen, wenn sie sich unbeobachtet glaubten.

»Warum, glaubst du, hat Onkel Hubert sofort nach unserem Besuch gefragt, als er hier war? Das haben ihnen die Päffgens erzählt!«

Gussy schüttelte unsicher den Kopf.

»Warum sollten Oma und Alma denn so etwas tun, Eva? Das ergibt doch keinen Sinn.«

Eva war ganz rot geworden.

»Warum? Weil sie dir keinen neuen Mann gönnen! Und schon gar keinen, der so gut aussieht und etwas an den Füßen hat.«

»An den Füßen? Was hat er denn an den Füßen, um Gottes willen?«

Gussy war verwirrt.

Nun grinste Eva breit.

»Das ist ein Ausdruck, den ich gelernt habe. Sagt man in Köln. Beate hat es von ihren Eltern gehört.«

Gussy runzelte die Stirn.

»Komisch, die sind doch gar nicht aus Köln, sondern wie wir Vertriebene. Was haben die denn an den Füßen?«

Eva schüttelte den Kopf und konnte sich ein Lachen nicht mehr verkneifen.

»Das heißt, dass man Geld hat. Aber es ist nicht fein, das zu sagen. Also sagen die Leute hier, dass man was an den Füßen hat, wenn man nicht arm ist. Dann fällt es nicht so auf.«

Gussy schaute ihre Tochter etwas unsicher an. Schließlich sagte sie: »Aha. Deine Oma hat Hühneraugen, kann schlecht laufen und ist kurzatmig. Hat sie jetzt was an den Füßen oder was am Herzen? Was meinst du, Eva?«

Eva warf ihrer Mutter einen triumphierenden Blick zu.

»Ich glaube, weder noch. Und was glaubst du?«

Gussy nickte. »Das glaube ich auch.«

In der Nähe von Gotha, Anfang August 1945

Gussy war verzweifelt und machte sich die größten Vorwürfe. Sergei versuchte, sie zu beruhigen, es sei wirklich nicht ihre Schuld. Gustav sei aus freien Stücken und ohne ihr Wissen weggegangen.

Das war nun fünf Tage her. Die Suche nach ihm sollte ohne großes Aufsehen erfolgen. Man konnte nicht das ganze Bataillon losschicken, um die umliegenden Wälder zu durchkämmen, denn die Thüringer Wälder schienen so undurchdringlich wie grenzenlos. Auch die Bevölkerung wollte Sergei nicht bei der Suche nach dem Schwiegervater einspannen. Schließlich gab es offiziell keine Gussy und keinen Gustav hier in der Nähe von Gotha. Folglich konnte auch keiner von ihnen als vermisst gelten.

Sergei hatte vorsichtig und umsichtig ein paar Getreue losgeschickt, denen er vertrauen konnte, doch keiner war auch nur mit der geringsten Spur zurückgekommen. Es blieb ein Rätsel, denn wie weit hätte der kranke, gehbehinderte Mann überhaupt kommen können?

»Wahrscheinlich ist er irgendwo völlig entkräftet zusammengebrochen und in einem Graben an Wassermangel und Auszehrung, möglicherweise auch an einer Blutvergiftung verstorben.«

Sergei strich Gussy behutsam über den Arm.

»Aber dafür kannst du nichts, Gruscha. Er hat dich nicht um Rat gefragt. Er ist einfach gegangen. Er hat das für sich selbst entschieden. Das musst du akzeptieren.«

Gussy unterdrückte die Tränen, denen sie, wenn sie nachts allein im Schuppen auf ihrem Matratzenlager lag, freien Lauf ließ. Sie fühlte sich verantwortlich. Vor Sergei versuchte sie, sich zusammenzunehmen.

Hermann hatte ihr seinen Vater anvertraut. Den frühen Verlust ihres eigenen Vaters hatte sie bis heute nicht wirklich verarbeitet. Wie konnte sie so versagen?

»Was, wenn er gar nicht wegwollte? Nur kurz austreten oder etwas Essbares suchen? Vielleicht wurde er …«

Ihre Stimme erstarb.

Sergei ahnte, was sie sagen wollte, aber nicht über die Lippen brachte.

Er nahm sie in die Arme und drückte sie.

»Das glaube ich nicht. Niemand bringt einen alten kranken Mann um. Selbst in diesen Zeiten nicht. Er trug auch nichts bei sich, was man ihm hätte wegnehmen wollen.«

Gussy richtete sich auf und schob ihn weg. Sie sah ihn aus ihren großen Augen an.

»Woher willst du das wissen?«

»Er hat dir die Perlenkette geschenkt, das ist offensichtlich. Auch wenn du nichts davon wusstest. Das zeigt in meinen Augen, dass er fest vorhatte, für immer zu gehen, um dein Überleben nicht zu gefährden. Es war sein Abschiedsgeschenk an dich. So sehe ich das. Gustav war ein Held.«

Nach Gustavs Verschwinden und der Entdeckung von Gussys Versteck musste Sergei sie bei einer Bauernfamilie in einem der umliegenden Dörfer unterbringen.

Diese besaß ein kleines windschiefes Altenteil auf ihrem Hof, in dem zurzeit niemand untergebracht war. Eine leer stehende baufällige Hütte voller Ratten und Mäuse, in der

Gussy schlafen durfte. Im Gegenzug versprach sie ihnen, bei der anstehenden Ernte zu helfen. Ein nachdrücklicher Befehl von Seiten der Besatzungsmacht hatte den Bauern bei der Entscheidung geholfen.

Nun rückte die Familie zusammen und gewährte Gussy Obdach und magere Kost.

Abends am Tisch wurde nicht geredet. Schweigsam löffelten alle die Suppe und tunkten das grobe Brot hinein. Niemand fragte Gussy nach ihrer Heimat, niemand nach ihren Plänen, wohin sie von hier aus weiterwolle. So war es die letzten Tage jeden Abend gewesen.

Es war, als besäße sie kein Leben. Weder eins, das hinter ihr, noch eins, das vor ihr lag. Und schon gar keines, von dem die Bauern etwas erfahren wollten.

Am ersten Abend hatte Gussy noch ein paar Fragen und unverfängliche Bemerkungen in die Runde der sechsköpfigen Familie geworfen, von denen alle bis auf den alten Großvater Frauen waren.

Doch Antworten und Reaktionen hatte es keine darauf gegeben, obwohl Gussy ihre Fragen mit der ihr eigenen Fröhlichkeit gestellt und nichts angesprochen hatte, was zu indiskret oder schmerzhaft hätte sein können. Sie hatten alle auf ihre Teller gestarrt und nichts geantwortet, weil sie nichts hatten hören wollen. Es war, als gäbe es sie nicht.

Auf dem Büfett standen gerahmte Fotografien von zwei Männern, einem jungen und einem in mittleren Jahren mit einem schwarzen Trauerflor über der rechten oberen Ecke.

»Es wird Zeit, dass die alle gehen«, sagte die Frau, die Gussy schnell als Familienoberhaupt identifiziert hatte.

Sie trug ein nach hinten gebundenes dunkelblaues Kopftuch, aus dem keine Haare hervorschauten. Ihr fehlten oben zwei Schneidezähne, zu beiden Seiten einer. Trotzdem sah sie nicht unsympathisch aus, fand Gussy.

Sie tauchte den Löffel in die Suppe und beobachtete verstohlen die Familie, die sie aufgenommen hatte. Ihr gegenüber saß eine junge Frau etwa in Gussys Alter, die gerade ausgiebig gähnte.

»Über sechzigtausend sinds jeden Tag, die hier durchziehen, hab ich gehört. Was haben die hier zu suchen? Wo kommen die plötzlich alle her?«

Beklemmende Stille legte sich über den Tisch.

Gussy wartete und blies auf den Löffel, der in dem Moment jedoch leer war.

»Sie haben uns verschachert, das weiß doch jedes Kind.«

Die Bäuerin schien von der Richtigkeit ihrer Aussage überzeugt.

»Thüringen gegen Westberlin. Deshalb sind die Amis am ersten Juli abgezogen, und der Iwan reißt sich jetzt alles hier unter den dreckigen Nagel. Nach Kriegsende saßen hier die Amis, und nicht die Russen.«

Der Großvater warf seinen Löffel in den Teller. Es schepperte.

»So 'n Unsinn, Frieda!«

»Stimmt doch aber.«

Das Familienoberhaupt ließ sich nicht beirren.

Gussys Augen wanderten von einem zum anderen.

»Das stand in der Hessischen Post, Vater. Dass die Amis nach wenigen Wochen ihre Fahne über Weimar wieder einholen mussten, weil Stalin in Jalta Churchill mit georgischem Schnaps unter den Tisch gesoffen und gewonnen hat.«

»Das stand mit Sicherheit nicht in der Hessischen Post«, warf der Mann ein.

»Ja, und dann hat er sich unser Thüringen gekrallt, und der Westen hat Westberlin stattdessen abgekriegt. So ist das gelaufen. Das weiß doch jeder hier, Opa.«

Es war die andere junge Frau, die das eingeworfen hatte.

Gussy spitzte die Ohren. Tatsächlich hatte ihr Sergei anvertraut, dass der Austausch der amerikanischen Besatzung mit den sowjetischen Truppen nicht, wie überall behauptet wurde, schon seit 1944 geplant gewesen sei, sondern ganz plötzlich vonstattengegangen war. Selbst die Amis, die in Weimar ihr Hauptquartier bezogen hatten, hatten sich überrumpelt gefühlt und mussten innerhalb weniger Stunden Thüringen verlassen, nachdem sie doch gerade noch die »Provinz Thüringen« ausgerufen hatten. Alles mehr als undurchsichtig, wie auch Sergei fand.

Daraufhin hatte eine neue Flüchtlingswelle in Richtung Westen eingesetzt, die Ende Juli mit über sechzigtausend Menschen ihren traurigen Höhepunkt erreichte.

»So, Irmchen, und deine Frage, wo die alle herkommen und was sie hier wollen, kannst du jetzt gleich unserem Gast stellen. Vielleicht weiß die Dame ja mehr. Mit ihren guten Verbindungen.«

Gussy runzelte die Stirn. Was würde jetzt kommen?

Frieda, die Mutter, stand auf, ohne Gussy anzuschauen, und stellte die Teller zusammen. Die zwei jüngeren Frauen sprangen ihr zur Seite und räumten mit ab.

Eine der beiden, die mit den blonden Schnecken und dem Himmelfahrtsnäschen, baute sich mit dem Kochtopf in den Händen vor Gussy auf. Sie lächelte Gussy tatsächlich ein wenig an, das erste Lächeln, seit Sergei sie hier untergebracht hatte. Dieses Lächeln wärmte Gussy auf der Stelle von innen, und sie war ihr dankbar dafür.

»Wo kommen Sie her?«

»Aus Schlesien, aus Breslau«, antwortete Gussy und wollte ihr den großen Topf abnehmen, doch die andere behielt ihn fest in der Hand.

»Und wieso sind Sie jetzt hier?«

Sie trug den Topf zur Spüle, ohne eine Antwort abzuwarten.

»Wir …« Gussy brach ab und setzte neu an. »Ich musste fliehen, wir mussten weg. Ich will zu Verwandten nach Frankfurt«, log sie.

Der Großvater auf der Bank lachte laut auf.

»Na, da haben Sie sich aber was vorgenommen. So ganz allein als junge Frau, es sind unsichere Zeiten. Mit den Russen, die sich hier überall herumtreiben, ist nicht zu spaßen. Das sind Tiere, wenn Sie mich fragen.«

Gussy wusste nicht, was sie sagen sollte, also hielt sie den Mund.

»Aber Opa, die hat doch einen Beschützer.«

Es war die junge Frau mit den kessen halbkurzen Locken, die das durch die Küche rief.

»Der Russe, der sie hierhergebracht hat. Hast du das nicht kapiert? Das ist ein Russenflittchen. Bei uns im Haus. Wir haben ein Russenflittchen im Haus!«

Gussy erstarrte.

Das Kichern des Mädchens war wie ein scharfes metallisches Geräusch. Schließlich warf sie Gussy einen amüsierten Blick zu, die zu Boden sah.

Gussy verabschiedete sich nun schnell, es war ihr unangenehm, und sie wollte sich für die Nacht in das windschiefe Häuschen neben dem Bauernhof zurückziehen. Mit Gewalt musste sie wieder ihre Tränen unterdrücken. Nur nicht vor diesen grauenhaften Menschen heulen … Nur nicht das.

»Na, kommt er gleich, dein Zuhälter?«

»Gertrud! Lass es gut sein!«

Der Großvater hatte drohend die Stimme erhoben, und seine Enkelin verzog abfällig den Mund.

»Ist ja gut, Opa. Aber wo ich recht habe, habe ich recht. Ich hab die beiden heimlich beobachtet.«

Als Gussy kurz darauf allein war, weinte sie. Sie brach zusammen und sank auf den Strohsack, auf dem sie schlief.

Gussy fühlte, dass sie keine Kraft mehr besaß. Ihre Lebensenergie, das, was sie jeden Morgen von Neuem aufstehen, atmen und anpacken ließ, war über die letzten Monate in sich zusammengeschrumpft.

Die Begegnung mit Sergei hatte ihre letzten Reserven aktiviert und ihr zu neuer Lebenslust und Kraft verholfen. Doch der Verlust des Schwiegervaters unter den ungeklärten Umständen und der Hass und die Verachtung, die ihr hier entgegenschlugen, raubten ihr nicht nur ihre Würde und die Fähigkeit, sich zu behaupten, was ihr schon immer schwergefallen war, sondern sie beschädigten auch ihr Selbstvertrauen und ihren festen Glauben daran, dass alles gut enden würde. Nein, nichts würde gut enden.

Es klopfte leise an der Tür.

Gussy strich sich die Haare aus dem nassgeweinten Gesicht und stand auf. Vorsichtig öffnete sie. Es musste Sergei sein. Sie waren für heute um neun Uhr abends verabredet.

Doch es war nicht Sergei. Es war der junge Mann, den er ihr als Michi aus Odessa beschrieben hatte, der Freund der Familie, dem Sergei vertraute.

Sergei ließ ihr ausrichten, dass er dringend nach Eisenach habe fahren müssen und dass er deshalb heute Abend nicht mehr kommen könne. Er hatte es auf einen Zettel geschrieben, den Michi Gussy mit einer kleinen Verbeugung überreichte.

Der junge Soldat sprach selbst kein Deutsch.

Gussy las die Nachricht hastig und war enttäuscht. Warum ausgerechnet heute Abend? Sie hätte Sergei so dringend gebraucht.

Mit dem Arm wischte sie über ihr Gesicht und versuchte, trotzdem zu lächeln.

Michi wollte sich schon verabschieden, da hatte er noch einen Gedanken und nestelte in seiner Uniformtasche. Ihr schien es, als wollte er sie trösten und aufmuntern.

Er zog ein Foto heraus und hielt es Gussy hin. Es war noch fast hell draußen, und so nahm Gussy das Schwarz-Weiß-Foto von ihm entgegen und beugte sich interessiert darüber.

Es zeigte einen Mann, eine Frau und ein Kleinkind, das ungefähr ein Jahr alt war. Der Mann hielt es stolz auf dem Arm. Das Foto war an einem Strand aufgenommen und etwas verwackelt. Bei genauerem Hinsehen konnte Gussy erkennen, dass der Mann Sergei war. Sie merkte, wie ihr Herz zu klopfen begann.

»Sergei?«

Michi lächelte und nickte heftig.

»Und das?« Sie zeigte mit dem Finger auf die Frau neben ihm.

»Tatjana, Tanja, *moy sestra.*«

Gussy verstand. Tatjana war Michis Schwester. *Sestra* hörte sich fast so an wie »Schwester«. Noch immer lächelte er breit und offen. Dann legte er seinen Zeigefinger auf das Kind.

»Sascha.«

Gussy schluckte und hatte verstanden.

Es nahm ihr den Atem. Sie hätte es wissen müssen. Wie dumm war sie gewesen? Wie naiv und leichtgläubig?

Leichte Beute. Sie schämte sich. Sie schämte sich abgrundtief.

Vor sich, vor Hermann, vor der Welt.

Im Nachhinein auch vor Gustav, von dem sie sicher war, dass er etwas von ihrer Liebschaft mit dem russischen Offizier mitbekommen hatte. War er deshalb verschwunden?

»Sergei, *Krestny*«, sagte Michi zu ihr.

»*Krestny*«, wiederholte sie. So hieß er also. Bei ihr hatte sich Sergei mit dem Nachnamen Babel vorgestellt.

Gussy gab Michi das Bild zurück, und er steckte es ein.

Ein zufriedenes Lächeln lag immer noch auf seinem Gesicht. Ein Lächeln, das, wie Gussy verblüfft registrierte, weder hämische noch bösartige Anklänge aufwies. Das verstand sie nicht.

Doch sie hatte seine Worte über die Fotografie zu deuten gewusst. Jetzt wusste sie endlich Bescheid.

Ja, die Leute auf dem Hof hatten recht: Sie war ein Russenflittchen. Genau das war sie.

Aber jetzt nicht mehr.

Im Morgengrauen des nächsten Tages brach sie mit ihrem Rucksack auf und versuchte im Schutz der Abertausenden, die auf der Flucht waren, sich zu Fuß nach Frankfurt am Main durchzuschlagen.

Mit jedem Schritt, den sie sich von Gotha entfernte, versuchte sie, die Erinnerungen an Sergei, an seine Liebkosungen, an die Gespräche mit ihm und an seinen Geruch, der sie an trockene Tannennadeln erinnerte, fest in ihrem Inneren einzuschließen, um den Schlüssel auf dem Weg in den Westen zu verlieren. Einfach so.

Bei Utrecht, 27. Juli 1963

Es hatte fast drei Wochen gedauert, bis Eva mit einem Lächeln auf den Lippen den Brief in dem weißen Umschlag einfach auf den Tisch legte, ohne ein Wort hinzuzufügen.

Schon von Weitem konnte Gussy erkennen, dass er keine deutsche Briefmarke trug. Eine Windmühle prangte auf der bunten Marke über dem Wort *Nederland.*

Gussy atmete wie befreit aus und steckte den Brief in ihre geblümte Schürzentasche. Dann schlug sie mit der flachen Hand ein paarmal leicht auf die Tasche, wie um dem Brief zu beruhigen – *ich weiß, dass du da drin bist, warte auf mich.*

Ihrer Tochter gegenüber versuchte sie, die Verlegenheit zu überspielen, die sie in dem Moment empfand, als sie den Brief entdeckt hatte.

Er hatte also geschrieben! Endlich!

Jeden Tag hatte sie abends in ihrem kleinen Gebet, das eher einer Wunschliste an einen »lieben Gott« ähnelte, an den sie nicht glaubte, nach ihrem Wunsch, dass sie alle gesund blieben, dass sie genug zu essen hätten, dass es auch den Verwandten gut gehe, ganz zum Schluss noch zaghaft hinzugefügt, dass Wim de Jong ihr nicht böse sein und ihr doch schreiben möge. Und nun war der Wunsch erhört worden.

Mittlerweile hatte sie Eva schweren Herzens recht geben müssen, dass ihre Mutter und ihre Schwester sie zu Pfingsten belogen hatten. Warum, war ihr wirklich nicht klar. Sollten sie sich nicht freuen, wenn Gussy endlich auch einmal ein Zipfelchen Glück nach all dem Unglück erhaschen konnte? Wenn sie doch noch, mit über vierzig, einen guten, anständigen, sympathischen Mann kennenlernte, der ihr und den Kindern endlich ein sicheres Zuhause schenken konnte? Warum hatten sie sie an ein falsches Krankenbett zu sich zitiert?

Um zu verhindern, dass sie, Augusta und die Kinder, mit dem neuen Verehrer und seiner Mutter ein unbeschwertes Pfingstwochenende verbrachten?

Hubert war ihrem ratlosen Blick während des ganzen Besuchs ausgewichen. Das schlechte Gewissen stand ihm ins Gesicht geschrieben.

Erna tat, als könnte sie vor Schwäche nicht einmal mehr eine Tasse Tee festhalten, übertrieb dabei aber so, dass selbst die gutgläubige Gussy am Ende misstrauisch wurde, und Alma grinste die ganze Zeit nur hämisch und wies mit verschränkten Armen vor der Rüschenbluse darauf hin, wie sehr die Verantwortung für die Gesundheit der Mutter auf ihr allein laste. Aber da könne man halt nichts machen.

Und wo sei dann bitte Maria, die Älteste?, hatte Gussy nachgefragt. Die wohne ja nicht weit weg.

Die habe man vergessen zu benachrichtigen, sagte Alma, und nun gehe es Erna ja schon viel besser, und Maria brauche wirklich nicht auch noch zu kommen, die habe genug am Hals, jetzt wo Otto nicht mehr so gesund sei.

Da hatte sich Gussy ihre beiden Kinder geschnappt und war mit einem knappen »Auf Wiedersehen« zur Straßenbahn geschlichen, so gedemütigt kam sie sich vor. Sie kämpfte mit den Tränen und hielt den Kopf gesenkt.

»Nicht weinen, Mutti«, hatte Volker seine Mutter versucht zu trösten und an der Haltestelle seine Hand in ihre geschoben, um sie ganz fest zu drücken.

»Wir werden uns rächen, Mutti. Das machen sie bei Karl May auch«, sagte Eva.

»Ach Evchen, das hilft doch niemandem«, hatte die Mutter eingewendet.

»Doch.«

Und nun hatte er geschrieben. Als die Kinder im Bett waren, zog Gussy endlich den Brief aus der Schürze und öffnete ihn.

Liebe Frau Fink,
obwohl ich erst glaubte, Sie zu Pfingsten vielleicht mit irgendetwas verärgert zu haben, versicherte mir meine Mutter, dass das ganz bestimmt nicht der Fall sei. Es war wohl tatsächlich Ihre kranke Mutter, die Ihre ganze Aufmerksamkeit verdiente und Sie am Pfingstsonntag dringend brauchte. Mam versicherte mir, dass man mit der Gesundheit der Mutter keine Scherze treibt und so etwas nie vortäuschen würde.

Gussy zog die Nase hoch.

Ich hoffe daher, Sie empfinden es nicht als aufdringlich, wenn ich Ihnen heute schreibe. Falls ich Ihnen damit zu nahe trete, ignorieren Sie bitte diesen Brief. Ich wäre Ihnen nicht böse. Etwas traurig schon, aber nicht böse.

An der Stelle huschte ein wehmütiges Lächeln über Gussys Gesicht. Was hatte Wim schon für eine Ahnung?

In Gedanken nannte sie ihn schon lange Wim.

Dann kam er zum praktischen Teil des Briefes.

Falls Sie und die Kinder in den Sommerferien ein paar Tage Zeit hätten, und unter der Voraussetzung, dass Sie sich nicht von mir bedrängt fühlen, denn nichts läge mir ferner, würden Mam und ich uns sehr freuen, Ihnen etwas von unserer wunderschönen Heimat zu zeigen und Sie als unsere Gäste in unserem Haus bei Utrecht zu begrüßen. Selbstverständlich würde ich Sie alle mit dem Wagen abholen kommen. Was halten Sie davon?

Bedenken Sie es in Ruhe und besprechen Sie es mit den Kindern, aber die Einladung steht, und ich muss wohl nicht hinzufügen, wie glücklich wir wären, wenn Sie sie annähmen.

Gussy hielt sich den Briefbogen erst vor den Mund, dann vor die Brust.

Holland! Sie war noch nie im Ausland gewesen, und Holland hörte sich so exotisch für sie an wie Hawaii.

Das war vor wenigen Wochen gewesen, und nun waren sie schon mit Wim de Jong auf dem Weg zur Grenze bei Venlo. Die Kinder, die natürlich auch noch nie Deutschland verlassen hatten, waren ganz aufgeregt, als sie langsam auf die Zoll- und Ausweiskontrolle zurollten. Ein fremdes Land zu betreten fühlte sich für sie an wie eine Mischung aus Umzug und Weihnachtsbescherung. Auf einmal war die Umgebung nicht mehr vertraut, doch das war nicht bedrohlich, sondern eher überraschend.

Hier gab es tatsächlich eine Königin mit einer Krone, was einen entscheidenden Unterschied darstellte zu dem alten Mann zu Hause in Deutschland, der fast wie ein Indianer aussah, Konrad hieß und rheinländisch sprach.

Gussy hielt schon erwartungsvoll den Personalausweis gezückt. Der deutsche Zollbeamte grüßte freundlich und nahm die Ausweise der beiden Erwachsenen. Dann richtete er seinen Blick auf die Kinder auf der Rückbank.

»Und zu wem gehören die Kinder?«

Gussy strich sich die Haare glatt.

»Zu mir – Eva und Volker Fink. Das sind meine Kinder«, erklärte sie stolz.

Eva grinste den Beamten so breit an, dass er ihre Unternehmungslust auch mit einem Abstand von zwei Metern außerhalb des Autos spüren musste.

Er nickte und schaute noch einmal prüfend auf Gussys deutschen Ausweis.

»Haben Sie etwas zu verzollen?«

De Jong schüttelte den Kopf. Dann wurden sie durchgewinkt.

Zum Abschied legte der Zollbeamte kurz seine Hand an den Schirm seiner Kappe.

»Warum macht er das?«, fragte Volker sofort, als sie wieder auf der Landstraße waren. Der holländische Zoll hatte sie gar nicht erst angehalten, weil sie ein niederländisches Nummernschild hatten.

»Aus Respekt, Volker«, beantwortete de Jong die Frage des Kindes.

Kurz darauf fuhren sie sehr langsam durch Venlo. Es gab viel mehr Fahrräder als Autos, stellte Gussy fest.

»Warum haben sie hier keine Gardinen?«, fragte Eva.

De Jong schmunzelte.

»Tatsächlich!«, staunte auch Gussy.

Sie ließ ihren Blick über die Fenster der kompakten Backsteinhäuser mit den winzigen Vorgärten schweifen, in denen die Blumen wohlgeordnet blühten, ähnlich wie bei den Faller-Häuschen auf Volkers Modelleisenbahnplatte, denen er bunte Rabatten in einer geraden Linie aufgeklebt hatte.

»Warum?«, bekräftigte Eva ihre Frage.

»Weil die Menschen hier nichts zu verbergen haben.«

Wim klang ein wenig stolz, fand Gussy. Sie schaute ihn amüsiert von der Seite her an.

»Das glaube ich nicht.«

Sie sah, wie es um seinen Mund zuckte.

»Was glauben Sie nicht, Frau Fink? Oder darf ich Augusta sagen?«

Gussy drehte sich nun direkt zum Fahrer hin.

»Dass es hier keine Menschen gibt, die ein Geheimnis haben. Vorhänge oder nicht.«

Sie ignorierte seine Frage nach der Anrede, und er seufzte mit gespielter Empörung.

»Da haben Sie wahrscheinlich recht. Auch bei uns gibt es Geheimnisse. Dass wir keine Gardinen haben, hängt eher mit unserem Calvinismus zusammen.«

Sie fuhren nun auf der fast leeren Landstraße in Richtung Utrecht. Die Felder zu beiden Seiten waren saftig, grün und flach bis zum Horizont. Hier konnte der Blick nirgendwo hängenbleiben oder sich ungebührlich aufhalten. Holland machte auf Gussy einen sehr properen, wenn auch etwas langweiligen Eindruck. Aber das sagte sie natürlich nicht. Sie würde sich hüten.

»Was ist das, Calvinismus?«, fragte Eva.

»Das ist so ähnlich wie evangelisch. Der Herr Calvin war eine Spur strenger als euer Herr Luther«, sagte de Jong, und bald darauf bogen sie in eine schmalere Straße ab und hielten vor einem hübschen einstöckigen Haus mit einem kleinen Vorgarten.

Auch hier blühte alles sehr ordentlich. Niedrige Büsche mit weißen Röschen standen rechts und links des Hauses. Dazwischen rosafarbene Zwergastern. Der Rasen war kurz und dicht und erinnerte Gussy an einen samtigen Teppich. Sie musste vor Freude schlucken. Von so einem Häuschen hatte sie schon immer geträumt.

Wim de Jong war ausgestiegen, öffnete ihnen die Wagentür und dann das Tor zur Garage. Da flog die Haustür auf, und Frau de Jong eilte dem Besuch aus Köln entgegen. Sie umarmte erst Gussy, dann die beiden Kinder, die das ja schon kannten und sich nicht mehr darüber wunderten. Und hier im Ausland passte es ja noch besser hin, das mit den Umarmungen.

Später aßen sie eine selbstgemachte Suppe mit frischen Champignons, die allen schmeckte und die Gussy sehr lobte, danach gab es Hühnchen mit Reis auf indonesische Art mit Erdnusssoße, »Kip« erklärte Wim de Jong lachend, und zum Abschluss Vanilleflan mit Schokostreuseln, die Eva vorsichtig aussortierte und an den Tellerrand schob.

Gussy errötete deswegen.

»Eva verträgt keine Schokolade«, flunkerte sie mit einem leicht gequälten Lächeln.

Eva nickte. »Macht aber nichts, Frau de Jong. Der Pudding war lecker und nicht allzu süß.«

»Den kann man so kaufen, Eva. Ihr müsst unbedingt ein paar Gläser mit nach Hause nehmen. Ich kümmere mich darum.«

»Wer ist denn das Kind?«, fragte Volker und stellte damit endlich die Frage, die Gussy, seit sie das Esszimmer vor einer

Stunde betreten hatten, beschäftigte. Ein Foto auf der Anrichte mit einem silbernen Rahmen zeigte einen etwa dreijährigen Jungen, der auf einem Roller stand und fröhlich in die Kamera winkte.

»Das ist Piet. Wir sind mit seinen Eltern befreundet, und Wim ist sein Patenonkel.«

Gussy nickte, nun etwas beruhigt, und zwinkerte dann den Kindern zu, die ihr gegenüber am Tisch saßen. Eva zwinkerte heimlich zurück.

»Ihr werdet sie sicher noch kennenlernen, sie wohnen nur ein paar Häuser weiter. Wir haben erzählt, dass ihr zu Besuch kommt«, ergänzte Wims Mutter.

Gussy lehnte sich ein wenig in ihrem Stuhl zurück und unterdrückte ein Gähnen. Sie war nun doch etwas müde.

»Das Essen war vorzüglich, liebe Frau de Jong. Sie sind eine hervorragende Köchin«, sagte sie.

Wim und seine Mutter strahlten.

»Mutti kocht auch wunderbar«, sagte Volker umgehend, und alle lachten.

Es war der Beginn einiger unbeschwerter Tage, die Gussy und die Kinder aus vollem Herzen genossen. Die ganze Aufregung an Pfingsten war vergessen.

Sie besuchten ein altes Schloss, was den Kindern wider Erwarten gefiel, dann den Utrechter Zoo und das Museum für selbstspielende Musikinstrumente.

Sie machten eine Bootsfahrt auf einem der zahlreichen Kanäle und aßen zweimal in einem Restaurant, was Eva besonders schätzte. Einmal indonesisch und einmal chinesisch, wobei Gussy und die Kinder zum ersten Mal versuchten, mit Stäbchen zu essen. Volker war dabei interessanterweise der Geschickteste. Und sie besuchten zweimal am Tag Cafés.

Am letzten Abend war geplant, dass Gussy und Herr de Jong allein ausgehen würden. Die Kinder sollten mit Frau de Jong zu Hause bleiben und fernsehen. Auch wenn das Fernsehprogramm auf Holländisch lief, war es für die beiden ein Ereignis, auf das sie sich freuten. Zu Hause durften sie kaum Fernsehen, nur manchmal am Samstag- und Sonntagnachmittag, zum Beispiel den Familienwestern *Am Fuß der blauen Berge* mit den Cowboys Slim und Jess.

Schon bei der Vorbereitung zum Ausgehen war Gussy nervös und musste sich zweimal umziehen, bis sie und Eva zufrieden waren.

»Es wird Zeit, das ihr mal alleine ausgeht. Sonst wird das nichts.«

Gussy kämpfte mit dem Reißverschluss an der Seite und hielt kurz inne.

»Was willst du damit sagen, Evchen?«

Eva ignorierte die Frage ihrer Mutter und half ihr stattdessen beim Reißverschluss.

»Bist du aufgeregt, Mutti?«

Gussy nickte und biss sich auf die Lippen, die sie sich schon nachgezogen hatte.

»Jetzt musst du dir noch mal die Lippen schminken, die Farbe ist fast weg, und du hast Lippenstift auf den Zähnen.«

Gussy rubbelte vor dem Spiegel mit einem kleinen Stück Toilettenpapier die Zähne blank.

»Willst du, dass er dich küsst?«

Sie starrte ihre Tochter an.

»Ich finde, es wird wirklich Zeit, Mutti.«

Das fand Gussy, wenn sie ganz ehrlich war, auch.

»Ja, aber ich kann ihn ja nicht küssen. Das muss der Mann tun.«

Eva nickte wissend.

»Aber du kannst ihm Mut machen und ganz nah und mit geschlossenen Augen neben ihm sitzen.«

Gussy überlegte. Ja, das könnte sie, zumindest ein kleines bisschen in die Richtung, die Evchen vorschlug. Morgen würden sie schon wieder zurück nach Köln fahren, und wer weiß, was dann wäre. Und wie lange es dauern würde, bis sie sich wiedersahen. Es war fast, als würden sie, was die körperliche Nähe betraf, jedes Mal von vorn anfangen.

»Versprochen?«

Gussy schaute ihre Tochter an und lächelte.

»Versprochen.«

Am nächsten Morgen war Gussy beim Frühstück schweigsam, was sonst gar nicht ihre Art war. Auch Wim de Jong schien in Gedanken ganz woanders zu sein. Seine Mutter tischte Brötchen, Marmelade, Käse und ein Dauerlächeln auf, dazu gab es für jeden ein weichgekochtes Ei. Dann erkundigte sie sich, ob sie schon alles gepackt hätten. Gussy und die Kinder nickten.

Da schellte es plötzlich. Wim de Jong sprang auf der Stelle auf, als wäre das ein Zeichen, auf das er schon lange gewartet hatte, und eilte zur Haustür. Lachen und Stimmen ertönten im Flur. Kurz darauf wurde die Tür aufgestoßen, und ein kleiner dunkelhaariger Junge rannte ins Esszimmer, schaute kurz auf die Besucher am Tisch und schlang dann seine Arme um den Hals von Frau de Jong, die ihn auf ihren Schoß hob.

»Oh Piet, nicht so wild!« Sie lachte und strich ihm über den Kopf.

Wim und Piets Mutter, eine gut aussehende Frau mit einem sympathischen Gesicht, folgten dem Jungen.

»Ich habe Piet gesagt, er soll warten, damit er nicht stört, aber er wollte unbedingt sehen, wer bei seinem *krestny* zu Besuch ist. Guten Morgen!«

Sie schaute fröhlich in die Runde.

Gussy hatte die Ohren gespitzt. Die Frau sprach natürlich Holländisch. Sie hatte das Wort *krestny* gehört, das war eindeutig gewesen, und sofort erinnerte sie sich daran. Sie wusste genau, wann sie dieses fremde Wort gehört hatte. Nie würde sie es vergessen.

Das Gepäck stand bereits im Flur. Wim de Jong stellte Piets Mutter vor.

»Das ist Nadja. Sie stammt aus der Sowjetunion, aus Georgien genauer gesagt. Sie hat einen Holländer geheiratet, der für eine niederländische Firma in Tiflis gearbeitet hat. Und jetzt ist sie Niederländerin.«

Nadja strahlte Gussy an und reichte ihr die Hand. Gussy ergriff sie und suchte gleichzeitig nach den richtigen Worten.

»Wim …«, ja, jetzt nannte sie ihn in aller Öffentlichkeit so, und sie duzte ihn, »wie hat sie dich eben genannt?«

De Jong hob die Augenbrauen. »Mich? Was genau meinst du?«

Gussy versuchte, es zu formulieren: »*Krestny* hat sie gesagt oder so etwas Ähnliches. Das habe ich schon einmal gehört. Ich erinnere mich genau.«

Es war fast zwanzig Jahre her, es war das Wort, das der junge Soldat Michi für seinen Offizier Sergei verwendet hatte.

»Was heißt das? Ist das ein Name?«

Gussy hatte es für Sergeis wirklichen Nachnamen gehalten, den er ihr, in ihren Augen, verheimlicht hatte.

Die Georgierin warf einen kurzen Blick auf ihren Piet.

»*Krestny*?«

Gussy nickte vehement und war jetzt ganz blass geworden. Alle Farbe war aus ihrem Gesicht gewichen.

Da meldete sich Frau de Jong. »Das heißt Patenonkel auf Russisch. Sprechen Sie denn etwas Russisch, Frau Fink?«

Fulda, August 1945

Aus irgendeinem Grund, an den sich Gussy nicht mehr erinnerte, stand Fulda auf der Liste der möglichen Treffpunkte für sie und Hermann zwischen Breslau und Frankfurt am Main.

Sie hatte sich kurz hinter Gotha bei Waltershausen einer Gruppe von zehn Flüchtlingen aus Breslau-Karlowitz angeschlossen, drei alten Männern, vier Frauen und drei Kindern, die sich gerade im Schatten von ein paar Bäumen niedergelassen hatten und ausruhten. Die Kinder spielten an einem kleinen Bach und spritzten sich gegenseitig unter viel Geschrei und Gejohle nass. Die Erwachsenen hatten Schuhe und Strümpfe ausgezogen und kühlten die Füße im Wasser. Eine der Frauen lag mit geschlossenen Augen im Gras, eine andere weinte ganz leise. Gussy hatte es erst bemerkt, nachdem sie die Frau etwas länger als üblich beobachtet hatte. Dann drehte sie sich verschämt weg.

Ihr war es gelungen, sich mit einem wertvollen Stück getrockneten Fleisches, das ihr Sergei vor ein paar Tagen überlassen hatte, und schüchternen Grüßen aus der schlesischen Vergangenheit in die Gruppe einzukaufen, um so geschützter zu sein, als wenn sie sich allein durchschlagen müsste.

Gussy selbst stammte aus Rosenthal, der Nachbargemeinde von Karlowitz in der alten Heimatstadt Breslau, die nach ihrer Zerstörung und der Vertreibung der deutschen Einwohner durch die polnische Verwaltung zum Ausgangspunkt unzähliger Flüchtlingsströme geworden war, die sich in Richtung Westen wälzten.

Zu einem großen Teil waren diese Flüchtlingsgruppen in Sachsen oder Thüringen hängengeblieben und hatten sich dort schon auf einen Neuanfang vorbereitet, bis die Ankunft der Sowjetarmee viele wie morsches Treibgut weiterschob.

Man hatte Gussy mit einer Mischung aus Mitleid und Berechnung – wegen des Trockenfleisches – und möglicherweise einem letzten Hauch von schlesischer Solidarität in die Gruppe aufgenommen und gewährte ihr Schutz und tatsächlich einige Momente der Entspannung.

Wenn sie an einem Feldrand lagerten und das wenige, was sie zu essen organisiert hatten, untereinander teilten, dann waren das Augenblicke, von denen sich Gussy gewünscht hätte, sie mochten ewig dauern, bis die Erschöpfung ihren Körper endlich freiwillig aufgegeben hätte und ein für alle Mal verschwunden wäre.

Auf der Flucht zu sein, so empfand Gussy wie schon unzählige Male zuvor, war genauso schlimm, wie den Krieg zu erleben. Es fühlte sich nicht sicherer an, nein, möglicherweise war die Suggestion eines »nun ist alles vorbei« sogar noch bedrohlicher.

Nichts war vorbei. Der Boden, auf dem sie sich in Richtung eines ihr unbekannten und ungewissen Ziels quälte, war zwar nicht mehr durch die Koordinaten britischer oder amerikanischer Kampfbomber ausgewählt, aber er wankte trotzdem und setzte sie mitsamt ihren Leidensgefährten jeden Moment großen Gefahren aus.

Wenn in zukünftigen Geschichtsbüchern stehen würde, dass der Weltkrieg, den Hitler angezettelt hatte, im Mai 1945 beendet gewesen sei, wäre das ein Hohn, eine dreiste Lüge. Krieg und Flucht waren nicht voneinander zu trennen, fand Gussy. Leid und Qualen, Angst und Misstrauen waren in beides fest verwoben, Inhalt und unverhandelbarer Teil von beidem.

Am Ufer des Frauensees begruben sie einen der drei Männer, der ganz plötzlich während einer kurzen Rast zusammengebrochen war. Seine Tochter behauptete mit versteinertem Gesicht und fester Stimme, dass der Vater nie krank gewesen sei.

»Dann ist er am Krieg gestorben«, erwiderte die Frau, die als Einzige eine zerschlissene Wanderkarte dabeihatte und sie auch vage zu deuten wusste.

Sie entschied an jedem Morgen, welche Richtung der kleine Trupp einschlagen sollte, um schließlich nach Fulda zu gelangen. Es konnte nicht mehr weit sein.

Von Gotha waren es knapp einhundert Kilometer quer durch die Wälder. Sie mieden größere Straßen, um den Truppen nicht aufzufallen, die sich immer noch wie Krebsgeschwüre in ganz Thüringen ausbreiteten.

Auf Höfen, auf die sie stießen, bettelten sie um Brot, ein, zwei Eier, Milch oder etwas Gemüse, indem sie die Kinder vorschickten. Manchmal, wenn selbst die Kinder kein Mitleid mehr zu erwecken vermochten, setzten sie auf die Gier, und eine der Frauen zog verschämt einen Ring aus dem Beutel und hielt ihn mit ausgestreckter Hand hin. Dann drehte sie den Kopf rasch zur Seite, um nicht hinzusehen, wie die Bäuerin ihn einsteckte, als wäre er eine Zugabe wie ein Paar Schnürsenkel, nützlich, aber ohne viel Nutzen.

Gussy überlegte, ob ihnen irgendwann wohl auch die Perlenkette von Hermanns Mutter als Zahlungsmittel zum Überleben dienen müsste.

Am 9. August sahen sie von Weitem die Doppeltürme und die Kuppel des Doms zu Fulda, und alle jubelten.

»Hier sind die Amis.«

Mit diesen Worten versuchte die Anführerin der Truppe, alle zu beruhigen und gleichzeitig anzuspornen.

Einer der Männer machte eine wegwerfende Handbewegung. »Das haben Sie auch von Thüringen behauptet. Und was ist passiert?«

»Die Amis sind schon seit Ostersonnabend in Fulda!«

»Seit Ostern?«

Eine der jungen Frauen, die die Mutter von zwei der drei Kinder war, schien davon beeindruckt zu sein. Ostern war so weit weg wie eine Ewigkeit.

Gussy hielt vorsichtshalber den Mund. Sie wollte sich nicht einmischen. Was wusste sie schon?

Am Morgen vor dem Aufbruch schaute sie hastig auf die kurze Liste, die ihr Hermann zugesteckt hatte. *Fulda, Rathaus oder Bahnhof*, hatte er schnell hingekritzelt. Und natürlich *Rotes Kreuz*.

Hermann.

In den letzten Wochen hatte sie nur selten an ihn gedacht. Nun ließ sie den Gedanken vorsichtig wieder zu. Schließlich war er ihr Ehemann. Sie holte ihn aus ihrem Herzen heraus, wie man ein vergessenes Foto aus einer Schürzentasche zog, nachdem es in der Wäsche gelandet war. Es war zerknittert, leicht gewellt und fleckig, möglicherweise etwas verblasst und eingerissen, aber man konnte es wieder glatt streichen und notfalls vielleicht die eigene Erinnerung bei der Restaurierung zur Hilfe ziehen.

Als sie die völlig zerstörte Innenstadt Fuldas erreicht hatten, verabschiedete sich Gussy sogar ein wenig wehmütig von ihrer Hilfstruppe. Man war sich nicht wirklich wie Freunde ans Herz gewachsen, eher wie Misteln, deren Samen zufällig durch Vögel auf Bäume getragen wurden, bis sich dort zaghaft eine neue Pflanze entwickelt hatte.

Die Kinder drückte sie besonders fest. Sie schlangen ihre kurzen Arme um ihren mageren Körper und hielten sie einen Augenblick lang wie in der Schwebe.

Der Bahnhof lag genau wie die Gleise in Trümmern. Hier erübrigte sich ein Durchfragen nach anderen Flüchtlingen. Doch an der Mauer links neben dem Bahnhofsgelände klebten Hunderte von Zetteln, die nach Familienmitgliedern, Nachbarn, Freunden fahndeten. Sie gaben Auskunft über ihre Herkunft, Bombenangriffe, Fluchtwege und Erkennungsmerkmale. Ihre kryptischen Schilderungen ließen Tragödien und Katastrophen erahnen, die alle als gemeinsame Eigenschaft das Wort »vermisst« wählen ließen.

Ein Wort, das sich einbrannte und scheußlich schmerzte.

Gussy hatte sich auf die Zehenspitzen gestellt, um auch die Fetzen ganz oben an der Mauer entziffern zu können. Gab es ein System, nach dem sie geordnet waren? Ganz am Ende der Mauer entdeckte sie einen alten Mann, der einige Zettel abnahm und neue aufhängte. Auf ihn ging sie zu, stellte sich kurz vor und erzählte ihm, dass sie ihren Mann suche, der genau wie sie selbst auf der Flucht sei. Der Alte betrachtete sie wohlwollend und schob seine Schildkappe etwas weiter nach hinten.

»Sie sind nicht aus Fulda und Umgebung?«

Gussy schüttelte den Kopf. »Nein, ich bin aus Breslau in Schlesien.«

Er musterte sie nun genauer. »Da sind Sie aber ein weites Stück gekommen, junges Fräulein.«

Er warf einen Blick hinter sie. »Und ganz allein? Tapfer, tapfer. Hoffentlich sind Sie unbeschädigt.«

Er hatte ein freundliches Gesicht, fand Gussy. Früher wäre ihr möglicherweise das Wort »gütig« dafür eingefallen.

Doch Güte hatte sie in den vielen Wochen ihrer Flucht nicht mehr angetroffen, und sie konnte sie längst nicht mehr erkennen. Vielleicht war sie wie so vieles andere unter den Trümmern hier begraben? Gussy war fast ausschließlich auf Misstrauen und Berechnung gestoßen.

Gussy nahm sich ein Herz und redete weiter. Sie suche ihren Mann, einen ehemaligen Soldaten, der auch aus Breslau stamme, seit dem Winter habe sie ihn nicht mehr gesehen, und sie hätten Fulda als möglichen Treffpunkt ausgemacht.

»Kennen Sie denn jemanden hier?«

Wieder ein Kopfschütteln.

»Und warum dann Fulda?«

Gussy zuckte mit den Schultern.

»Es lag auf dem Weg.« Sie hatte kaum den Mut, es laut zu sagen.

Der Alte schaute sie erst erstaunt, dann leicht amüsiert an. »Auf dem Weg? So, so. Dann kommen Sie mal mit, Fräulein.«

»Frau Fink.«

Gussy hatte sich ein winziges Händchen voll Selbstbewusstsein geschöpft. Das bezog sie über die Anrede »Frau«.

Der Mann musterte sie noch einmal und führte sie dann zum Verschlag des Roten-Kreuz-Suchdienstes, der nicht weit entfernt lag und den zwei Baumstämme notdürftig daran hinderten, in sich selbst zusammenzufallen. Der Alte stellte sie zwei Frauen vor, die an einem dreibeinigen Tisch voller Kartons saßen. Darin steckten dicht aneinandergedrängt Zettel in unterschiedlichen Größen.

»Vielleicht finden Sie ja etwas in den Kartons für Schlesien.

Hier sind sie.« Eine der Frauen schob ihr lächelnd die entsprechenden Schuhkartons zu.

Gussy bedankte sich und fing an zu wühlen. Nach dem vierten Karton richtete sie sich auf und streckte den schmerzenden Rücken. Nichts hatte sie gefunden. Sie war rat- und mutlos – und den Tränen nahe. Die Frau merkte es und versuchte, ihr zu helfen.

»Sie kennen doch Ihren Mann«, sagte sie mit einer warmen, sicheren Stimme und leicht hessischem Akzent, der für Gussy neu war. In Thüringen hatten die Menschen noch anders geklungen. Sie fragte sich kurz, an welcher Stelle im Wald und auf den Wiesen der Sprung gewesen war, vom Thüringischen, das sie etwas ans Sächsische erinnerte, zum Hessischen.

»Wenn er in eine neue Stadt käme, wo würde Ihr Mann als Erstes hingehen?«

Gussy überlegte. Wahrscheinlich in eine Gaststätte, fiel ihr sofort ein, so gesellig wie Hermann war, aber das traute sie sich nicht zu sagen. Außerdem hatte sie im zerbombten Fulda bisher noch keine Gaststätte gesehen. Nur das Gasthaus zur Hinterburg in der Nähe des Doms, das völlig ausgebrannt gewesen war.

Das fiel also eindeutig weg.

»Was würde ihn denn reizen?«

Gussy überlegte noch einmal, und dann endlich hatte sie es.

»Er würde wahrscheinlich zu den Amerikanern gehen.«

Die Augenbrauen der Frau hoben sich.

»Als ehemaliger Wehrmachtssoldat? Das wäre keine so gute Idee, möchte ich meinen.«

Gussy musste lachen.

»Für Hermann, für meinen Mann, wäre das sicher kein Problem. Außerdem spricht er Englisch und könnte seine Hilfe anbieten. Ja, das sähe ganz nach ihm aus.«

Die Frau schaute skeptisch, stand aber auf und trat mit Gussy auf die halbverschüttete Kronhofstraße. Sie streckte den Arm aus, um ihr die Richtung zu zeigen.

»Da hinten, hinter dem Dom, da ist das Hauptquartier der 26. Infanteriedivision. Dort können Sie ja mal nachfragen, viel Glück!«

Damit drehte sie sich um und schlüpfte in den Verschlag zurück.

Gussy fragte sich durch. Die amerikanischen Soldaten, die ihr entgegenkamen, als sie das Hauptquartier betrat, schenkten ihr sofort Aufmerksamkeit und hielten ihr lachend die Türen auf.

»Hello, Fraulein«, schallte es ihr überall entgegen, und Gussy merkte, dass sie rot wurde.

Verschüchtert blickte sie zu Boden, bis sie in einen großen Saal gelangte, in dem viele Menschen in einer Schlange anstanden oder ungeduldig hin und her liefen.

Auch Frauen sah sie, die Büroarbeit verrichteten und sogar telefonierten. Es gab zwei schwarze Telefonapparate, wie Gussy erkennen konnte, und einer davon wurde von einer hochgewachsenen Rothaarigen in einer strengen Uniform benutzt, die sich eifrig Notizen machte, während sie sprach.

Englische Wörter flogen durch den Raum, und Gussy merkte auf der Stelle, wie sehr ihr das alles gefiel.

Es war für sie, als hätte sich ein Vorhang gehoben. Es schüchterte sie nicht ein, sondern schien wie eine Theaterbühne für sie ganz allein zu leuchten.

Ein uniformierter Mann mittleren Alters trat auf sie zu

und fragte sie in fließendem Deutsch, was sie wolle. Sie schilderte ihr Anliegen. Er runzelte die Stirn.

»Hermann Fink?«, fragte er.

Gussy nickte unsicher.

»Und Sie sind seine Ehefrau?«

Wieder nickte sie.

Er warf ihr einen langen, fragenden Blick zu, den sie nicht deuten konnte.

»Einen Moment, bitte.«

Der Mann verschwand, und Gussy schaute sich um. An einer Wand hatte man die amerikanische Fahne aufgehängt. Die kannte Gussy. Die mit den vielen Sternchen oben in der Ecke. Sie fand sie ganz hübsch, allerdings mochte sie auch die englische Flagge mit den rot-blauen Kreuzen. Und auch die sowjetische gefiel ihr sehr. Tiefrot mit Hammer und Sichel. Schon als Kind hatte sie mit ihren beiden Schwestern Topflappen gehäkelt, die wie die sowjetische Fahne aussahen. Ihr Vater August hatte das angeregt. Ihrer Mutter Erna war es egal gewesen. Topflappen ist Topflappen, sagte sie, Hauptsache, man verbrennt sich nicht die Finger.

Nur ein paar Nachbarn hatten komisch geguckt und getuschelt. Die hatten später als Erste die Fahne mit dem Hakenkreuz rausgehängt.

»Kommen Sie bitte mit, Frau Fink!«

Der Uniformierte geleitete sie durch einen Korridor, in dem wieder zahlreiche Menschen wartend herumstanden, bis zu einem kleinen Raum mit einem Tisch und zwei Stühlen. Der Mann verschwand und schloss ganz leise die Tür hinter sich.

Ein älterer Uniformierter mit einem Bauch, der Gussy an ein Sofakissen erinnerte, und einem weißgrauen Schnauzbart bat sie mit einer Handbewegung, sich zu setzen. Gussy gehorchte. Sie merkte, dass sie in keiner Weise nervös war. Ein wenig aufgeregt, ja, aber es war ihr nicht unwohl dabei.

Es stand für sie außer Frage, dass man ihren Mann hier kannte. Das beruhigte sie, und sie hätte sich niemals vorstellen können, dass Hermann etwas Unredliches getan hatte und man ihn eingesperrt hatte.

»Sie kennen meinen Mann, Hermann Fink?«

Es war Gussy, die das Gespräch eröffnete, die Worte sprudelten einfach aus ihr heraus, ohne dass sie etwas dagegen unternahm.

Der Mann, der sich als Oberst Pearse vorgestellt hatte, konnte ein Schmunzeln nicht unterdrücken.

»*The finch*, wie wir ihn hier nennen, war noch keine Woche bei uns, und schon kannten und mochten ihn alle. Sie haben einen außergewöhnlichen Gatten, Frau Fink.«

Gussy spürte, wie das Gesagte sie mit Stolz erfüllte. Sie hatte es gewusst.

»Kann ich ihn sehen? Ist er hier?«

Ihre Stimme klang fast zaghaft, als hätte man Hermann vor ihr weggeschlossen, um ihn ganz für sich zu haben.

Der Oberst lachte dröhnend.

»Er ist in Frankfurt, in unserem europäischen Headquarter. Eisenhower hat es vor drei Wochen von Reims nach Frankfurt am Main verlegt, und der Führungsstab hat sich *the finch* als Dolmetscher und Organisator unter den Nagel gerissen. Das sagt man doch so, oder?«

Wieder lachte er laut, sodass es in dem kahlen Raum hallte.

Gussy nickte unsicher. Der Mann stand auf und kam auf sie zu. Er blieb vor ihr stehen und schaute wohlwollend auf sie herab. Seine Nasenlöcher blähten sich fast wie die

Nüstern eines Gauls. Gussy musste schlucken. Nun wurde sie doch ein wenig nervös. Dieser Mann war ihr einfach zu laut, auch wenn er es gut meinte.

»Dass *the finch* auch noch ein wenig Jude ist, hat am Ende alle überzeugt. Keine Angst, kleine Frau. Hier weiß man über Sie Bescheid.«

Sie starrte ihn von unten her an.

»Über mich?«

Er nickte. Dann brüllte er durch den Raum und durch die geschlossene Tür.

»Sergeant Wilson!«

Sofort erschien ein junger Mann mit Pickeln im Gesicht, der anscheinend nur darauf gewartet hatte, hereingerufen zu werden.

Er salutierte und deutete Gussy gegenüber eine Verbeugung an.

»Das ist Mrs Fink«, sagte der andere. »*The finch* hat uns ja darüber informiert, dass seine Frau hier erwartet wird und dass sie sofort nach Frankfurt kommen soll, wenn sie auftaucht. Wann fährt der nächste Transporter nach Frankfurt?«

»In zwei Stunden, Sir.«

Pearse nickte, und ab jetzt sprachen die beiden Englisch, sodass Gussy nicht mehr folgen konnte. Als sie fertig waren, reichte der Oberst Gussy die Hand und stand erleichtert auf.

»Sie werden nun nach Frankfurt gebracht. Wir informieren in der Zwischenzeit Ihren Gatten. Er arbeitet für uns und ist entsprechend komfortabel untergebracht. Soweit irgendetwas in diesem *fucked up Germany* überhaupt als komfortabel bezeichnet werden kann. Haben Sie Gepäck?«

Gussy nickte. Einen Koffer. Der stehe draußen.

Pearse grinste breit.

»Und wo ist *grandad*? Beim Koffer?«

Gussy erblasste und bekam kein Wort heraus.

»*Grandad*?«, wisperte sie.

Der Oberst runzelte die Stirn und zog ungeduldig an der linken Spitze seines Schnäuzers.

»*The finch* erzählte uns, dass Sie mit seinem Vater auf der Flucht sind. Das stimmt doch, oder?«

Gussy nickte kaum wahrnehmbar.

»Und wo ist der Mann jetzt?«

»Ich habe ihn verloren«, flüsterte sie, als sie spürte, wie die Tränen in ihr aufstiegen.

Zwischen Fulda und Frankfurt am Main, 10. August 1945

Auf der Fahrt nach Frankfurt wechselten sich abgeerntete Felder, auf denen Kinder und Alte nach verfaulten Resten in der Erde wühlten, mit scheinbar verlassenen oder zerstörten Dörfern ab, deren zertrümmerte Fachwerkfassaden an eine längst vergessene, doch grausige Laienaufführung erinnerten.

Gussy rumpelte zum ersten Mal in ihrem Leben in einem echten Jeep über staubige Landstraßen und versuchte, alles was sie sah, in sich aufzunehmen. Sie wusste, dass sie diese Reise nie mehr wiederholen würde.

Man hatte sie zwischen einen dicken, rotgesichtigen Soldaten, der sich ihr mit einem Kinderlächeln als ein Sergeant MacIntosh vorgestellt hatte, und einen mageren Mann auf die Rückbank gezwängt, dem erstaunlich lange Haare wirr aus den Nasenlöchern herausragten. Er steckte ebenfalls in einer Uniform, hatte Gussy aber nur kühl angeschaut und starrte schon seit Fulda in die entgegengesetzte Richtung.

Der Rotgesichtige streckte wenigstens hin und wieder den Arm in Richtung eines Wäldchens mit müden Bäumen aus und raunte ihr »Scheen!« zu, was Gussy sofort zu einem lebhaften »Jawohl« und viel Kopfnicken animierte.

Einer der Sergeants in Fulda – Gussy konnte Pearse und Wilson rein vom Namen nicht auseinanderhalten – hatte ihr erneut versichert, dass man ihren Ehemann in Frankfurt telefonisch informiert hätte und dass Hermann sie sehnlichst in der großen Stadt am Main erwarte.

Hatte Hermann auch nur irgendetwas unternommen, um diese Sehnsucht abzukürzen?, fuhr es Gussy durch den Kopf, als man ihr galant half, in den Jeep zu klettern. Sie würde ihn danach fragen.

Den Gedanken, dass Hermann sie bei seiner Antwort auch anlügen könnte, schob sie beiseite.

Während dieser schaukligen Fahrt durch den östlichsten Teil des neuen Westens wurde Gussy einmal mehr klar, dass sie Hermann im Grunde nicht vermisst hatte. Sie hatte sich auf ihren Ehemann wie auf eine Krücke gestützt, wenn sie sich in feindseliger Umgebung mit »Frau Fink« vorstellte – aber vermisst?

Sie merkte, wie Tränen in ihr hochstiegen, als sie an Sergei dachte. So fühlte es sich an, wenn man jemanden vermisste. Etwas im Inneren verkrampfte sich und fühlte sich hart an. Im selben Moment ärgerte sie sich über den Kloß in ihrem Hals, der nicht schrumpfen wollte.

Gussy war froh, dass sie die Sprache der beiden Amerikaner nicht beherrschte. So konnte sie für sich bleiben, ohne unhöflich zu wirken. Auf diese Weise konnte sie grübeln und musste sich nicht verstecken.

Sie hatte Hermann nicht vermisst, sondern versteckt. Vor sich selbst versteckt.

War das unrecht?

Der Jeep holperte die Chaussee entlang und wirbelte feinen Staub auf. Eine schwefelgelbe, fast golden schimmernde Schicht hatte Gussys Tornister, den sie gegen den Koffer eingetauscht hatte, weil er handlicher war, überzogen. Sie balancierte ihn auf dem Schoß und hielt ihn mit beiden Händen fest.

Die eingestürzten Gehöfte und Dörfer, an denen sie vorbeirauschten, schienen in der Nachmittagssonne seidig zu glänzen.

War sie wirklich Hermann Finks Frau? Was sagte ein Versprechen in einem halbzerbombten provisorischen Standesamt in Breslau vor etwas über zwölf Monaten über ihre Gefühle aus? Liebte sie ihn überhaupt?

»Wenn man einen Mann heiratet, liebt man ihn auch. Irgendwann«, hatte sie ihre Mutter Erna einmal sagen hören.

»Wenn man respektiert werden will, muss man heiraten«, behauptete ihre Schwester Maria und erwähnte dabei nicht, dass das nur für Frauen galt.

»Wenn du gut versorgt sein willst und Kinder möchtest, hast du nur die Möglichkeit zu heiraten. Willst du etwa dein Leben lang allein bleiben?«

Das war Almas Stimme gewesen.

Sie waren auf die Hauptstraße eines Örtchens eingebogen, das keinen Namen trug. Zumindest hatte Gussy kein Schild am Ortseingang gesehen, den man kaum als solchen erkennen konnte.

Sie waren keine fünfzig Meter über Schlaglöcher geholpert, als ihnen eine Gruppe von Kindern zuwinkte und schreiend am Straßenrand hinterherrannte. MacIntosh griff auf der Stelle in die Innentasche seiner Uniformjacke und zog lächelnd einige dunkelgrau eingepackte Täfelchen heraus.

»*Candy*!« Sein braunkuppiger Zeigefinger wippte hin und her.

Der Jeep hielt an, als wäre es so ausgemacht, und die Kinder umringten erwartungsvoll den Wagen. Ein paar von ihnen warfen Gussy scheue, bittende Blicke zu, als gehöre sie dazu.

»Miss! *Pliies*!«

Es waren meist kleine Mädchen mit Zöpfen, die sich an sie wandten, während die Jungs bewundernd die Uniformen der Soldaten begutachteten. Der Rotgesichtige neben Gussy drückte ihr ein paar Tafeln in die Hand, damit sie sie verteilen konnte.

Gussy ergriff sie begeistert, und obwohl ihr selbst der Magen knurrte, reichte sie die Süßigkeiten an die Kinder weiter.

Ein sommersprossiges Mädchen ließ ihre Hand erst los, nachdem es ihr einen dicken Schmatz auf den Handrücken gedrückt hatte. Verblüfft zog Gussy die Hand zurück und suchte mit ihren Augen nach der kleinen Küsserin, die aber schon in der Menge verschwunden war.

So etwas war ihr noch nie passiert, aber Gussy musste zugeben, dass es ihr gefiel. Es fühlte sich einfach gut an, zu haben und geben zu können, in Zeiten, in denen die Menschen verhungerten.

In Gussys Kindheit hatten sie nie viel besessen, gerade genug, aber nie so viel, dass sie andere beschenken konnten. Nach dem Tod des Vaters hatte ihre Mutter sich durchgekämpft und Almosen, wie sie es nannte, annehmen müssen.

»Almosen sind das Schlimmste!«, hatte sie ihren Töchtern eingetrichtert. »Nie im Leben sollt ihr Almosen annehmen müssen, das hoffe ich für euch. Es raubt euch die Würde!«

Sie fuhren weiter, und Gussy musste schlucken.

»Die armen Kleinen.«

Zu ihrer großer Überraschung hatte sich der schweigsame Soldat mit den langen Nasenhaaren auf einmal zu ihr umgedreht und sie auf Deutsch angesprochen, das er fließend, mit einem amerikanischen Akzent zu beherrschen schien.

Gussy streckte ihren Rücken gerade, als hätte man sie bei unredlichen Gedanken ertappt.

»Ja«, stimmte sie ihm zu, »die Kinder haben nichts zu essen und auch eigentlich keine Kindheit in all den Trümmern.«

Er musterte sie mürrisch.

»Das meinte ich nicht. Was wird sein, wenn sie älter werden und erfahren, dass ihre Eltern und Großeltern Verbrecher waren. Wie will man damit leben?«

Der Soldat hatte sich wieder von ihr weggedreht, als erwartete er keine Antwort darauf.

Gussy dachte über seine Worte nach. Schließlich wusste sie, was sie darauf entgegnen wollte, doch ihr fehlte der Mut, es auszusprechen.

Denk dir deinen Teil, hörte sie in Gedanken wieder ihre Mutter, und sie folgte ihrem Rat. Das war das Sicherste.

Gussy fühlte sich müde und erschöpft, als sie in der Ferne ein paar zerborstene Türme in einem Meer von Trümmern erkennen konnte. War das ihr ersehntes Ziel? War das Frankfurt am Main?

Sie waren in der letzten Stunde immer wieder einem sich dahinschlängelnden Fluss gefolgt, schmaler als die Oder zu Hause in Breslau, gekrümmter als die Ohle, in die sie als Kind Steinchen geworfen hatte. Gussy liebte es, am Wasser zu sein.

»Oppa, Zinna, Hotzenplotz«, murmelte sie ganz leise, nur für sich. »Glatzer Neiße, Ohle, Lohe, Weistritz, Katzbach, Bober mit dem Queis.«

Das waren die Nebenflüsse der Oder, die sie im ersten Schuljahr hatten lernen müssen. Wieso kam ihr das gerade jetzt in den Sinn?

Die Fingerspitzen, mit denen sie den verstaubten Tornister in den letzten Stunden festgehalten hatte, wurden feucht. War sie nervös, Hermann gleich gegenüberzutreten?

Der dicke Soldat neben ihr sagte mit einem breiten, freundlichen Lächeln etwas Unverständliches. Vermutlich hatte er über Hermann gesprochen. Jeder schien ihren Mann zu kennen.

Das erfüllte Gussy mit einer Mischung aus Stolz und Zuversicht. Sie besaß keine Heimat mehr, die ihr Sicherheit und Zuflucht bieten konnte. Aber sie hatte immerhin einen Fixpunkt aus der alten Heimat hinüberretten können, jemanden, der sich in der neuen schon ein wenig auskannte und ihr die ersten Schritte hier erleichtern würde: Hermann Fink.

Gussy hatte das verstanden, und sie sollte sich glücklich schätzen. Wie viele Frauen in diesem Land hatten überhaupt niemanden mehr?

Ihr Blick fiel auf das Wasser, das unweit vorbeiströmte. Hauptsache, ein Fluss war in der Nähe. Alles andere würde sich finden.

Der Soldat neben ihr hob die Hand und zeigte auf die einzige Brücke, die nicht im grauen Wasser versunken war.

»Deutschörnbridge.«

Sie überquerten sie und fuhren auf einen Turm zu, der aus dem Trümmerfeld ragte.

»St. Paul's Church«, erklärte er Gussy.

»Das ist der Dom«, korrigierte ihn der Schweigsame.

Frankfurt lag zwar noch am Main, wie Gussy durch den Dunst feststellen konnte, aber ansonsten war nicht mehr viel davon übrig geblieben. Sie fuhr sich über den Kopf, um den Sitz ihrer Frisur zu überprüfen. Die störrischen, nicht mehr ganz sauberen dunklen Haare hatte sie mit zwei Kämmen zurückgesteckt.

Der Jeep hielt auf dem Römerberg, wo sich eine kleine Gruppe Uniformierter versammelt hatte, um sie zu empfangen.

Gussys Augen suchten die Männergruppe ab, und ja, da stand er.

Ohne Uniform natürlich, in einem schlichten, aber gut geschnittenen leichten Anzug mit einem schicken Hut. Natürlich, mit Hut. Hermann würde nie ohne Hut ausgehen, auch wenn alles in Schutt und Asche lag. In der Hand hielt er einen kleinen Strauß mit roten Rosen. Wo er die wohl wieder herhatte?

Schmal war er geworden, aber es stand ihm. Er wirkte unglaublich jung, fand Gussy, viel jünger, als sie ihn in Erinnerung hatte.

Der Fahrer half ihr beim Aussteigen, und sie ging langsam auf ihren Mann zu, der sich von der Empfangstruppe gelöst hatte. Die Rosen hatte er in Brusthöhe vor sich ausgestreckt, und er zwinkerte ihr zu – oder blinzelte er nur gegen die Sonne?

»Gussy!«

Hermann umarmte sie, und in dem Moment klatschten alle. Gussy fühlte sich wie in einem der vielen Liebesfilme, die sie so gern anschaute. Sie war tatsächlich diesmal die Heldin!

»Hip, hip, hooray!«

Die Amerikaner liebten diese Wiedersehensszene so sehr, dass einige sogar ihre Uniformkappen und Mützen in die Luft warfen. Hermann drückte seine Frau ganz fest, küsste sie kurz auf den Mund, überreichte ihr den Blumenstrauß und trat dann einen Schritt zurück.

»Ich kann es noch gar nicht glauben, du bist es wirklich, meine Gussy!«

Er hatte die Arme ausgebreitet. Gussy errötete auf der Stelle.

»Einen Moment, ich bin sofort zurück.«

Sie ließ den überraschten Hermann stehen und lief zum Jeep zurück, man hatte ihren Tornister bereits aufs Kopfsteinpflaster gestellt. Der Dünne mit den Nasenhaaren gab Anweisungen. Mit festen Schritten eilte sie zu ihm und zupfte ihn am Ärmel. Verblüfft wandte er sich ihr zu und schaute auf die zierliche Gussy herab.

»Wir sind nicht alle Verbrecher, Mister. Wir sind auch Menschen.«

Ohne eine Antwort abzuwarten, drehte sie sich um und ging in ihr neues Leben an Hermanns Seite.

Frankfurt am Main, 2. Februar 1947

Gussy hatte den graublauen irdenen Topf aus dem Keller gewuchtet und in den zweiten Stock getragen. Ein paarmal hatte sie absetzen und durchatmen müssen. Das Sauerkraut, das sie im Oktober aus drei großen weißen Kohlköpfen geschnitten hatte, die Hermann irgendwo ergattert hatte, und das sie in Schichten mit viel Salz dazwischen in das Steingut eingelegt und dann beschwert hatte, musste nun endlich genießbar sein. Drei, am besten jedoch vier Monate, sagte man, brauchte es, um durchzugären, als Fastnachtsgruß sozusagen.

Gussy freute sich schon. Sie liebte Saures. Seit ein paar Tagen hatte sie richtigen Heißhunger darauf. Und über einen der netten Amis hatte sie sogar »a Wörst« im Büro zugesteckt bekommen.

Gussy arbeitete seit einiger Zeit bei den Amerikanern im Hauptquartier im IG-Farben-Gebäude mitten in Frankfurt.

Zuerst war sie sich in der großen Stadt, die kaputt und abstoßend war, wie ein Fremdkörper vorgekommen. Immerhin war Frankfurt nicht ganz so zerstört wie Köln, wie es ihre Schwester ihr in einem Brief kürzlich geschildert hatte. Seit einiger Zeit funktionierte tatsächlich sogar die Post wieder. Die Frankfurter Innenstadt wies zwar viele Bombenkrater, Löcher und Trümmerhalden auf, ähnlich einem lückenhaften Gebiss, aber es war kein Niemandsland mit ein paar zufällig stehen gebliebenen Häusern wie die Hauptstadt Berlin.

Das hatte sie in der Wochenschau gesehen, die es mittlerweile in den sechs Lichtspielhäusern in Frankfurt gab. Und

Gussy liebte das Kino. Leider ging Hermann fast nie mit. Auf ihre Frage, warum nicht, hatte er nur schief gegrinst und dann erklärt, er würde nicht gern so lange schweigen müssen. Das hatte ihr eingeleuchtet. Hermann redete gern.

Doch ihr machte das nichts aus, die Filmschauspieler sprachen ja zu ihr. Wenn sie irgendwann einmal eine Tochter bekommen würde, dann wollte sie sie nach einer ihrer Lieblingsschauspielerinnen nennen. Vielleicht Hildegard, nach Hildegard Knef, oder Hannelore, nach Hannelore Schroth. Und obwohl sie auch Maria Schell mochte, würde sie sie bestimmt nicht Maria nennen, wegen ihrer ältesten Schwester. Obwohl sie Maria etwas lieber mochte als Alma.

Alma lebte nun mit ihrem Mann und den Kindern in Köln. Maria und ihren Otto hatte es mit den Kindern in die Nähe von Krefeld verschlagen, das war nicht weit weg von Köln. Bei Maria und Otto war auch ihre Mutter Erna untergebracht, provisorisch, wie es alle nannten. Bei dem Gedanken an die Mutter überkam Gussy sofort ein mulmiges Gefühl.

Sie schloss die Tür auf und trug das Gefäß vorsichtig in die düstere Küche. Es gab noch keine Fenster, sondern nur Fensterlöcher, die mit dicker Pappe zugenagelt waren.

Diese Wohnung hatten sie, ein Jahr nachdem sie in Frankfurt angekommen waren, beziehen können. Die Amerikaner hatten sie für sie organisiert. Sie hatten fast zweihundert Wohnungen konfisziert für *ihre Leute*, wie sie es ausdrückten. Die Bedingung war, dass sie die halbausgebombte Wohnung nur selbst wieder instand setzten. Wenn das einige Interessenten möglicherweise abgeschreckt hatte – Hermann nicht.

Hermann war ein Tausendsassa und konnte alles rasch auf die Beine stellen. Er hatte in kürzester Zeit einen kleinen erfahrenen Trupp an Bauleuten zusammengestellt, die im Tausch gegen Käse aus der Schweiz, Hering aus Schweden und Wolltuch (wo kam das denn wohl her?) aus Schutt und Steinen eine passable Dreizimmerwohnung, sogar mit kleinem Bad und Küche, bauten.

Die Tauschwaren bezog Hermann, wie er Gussy anvertraute, aus seinen fruchtbaren Kontakten im Radsport – dem hatte er sich nämlich gleich nach seiner Ankunft am Main gewidmet – und von den neuen Verbündeten, mit denen er eine unerschütterliche Freundschaft pflegte.

The finch war allseits beliebt und wurde mit Waren und Einladungen zu *parties* hofiert. Gussy und er litten in diesen Zeiten der Not keine, und Hermann ging meist allein zu den Festen.

Das war Gussy nicht unrecht. Sie saß dann zu Hause und wünschte sich Kinder.

Es gab immer genug zu essen trotz der mehr als mageren Zuteilungen, und Gussy war talentiert darin, aus der geringen Auswahl Köstliches zu zaubern. Nachdem man in Frankfurt kurz vor Weihnachten großzügig das Kuchenbackverbot aufgehoben hatte, backte sie sogar einen kleinen Strudel als Weihnachtsgruß für die Amerikaner in ihrem Büro.

Fast täglich lag sie Hermann in den Ohren damit, dass sie sich zu Hause langweile und auch etwas für das gemeinsame neue Leben beitragen wolle. Zunächst reagierte er ablehnend, bis er schließlich doch nachgab und Gussy fortan dreimal die Woche im Headquarter Briefe mit Bittstellungen und Anfragen an die Alliierten öffnen, lesen und vorsortieren durfte. Bald war sie, wie Hermann einmal süffisant bemerkte, im HQ noch beliebter als er.

»Und sie ist hübscher als du!«, rief ihm der leitende Oberst hinterher und lachte laut. Hermann, so schien es Gussy, war darüber nicht sehr amüsiert. Aber das zeigte er nicht nach außen. Gussy kam gut an, und das allein zählte.

Silvester waren sie zu einer *New Year Party* im HQ eingeladen. Es war für sie beide die erste große Feier seit Kriegsende.

Gussy war sehr aufgeregt und trug ein hellblaues Kleid, das sie sich aus einer zerschlissenen Tüllgardine und einem hellblauen Kittel genäht hatte. Den hatte sie von einer der Küchenmamsells aus der HQ-Kantine geschenkt bekommen, die tatsächlich etwas zugenommen hatte und nicht mehr hineinpasste. Ganz begeistert war sie über die Zunahme gewesen.

Gussy hatte die Perlenkette von Hermanns Mutter umgelegt. Sie trug einen Hauch Rouge und Lippenstift und weiße Abendhandschuhe, dazu Schuhe mit kleinen Absätzen, die sie sich ausgeborgt hatte. Und natürlich die nagelneuen Nylonstrümpfe, die unter dem kleinen Weihnachtstannenzweig mit dem Lametta gelegen hatten. Hermann war, wie er sagte, ganz stolz auf seine kleine Frau.

Aber offenbar nicht stolz genug, um sie nach Mitternacht im Tanzsaal mit den vielen silberbunten Girlanden und Wimpeln und den unzähligen kleinen Stars and Stripes, die man überall aufgehängt hatte, nicht sich selbst zu überlassen.

»Gussy, ich geh mit den Kollegen mal kurz an die Bar. Dauert nicht lang.« Damit war er in einem Pulk Uniformierter, die heute sogar Papierhütchen trugen, wie es in Deutschland zu Silvester üblich war, durch die Tür verschwunden. Das war vor mehr als einer Stunde gewesen.

Gussy musste schlucken. Sie fühlte sich hier in Frankfurt

nicht dazugehörig. Die Menschen sprachen einen fremden Dialekt und waren nicht immer nett zu ihr.

Oft wurde sie beim Anstehen für ihre wöchentliche Ration von 75 Gramm Butter und einem halben Ei gefragt, woher sie denn eigentlich käme und warum sie überhaupt in Frankfurt sei. Der Vorwurf in diesen Fragen war nicht zu überhören.

Sie hatten flüchten müssen, erklärte sie anfangs. Weil sie in Breslau nicht mehr wohnen durften und auch weil nicht mehr viel von Breslau übrig war, wo man hätte wohnen können. Da verzogen manche den Mund zu einem mitleidigen Lächeln.

»Und wegen der Russen natürlich.«

»Wegen der Russen?« Sie musste einen Moment überlegen. »Ja, natürlich.«

Die Welt war hier in Frankfurt in eine Russen- und in eine Amerikaner-Welt aufgeteilt. Auch wenn das Leben nach dem Krieg für alle einen Überlebenskampf darstellte, so hatte man am Main doch das untrügliche Gefühl, auf die angenehmere Seite der Geschichte gefallen zu sein.

Die Amerikaner, bei denen Gussy arbeitete, waren alle sehr nett und hilfsbereit ihr gegenüber. Nicht wie einige Frankfurter.

Für die Amerikaner war sie kein Flüchtling, sondern eine Deutsche wie alle anderen. Und da sie einen Narren an ihrem Ehemann gefressen hatten, wie Gussy es gern mit einer Prise Stolz ausdrückte, färbte das automatisch auf sie ab. Zumindest glaubte sie das. Dass sie selbst durch ihr Verhalten hier beliebt war, kam ihr nicht in den Sinn.

Außerdem mochten Amis schöne Frauen, hatte sie bemerkt. Sie flirteten heftig mit ihr, überschritten dabei jedoch nie die Grenze, was ihr ebenfalls gefiel.

Das Wiedersehen mit Hermann in Frankfurt am Main war zwar schön, aber nicht überwältigend gewesen. Wer weiß, was für eine dramatische Flucht-Geschichte Hermann ihnen aufgetischt hatte, überlegte Gussy. Mittlerweile kannte sie Hermanns Schwäche oder besser gesagt seine Stärke, was gute Geschichten betraf, die er gern zum Besten gab. »*The finch is a good show!*«, schwärmten die Amis. Am liebsten mit einem Gläschen in der Hand. Auf seine Gläschen-Gewohnheiten musste sie ein Auge haben, hatte sie sich vorgenommen.

Die Geschichte um das Verschwinden seines Vaters hatte sie ihm später unter Tränen geschildert. Selbstverständlich erwähnte sie dabei weder Sergei noch welche Rolle er dabei gespielt hatte.

Allerdings erzählte sie auf sein hartnäckiges Beharren hin, dass ihnen doch mit Sicherheit jemand geholfen habe, vage von einem sowjetischen Offizier, der sie aus Mitleid heimlich ein paar Tage mit Nahrung und Verbandszeug für den Vater unterstützte.

»Aus Mitleid?«, hatte Hermann damals skeptisch gefragt.

Die Musik im Festsaal hatte wieder eingesetzt. Die Band spielte eine mitreißende Nummer nach der anderen. Gussy nippte an ihrem Glas.

»Möchten Sie tanzen?«

Gussy schaute in das Gesicht eines ihr unbekannten amerikanischen Soldaten, der sie anstrahlte.

»Danke, aber ich warte auf meinen Mann.«

Sie versuchte, ihn höflich und gleichzeitig freundlich abzuwimmeln.

Er schaute sich um. »Den sehe ich hier nicht. Ich weiß,

Ihr Mann ist *the finch*, und der steht schon eine Weile an der Bar. Es schaut nicht so aus, als wollte er sich dort gleich von unserem General verabschieden.«

»Eisenhower?«

Gussy blieb der Mund offen stehen.

Der Mann lachte und schüttelte den Kopf.

»Nein, McNarney, der hat jetzt seinen Posten übernommen.«

Warum eigentlich nicht?, dachte Gussy eine Spur aufmüpfig. Warum sollte sie hier bei diesem Ball ganz allein in einer Ecke warten, bis ihr allseits geschätzter Ehemann sich wieder an seine Pflichten erinnerte und an ihrer Seite war, statt an der Bar festzukleben?

Sie stand auf und machte einen angedeuteten Knicks. »Ich habe mich anders entschieden. Ich tanze gern mit Ihnen.«

»Gestatten, Oberst Bloomberg. Doktor Bloomberg. Ich bin hier der Militärarzt.«

Er hielt ihr den Arm hin und führte sie zur Tanzfläche, wo ein temperamentvoller Swing gespielt wurde. Bald wechselte die zehnköpfige Band zu einem langsamen Walzer, und Gussy glaubte, fast zu schweben. Oberst Bloomberg war ein ausgezeichneter Tänzer, Hermann war nur mittelgut.

»Haben Sie eigentlich Kinder?«, fragte der Oberst nach einer Weile.

Gussy schüttelte bedauernd den Kopf.

»Nein, Hermann und ich haben uns erst im vorletzten Kriegsjahr kennengelernt und wollten in den unsicheren Zeiten damals bewusst keine Kinder. Und jetzt, wo ich gern welche hätte, da …« Sie brach ab.

»Ja? Ich möchte Ihnen nicht zu nahe treten, Mrs Fink.«

Gussy zögerte. Sollte sie ihm anvertrauen, dass Hermann keine Kinder wollte? Zumindest im Moment nicht, hatte er gesagt und mit ihrem widerwilligen, doch einvernehmlichen Schweigen für Verhütung gesorgt.

»Es hat noch nicht geklappt.« Damit war sie auf der sicheren Seite.

»Ach? Aber da gibt es doch heutzutage Möglichkeiten.«

»Möglichkeiten?«

Gussy schaute verwirrt. Wovon sprach der Amerikaner?

»Na ja, wir sind in den Staaten schon recht weit, was die Steigerung der Fruchtbarkeit durch hormonelle Stimulanz betrifft. Das heißt, Frauen die bisher schwer oder vielleicht gar nicht schwanger werden können, denen kann inzwischen geholfen werden. Frauen, die möglicherweise durch Kriegs- oder Nachkriegsereignisse unter Schock stehen. Wir sind da auf einem guten Weg.«

Er lächelte sie aufmunternd an. Gussy wäre im Boden versunken, wenn er kein Arzt gewesen wäre. Mit keinem Mann hätte sie so ein intimes Thema angeschnitten, aber als Arzt war er in ihren Augen ja kein richtiger Mann, zumindest während ihres medizinischen Gespräches nicht.

Gussy lächelte, als er sie zum Abschluss noch einmal herumwirbelte.

»Danke, Doktor Bloomberg. Das ist gut zu wissen. Aber ich denke, dass wir das nicht in Anspruch zu nehmen brauchen.«

Er verbeugte sich und schaute ihr in die Augen. »Gut. Aber Sie wissen, wo Sie mich finden.«

»Hier bist du? Und du amüsierst dich, wie man sieht, auch ohne mich prächtig.«

Plötzlich war Hermann wie aus dem Nichts aufgetaucht

und stand mit verschränkten Armen neben dem baumlangen Amerikaner. Er lächelte ein künstliches Lächeln, das Gussy mittlerweile schon kannte und nicht mochte. Sie fühlte sich auf einmal müde und ausgelaugt.

Bloomberg drehte sich zu Hermann. »Ihre bezaubernde Frau war ganz allein, und da habe ich mir ein Herz genommen und sie auf den Tanzboden entführt.«

Hermann nickte gönnerhaft.

»Ja, meine Gussy ist in der Tat bezaubernd.«

Er hatte nun einen Arm um ihre Schultern gelegt und drückte ihr einen weichen Kuss auf die Schläfe. Gussy hatte für den Bruchteil einer Sekunde das Gefühl, als würde er ihr wie einem Nutztier ein Brandzeichen aufdrücken, um die Besitzverhältnisse ein für alle Mal zu klären.

Woher kamen ihr solche absurden Gedanken?

»Sergeant Donohue fährt mit dem Jeep nach Praunheim und kann uns mitnehmen. Dann brauchen wir die lange Strecke durch die Eiseskälte nicht zu laufen, Gussy. Er wartet vorn an der Garderobe auf uns. Hat mich gefreut, Captain Bloomberg.«

»Mich auch.«

Gussy schenkte dem Mann ein Lächeln und winkte zaghaft.

Hermann zog sie eilig mit sich.

»Was hat der Doktor denn erzählt?«, erkundigte er sich ein paar Minuten später, als sie im offenen Jeep mit einer dünnen Decke über den Knien in eisigem Wind durch das nächtliche Frankfurt rasten.

»1947«, flüsterte Gussy andächtig. »Wer weiß, was dieses neue Jahr uns bringt.«

»Was hat er gesagt?«, schrie Hermann in die Nacht.

»Nichts.«

»Ich habe euch doch beobachtet. Ihr habt beim Tanzen viel geredet.«

»Wir haben über Kinder geredet, wenn du es genau wissen willst.«

Gussy hatte keine Lust, ihm irgendwelche Einzelheiten der Unterhaltung zu berichten.

»Über Kinder?«

Gussy schwieg. Sie spürte, dass ihn das überraschte. Doch Hermann bohrte weiter.

»Verstehe ich nicht. Was meinte er zu Kindern?«

»Gar nichts. Er fragte nur, ob wir Kinder hätten, was ich verneinte. Das war alles.«

Während Hermann offenbar noch überlegte, fuhren sie vor den Laubenganghäusern vor, wo sie im zweiten Stock ihre Wohnung hatten. Es war eins der Vorzeigewohnprojekte der Zwanzigerjahre gewesen, das während der Weimarer Republik internationale Architekturpreise eingeheimst hatte. Die grüne Umgebung ihrer neuen Wohnung versöhnte Gussy bisweilen mit dem ungeliebten Frankfurt.

Sie verabschiedeten sich von dem Sergeant, der mit einer Hand am Mützenschild salutierte und weiterbrauste.

Alles lag in Dunkelheit. Keine Straßenbeleuchtung, keine Autos. Das neue Jahr war kaum mehr als zwei Stunden alt, und eine eiskalte Stille hatte sich über die zertrümmerte Stadt gebreitet, die zum Flüstern und Sichverkriechen verleitete, und nicht zum Feiern, Knallen und Johlen.

Mit den Amerikanern hatten sie um Mitternacht im großen Festsaal im Kreis gestanden, sich über Kreuz an den Händen gehalten und *Auld Lang Syne* gesungen. Gussy hatte nur mitgesummt, da sie ja kein Englisch konnte. Woher Hermann den Text kannte, wusste sie nicht. Aber selbstverständlich kannte er ihn.

Dann wurde auf null heruntergezählt. Silvesterböller gab es keine, und Gussy war froh darüber. Nach den Bomben des grausamen Krieges, dem ohrenbetäubenden Pfeifen, Surren und Einschlagen wollte sie nie mehr in ihrem Leben einen Knall hören müssen.

Nie mehr in ihrem Leben, einem Leben, das nun wirklich vor ihr lag, hier am Main. Nicht mehr an der Oder.

Eigentlich hatten sie erst seit ihrem Wiedersehen begonnen, sich wirklich kennenzulernen. Es war das erste Mal, dass sie zusammenlebten und sich gegenseitig ihre Eigenschaften und Eigenheiten präsentieren konnten, und das rund um die Uhr. Eine tägliche Herausforderung mit vielen Überraschungen, die nicht nur angenehm waren.

Das war, wie Gussy wusste, in allen Kriegsehen so, wobei sie und Hermann noch Glück gehabt hatten, denn die meisten der im Krieg Getrauten würden noch etliche Jahre warten müssen, bis sie endlich als Paar zusammenleben konnten. Hunderttausende Männer befanden sich noch in Gefangenschaft.

Viele Eheleute waren sich danach nicht fremd geworden, sondern fremd geblieben, da sie keine Werbe- und Brautzeit miteinander erleben konnten, in der sich beide Partner behutsam hätten näherkommen können. Die Ehen, die zur Stunde null begannen, waren oft von Unverständnis, Misstrauen und Zweifeln geprägt. Dabei hatte ein Großteil der in den letzten Kriegsmonaten geschlossenen Lebensgemeinschaften Hoffnung, Überlebenswillen und Optimismus als Trauzeugen aufgeboten.

Es schien Gussy, als wären diese Ehen wie in der Vogelhochzeit geschlossen worden, mit Statisten, die lediglich ihre Rollen spielten, statt mit Menschen, die von Freunden zu Lebenspartnern wurden.

Hermann sperrte hinter ihnen ab und ließ den Schlüssel im Schloss stecken.

»Vielleicht sollten wir das doch in Angriff nehmen.«

Gussy machte ein fragendes Gesicht und zog ihren Pelzmantel aus, den Hermann ihr kurz vor Wintereinbruch mitgebracht hatte.

»Den wollte keiner, der war übrig«, hatte er ihr damals zwinkernd zugeraunt, und sie wollte es gern glauben, obwohl es ihr unangenehm war.

Gussy hängte den Mantel vorsichtig über einen Bügel an den Haken im Entrée.

»Wovon redest du?« Sie wollte nur noch ins Bett.

Hermann hielt sie behutsam fest und lächelte. Das Hermann-Fink-Grübchen-Lächeln.

»Na, Kinder, Gussy. Du wolltest doch immer welche, oder?«

Gussys müde Augen begannen zu blitzen. Sie traute ihren Ohren nicht.

»Wirklich? Hermann, meinst du das wirklich?«

Sofort war sie wieder hellwach.

»Ja, wir nehmen das sofort in Angriff. Kein Aufschub. Bester Vorsatz fürs neue Jahr.«

Sie genierte sich ein kleines bisschen, als er sie umarmte und sanft ins Schlafzimmer schob.

Frankfurt am Main, 13. Dezember 1948

»Es tut mir sehr leid, Frau Fink, Ihnen das so unverblümt mitteilen zu müssen, aber Sie sind unfruchtbar. Sie haben in den Monaten nach der Katastrophe wohl keinen Eisprung mehr gehabt. Als junge, sonst gesunde Frau ist das sehr ungewöhnlich, es sei denn, wie in Ihrem Fall, es ist die direkte Folge eines Schocks, unter dem Sie seitdem stehen.«

Das hatte ihr der Arzt nach der Untersuchung mitgeteilt ... als direkte Folge eines Schocks ...

Gussy würde es nie in ihrem Leben vergessen.

Der Polizist wartete im Laubengang vor der Tür und ließ seinen Helm von einer Hand in die andere wandern.

»Kommen Sie doch herein, mein Mann ist sicher bei Ihnen in der Zentrale, wenn Sie ihn sprechen wollen. Sie sind leider umsonst gekommen.«

Gussy war sehr blass und hielt dem Schutzmann die Tür auf.

Er nickte, trat die schweren Schuhe auf der Fußmatte ab und kam erleichtert in die Wohnung. Draußen stürmte es schon seit Stunden, und der schwere Regen peitschte auch über den Laubengang hinweg an die Türen und Fenster. Der Mann zögerte in dem kleinen Flur.

»Frau Fink, eigentlich wollte ich zu Ihnen.«

Gussy schaute überrascht auf. Sofort verdunkelte sich ihr Gesicht.

»Ist etwas passiert?«

Als er nicht sofort antwortete, wiederholte sie ihre Frage und legte, wie um ihren Worten Nachdruck zu verleihen, fast bittend ihre Hand auf den Unterarm des Polizisten. Er ließ es geschehen. Es war ihm anzumerken, dass er sich zwingen musste, das zu sagen, was er zu sagen hatte. Auch Gussy merkte es.

»Bitte, sagen Sie mir, was geschehen ist!«

Aber sie wusste es, sie ahnte es.

Der Schutzmann, der sonst wohl im nahen Praunheim den Verkehr regelte, schluckte.

»Ihr Sohn Peter ist heute Morgen im Elisabethen-Krankenhaus verstorben. Es tut mir so leid.«

Gussy schrie auf und fiel gegen den Mann, der sie blitzschnell auffing und behutsam zur Couch geleitete, wo er sie sicher hinsetzte.

Gussy war in Tränen ausgebrochen. Es waren stille Tränen, die unaufhörlich über ihr Gesicht flossen. Sie schluchzte nicht, ihr Körper bebte nicht, sie saß fast unbeweglich und ganz still da, während die Bäche über ihre Wangen strömten.

»Ich hole Ihnen ein Taschentuch, wenn Sie mir sagen, wo Sie sie aufbewahren.«

Der Mann fühlte sich offenbar hilflos, auch wenn das hier nicht das erste Mal war, dass er Nachrichten überbringen musste, die Menschen vor Verzweiflung und Schmerz zum Zusammenbruch brachten.

Gussy reagierte nicht.

Vor fünf Wochen hatte sie ihr Kind zur Welt gebracht. Es war eine problemlose Schwangerschaft gewesen, genau wie die Geburt, die zwar schmerzhafte zweiundzwanzig Stunden dauerte, aber ohne Komplikationen verlief.

Gussy war unendlich glücklich gewesen. Hermann hielt

seinen Sohn kurz, aber stolz auf dem Arm, bevor er ihn wie eine zerbrechliche Vase an die Schwester zurückreichte.

Peter war schwarzhaarig, zierlich, und da er knapp drei Wochen zu früh auf die Welt gekommen war, etwas untergewichtig. Sonst, so hatten die Ärzte festgestellt, war er jedoch gesund und normal entwickelt.

»Alles dran!«, sagte Hermann lachend auf die Nachfragen und Glückwünsche der neuen Kollegen in der Polizeizentrale.

Hermann war kurz nach Beginn von Gussys Schwangerschaft ins Sittendezernat der Frankfurter Polizei gewechselt. Die Amerikaner waren sehr enttäuscht darüber gewesen, ihren *finch* so plötzlich zu verlieren, der zur Sitte geflogen war.

Das bekam Gussy mit, die bis zum sechsten Monat noch bei den Amis im Büro saß und Anfragen sortierte. Dann drängte Hermann auch sie aufzuhören. Sie würde genug damit zu tun haben, sich auf die Mutterschaft vorzubereiten, und Gussy musste ihm recht geben.

Alles für die Ankunft eines neuen Erdenbürgers vorzubereiten war schon zu normalen Zeiten ein größeres Unterfangen gewesen, es stellte in der unmittelbaren Nachkriegszeit, nach einem extrem harten Winter jedoch eine schier unlösbare Aufgabe dar. Es sei denn, man verfügte über gute Verbindungen und einflussreiche Bekanntschaften wie Hermann Fink.

Hermann hatte keinerlei Skrupel, sein Organisationstalent und seine Nase für »allfällige Gefälligkeiten«, wie er es gern nannte, zum Vorteil seiner kleinen, sich gerade vergrößernden Familie einzusetzen.

Und Gussy freute sich, statt nachzufragen, wo die kunstvoll geschnitzte Wiege denn plötzlich herkam und wer die weiße Erstausstattung aus gutem Leinen und feiner Baumwolle – Vorkriegsware – wohl vorher getragen hatte.

Selbst ein liebevoll besticktes Steckkissen für die Taufe hatte Hermann aufgetrieben. Und den beigen Korbwagen, der eines Tages vor der Wohnungstür im Laubengang parkte. Als Peter auf die Welt kam, fehlte es an nichts, außer dem Vater.

Der brachte Gussy mit Wehen ins Elisabethen-Krankenhaus in Hausen und suchte dann die nächste Gaststätte auf, um die Aufregung, wie er allen anderen Gästen bereitwillig mitteilte, mit einem Bier hinunterzuspülen. Das war eine in Männerkreisen verbreitete Angewohnheit, mit der Hermann in zahlreicher Gesellschaft war. Da er, wie er betonte, ja doch nicht helfen könne – werdende Väter waren im Kreißsaal nicht zugelassen –, spülte er lange nach, denn die Aufregung kam immer wieder hoch.

Doch als nach fast einem Tag und einer Nacht Peter Gustav August Fink in Frankfurt am Main das Licht der Welt erblickte, blieb der Vater des neuen Erdenbürgers leider bedauerlicherweise verschwunden beziehungsweise unauffindbar. Erst einen halben Tag später tauchte Hermann bleich um die Nase und schwach im Magen wieder auf, mit einem großen Rosenstrauß in der Hand. Die Schwestern auf der Station staunten und bekamen Konfekt von ihm überreicht.

Für Gussy hatte er außer den Rosen Malzbier und eine Schachtel frische Eier aufgetrieben, damit man ihr im Krankenhaus den bewährten Stärkungscocktail für frischgebackene Mütter mischen konnte: Malzbier mit Eigelb und Zucker. Das war angeblich gut für die Kraft und die Seelenstärke und ein Wundermittel für die Muttermilch, die ja nun bald kommen würde.

»Ich muss dringend Hermann benachrichtigen«, sagte Gussy leise, »und wären Sie so nett und bringen mich dann bitte ins Krankenhaus?«

Der Schutzmann nickte und räusperte sich.

»Frau Fink, Ihr Mann weiß bereits Bescheid. Er bat mich, zu Ihnen zu fahren.«

Gussy starrte ihn an. Warum war Hermann nicht selbst zu ihr gekommen? Das hätte doch nahegelegen. Sie hätten gemeinsam weinen können. Sie hätten sich gegenseitig halten und stützen können.

»Ist er etwa zu beschäftigt?«

Der Polizist wich aus.

»Kommen Sie, Frau Fink, und ziehen Sie sich bitte den Mantel über. Draußen ist es nass und kalt. Ich bringe Sie ins Elisabethen zu Ihrem Kind.«

Gussy hielt inne, nachdem sie in den rechten Ärmel geschlüpft war.

»Zu meinem toten Kind«, korrigierte sie den Schutzmann.

»Meinen Sie, ich kann jemals wieder Kinder bekommen, Herr Doktor?«, fragte Gussy ihren Arzt.

»Nun, Sie sind eine gesunde, junge Frau, die immer noch unter Schock steht. Woran genau ist der Säugling denn gestorben?«

»Es war Mangelernährung und ein Darminfekt. Ich hatte keine Milch, und er nahm die Ersatznahrung nur sehr schlecht an. Er konnte sie nicht bei sich behalten. Deshalb mussten wir ihn von Anfang an im Krankenhaus lassen. Die

Ärzte sagten uns, dass er nur dort eine Überlebenschance habe.«

»Er hat es leider nicht geschafft. Ich weiß, das muss schwer für Sie und Ihren Mann sein, aber es ist kein Einzelfall, so kurz nach dem Krieg. Viele Säuglinge sterben in den ersten Wochen nach der Geburt. Aber wenn Sie und Ihr Mann sich einig sind, gibt es auch für Sie eine neue Chance auf ein Kind. Was sagt denn Ihr Mann dazu?«

Hermann sagte nichts. Wenn Gussy über Peter und ihren Verlust reden wollte, wechselte er rasch das Thema, schwieg und verschwand.

Gussy blieb allein mit ihrem toten Kind. Aber das erwähnte sie nicht in der Sprechstunde.

Sie wartete ein weiteres Jahr, ob ihre Blutung zurückkehren würde. Aber sie kam nicht. Hermann sprach nie mehr über Kinder, und Gussy ahnte, dass er im Grunde erleichtert war, dass sie keine Familie gegründet hatten, auch wenn ihm der Verlust des Säuglings sicher nicht egal war und er ihn auf seine Weise betrauerte.

Da er wusste, dass sie keine Periode mehr bekam, brauchte er auch nicht zu verhüten. Das war eine Sorge und Verantwortung weniger.

Eines Tages, im Winter 1950, griff Gussy zum Telefonhörer und wählte eine Nummer, die sie kannte. Sie hatte sie an jenem Silvesterabend vor drei Jahren aufgeschrieben.

»Ja.« Sie druckste herum und wollte schon wieder auflegen.

»Hi, this is Dr Bloomberg's surgery. Can I help you?«

»Doktor Bloomberg, hier ist Augusta Fink. Erinnern Sie sich noch an mich?«

Tannenwarm

Ich kann mich nicht mehr genau daran erinnern, wann mich meine Mutter zum ersten Mal zu diesem Ort mitgenommen hat. Mein Bruder Volker war bereits auf der Welt, das war klar, und ich ging Mutti schon bis zum Ellbogen.

Sie hatte mich fest an die Hand genommen und ein quietschendes eisernes Tor aufgestoßen, durch das wir beide gingen und das sie sorgfältig hinter uns schloss.

Als ich ihr danach wieder die Hand gab, hatte ich das Gefühl, dass nun ich sie an die Hand genommen hatte und nicht umgekehrt.

Es war kalt und sehr windig an dem Tag, und meine Mutter hielt einen Strauß aus Tannenzweigen in der anderen Hand.

Ich war noch nie zuvor hier gewesen. Wir waren erst mit der Straßenbahn gefahren und dann ein ganzes Stück gelaufen.

Es schien mir zuerst wie ein hübscher Park mit Bäumen und Wiesen, aber nachdem wir ein paar Minuten über die schmalen Wege mit den winzigen hellen Steinen gelaufen waren, merkte ich, dass es gar kein Park war, wie der bei uns in der Nähe, wo es einen Spielplatz mit Sandkasten und Schaukeln und Bänken gab, mit Rosen und Tulpen und Dahlien, die ich am meisten mochte.

Hier, in diesem Park, gab es keine Blumenwiesen, auch wenn es schon Herbst war und nur noch wenige Wochen bis Weihnachten dauern würde, wie meine Mutter mir erzählt hatte.

Statt Blumen sah man überall Kreuze. Aber möglicherweise gab man die hier als Blumen aus.

Mutti hatte auf meine Frage, wohin wir gehen würden, schon beim Abschließen der Wohnung verraten, dass wir jemanden besuchen würden.

Ich schaute mich verstohlen um. Wer würde hier auf uns warten?

Meine Mutter sagte kein Wort, und ich trippelte brav und gleichzeitig ziemlich neugierig neben ihr her.

»Das ist aber ein komischer Park«, wagte ich irgendwann anzumerken, nachdem wir auf einen noch schmaleren Weg eingebogen waren, an dessen Rand ganz kleine Kreuze standen, die wie Spielzeugkreuze aussahen.

Das Kreuz, das wusste ich, hatte etwas mit dem Herrn Jesus zu tun, der auch ab und zu bei uns mit am Tisch saß.

»Das ist ein Friedhof, Evchen.«

Muttis Stimme klang etwas merkwürdig, fiel mir auf. Fremd und auch ein wenig verrutscht, als wäre sie traurig. Meine Mutter war sonst immer guter Laune und brachte mich oft zum Lachen. Da klang ihre Stimme anders.

Ich drehte meinen Kopf in alle Richtungen.

»Fried« sagte mir nichts, aber von »Höfen« verstand ich etwas. Bei uns hinter dem Haus gab es sie massenhaft, und man konnte wunderbar Verstecken darin spielen.

»Sieht aber nicht aus wie ein Hof. Sieht aus wie ein Ort, an dem man genau aufpasst, dass man nichts vergisst.«

Meine Mutter blieb kurz stehen und drehte sich fragend zu mir um.

»Was denn vergessen?«

Ich zuckte mit den Schultern.

»Weiß ich nicht. Aber auf den Kreuzen und auf den Steinen

hier sind überall Namen und Zahlen eingeritzt wie geheime Botschaften, und alles ist so schön in einer Reihe geordnet, und dann kommt schon die nächste Reihe mit all den Kreuzen und Zeichen darauf. Das macht man doch nur, wenn man nichts vergessen will.«

Meine Mutter schaute mich einen Moment lang nachdenklich an und zog mich dann weiter.

Am Ende des Wegs blieb sie plötzlich stehen und senkte den Kopf. Ein kleines dunkelbraunes Holzkreuz stand hinter einem Stückchen Erde, auf dem man ein Büschel mit grauen Blüten eingegraben hatte. Wenn man genau hinschaute, konnte man erkennen, dass sie früher einmal rot gewesen waren.

Meine Mutter legte den Bund Tannenzweige, den sie mitgebracht hatte, neben sich und kauerte sich vor dem kleinen Kreuz auf den Boden.

»Was ist das für Erde, Mutti, mit den alten Blumen? Und warum halten wir hier an?«

Mutti zog ein Schäufelchen aus der Manteltasche hervor und grub das graue Büschel aus.

»Das ist ein Grab, Eva. Hier liegt dein Bruder Peter begraben.«

Sie sprach, als würde sie mir aus einem Buch vorlesen.

»Peter? Ich habe einen Bruder, der Peter heißt?«

Ich kannte nur Volker. Niemand bei uns hatte je von einem Peter gesprochen. Ich ging neben meiner Mutter in die Knie und starrte sie entsetzt von der Seite her an.

»Was ist mit ihm passiert?«

Meine Mutter erklärte mir, dass er gestorben sei, schon als ganz kleines Kind.

»Aber wie kann man denn sterben, wenn man noch so

klein ist, ohne vorher groß zu werden? Geht das überhaupt?«

Das ging mir nicht in den Kopf. Das mit dem Sterben war mir bekannt, weil wir bei einem Ausflug in den Wald mal ein totes Vögelchen gefunden hatten, das wir dann, wie Vati vorschlug, im Waldboden begruben, damit es in Ruhe schlafen könne und nicht gestört würde. Dann starb auch noch unsere Nachbarin Frau Bunnendörfer. Ich wusste also Bescheid.

Sterben bedeutete wie bei dem Vögelchen, nie mehr fliegen oder andere Sachen nicht mehr machen zu können. Mit der Betonung auf »nicht mehr«.

Sterben fand ich, wenn ich ganz ehrlich war, nicht gut, und die Tatsache, dass man auf einmal nicht mehr da war, verstörte mich und war ziemlich schwer zu fassen für mich.

Ich konnte mir nicht vorstellen, wie das gehen könnte, aber die Eltern hatten mir versucht zu erklären, dass es mit dem Tod schon seine Richtigkeit habe und dass alles einen Anfang und ein Ende habe, auch wir.

Ich wollte wissen, ob wir dann auch so wie das tote Vögelchen vor uns hin modern würden, und die Eltern sagten vorsichtig, dass das möglicherweise so sein könnte und dass es deshalb besser sei, in der Erde vergraben zu werden. Das leuchtete mir ein.

»Ist Peter gestorben, bevor er sprechen konnte?«

Mutti nickte und drehte ihr Gesicht weg.

»Bevor er laufen konnte?«

Wieder nickte sie, ohne ein Wort zu sagen.

»Wissen das die anderen?«

Meine Mutter schaute mich an, als hätte sie mich nicht verstanden.

Ich wurde etwas ungeduldig.

»Na, dass er gestorben ist, bevor er reden und laufen konnte, bevor er überhaupt etwas machen konnte. Das ist doch nicht fair.«

Das Wort kannte ich seit Neuestem, ich hatte es beim »Schwarzen Peter« gelernt, als man mich beim Schummeln erwischte.

»Ich meine, Vati und Oma. Wissen die das von Peter, dass er hier in der kalten Erde liegt und vorher nie richtig etwas machen konnte?«

Oma Erna erwähnte ich, weil sie eine kurze Zeit bei uns gewohnt hatte, bis sich alle zerstritten hatten, und ich konnte mich noch ein bisschen an sie erinnern. Nicht, dass ich sie vermisst hätte. Ich war erleichtert, dass sie weg war. Ohne zu sterben, meine ich.

Meine Mutter nickte. »Selbstverständlich.«

Da stand ich auf und verschränkte meine Arme.

»Und warum redet niemand von ihm? Nicht nur vor mir nicht, sondern überhaupt nicht?«

Ich wusste, ich klang jetzt etwas böse, aber ich verstand es nicht. Es wollte einfach nicht in meinen Kopf.

»Erst ist er tot, bevor er irgendwas machen kann, weder auf den Spielplatz gehen noch mit einer Ritterburg spielen oder Nudeln essen, und dann redet ihr nicht mehr von ihm. Dabei hätte er das doch wirklich verdient.«

Meine Mutter nickte wieder, ohne etwas zu sagen, und legte, während sie ebenfalls aufstand, den Arm um mich.

»Möchtest du ihn mit den Tannenzweigen, die wir mitgebracht haben, zudecken?«

Jetzt nickte ich, und meine Mutter reichte mir die Tannenzweige. Vorsichtig legte ich sie auf das Grab, bis alles davon bedeckt war.

»Damit du es schön warm hast, bevor es schneit, Peterle«, sagte ich.

Ich zögerte einen Moment und drehte mich zu ihr.

»Deshalb magst du das Lied vom lieben Peterle nicht, hab ich recht?«

Da brach meine Mutter in Tränen aus, und ich hielt sie ganz fest. Es dauerte sehr lange, bis sie aufhörte zu weinen und wir nach Hause gingen.

Köln, 11. September 1963

Gussy war schon am Freitagvormittag in der Stadtbücherei ganz nervös gewesen. Zweimal hatte Frau Krieger mit einem nachsichtigen Lächeln ein Buch zurückgebracht, das anscheinend nicht aufmerksam genug von ihr überprüft worden war, ehe es danach wieder frisch ausgegeben wurde. Einmal hatte sie ein Eselsohr, ein anderes Mal sogar ein Stück schmieriges Butterbrotpapier als Lesezeichen zwischen den Seiten gefunden.

»Oh«, machte Gussy und hielt sich beschämt die Hand vor den Mund. »Das muss ich übersehen haben, Frau Krieger, das tut mir sehr leid.«

Frau Krieger wischte Gussys Unachtsamkeit mit einem »ach, das ist doch nicht schlimm« unter den Tisch und kehrte zu ihren Regalen zurück.

Gussys Ablenkung war der Tatsache geschuldet, dass Wim de Jong sich kurzfristig für den Abend angekündigt hatte.

Ohne Mam, wie er in dem kurzen Brief betont hatte, der ihr vor zwei Tagen ins Haus geflattert war. Er bat sie, ganz kurz per R-Gespräch bei ihm im Büro anzurufen, um zu besprechen, ob ihr das genehm sei oder nicht.

»Was will er denn hier?«, hatte Eva mit einem Grinsen gefragt, als Gussy ihr den Inhalt des Briefes knapp geschildert hatte. Eva klang durchaus wohlwollend.

»Keine Ahnung.« Gussy hatte mit den schmalen Schultern gezuckt und sich mit dem Zeigefinger an die Unterlippe getippt.

»Habt ihr euch in Holland eigentlich geküsst?«

Gussy starrte, statt ihre Tochter anzusehen, ins Leere. Es kam keine Antwort.

»Habt ihr, Mutti?«, insistierte Eva.

Gussy blickte plötzlich auf, als wäre sie aus einer Art Trance erwacht.

»Das weiß ich nicht genau«, entgegnete sie schließlich.

»Das verstehe ich nicht, Mutti.«

»Ich auch nicht.«

Die kleine und die große Frau Fink schauten sich ratlos an und fügten nichts mehr hinzu.

»Vielleicht kommt er ja deshalb vorbei, um es noch mal klarzustellen, sodass ihr es beide versteht«, schlug Eva vor.

»Hm, vielleicht.« Gussy klang unsicher.

Am Abend, so war es ausgemacht, sollten Eva und Volker allein zu Hause bleiben, alt genug waren sie ja, um keinen Unsinn anzustellen. Sie durften ausnahmsweise sogar fernsehen.

So hatte Gussy die Möglichkeit, ungestört mit Wim de Jong zu reden. Sie wollten zuerst einen kleinen Spaziergang im Stadtwald unternehmen und dann im Haus am See, wo die bessere Kölner Gesellschaft gern einkehrte, gepflegt zu Abend essen, wie es so schön hieß.

Gussy merkte, wie ihre sonst staubtrockenen Handflächen feucht wurden, je näher die Verabredung mit Wim rückte. Schließlich verabschiedete sie sich um 14 Uhr von den Kollegen, lief aufgeregt nach Hause, zog sich dreimal um und schlüpfte dann etwas atemlos in ihr »Zeitungskleid«, das immer wieder gute Dienste leistete, wenn Gussy nicht wusste, was sie anziehen sollte. Das schwarzweiße Kleid erinnerte sie immer ein bisschen an Paris, obwohl sie noch nie dort gewesen war. Dazu schwarze halbhohe Pumps. *Voilà.*

Kurz vor sechs Uhr abends klingelte es, und Eva und Volker freuten sich über die Geschenke, die der Holländer für die Kinder mitgebracht hatte.

Ein Matchbox-Auto für Volker – tatsächlich ein DAF – und für Eva ein englisches Buch über Beatgruppen. Eva war ganz aus dem Häuschen und konnte ihre Mutter und den holländischen Verehrer gar nicht schnell genug durch die Tür winken, um sich ganz dem Buch widmen zu können.

Obwohl es sich um einen milden vorherbstlichen Tag handelte, waren nur wenige Menschen im Stadtwald unterwegs, was Gussy sehr recht war. Hier, an diesem beliebten Ausflugsort im Kölner Westen, hätten durchaus Bekannte, Nachbarn oder Kollegen ihren Weg kreuzen können.

Was wiederum zu einer Variante von »Was die jetzt wohl denken?« hätte führen können. Aber wenn sie es sich ehrlich überlegte, war es ihr diesmal gründlich egal, was die Passanten dachten, im Gegenteil, es wäre ihr sogar recht gewesen, wenn man sie mit diesem gut aussehenden, eleganten Mann zusammen gesehen hätte. Möglicherweise würde man sie jetzt häufiger in seiner Begleitung sehen. Es sei denn, sie würden schnell heiraten und nach Holland ziehen.

Auch das war Gussy schon durch den Kopf gegangen, doch was würde das für die Kinder bedeuten? Gussy wusste, dass das alles nur Tagträume waren, aber man durfte doch mal träumen, oder?

Eva war ja auf dem Gymnasium, und obwohl sie offenbar eine Begabung für Sprachen hatte, würde ein Umzug ins Nachbarland womöglich einen schulischen Rückschlag für sie mit sich bringen.

Volker, der eher technisch interessiert war, stand kurz vor dem Wechsel in eine weiterführende Schule. Bei ihm wäre eine solche Veränderung aus anderen Gründen nicht viel besser.

Aber wenn aus dieser Beziehung tatsächlich mehr würde, wäre es klar, dass sie alle in die Niederlande würden ziehen müssen.

Wim war Geschäftsführer einer angesehenen Firma in Utrecht, und selbstverständlich zieht eine Frau zu ihrem Mann und nie umgekehrt. Auch in Utrecht gab es schließlich Stadtbüchereien, auch wenn die Bücher auf Holländisch waren.

Am besten erst einmal alles auf sich zukommen lassen. Reiß dich zusammen, Gussy, dachte sie und schob den Traum beiseite.

Gussy atmete durch und wartete ab, wie Wim die Unterhaltung eröffnen würde. Sie war der Ansicht, dass es ihr nicht anstand, ihn durch Fragen zu bedrängen.

Nachdem beide fast fünf Minuten schweigend nebeneinander hergelaufen waren, blieben sie in der Nähe der Schwaneninsel am Seeufer stehen. Die goldene Herbstsonne war schon zur Hälfte in das schlierige Wasser getaucht und zauberte einen letzten warmen Glanz auf das Laub der Kastanienbäume hinter ihnen, deren pralle stachlige Früchte bereits von den Ästen fielen.

Gussy wollte gerade nach der langen Stille zwischen ihnen endlich fragen, wie es der Mutter gehe, als er um ihre Hand anhielt.

Sie wusste nicht, was sie entgegnen sollte. Es kam wie ein Donnerschlag. Es freute sie, ja, es war wie im Traum, wie die Erfüllung eines Traums, da gab es nichts einzuwenden. Aber irgendetwas hielt sie zurück. Irgendetwas fehlte. Gussy schwieg und sah ihn an.

Nach ein paar Sekunden des Zögerns ergriff de Jong schließlich ihre Hand.

»Gussy, du brauchst nicht sofort zu antworten, lass dir Zeit. Vielleicht willst du es ja mit den Kindern besprechen. Das verstehe ich voll und ganz. Sie wären auch davon betroffen.«

Gussy wand sich. »Ja, es kommt etwas überraschend für mich, Wim. Damit habe ich nicht gerechnet.«

Er ließ ihre Hand los und ging langsam weiter am Ufer entlang. Sie folgte ihm verwirrt.

»Ich weiß, Gussy«, sagte er mehr zu sich als zu ihr.

Auch er nannte sie Gussy, und Gussy fand, dass er ihren Namen sehr schön aussprach, etwas kehlig, holländisch eben.

»Wir haben uns ja noch nicht einmal …« Sie brach ab.

Er blieb abrupt stehen. »Geküsst? Meinst du das?«

Gussy nickte vorsichtig und wusste nicht, ob sie jetzt näher zu ihm treten oder ob sie abwarten sollte, was er als Nächstes tun würde.

Er hielt seinen Kopf gesenkt.

»Ich bin nicht der große Küsser, weißt du.« Er klang jetzt entmutigt, was sie ein wenig wunderte, denn sie hatte ihn ja nicht abgewiesen, ganz im Gegenteil.

»Ich bin auch nicht die große Küsserin«, erwiderte sie, trat kühn an ihn heran, stellte sich auf die Zehenspitzen und wartete, bis er sich zu ihr herunterbeugte, was er auch umgehend tat. Dann gab sie ihm mit geschlossenen Lippen und geschlossenen Augen einen Kuss auf seinen ebenfalls geschlossenen Mund. Darüber mussten beide lachen. Er nahm sie jetzt fester bei der Hand, und sie liefen weiter.

»Weißt du«, Gussy war plötzlich aufgekratzt und mutig,

»weißt du, was ich damals dachte im Remagener Hof, als wir bei deiner Mam saßen und du plötzlich aufgetaucht bist?«

Gussy hatte auf einmal das Gefühl, sie könne ihm fast alles offenbaren, vielleicht sogar irgendwann einmal das mit *krestny* und Sergei, das sie während ihrer Ehe tief in sich verschlossen gehalten hatte. Das entsetzliche Missverständnis, das ihr ganzes Leben damals in den ersten Wochen nach dem Krieg hätte verändern können.

»Nein, erzähl es mir.«

Auch Wim war nun offenbar leichter zumute. Seine Gesichtszüge waren im Gegensatz zu vor ein paar Minuten ganz entspannt, und seine Augen lachten.

»Ich dachte, oh Gott, was wird dieser Mann jetzt denken?«

Wim schaute sie belustigt an. »Und was hätte ich denken können?«

»Na, dass ich mit meinen Kindern als Tarnung ältere Damen anspreche, auf der Suche nach einem neuen Ehemann!«

Beide lachten laut und lange, besonders Wim.

»Das dachtest du wirklich? So ein Unsinn! Wenn überhaupt, war es andersherum.«

Gussy hörte auf zu lachen und runzelte die Stirn. »Wieso? Was meinst du mit andersherum?«

Wim hatte ein Taschentuch aus der Jackettasche gezogen und rieb sich die Augen.

»Vielleicht war ja meine Mam auf der Suche nach einer geeigneten tollen Ehefrau für ihren Sohn?«

Gussy lächelte ihn unsicher an. »Und? War sie das?«

Sie waren nun ganz in der Nähe des idyllisch gelegenen Restaurants direkt am See angekommen. Wim sah sie treuherzig an.

»Natürlich nicht. Da habe ich schließlich auch noch ein Wörtchen mitzureden. Aber Mam hat es in der Vergangenheit immer wieder versucht.«

»Was hat sie versucht?«

Wim schaute belustigt. »Mich an die Frau zu bringen, was sonst?«

»Aber warum? Du bist doch ein attraktiver Mann, Wim.«

Er lächelte wieder.

»Danke. Aber schließlich bin ich vierundvierzig, da wird es langsam Zeit, meint Mam.«

Gussy war wieder stehen geblieben. Gedanken rasten ihr durch den Kopf.

»Willst du damit sagen, deine Mam hat mich dir vorgeschlagen?«

Er schüttelte entrüstet den Kopf wie ein Schuljunge, der bei einem Streich ertappt worden war.

»Natürlich nicht. Das konnte ich doch selbst sehen, dass du eine wunderbare Frau bist. Nein, sie hat mich, wie sagt man, nur angestupst, mir einen kleinen aufmunternden Klaps gegeben. Wie Mütter es manchmal tun.«

Er hielt ihr die Glastür zum Restaurant auf und wandte sich in dem stilvoll eingedeckten Raum an den Oberkellner, der sie zu einem Tisch direkt am Fenster führte. Der Kellner überreichte Gussy die Karte.

»Die Küche empfiehlt heute das Cordon bleu vom Kalb oder das Schweinefilet Madame Pompadour.«

Gussy schwirrte der Kopf. Sie versuchte in Windeseile, alle losen Fäden miteinander zu verweben, die sie seit Ostern über Wim de Jong gesammelt hatte, um ein zusammenhängendes Ganzes zu bekommen.

»Magst du Meerestiere?«

Er lächelte sie wieder auf seine ungezwungene, jungenhafte Art an, die sie von Anfang an als höchst anziehend empfunden hatte. Sie nickte und grübelte weiter.

»Dann schlage ich vor, wir nehmen beide den Krabbensalat mit Melba-Toast.«

Gussy nickte wieder, aber in Gedanken war sie ganz woanders. Wie sehr hatte sie es geschätzt, dass er nie Körperteile von ihr unverschämt und offen angestarrt hatte, wie so viele Männer es taten.

Aus Respekt, aus Schüchternheit oder …

»Und was möchtest du als Hauptgang?«

Sie zuckte die Schultern. »Entscheide du, ich mag alles.«

Sie musste jetzt klar denken. Die Szene in ihrer Küche am Ostermontag tauchte wieder vor ihr auf. Was hatte er auf ihre Frage, ob er genau wie sie geschieden sei, geantwortet?

»Ein Glas Wein dazu?« Er warf ihr einen aufmunternden Blick zu.

Gussy schüttelte den Kopf. »Nein danke, ich trinke keinen Alkohol. Mein geschiedener Mann hat genug für uns beide getrunken.«

Wim hatte leicht die Augenbrauen gehoben und lächelte.

»Ich verstehe. Ich selbst trinke nur sehr selten. Aber vielleicht haben wir heute ja einen Grund anzustoßen? Dann mit einem Glas Sekt?«

Wieder sein Lächeln. Sie musste sich Klarheit verschaffen, ohne ihm zu nahe zu treten.

»Wim …«

»Was darf ich den Herrschaften bringen?«

Der Oberkellner war, ohne dass sie es bemerkt hatte, an ihren Tisch gekommen, um die Bestellung aufzunehmen.

Wim gab sie souverän auf und bestellte für Gussy das Cordon bleu, das sowieso ihr heimlicher Favorit gewesen war.

Cordon bleu war immer ein kulinarischer Traum von ihr gewesen, ein Versprechen, von dem sie glaubte, dass es sich nie für sie einlösen würde, da es außerhalb ihrer Möglichkeiten lag.

Nun war es Wirklichkeit geworden. Nun lag es tatsächlich im Rahmen ihrer Möglichkeiten. Ein sicheres Leben an der Seite eines redlichen, verlässlichen, noch dazu beruflich erfolgreichen Mannes lag mit einem Mal in ihrer Reichweite. Und es war ein Mann, den ihre Kinder auch noch mochten. Gussy glaubte zu träumen.

»Wim, warum hast du nie geheiratet?«

Er warf ihr einen Blick zu. Er schien abzuwägen, wie er antworten sollte. Schließlich hatte er sich entschieden.

»Die richtige Frau war wohl noch nicht dabei, Gussy.«

Gussy nahm all ihren Mut zusammen und beugte sich zu ihm hinüber, obwohl der Abstand der Tische zu groß war, um ein Gespräch am Nebentisch mitzuhören.

»Oder ist eine Frau einfach nicht das Richtige?«

Sie hatte es ausgesprochen und merkte, wie sie danach die Luft anhielt.

Eine leichte Röte überzog auf der Stelle sein Gesicht.

»Ich weiß nicht, was du meinst, Gussy. Ich bin Holländer und habe das eben nicht richtig verstanden.«

Gussy wusste nun, dass sie ins Schwarze getroffen hatte.

Sie schwiegen beide während des ganzen Essens, das Gussy nicht in der Lage war zu genießen.

Vom Krabbensalat kostete sie zwei Löffelchen voll. Er war wohl köstlich, aber Gussy hatte jeglichen Geschmackssinn von einem Moment auf den anderen eingebüßt.

Das Cordon bleu kam und verschwand fast unberührt. Das Gericht, das mehr als jedes andere Wohlstand, einen Hauch von Luxus und Weltläufigkeit für Gussy repräsentierte, war nicht imstande, ihren Widerwillen gegen alles Ess- und Genießbare, der sie plötzlich überkommen hatte, aufzulösen.

Sie konnte nichts mehr schlucken.

Wim de Jong zahlte mit einem großzügigen Trinkgeld, das den Kellner offenbar verblüffte, der von einem Holländer wohl nicht viel erwartet hatte.

Es war bereits dunkel, als sie zum Wagen zurückkehrten, und Wim half Gussy beim Einsteigen.

»Wim.«

Bevor er den Wagen starten konnte, hatte Gussy endlich das Wort ergriffen. Sie hatte ihre linke Hand ausgestreckt und auf seine gelegt, als er den Zündschlüssel drehen wollte.

»Warum möchtest du mich trotzdem heiraten?«

Stille trat ein, die lange währte.

Dann erzählte er ihr von den neugierigen Nachbarn und Kollegen, die sich hinter seinem Rücken das Maul zerrissen, vom Wunsch seiner Mutter, dass er endlich eine Familie hätte, die er vorzeigen konnte.

Ja, er habe sich seiner Mam schon vor Jahren anvertraut, und sie habe immer zu ihm gestanden unter der Voraussetzung, dass man es gemeinsam geheim halte. Die gesellschaftliche Ächtung wäre zu groß gewesen, und es war in den Niederlanden auch gegen das Gesetz. Er berichtete von versteckten Ausflügen ins ferne Amsterdam, wo ihn niemand kannte, von versuchter Erpressung und seinen Ängsten vor Entdeckung, die ihn jeden einzelnen Tag quälten.

Dann drehte er sich im Dunkeln zu ihr, und sie sah seine

Gesichtszüge nur schemenhaft, aber sie hörte seine warme, angenehme Stimme. Dass er sie und die Kinder aufrichtig möge, ja sehr lieb gewonnen habe, dass er trotz seiner Neigung einer Familie Stabilität, Verlässlichkeit und Freundschaft bieten könne und auch eine gewisse Portion Wohlstand, was zwar nicht wichtig, aber doch in diesen Zeiten sicher beruhigend sei. Dass er ihr eine Form von Liebe und auch Nähe bieten könne, die zwar kein körperliches Begehren einschließe, aber manchen Frauen sei gerade dieser Teil der Liebe ja nicht so wichtig. Er habe den Eindruck gewonnen, dass Gussy zu ihnen gehöre. Aber möglicherweise habe er sich da auch getäuscht.

»Nein, das hast du nicht«, unterbrach sie ihn schnell.

Das sei, was er ihr bieten könne, ohne Wenn und Aber. Sie solle sich genug Zeit nehmen, um in Ruhe unter Abwägung aller Aspekte eine Entscheidung zu fällen.

Er nahm im Dunkeln ihre beiden Hände, führte sie an seine Lippen und küsste sie.

»Ich bin sehr froh und erleichtert, dass du jetzt alles weißt.«

Gussy nickte ihm zu. Tränen stiegen wieder in ihr auf, und sie musste heftig schlucken.

»Ja, das bin ich auch. Ich werde über alles nachdenken.«

Sie ergriff seine Hände und drückte sie fest.

Am Fuß der blauen Hosen

Ich weiß gar nicht mehr, wer genau damals mit den Texashosen anfing. Auf einmal flüsterten einige der Mädchen der Untersekunda auf dem Schulhof, das sei der allerneueste Schrei, man müsse sich nur trauen. Bei dem Geschäft »Link Berufskleidung« am Alter Markt könne man tatsächlich waschechte Texashosen erstehen.

In dem alteingesessenen Laden im Schatten des Doms kauften sonst Zimmerleute ihre Hosen und Hüte, breitkrempige schwarze Sombreros und Flatterhosen mit zwei schimmernden Reißverschlüssen. Ärzte erstanden dort propere Kittel, in denen sie später blitzsauber an Menschen herumschnippelten. Metzger versorgten sich mit abwaschbaren Schürzen, Bäcker und Köche mit hohen weißen Toques, und eines Tages betraten auch Beate und ich etwas schüchtern den vollgestopften, hohen Verkaufsraum, in dem uns der Geruch von weichem, gut gelüftetem Tuch umfing, der uns auf der Stelle kühn und schwindelig machte. Mich zumindest. Beate reagierte bei solchen Dingen immer eine Spur zurückhaltender.

Wir waren gerade in die Untertertia versetzt worden und hatten im Jahr zuvor zu meinem großen Missfallen begonnen, lateinische Vokabeln zu pauken, daher verspürte ich den Drang, mich abzulenken und den Ablativ vorübergehend aus meinem Leben zu verdrängen.

»Kann ich den jungen Damen weiterhelfen?«

Ein geschniegelter Mann in einem dünn gewebten, fliegenden Kittel hatte uns sofort angesprochen. Seine rasierte Kurzhaarfrisur war auffällig unmodern.

Ich nickte.

»Ja, wir möchten uns Texashosen anschauen. Bitte«, setzte ich vorsichtshalber hinzu.

»Wir führen Levis und Wrangler.«

Er sprach die exotischen Namen ein bisschen wie *Läwwiss* und *auswringen* aus.

»Welche darf ich Ihnen zeigen?«

Er sagte tatsächlich Sie zu uns. Wir waren vierzehn und erst kurz nach Ostern konfirmiert worden.

»Texashosen«, murmelte ich trotzig und bestand darauf.

Er warf uns einen prüfenden Blick zu. Hatte ich etwas Falsches gesagt? Ich versuchte, souverän aufzutreten, was mir nicht so richtig gelang, das spürte ich genau.

Ich strich mir das dünne Haar zurück. Seit Neuestem trug ich es in der Mitte gescheitelt und ließ es unbändig wachsen. Meine Mutter war davon gar nicht begeistert. Es war bereits weit über beide Ohrläppchen gekrochen, und ich wusch es jeden zweiten Tag, damit es nach mehr aussah. Bald würde es mir auf die Schultern fallen. Ich konnte das kaum erwarten und schüttelte es dauernd und heftig. Zwischendurch, wenn ich mich unbeobachtet fühlte, zog ich sogar daran. Das sollte helfen, hatte ich auf dem Schulhof gehört. Man hörte viel auf dem Schulhof eines Gymnasiums.

»Dann gehen Sie bitte nach unten in den Kellerraum. Hinter die Ausstattung für Schornsteinfeger.«

Schornsteinfeger?

»Dort wird Ihnen meine Kollegin weiterhelfen.«

»Danke.«

Beate und ich hatten bewusst unsere Steghosen aus Lycra

angezogen, was unsere Weltläufigkeit und unseren Hang zur Moderne unterstreichen sollte. Darüber trugen wir maschinengestrickte dickmaschige Strickjacken, ich in Rosa, Beate in Hellblau, die zwar für diesen milden Junitag viel zu warm waren, aber das Rebellische in uns unterstreichen sollten. Um den Hals hatten wir ein buntes Tüchlein geknotet. Wir waren überzeugt davon, dass wir vom modischen Standpunkt her das Nonplusultra darstellten.

Im Keller sahen wir sie beide gleichzeitig. Ein Exemplar Texashosen hing weithin sichtbar und dunkelblau an einem großen Schrank und schien uns sirenenhaft zuzuwinken.

»Da sind sie!«

Wir flogen darauf zu und fassten sie auf der Stelle an. Der Stoff war schwer und rau, grob gewebt und wunderbar. So etwas hatte ich noch nie zuvor zwischen meinen Fingern gespürt, und ich musste mich zügeln, nicht meine Nase daran zu halten und zu schnuppern.

Die Verkäuferin, eine ältere feine Dame in Bluse, mit Dutt und Hornbrille bog um die Ecke und steuerte auf uns zu.

»Das sind die *Liehweiß*«, verkündete sie. »Aus bestem Zwirn. *Bluhschienz*.«

Sie lächelte reserviert und ein bisschen säuerlich, wie es Tante Alma manchmal tat, und nahm die Hose mit dem Bügel, über dem sie hing, vom Schrank. Sie hielt sie uns triumphierend hin, und wir staunten respektvoll.

Da war er. Vorne, mittendrin. Der Reißverschluss. Vorne. Kein Vertun.

»Das traue ich mich nicht«, hörte ich Beates unterdrücktes Flüstern neben mir. »Du etwa?«

Zugegeben, ich musste schlucken.

Ich nickte, sprechen konnte ich nicht in diesem Moment. Ich hielt den Arm ausgestreckt.

»Darf ich sie mal anprobieren?«, fragte ich schließlich mit matter Stimme.

Die Verkäuferin reichte mir die Texashose behutsam, als wäre sie aus dünnem Glas und sehr wertvoll.

»Die Größe müsste ungefähr stimmen. Dahinten ist eine Umkleidekabine für Herren, aber da ist ja gerade niemand.«

Ich verschwand mit der Hose dort, wo sich normalerweise Schornsteinfeger und Klempner entkleideten. Es roch etwas komisch, nicht wie bei Frauen. Ich ignorierte es und streifte mir blitzschnell die Steghose ab, um in die Texashose zu schlüpfen.

Und dann war ich so weit und musste es tun. Das allererste Mal in meinem Leben.

Ich musste den Reißverschluss hochziehen, und zwar vorn. Ein blanker Metallknopf unterstützte die Mechanik, und ich knöpfte ihn kurz über meinem Nabel zu. Dann zog ich langsam den Zipper über die groben silbrigen Zähnchen nach oben. Sie wirkten in meinen Augen fast gefährlich. Aber was sein musste, musste sein. Ratsch. Er hielt. Ich hatte es nicht anders gewollt. Es war unglaublich.

Wer eine Texashose wollte, der musste auch den Reißverschluss vorn tragen.

Das war eigentlich für Mädchen verboten. Meine Steghose aus Lycra in Dunkelrot hatte wie alle Hosen für weibliche Wesen den Reißverschluss an der rechten Seite. Eine Hose vorn zu öffnen oder zu schließen war für Mädchen und Frauen verpönt.

Schließlich endete der für alle sichtbare Reißverschluss in einer berüchtigten und tabuisierten weiblichen Körperzone, an einem unauffindbaren, unaussprechlichen Ort der weiblichen Physiognomie.

Man würde mit Fingern auf mich zeigen. Darauf musste ich gefasst sein.

»Zeig mal.«

Beate konnte es kaum erwarten, mich zu sehen. Ich zog den Vorhang beiseite und drehte mich erwartungsvoll zu ihr um. Dabei hielt ich selbstverständlich die Luft an.

»Boahhh!«

Wir kicherten minutenlang, vermutlich um uns weiterhin Mut zu machen.

»Käme das infrage?«

Die strenge Dame war wieder zu uns getreten. Noch bevor ich ihr antworten konnte, hatte sie zwei Finger sachkundig in den Taillenbund geschoben.

»Ja, von der Weite her ist sie oben genau richtig. Und sie sitzt perfekt.« Sie strich mir sachkundig über den Po.

Das merkte ich selbst, obwohl ich mich mit Texashosen nicht auskannte. Aber dass sie ganz anders als meine Lycra-Hose mit dem seitlichen Reißverschluss saß, spürte ich auf der Stelle.

Ich schaute noch einmal an mir herunter.

»Nur ist sie zu lang.«

An mir war fast alles zu lang. Ich hatte schon mit dreizehn aufgehört zu wachsen und musste mich mit dem Ergebnis abfinden.

»Das kann man richten lassen, gegen einen kleinen Aufpreis.«

»Das kann auch meine Mutter richten«, entgegnete ich. Der kleine Aufpreis kam natürlich nicht infrage, aber das Wort »richten« sagte mir in dem Zusammenhang sehr zu.

Da ergriff Beate das Wort. Sie hatte sich an die Verkäuferin gewandt.

»Kaufen viele Mädchen solche Hosen?«

Die Frau überlegte kurz und zog dann scharf die Luft ein.

»Nun, sagen wir einmal so – es werden immer mehr. Wir führen diese Arbeitshosen ja schon länger. Sie sind ein Direktimport aus den Vereinigten Staaten von Amerika.«

An der Stelle verstummte sie einen Moment, damit das gebührlich auf uns wirken konnte. Beate und ich tauschten pflichtgemäß beeindruckte Blicke.

»Früher fragten nur Bauarbeiter danach, manchmal jemand aus der Landwirtschaft. Die hatten den Tipp dann meistens von den Engländern, dass diese Hosen unverwüstlich sind. Aber seit es diese Fernsehsendung gibt, die immer am Sonntagnachmittag läuft … mit diesen *Kaubois* …«

»Slim und Jess!«, riefen Beate und ich wie aus der Pistole geschossen. *»Am Fuß der blauen Berge von Lärimie …«*

»Genau.« Die Frau nickte zustimmend. »Und seither kommen immer mehr. Aber auch dieser Hüftwackler trägt sie.«

Elvis mochten wir nicht. Der war unmodern.

Sie merkte es und setzte sofort neu an. »Und mehr und mehr Mädchen wie ihr.«

»Aber dafür muss man mutig sein«, wagte ich einzuwerfen.

Jetzt schüttelte sie energisch den Kopf. »Nicht, wie ihr denkt.«

Ich hatte die Texashose schon wieder abgestreift und sie wehmütig der Verkäuferin zurückgegeben. Ich zog meine Lycra-Hose hoch und seufzte.

»Man kann sie auch tragen, ohne dass die anderen etwas vom Reißverschluss merken«, fuhr sie fort.

Die Frau säte grob gewebte Rebellion in mein Hirn und wusste es.

Sie gab mir dunkeltintenblaue Flügel, die schwer wogen und die mich trotzdem zum Schweben bringen konnten. Kurz, diese feine ältere Dame war erstaunlicherweise der kesse Tuch-Teufel, den ich dringend brauchte.

In meinem roten herzförmigen Portemonnaie waren die Scheine eingewickelt. Ich hatte sie von den Nachbarn bekommen, die mir weder Pralinen, die ich nicht mochte, noch Aussteuer, die ich nicht zu schätzen wusste, sondern tatsächlich so etwas Nützliches wie Geld zur Konfirmation geschenkt hatten.

Ich hatte nie nachhaltigere neununddreißig Mark angelegt. Stolz und schwungvoll trug ich die Tüte mit der Aufschrift »Link, Berufskleidung« nach Hause, und – ich schwöre es – dabei schwebte ich fast am Dom vorbei.

Die blauen Hosen hatten eine mutige Besitzerin gefunden, die den verstaubten Konventionen trotzte und frech die Freiheit einforderte, den Reißverschluss sichtbar für alle Augen mitten auf dem Bauch bis zum Schoß zu tragen.

Nun ja, wenn ich ehrlich bin, trug ich meine Texashose ab diesem Zeitpunkt zwar täglich, zog aber meinen langen schwarzen Pullover immer bis weit über den Po, sodass man den Verschluss vorn gar nicht erkennen konnte. Aber ich wusste um ihn, und Beate auch, was zunächst reichte. Ich war mutig und frivol, aber niemand bekam es mit. Kein Mitschüler, kein Lehrer und keine Nachbarin.

Meine Mutter und Volker wussten selbstverständlich Bescheid.

Muttis Kommentar war: »Dir muss es gefallen«, und Volker bewunderte mich sogar ein kleines bisschen. Allerdings erkundigte er sich, ob ich jetzt anders pullern würde als früher, was ich erstaunt verneinte. Auf welche Ideen kleine Brüder manchmal kamen …

Meine Mutter hatte sich seit ein paar Monaten ein wenig mit Frau Bautz angefreundet, die aus dem Osten aus der Nähe von Berlin stammte und genau wie sie geschieden war. Sie hatte auch zwei Kinder, aber kleiner, als wir es waren, und besaß, wie Mutti sagte, ein großes Herz. Eigentlich fand meine Mutter Freundschaften, wie ich sie mit Beate führte, überflüssig. Sie hielt sie für Kinder schön, aber für Erwachsene unnötig und trügerisch, denn sie würden fast immer in Streit, Missgunst und Ausnutzung enden.

Diese Erkenntnis hatte sie, da war ich mir sicher, von ihrer Mutter Erna und ihren beiden Schwestern, die ebenfalls Freundschaften grundsätzlich ablehnten.

Die Einstellung brachte meine Mutter ziemlich in die Bredouille. Seit dem Ereignis an Pfingsten vor mehr als einem Jahr, als ihre Mutter und ihre Schwester sie belogen hatten, hatte sie sich von ihnen zurückgezogen, was ich sehr begrüßte.

Seither erschienen wir nur noch an Geburtstagen und kurz nach Weihnachten bei Oma, Tante Alma und Onkel Hubert. Die Stimmung war dann immer eisig, aber mir war das egal.

Keiner dort fragte sie jemals wieder nach den Holländern, und wir gaben auch nichts über sie preis.

So hatte meine Mutter außer Volker und mir niemanden mehr in der Familie. Unsere frühere Nachbarin Frau Kaminski kam gelegentlich zu Besuch, lachte wie immer viel, und irgendwann lernte meine Mutter Frau Bautz kennen, die in der Stadtbücherei putzte.

Von Frau Bautz konnte meine Mutter allerhand lernen: dass man sich wehren darf, dass man sich als Frau – und besonders als alleinstehende – nicht alles bieten lassen muss, dass man auch mal recht haben kann, dass Zahnprothesen auch gut sitzen können, dass der Klügere nicht immer nachgibt und dass man nicht dumm ist, nur weil man keinen Mann hat. Ja, dass man unter Umständen genau deshalb keinen Mann hat.

Frau Bautz mit ihren Kindern Bibi und Bodo – sie liebte offenbar den Buchstaben B – wurde Muttis neue Freundin, und das war gut, weil ich irgendwann beschloss, das Geheimnis des Reißverschlusses tatsächlich zu lüften und endlich zu meiner rebellischen Tat zu stehen, und zwar radikal, mit allen Konsequenzen.

Meine Haare hatten mittlerweile meine Schultern erreicht, als ich meine Hose zum ersten Mal öffentlich auf dem Schulhof zeigte und den Pullover nicht mehr als Deckmantel für die Sünde benutzte.

Meine Mutter wurde umgehend zum Schuldirektor geladen.

Das ging ratzfatz.

»Darf ich bitte mitkommen? Schließlich geht es ja um mich«, gab ich ihr zu bedenken.

Mutti überlegte. »Eigentlich hat er nur mich zu sich bestellt. Aber du hast natürlich recht. Es betrifft dich, und du bist kein kleines Kind mehr. Wir gehen zusammen.«

Ihre Stimme war in letzter Zeit entschiedener geworden. Und sie hatte sich einen Kurzhaarschnitt mit frechem Pony, endlich ohne Dauerwelle, zugelegt, was sie sehr modern aussehen ließ. Sie trug bei unserem letzten Ausflug in den Zoo sogar marineblaue Hosen, Steghosen wie meine dunkelroten, die ich schon seit Wochen geflissentlich im Schrank übersah. Es war ein vielversprechender Anfang.

Der Schuldirektor wunderte sich, als wir beide vor seiner Zimmertür standen, bat uns aber freundlich herein.

»Na, Eva, wie ich höre, bist du Klassenbeste in Englisch. Gut gemacht.«

Mutti und ich strahlten.

»Nur in Latein musst du dich etwas mehr anstrengen.«

Ich nickte brav.

Er deutete auf die beiden Stühle vor seinem Schreibtisch.

»Aber darum geht es heute nicht.«

Er faltete seine Hände auf dem Tisch und beugte sich leicht vor. Seine Augen streiften kurz meine Kleidung. Ich hatte vorsichtshalber meine Texashosen angezogen. Er hatte die Augen hinter den Brillengläsern leicht zusammengekniffen, um mich besser sehen zu können.

»Ich unterrichte in diesem Schuljahr ja nicht in eurer Klasse, aber man hat mich gebeten, mit deiner Mutter zu sprechen.«

Nun ergriff Mutti das Wort.

»Wer hat Sie gebeten, Herr Direktor, und aus welchem Grund? Hat sich Eva irgendetwas zuschulden kommen lassen?«

Ich gab keinen Mucks von mir.

Er ignorierte ihre Fragen und fuhr fort.

»Nun, da gäbe es zwei Beobachtungen, so will ich es einmal nennen. Ja, Beobachtungen scheint mir ein zutreffendes Wort.«

Er fuhr sich mit der Zungenspitze kurz über die Lippen. Als weder meine Mutter noch ich etwas erwiderten, sprach er weiter.

»Da wäre zum einen die Haartracht. Ein Kollege, genauer gesagt, eine Kollegin im Kollegium stört sich an der Ungepflegtheit der offenen Haare, die Eva seit einiger Zeit trägt. Langes Haar ist eine schöne Tradition bei unseren weiblichen Schülerinnen, doch sollte es in wohlgeordneter Art und Weise wie zum Beispiel in Zöpfen oder in Form eines durchaus modernen Pferdeschwanzes getragen werden. Offenes langes Haar dagegen sieht ungepflegt und daher anstößig aus.«

Noch bevor ich etwas zu meiner Verteidigung sagen konnte, erhob meine Mutter zu meiner Überraschung bereits die Stimme:

»Sie verwenden das Wort ›ungepflegt‹ im Zusammenhang mit Evas Haaren. Was heißt denn bitte ›ungepflegt‹? Sie meinen doch wohl nicht ›ungewaschen‹? Eva wäscht und pflegt ihr Haar äußerst gründlich, das weiß ich als Mutter genau, und ich muss da auch gar nicht einschreiten, weil meine Tochter das aus reiner Backfischeitelkeit schon selbst in die Hand nimmt. Dieser Vorwurf trifft also nicht zu.«

Der Direktor saß etwas perplex vor uns, denn meine Mutter gab ihm keine Gelegenheit, ihr zu widersprechen.

»Außerdem ist eine Vierzehnjährige nach der Konfirmation für Zöpfe zu alt, und für einen Pferdeschwanz braucht man dickeres Haar, als Eva es besitzt. Wenn sich die Kollegin einmal die neuen Frauenmagazine anschauen würde, die über jeden Zweifel des guten Rufs und der Schicklichkeit erhaben sind, wird sie fast nur noch junge Mädchen und Frauen mit offenen Haaren darin finden. Das kommt aus England, hat mit den Beatles zu tun und ist jetzt ganz in Mode. – Die zweite Beobachtung, bitte?«

Ich war genauso verblüfft wie der Direktor. Er saß leicht

zusammengesunken auf seinem Schreibtischsessel und schien nachzudenken.

»Und was wäre mit einer Dauerwelle?«

Ich schnaubte laut hörbar.

»Dauerwellen tragen selbst unsere Mütter nicht mehr«, warf ich ein. »Die sind altmodisch.«

»Ach so.«

Der Direktor schrieb sich etwas auf und fuhr sich dabei nervös durch sein eigenes volles graues Haar.

»Und was ist die zweite Beobachtung?«, forderte nun ich ihn auf.

Ich sah meine Mutter von der Seite an und merkte, dass sie allmählich in Fahrt kam, wie ich es selten bei ihr gesehen hatte.

»Es geht um die Hose.«

»Welche Hose?«

»Die Hose.«

Der Herr Direktor zeigte mit dem Zeigefinger auf meinen Kopf, weil er sich nicht traute, auf meinen Unterkörper zu zeigen. Das wäre in höchstem Maße unschicklich gewesen.

Was schicklich und was unschicklich war, spielte in meiner Kindheit und frühen Jugend eine große Rolle. Wer die Regeln dafür festlegte, erfuhr ich nie. Vermutlich war es ähnlich wie bei den Märchen. Sie wurden einfach weitergegeben, man kannte sie, lachte und fürchtete sich an den richtigen Stellen, ohne sie zu hinterfragen.

Bisher nicht. Doch das sollte sich bald ändern. In den kommenden Jahren würde man so etwas von unschicklich mit der Schicklichkeit umgehen, dass uns Hören und Sehen vergehen würde. Aber das wusste zu dem Zeitpunkt noch niemand.

Der Herr Direktor räusperte sich. Meine Mutter hatte ihre Augenbrauen gehoben. Niemand sagte etwas, und es war so still, dass man eine Nadel hätte fallen hören.

»Genauer gesagt handelt es sich um den Reißverschluss.«

Mutti und ich tauschten blitzschnell einen komplizenhaften Blick und taten ansonsten harmlos.

»Wofür ist ein Reißverschluss da?«, fragte meine Mutter scheinbar unschuldig, und der Herr Direktor zögerte mit einer Antwort.

Mutti beugte sich nun leicht in seine Richtung und strich sich mit dem Handrücken den kecken Pony aus der Stirn. Es war, als wollte sie dem Herrn Direktor ein Geheimnis anvertrauen und brauchte dafür klare Sicht. Die Pausenglocke schellte durchdringend zehn Sekunden lang. Meine Mutter ließ sie schellen.

»Man braucht einen Reißverschluss, um Kleidungsstücke ordnungsgemäß zu verschließen und damit man sie nicht verliert. Sonst steht man unter Umständen in Unterwäsche da, was in höchstem Maße unschicklich und peinlich für alle Beteiligten wäre.«

Ich staunte. Diese Argumentationskette war mir noch nicht in den Sinn gekommen.

»Ganz recht, Frau Fink.« Der Mann schluckte laut.

»Gut, dann sind wir uns ja einig«, fuhr meine Mutter fort. »Und wo ist der Sitz eines Reißverschlusses für eine Hose Ihrer Meinung nach am sinnvollsten und zuverlässigsten?«

Der Direktor wand sich. »Ich bin kein Schneider. Ich gebe Erdkunde.«

Meine Mutter lächelte. »Ich kann schneidern. Aber auch für einen Laien ist es einsichtig: Ein Reißverschluss gehört dorthin, wo schlaue Männer schon seit Jahrhunderten ihre Hosen auf- und zuknöpfen, nämlich nach vorn.«

Ich grinste verstohlen, und der Herr Direktor nickte vorsichtig, während ihm Schweißperlen über die Stirn rollten. Die Richtung, die das Gespräch nahm, war ihm eindeutig unangenehm, das merkte ich.

»Warum sollte das bei einer Frauenhose anders sein?«, fuhr meine Mutter fort. »Gibt es irgendeinen Grund dafür, dass eine Frauenhose seitlich zu öffnen und zu schließen sein muss?«

Der Herr Direktor schien zu überlegen. Einen Moment später hatte er wohl eine Antwort gefunden.

»Weil eine Frau … äh …« Hier brach er ab.

Meine Mutter lächelte zuckersüß. Ich hielt die Luft an. Er brachte es offenbar nicht heraus. Die Schicklichkeit wedelt ja in beide Richtungen.

»Weil eine Frau einen anderen Körperbau besitzt? Das kann doch nicht der Grund sein! Ich bitte Sie.«

»Nein, aber …« Der Direktor errötete fast wie eine Dame, und meine Mutter war wirklich zornig geworden, was ich sehr bewunderte und mich gleichzeitig erstaunte.

»Nur weil der unaussprechliche Teil des weiblichen Körpers durch den Sitz des Reißverschlusses in der Mitte deutlich herausgehoben und beim An- und Ausziehen auch noch berührt würde, wurde das zum Tabu gemacht. Es ist, rein vom Schneidertechnischen her gesehen, also höchste Zeit, dieser Ungerechtigkeit ein Ende zu bereiten. In naher Zukunft schon wird es keine Damenhosen mehr geben, die an der Seite geschlossen werden. Das können Sie Ihrem Kollegium gern ausrichten. So, dann haben wir das ja geklärt.«

Meine Mutter stand auf, ich ebenfalls, und der Direktor folgte uns. Er trug seinen grauen Anzug, den er schon seit Jahren auch bei uns im Unterricht immer anhatte und an dem vorne rechts, ganz in der Nähe vom Reißverschluss, ein blassgelber Fleck prangte. Auf den starrten wir schon seit der Quarta immer alle wie gebannt.

An der Tür schüttelten wir uns die Hände, und meine Mutter sagte: »Ich freue mich, dass Sie mich einbestellt haben, weil Sie sich so um das Wohl Ihrer Schüler kümmern, meine Eva eingeschlossen – und nicht weil ich eine geschiedene Frau bin, die ohne die Unterstützung eines Ehemannes ihr Schicksal meistern muss und in Ihren Augen hilflos ist. Und mit der man ja alles machen kann.«

Meine Mutter strahlte ihn an, und ich musste mir ein Grinsen verkneifen.

Mutti konnte einfach nicht lügen. Aber das wusste nur ich.

Köln, 11. Februar 1964 – Karnevalsdienstag

»Kölle, Alaaf!«

Eva war bereits Schornsteinfeger, Bäcker, Clown, Ungarin, Indianer, Prinzessin und auch ein Gespenst gewesen – dieses Kostüm war ein Reinfall, weil sie trotz der Löcher von innen fast nichts sehen konnte –, außerdem Schneeflöckchen, Pippi Langstrumpf und ein halbes Funkenmariechen, denn für ein komplettes Mariechen-Kostüm hatte Gussys Geld nicht gereicht.

Es war klar, dass Eva jedes Jahr eine andere Kostümierung zu Karneval wählte und dass Gussy sich mit viel Fantasie immer etwas Neues ausdachte, was sie sich leisten konnte. Dieses Jahr war Eva eine Indianersquaw.

Sie hatte nun ein Alter erreicht, in dem sie, wie sie selbst erklärte, gleichzeitig weiblich und aufregend aussehen wollte.

Bei Volker waren die Karnevalskostüme wesentlich einfacher. Volker wurde Cowboy. Jedes Jahr. Ein für alle Mal.

»Habt ihr die Beutel dabei?«

Gussys Blick wanderte stolz über ihre maskierten Kinder, denen sie vor ein paar Minuten, wie jedes Jahr zum Stadtteilumzug, einen selbstgenähten Beutel für die Kamellen in die Hand gedrückt hatte.

Nicht, dass die Süßigkeiten, die von den Karnevalswagen geworfen wurden, die drei wirklich interessiert hätten. Aber es gehörte selbstverständlich dazu, war Teil der sportlichen Einstellung und ihrer Begeisterung, die beim Karneval eine große Rolle spielte, und manchmal war auch ein winziges

Fläschchen 4711 mit dabei, das Gussy gern einsteckte, oder ein Strüßje mit einer roten Tulpe und einem Tannenzweiglein, das Eva oder der kleine Volker auffingen und liebend gern ihrer Mutter überreichten.

»Danke! Das ist schon das dritte!«

Gussy hatte sich ein buntes, spitzes Papierhütchen schief aufgesetzt und trug eine grellbunte Kette aus großen Holzkugeln über ihrem Wintermantel. Das war ihr Kostüm und musste reichen.

Die mit Süßigkeiten gefüllten Beutel gab Gussy später in der Woche, nach Aschermittwoch, im nahen Kinderheim ab.

Das hatte sie mit Eva und Volker wie immer abgemacht, und deshalb strengten sich die beiden auch an, möglichst viel zu sammeln.

»Da kommt der nächste Wagen, guckt mal!«

Gussy fühlte sich heute endlich gelöst und erleichtert. Ihr Atem schien freier zu strömen, und ihre Gedanken flogen sogar ein wenig, fast wie Papierschlangen.

Sie tastete mit der freien Hand an ihrer Manteltasche nach dem Briefumschlag und konnte ihn durch den Wollstoff hindurch fühlen.

Wochen und Monate hatte sie sich Zeit nehmen müssen, um zu einer Entscheidung zu kommen und auf Wim de Jongs Antrag zu reagieren. Es war ihr nicht leichtgefallen, alles Für und Wider abzuwägen.

»Heidewitzka, Herr Kapitän, mem Müllemer Böötsche fahre mer su jän …«

»Guck mal, die Kapelle, die haben auf ihre Kapitänsmützen wirklich ein Boot montiert!«

Volker staunte und zeigte auf die Blaskapelle, die mit großem Tschingderassabum an ihnen vorüberzog. Gussy drückte sanft die Schulter ihres Sohns, der vor ihr am Straßenrand stand.

Sie hatte dem Holländer mehrmals geschrieben, dass sie noch zu keiner Antwort gelangt sei und ob er bereit wäre, noch ein wenig zu warten. Das hatte er getan. Was wiederum ihr Vertrauen in seine Aufrichtigkeit und Anständigkeit verstärkt hatte.

Er wollte sich nicht nur eine komplette Familie sozusagen als Feigenblatt zulegen, sondern er respektierte sie und drängte sie nicht, er gab ihr Zeit und machte ihr keinen Druck. Sie und die Kinder waren ihm wichtig, und er schätzte sie aufrichtig.

Ob Hermann ebenso reagiert hätte? Hermann, den sie lange weder gesehen noch gesprochen hatte, neigte zu psychologischem Druck, erinnerte sich Gussy.

Ja, so nannte man das wohl heutzutage.

Das Wort »psychologisch« war neu für sie, Gussy kannte es noch nicht sehr lange. Fast schien es, als hätte man den Begriff »seelisch« komplett dadurch ersetzt, weil die Seele unmodern geworden war, wie so vieles in den letzten Jahren.

Wenn es ihm passte, ließ Hermann die Dinge gern laufen oder schwieg sie tot, aber wenn etwas für ihn wichtig war, machte er Druck. Nicht böse, nicht aggressiv, aber mit einer fein ausgeklügelten Strategie, wohl wissend, wie man den anderen weichkochen konnte.

Hermann hatte Gussys Schwachstellen genau erkannt und ausgenutzt. Die Schwachstellen, die ihre Mutter Erna und die Schwestern ihr schon als Kind eingekerbt hatten.

»Kölle Alaaf!«

Die Kamellen prasselten herab, und die Kinder jauchzten und bückten sich schnell, um alles aufzuheben.

Unsicherheit war ihre größte Schwachstelle.

»Du kannst nichts! Du bist nichts! Was glaubst du, wer du bist?«

Das Dreigestirn der Demütigung.

Aber sie war jemand.

Sie, Gussy Fink, hatte ihre zwei Kinder genommen und ihnen die Grundlage für eine Zukunft ermöglicht, die sie selbst einmal füllen konnten. Sie hatte für ihren gemeinsamen Unterhalt gesorgt. Zwar lebten sie nicht in Saus und Braus und mussten jeden Pfennig umdrehen, sie waren nicht wohlhabend, sie hatten kein eigenes Häuschen, was immer Gussys größter Wunsch gewesen war, aber es war genug zu essen da. Und mehr noch, genug Liebe und Aufmerksamkeit.

Die Kinder gingen aufs Gymnasium, und Gussy hatte eine gute Anstellung bei der Stadt.

Sie hatte etwas erreicht. Sie, Gussy Fink, ganz allein.

»Da kommt das Funkenmariechen!«

Nun klang selbst Eva begeistert, die Karneval nicht mehr ganz so aufregend fand wie noch vor ein paar Jahren, und renkte sich fast den Hals aus, um einen Blick auf die akrobatischen Künste der jungen Frau zu erhaschen, die sie über den Köpfen der Funken, die sie begleiteten, vollführte.

Ja, als Frau musste man Akrobatik beherrschen, fuhr es Gussy durch den Kopf. Sonst tanzen einem andere auf dem Kopf herum.

Als Frau musst du dich behaupten und darfst dir nicht Bange machen lassen. Mit welchem Recht hatte man sie immer wieder zurückgesetzt, nur weil sie den Mut gehabt hatte, sich aus einer Ehe zu befreien, die ihr und den Kindern keine Zukunft gewährte und gleichzeitig eine Vergangenheit leugnete, in der Hermann sie mit ihrer Trauer über den Verlust allein gelassen hatte?

Wenn das die Partnerschaft war, die jeder anstreben sollte, dann verzichtete sie lieber.

Wie viel Leid wurde hingenommen und unter den Tisch geschoben, nur um ein blitzblankes Bild zu präsentieren, das nichts mit dem echten Empfinden der Menschen füreinander zu tun hatte? Es war nichts als Verkleidung, ein Mummenschanz wie zu Karneval – ein schief sitzendes Kostüm, das man über ein wundes Herz gestreift hatte, eine Maske, die übergestülpt wurde, um das geschundene Gesicht dahinter zu verbergen.

Zu Karneval war das erlaubt und sogar erwünscht – und alle wussten Bescheid. Das war der Unterschied.

»Heute blau und morgen blau und übermorgen wieder …«

Die nächste Kapelle spielte auf, und Kamellen wie Strüßje flogen in den Wind. Die Musik hallte und wurde weit weggetragen.

Eva drehte sich zu Gussy um.

»Ist was, Mutti?«

Gussy lächelte und zog ihre Tochter ganz nah zu sich, so wie sie es schon mit Volker eben getan hatte.

»Nein, alles wunderbar. Wieder mal ein toller Karnevalszug, finde ich.«

Es war die Erinnerung an Sergei, die sie in den letzten Wochen den Schlaf gekostet hatte.

Nicht, dass sie sich gequält hatte bei dem Gedanken, dass sie durch ein dummes Missverständnis, durch ihre Unsicherheit und eine Verwechslung die Liebe ihres Lebens verloren hatte.

Wahrscheinlich wäre es auch an seiner Seite in der Sowjetunion, in Odessa, nicht leicht für sie geworden. Vielleicht wären sie durch die schwierigen Umstände dort miteinander gescheitert.

Es war vielmehr die Verheißung, die sie zuerst nachdenken und dann immer sicherer in ihrer Entscheidung werden ließ. Die Verheißung der Möglichkeit der Liebe und was sie zwischen zwei Menschen entfachen konnte, um diese Wärme ein ganzes Leben lang gegen die Kälte der Welt zu sichern und zu bewahren. Sonst war man verloren.

»Was ist eigentlich mit Herrn de Jong, Mutti?«

Eva hatte die Frage wie beiläufig hingeworfen und sich danach blitzschnell gebückt, um ein Strüßje mit einer mageren gelben Blume aufzuheben, bevor es zertreten wurde. Sie hielt es ihrer Mutter hin.

Auf Gussys Gesicht erschien ein dankbares Lächeln.

»Ich habe ihm gestern geschrieben und werfe den Brief gleich ein. Auch von euch beiden habe ich liebe Grüße an ihn und seine Mutter geschickt. Das war doch in Ordnung, oder?«

»Klar!«, ertönten beide Kinderstimmen gleichzeitig. Auch Volker hatte die Ohren gespitzt.

»Und wann kommt er mal wieder zu Besuch?«

Gussy legte dem Cowboy und der Squaw von hinten ihre Arme um die Schultern.

Da bog ein neuer Spielmannszug um die Ecke mit Trömmelchen, Schellenbaum und Trompeten. Alle waren als bunte Lappenclowns kostümiert, die auch traurig wirken konnten.

»Alaaf!«, rief die Menge begeistert. Kamellen flogen, und wieder hoben die Kinder sie eifrig auf.

Eva drehte sich zu ihrer Mutter. Sie war kaum noch kleiner als sie. Ihr Blick war skeptisch. Mit ihrer schwarzen Langhaarperücke als Indianersquaw, den hellen Augen und der rötlichen, leicht fleckigen Schminke wirkte es fast, als wäre bei ihrer Kostümierung etwas schiefgelaufen, nur hätte niemand sagen können, was genau.

»Und?«

»Ich denke nicht, dass Wim und seine Mam uns noch einmal besuchen kommen. Aber es war doch sehr schön mit ihnen.«

Hinter Gedanken

Ich möchte mich an dieser Stelle bei meinem Agenten Michael Gaeb bedanken, dem gegenüber ich vor einigen Jahren, als wir in seinem Stadtteil im ehemaligen Ostberlin zusammensaßen, erwähnte, dass hier in der Nähe wohl mal mein Vater kurz vor seiner Flucht aus der DDR gewohnt habe. Da er wusste, dass ich nie in der DDR gelebt hatte, fragte er nach, und ich antwortete, dass meine etwas kuriose, aber auch sehr deutsche Familiengeschichte der zwanzig Nachkriegsjahre irgendwann mal einen Roman abgeben würde. Von da an ließ er nicht mehr locker. Nun ist das Buch da, und ich bedanke mich bei Michael, dass er so lange nachbohrte, bis ich endlich schrieb.

Auch herzlichen Dank an meine unermüdliche, beharrliche und gut gelaunte Lektorin Ulrike Schuldes. Dies war unser fünfter Roman zusammen, und unsere gemeinsame Arbeit, auch an diesem Buch, ist von gegenseitigem Respekt geprägt, der die Autorin schon während des Schreibens durchaus entlastet und somit »dem Werk«, noch bevor Ulrike es zu Gesicht bekommt, nützt.

Auch der Leiterin des Programms beim Goldmann Verlag, Claudia Negele, sei an dieser Stelle gedankt. Ihre Begeisterung und Vorschläge haben mich immer wieder angespornt und zu neuen, auch Ab-Wegen getrieben, die alle die Geschichte, die ich erzählen will, bereichert und runder gemacht haben.

Bevor Sie weitergrübeln mögen: Nein, dies ist kein autobiografischer Roman. Es ist jedoch ein Roman, der auch auf wahren Begebenheiten beruht, nicht einer, vieler, beziehungsweise sie in die Handlung einwebt, inspiriert von der Geschichte meiner eigenen Familie.

Mein Großvater beispielsweise ist tatsächlich in Begleitung meiner Mutter auf der Flucht zwischen Breslau und Frankfurt verschwunden. Niemand weiß, was mit ihm geschehen ist. Ein tragisches Schicksal, das aber nicht nur ihn damals traf, sondern Tausende von Flüchtlingen, deren Verwandte sie zum Teil bis weit in die Sechzigerjahre verzweifelt suchten.

Da ich in den Fünfzigerjahren geboren wurde, waren weder ich noch die kleine Eva auf der Flucht (noch direkt danach) mit dabei, und da diese Zeit, wie man uns Jungen auf Nachfrage immer wieder versicherte, »nicht schön« war, wurde darüber auch nie gesprochen. Dieses »Nicht darüber reden« haben zahlreiche Schriftsteller und Schriftstellerinnen meines Alters in den letzten Jahren endlich thematisiert.

Vielleicht haben Sie gemerkt, wer in diesem Buch die eigentliche Protagonistin ist. Es ist die Zeit zwischen 1945 und 1965 hier in Deutschland.

Als bekennende Kinohäsin bleibt kein Film, weder im Kino noch im Fernsehen, der in dieser Zeit spielt, von mir unbeachtet. Und so begeistert ich auch oft von einer Geschichte sein mag, ertappe ich immer wieder, dass etwas im Alltag der Menschen, der gezeigt wird, »nicht ganz stimmt«. Das mag ein Kleidungsstück oder ein Möbel sein, wie und ob eine Frau geschminkt ist oder ob ein Kind knickst – in der Regel nicht –, aber meistens fällt mir etwas daran auf, wie der Alltag und der Umgang miteinander damals überhaupt funktionierten.

Was ging und was nicht? Und vieles, mehr als wir heute wahrhaben möchten, ging eben nicht.

Und etliches stimmt einfach »nicht ganz«, was wir gezeigt bekommen. Nicht aus bösem Willen oder schlampiger Recherche, sondern weil es niemand mehr weiß oder sich noch daran erinnern kann.

Ich will mit diesem Buch versuchen zu schildern, wie sich diese Zeit auf der Haut und in den Ohren anfühlte, wie es damals roch, wie es aussah, welche Ausdrücke man benutzte, was selbstverständlich und was völlig inakzeptabel war.

Wer weiß heute, was ein Leibchen war und was da alles dranhing? Dass sich die Menschen heftige Diskussionen darüber liefern konnten, wer mit wem per Du war und warum. Kniestrümpfe vor Ostern zu tragen kam in manchen Regionen einem gesellschaftlichen Fauxpas gleich, und Mobbing begann eben nicht erst mit dem Internet.

Dafür musste man sich als Frau selbst in einer westdeutschen Großstadt nur trauen, sich scheiden zu lassen und alleinerziehend mit den Kindern, ohne Mann, durchs Leben zu gehen. Das tat Gussy, und ja, wie sich das genau anfühlte, weiß ich tatsächlich aus allererster Hand.

Dieses Buch ist auch ein kleines Denkmal für den Mut meiner Mutter, den sie durch ihren unerhörten Schritt zeigte.

Sie und viele andere Frauen, die damals in der Nachkriegszeit diesen kühnen Sprung in ein selbstbestimmteres Leben taten und damit Ausgrenzung in Kauf nahmen, bildeten das Sprungbrett für uns junge Mädchen, ein Jahrzehnt später selbstbewusst für das Recht auf unseren Körper und unseren Geist auf die Straße zu gehen und uns für ein Leben zu entscheiden, das wir selbst gewählt hatten und das nicht für uns entschieden wurde. Zum ersten Mal in der Geschichte unseres Landes.

Und dann gibt es ja noch Hermann in meinem Buch, den charmanten Hallodri. Müsste ich als Schriftstellerin die Figur Hermann in einem anderen Roman beurteilen, würde ich sagen: Sie ist eindeutig überfrachtet.

Nicht nur war er, aus einer assimilierten jüdischen Familie stammend, Offizier in Hitlers Armee, dann wird er auch noch ein kleiner Star bei den Amis nach dem Krieg, macht kriminelle Geschäfte, flieht in die DDR, wo er zum DDR-Spion ausgebildet werden soll, und türmt kurz vor dem Mauerbau zurück in den Westen. Wer glaubt denn so was?

Da muss ich zaghaft den Finger heben und gestehen: Das war mein Vater. Wirklich. Hier wird es dann doch noch eine Prise biografischer, denn in ihm werden, auf andere Weise als bei Gussy, gesellschaftspolitische Entwicklungen in Deutschland lebendig, tragische wie komische.

Und das genau ist mir ein besonderes Anliegen bei der Geschichte, die ich erzähle. Selbst das Ernste, das Traurige kann, wenn es passt, auch komisch präsentiert werden, bei Hermann wie bei Gussy, denn in jeder Tragik steckt immer auch ein Stück Komik.

Das wussten schon die Griechen, Shakespeare sowieso, und ich schließe mich in aller Bescheidenheit an.

Man muss die Geschichte nur glauben.

Hanne Hippe, Köln, Dezember 2020